HEYNE
BÜCHER

W0359400

NICOLE JORDAN

DER GEÄCHTETE

Roman

Aus dem Amerikanischen
von Traudi Perlinger

WILHELM HEYNE VERLAG
MÜNCHEN

HEYNE ROMANE FÜR »SIE«
Nr. 04/332

Titel der Originalausgabe
THE OUTLAW

Taschenbuchausgabe 04/2000
Copyright © 1996 by Anne Busyhead
Published by Arrangment with Avon Books, The Hearst Corp.
Copyright © 1996 der deutschsprachigen Ausgabe by
Wilhelm Heyne Verlag GmbH & Co. KG, München
Printed in Germany 2000
Umschlagillustration: Jean Monti/Agentur Schlück
Umschlaggestaltung: Nele Schütz Design, München
Druck und Bindung: Elsnerdruck, Berlin

ISBN 3-453-16007-X

http://www.heyne.de

Für Gin (›Lyn‹) Ellis,
meine Seelenverwandte und eine supercoole Lady.

Wer will Liebenden befehlen?
Liebe gehorcht eigenen Gesetzen.

BOETHIUS

PROLOG

Colorado,
August 1882

Die Sommersonne tauchte das enge Gebirgstal in goldenen Schein und glitzerte auf den gebräunten Schultern des Mannes im eiskalten Wasser. Caitlin sah gespannt zu, wie er aus dem steinigen Teich stieg. Und beim Anblick seines nackten, in der Sonne glänzenden Körpers stockte ihr der Atem.

Seine makellose Schönheit paßte an diesen verzauberten Ort, an den sie sich zurückzog, um ihren Träumen nachzuhängen. Das verwunschene Fleckchen Erde in den Ausläufern der Rocky Mountains, verborgen hinter hohen Tannen, war ihr Zufluchtsort, ihr sorgsam gehütetes Geheimnis, das niemand kannte, nur Jake McCord. Ein von Schmelzwasser gespeister Wildbach, der sich in einem tosenden Wasserfall über die schroffen Granitfelsen ergoß, hatte den Stein zu einem Becken ausgehöhlt, tief und breit genug, um darin zu schwimmen, wenn man die Kälte nicht scheute. Farne, Moose und Gebirgsblumen gediehen in üppiger Pracht, deren würziger Duft die klare Bergluft erfüllte, berauschend wie schwerer Wein.

Atemlos beobachtete Caitlin den Geliebten, wie er das felsige Ufer erklomm und nackt vor ihr stand. Wassertropfen liefen in glitzernden Rinnsalen seinen sehnigen Körper entlang, hingen funkelnd im goldschimmernden Kraushaar seiner Brust und Lenden.

Während sie ihn beobachtete, legte Jake die Hände an die schmalen Hüften, spreizte die langen muskulösen Beine in selbstbewußter, ein wenig hochmütiger Haltung und lächelte träge.

»Gefällt dir das, was du siehst, Cat?«

Und ob es ihr gefiel. Die Schönheit seiner Gestalt, seine

männliche Kraft faszinierten sie. Er war hochgewachsen und gertenschlank mit schmalen Hüften, breiten Schultern und muskelbepackten Schenkeln und Armen. Sein Körper war durchtrainiert und gestählt von zahllosen Stunden, die er beim Viehtreiben im Sattel verbrachte.

»Vielleicht gefällt es mir«, entgegnete sie schnippisch. »Doch das behalte ich lieber für mich, sonst schwillt dir nur der Kamm.«

Um seine grünen Augen bildete sich ein Kranz feiner Lachfältchen, die Caitlin bezaubernd fand und über die sie sich gelegentlich ärgerte.

»Wenn du mich weiter so ansiehst, schwillt mir gleich etwas ganz anderes.«

Bei seiner unverblümten Andeutung wanderte ihr Blick magisch angezogen über seinen nassen, glänzenden Körper nach unten, wo sein Brusthaar sich zu einem schmalen Streifen verengte, den flachen Bauch entlang zog und zwischen den Schenkeln wieder weitete. Sie konnte den Blick von seiner Männlichkeit nicht wenden. Caitlin spürte die Hitze, die ihr in die Wangen stieg, und wußte, daß Jake sie absichtlich neckte, um sie zum Erröten zu bringen. Er bewegte sich völlig selbstverständlich in seiner Nacktheit, ungeniert wie ein gesundes Tier, für das der Geschlechtstrieb so natürlich war wie die Luft zum Atmen. Jake hatte sich vorgenommen, den Liebesakt für Caitlin ebenso natürlich zu machen. Er wollte, daß sie ihre Scheu verlor, die ihr von Kindheit an beigebracht wurde.

Dabei war sie kein prüdes oder schüchternes Mädchen. Die Tochter einer Schauspielerin wurde von den gesitteten Matronen der Gemeinde Greenbriar gern als freche Range bezeichnet. Und sie hatte ein aufbrausendes Temperament. Jakes Freizügigkeit aber machte sie befangen.

Sie war auch nicht zimperlich. Es war nur alles so neu für sie. Sie hatte sich ihm erst dreimal hingegeben. Dies war der dritte Nachmittag, den die beiden im Liebesspiel miteinander verbrachten und Jake sie in die Geheimnisse der körperlichen Liebe einweihte.

Dieser Mann, der ihr Feind sein sollte, war nun ihr Geliebter. Eine ganze Generation lang waren ihre Familien in einen tödlichen Kampf verstrickt — das Rinderimperium gegen das Königreich der Schafzucht. Jedesmal, wenn sie an diesen Felsteich kam, glaubte Caitlin, Verrat an ihrem Vater zu begehen. Obwohl es zu Blutvergießen, Haß und Zerstörung gekommen war, hatte sie sich in Jake verliebt. Bereits zwei Sommer lang belog sie ihren Vater und traf sich heimlich mit Jake an diesem verschwiegenen Teich im Wald. Und schließlich war sie der feurigen Leidenschaft erlegen, die sich zwischen Jake und ihr zu einer explosiven Spannung aufgestaut hatte — ein Ergebnis, das Jake Monate zuvor vorhergesagt hatte.

Als sie heute zum Wasserfall gekommen war, hatte Jake bereits ungeduldig gewartet, hatte ihr, noch ehe sie richtig vom Pferd gestiegen war, das Mieder aufgeknöpft und die Bluse hochgezerrt, um ihre Brüste seinen hungrigen Lippen zu entblößen. Auf seine Bitte hin trug sie kein Korsett, wenn sie zum Stelldichein kam, obwohl das für ein junges Mädchen aus gutem Hause höchst unschicklich war.

Nun zogen seine Lippen sich zu einem verwegenen Lächeln hoch, seine unverschämt grünen Augen blitzten herausfordernd im hellen Kranz der Lachfältchen.

Sie fühlte sich geschmeichelt, wenn er sie wie eine seltene Kostbarkeit ansah, wenn er andachtsvoll ihre Schönheit bewunderte. Dabei war sie im herkömmlichen Sinn gar nicht wirklich schön. Sie war erst achtzehn und noch nicht voll entwickelt. Sie würde es wohl nie zu üppigen Formen bringen. Mit ihren kleinen Brüsten und schmalen Hüften sah sie in Hosen beinahe wie ein Junge aus. Jake schien das nicht zu stören, der Hingabe nach zu schließen, mit der er den Liebesakt mit ihr vollzog. Er gab ihr das Gefühl, die einzige Frau auf der Welt zu sein, die ihm etwas bedeutete.

Sein glühender Blick löste ein köstliches Prickeln in ihrer Leibesmitte aus. Die heiße Sonne brannte auf ihrer nackten Haut, trocknete die Wassertropfen, die nach dem Schwimmen noch an ihr hingen. Doch die Sonnenstrahlen waren nichts im Vergleich zu Jakes heißem Blick. Er betrachtete ihren hellen Körper begehrlich lauernd wie seine Beute, als überlege er, wie er sie am besten verschlingen sollte.

»Ich finde nichts dabei zu gestehen, daß mir das, was ich sehe, ausgesprochen gut gefällt«, meinte Jake sinnend. »Du hast schöne Brüste. Rosig und fest. Und sie flehen mich an, an ihnen zu nuckeln.«

»Jake!« Caitlins Wangen übergossen sich mit Röte.

Er grinste frech. »Du bist bald meine Frau. Ich darf dich bewundern, wenn mir danach ist.«

»Noch sind wir nicht verheiratet! Und du darfst nicht so unanständige Dinge sagen.«

»Dein Hinterteil gefällt mir auch«, meinte er anerkennend, ohne auf ihren Protest zu achten. »Auch wenn er kaum groß genug ist, um in meine Hände zu passen. Und diese Rosenknospe zwischen deinen Schenkeln ...« Er leckte sich genüßlich die Lippen wie ein Kater, der an der Sahne genascht hatte.

»Jacob McCord, hör auf damit!«

Seine blitzenden Augen luden sie ein, an dem Spiel teilzunehmen. »Tja Cat, dafür ist es nun zu spät.«

Ja, es war wirklich zu spät. Entzückt und befangen zugleich sah sie, wie seine nackte Männlichkeit schwoll und sich zwischen seinen Schenkeln hochreckte.

Caitlin schüttelte den Kopf, ließ ihr rabenschwarzes Haar ins Gesicht fallen, um ihre flammenden Wangen zu verbergen. Jake war schamlos. Und er verleitete sie dazu, ebenfalls schamlos zu sein. Beim Anblick seiner Erektion stieg Hitze in ihr auf; eine bebende Sehnsucht, eine kribbelnde Spannung zog sich in ihrer Mitte zusammen.

Er nannte sie Cat, seine Katze, dabei war er es, der einer Katze glich ... ein geschmeidiger Berglöwe mit goldener Mähne und leuchtendgrünen Augen.

Wie ein Puma kletterte er mit faszinierender Geschmeidigkeit den sonnigen Felsen herauf, auf dem sie lag, blieb vor ihr stehen und präsentierte ihr seine mächtig erregte Männlichkeit mit Stolz und blitzendem Schalk in den Augen.

Dann beugte er sich vor, schüttelte sein langes nasses Haar und bespritzte ihre heiße Haut mit Wassertropfen.

»Jake!« japste sie.

Lachend legte er sich neben sie. »Zu dumm, jetzt muß ich das Wasser ablecken.«

Zuerst liebkoste er ihre linke Brust, und Mund und Zunge saugten an der rosigen Knospe. Caitlin bäumte sich in süßer Wonne auf, und er mußte ihr die Schultern nach hinten drücken, damit ihm ihre Brust nicht entglitt. Als er sich auf sie legte, entfuhr ihr ein kleiner Schrei bei der Berührung seiner kalten Haut.

»Jake! Du bist eiskalt.«

»Ich weiß. Wärme mich, Cat«, raunte er mit belegter Stimme und seine kantigen Gesichtszüge wurden weich und zärtlich.

Er ließ ihr keine Zeit zu protestieren, seine Härte drängte sich zwischen ihre Schenkel. Seine Finger in die ihren verschränkt, hob er ihr die Hände über den Kopf. Dann umfingen seine Lippen ihren Mund zu einem langen, innigen Kuß.

Sie ließ es willig geschehen. Jake löste seine Finger und streichelte sie. Sie liebte das Gefühl seiner schwieligen Hände auf ihrer zarten Haut. Sie liebte es, seine weichen Lippen zu spüren. Vor Jake hatte sie nicht gewußt, zu welch heftigen Empfindungen sie fähig war; wie sehr sie es genoß, begehrt zu werden. Ihr Körper gehörte nicht mehr ihr. Jake hatte ihn mit seinen Zärtlichkeiten vereinnahmt und in Beschlag genommen.

Seine Lippen bewegten sich auf ihrer sonnendurchglühten Haut zur Kehle, das Schlüsselbein hinunter zu den nackten, bebenden Brüsten. Caitlin keuchte, als seine Zunge eine rosige Brustspitze umkreiste, die sich ihm entgegenreckte. Sie spürte, wie ihre Knospen im süßen Schmerz sich zu harten Spitzen aufrichteten.

»Ja, meine Wildkatze«, murmelte er liebevoll an ihrer Haut. »Ich bringe dir das Schnurren bei.«

Er knabberte und lutschte noch immer an ihrer Brustspitze, während seine Hand nach unten glitt und seine Finger sich in das seidige Kraushaar zwischen ihren Schenkeln gruben.

Caitlin wimmerte leise. Jake schien alles über den Körper einer Frau zu wissen; er fand jede empfindsame Stelle, jede Vertiefung und Erhebung; er wußte, wie er sie vor Wonne zum Jauchzen brachte. Ihr Puls hämmerte, sie klammerte sich an seine nackten Schultern, ihre Finger krallten sich in seine harten Muskeln, als seine Lippen und seine Zunge sich im Kuß im langsamen, erregenden Rhythmus seiner Finger bewegten.

»Ja, so ist es gut ... schnurre für mich, Cat ...«

Ihr Blut kochte, sie fieberte der Erlösung aus der köstlichen Folter zwischen ihren Schenkeln entgegen.

»Jake ...« Sein Name war ein gehauchtes Flehen.

Sie schluchzte vor Glück und Gier, als er sich endlich auf sie legte. Seine Lippen bedeckten ihr erhitztes Gesicht mit Küssen, seine Finger strichen ihr das schimmernde Haar aus der Stirn.

Doch sie wollte keine Zärtlichkeit. Sie wollte kein Zögern. Als er an der Pforte ihrer Weiblichkeit verharrte, wölbte sie sich ihm entgegen ... drängte sich an ihn, bis er in sie glitt, tief eindrang, sie mit seiner Erektion ausfüllte ... sich endlich völlig in sie senkte und ihr weiches Fleisch seine Härte zuckend umschloß.

Caitlin seufzte wohlig, als sie ihn in sich aufnahm.

»Halt mich fester, Cat ...«

Auf seine heisere Bitte schlang sie die Beine um seine schmalen Hüften, wie Jake es ihr beigebracht hatte und genoß seinen harten Schaft in ihrer glatten, samtweichen Weiblichkeit. Sie spürte, wie seine Gesäßbacken sich zusammenzogen, als er sich in langsamen, rhythmischen Stößen in sie trieb.

Die Flammen der Leidenschaft schlugen höher, sie nahm ihn tiefer in sich auf, sehnte sich nach den unbeschreiblichen Wonnen, die sie hoch hinauf zu den Sternen trugen, wenn sie in der Vereinigung ineinander verschmolzen. Mit erneuter Heftigkeit hob sie ihm ihren schlanken Leib entgegen, stieß ihre Hüften vor, paßte sich seinen harten rhythmischen Stößen an.

»Langsam, Liebes, langsam«, flüsterte Jake heiser an ihrem schweißbedeckten Hals. Er keuchte schwer, da ihn ihre kreisenden Hüftbewegungen maßlos erregten. Und dann konnte sie nicht mehr an sich halten.

Entfesselt kreiste sie die Hüften, stieß sich ihm entgegen; seine Lippen tranken ihr wildes Stöhnen. Sie erbebte, Schauer durchzuckten sie, sie zerbarst in schwindelnden Spiralen, schrie seinen Namen, krallte sich wie eine Ertrinkende an seinen nackten Rücken, während die Wogen der Verzückung durch sie pulsierten.

Jake stieß tief in sie, als sie das Bewußtsein allmählich wieder erlangte. In lustvoller Benommenheit hörte sie sein wildes Stöhnen, seine heiser gestammelten Worte — »Cat, oh Cat ...« Sein Körper spannte sich in ihren Armen und entlud sich in heftigen Zuckungen. Sie genoß die Gewalt seiner Explosion, kostete jeden Pulsschlag seiner berstenden Entladung und spürte seinen heißen Samen tief in ihren Leib strömen.

Ihren Mund an die feuchte, seidige Haut seiner Brust gepreßt, lächelte Caitlin erschöpft und beglückt, ihren schönen Geliebten in solche Höhen ungezügelter Leidenschaft getragen zu haben. Sie genoß es, als er ermattet über ihr zusammenbrach und sein Gesicht an ihrem Hals barg.

Nach langen, köstlich trägen Augenblicken hob er sich von ihr, rollte auf den Rücken und seufzte tief.

»Geht's dir gut?« fragte er leise.

»Mmmm.« In wohliger Zufriedenheit schmiegte Caitlin sich an ihn und genoß den Schwebezustand der Glückseligkeit. Nackt, von der Sonne gewärmt, von einer leichten Brise umspielt, vom Moschusduft des Liebesaktes berauscht ... all die überwältigenden Gefühle von Zärtlichkeit, Nähe und Gemeinsamkeit genießend. Wenn sie nur immer so mit ihm liegen könnte.

Auch er kostete das beseligende Glück dieser zärtlichen

Momente. Caitlin wunderte sich noch immer, warum Jake sie gewählt hatte; er, der jede Frau haben könnte. Die Brüder MacCord waren sehr beliebt bei den Frauen. Jake und sein älterer Bruder Sloan waren verwegene Teufelskerle, wobei Jake der wildere von beiden war. Ein schwarzes Schaf, wenn es je eins gegeben hatte — wobei er es nicht gern hörte, wenn man ihn so nannte, dachte Caitlin mit einem schläfrigen Lächeln. Kein Rinderzüchter, der etwas auf sich hielt, wollte etwas mit Schafen zu tun haben, die für ihn nur stinkende Wollknäuel waren.

Die Verwegenheit, die Jake ausstrahlte, übte eine magische Anziehungskraft auf die Damen aus. Mit seinem Teufelslächeln verdrehte er jeder Frau den Kopf. Und jede Frau wäre gerne die Erwählte, die den wilden, rauhen Naturburschen zähmte.

Caitlin wußte in der ersten Sekunde, als er sie in ihrem Versteck überraschte, daß es mit ihm nur Ärger geben würde.

Auf der Suche nach ein paar verlaufenen Kälbern hatte Jake ihr verwunschenes Plätzchen entdeckt, wohin sie sich zurückzog, um ihren Träumen von der Karriere einer berühmten Schauspielerin nachzuhängen ... und um Texte großer Frauenrollen zu deklamieren.

Beim ersten Mal hatte sie die Flinte auf ihn gerichtet, da sie dem Sohn des Erzfeindes ihres Vaters tiefes Mißtrauen entgegenbrachte. Doch Jake hatte ihren Argwohn rasch mit seinem Charme zerstreut, er hatte sogar geklatscht über ihre Darbietung der Julia aus Shakespeares Drama *Romeo und Julia.* An jenem Nachmittag hatte sich eine verbotene Freundschaft angebahnt, die schließlich zu etwas weitaus Schönerem anwachsen sollte.

Verboten war ihre Freundschaft wegen der Feindschaft zwischen ihren Familien. Adam Kingsly und Ben McCord waren Besitzer von angrenzenden Ländereien in den Ausläufern der Rocky Mountains in Colorado. Beide waren Anführer und Befehlshaber in einem Grenzstreit, einem Krieg zwischen Schafzüchtern und Rinderzüchtern, einem Krieg, der im Lauf vieler Jahre Tod und Vernichtung über das Land gebracht hatte.

Caitlin wünschte sich sehnlichst, die zwanzig Jahre sinnloser Streitigkeiten zwischen den Familien auslöschen zu können. Sie hätte alles darum gegeben, wenn das Blutvergießen aufhören würde. Sie verabscheute die Vorstellung eines ewigwährenden Kampfes zwischen den benachbarten Ranchern. Nicht zuletzt deshalb träumte sie davon, dem Haß und der Bitterkeit zu entfliehen und sich im Osten niederzulassen.

Jake teilte ihre Träume. Sie erstrebte eine Bühnenkarriere wie ihre Mutter, die eine berühmte Schauspielerin werden wollte wie Moira Flynn, bevor Adam Kingsly sie nach Colorado schleppte, wo er eine Schafzucht gründete, damals im Goldrausch des Jahres 1859.

Auch Jake liebte das Abenteuer. Er fieberte danach, den Wilden Westen zu erobern, wollte auf eigenen Beinen stehen. Ihn hielt nur seine Liebe zu seinem Vater und seinem Bruder zurück, und die große Rinderranch, auf der seine Arbeitskraft gebraucht wurde. Und jetzt Caitlin. Er sagte häufig, Cat und er seien vom selben Schlag, oft hatten sie dieselben Gedanken — so wie jetzt. Sie wußte, was er sagen würde, bevor er den Mund aufmachte.

»Wann willst du es deinem Vater beibringen?« hörte sie Jakes leise Stimme.

Er lag auf der Seite, langgestreckt wie ein Puma in der Sonne. Doch seine grünen Augen waren wachsam und ernst.

»Bald«, antwortete sie ausweichend. Sie hatte Angst, ihrem Vater zu gestehen, daß sie einen McCord liebte. Papa würde ihr das nie vergeben. Sie fürchtete, daß er Jake etwas antun könnte, wenn er die Wahrheit erfuhr.

»Ich will nicht länger warten, Cat. Ich verabscheue diese Heimlichkeiten.« Jake furchte die Stirn, spielte zerstreut mit einer ihrer feuchten Haarsträhnen, die an ihrem Busen klebte. »Ich hätte Lust, heute zu euch hinüberzureiten, und ihm die Wahrheit zu sagen.«

Caitlin schüttelte den Kopf. »Das darfst du nicht, Jake. Wenn Pa erfährt, was wir tun, bringt er mich um und dich auch. Auf jeden Fall wird er mir verbieten, dich zu heiraten.«

»Na und? Dann brennen wir eben durch, suchen uns einen Prediger, der uns traut, dann kann dein Vater nicht mehr über dich bestimmen. Dann bist du keine Kingsly mehr sondern eine McCord. Wir leben auf unserer Ranch gemeinsam mit meinem Vater und Sloan.«

»Was ist, wenn die beiden das nicht wollen?«

»Sie haben nichts dagegen.«

»Wie bitte?« Caitlin blieb der Mund offen stehen. »Du hast deiner Familie von uns erzählt?«

Jake zuckte gleichmütig mit den Schultern. »Ich mußte erklären, warum ich mich so oft vor der Arbeit drücke. Und ich wollte meinen Vater darauf vorbereiten, daß es bald eine Hochzeit in der Familie geben wird.«

»Wie ... wie hat dein Vater es aufgenommen?«

»Gar nicht schlimm, wenn man die Umstände bedenkt.« Jake grinste säuerlich. »Ich habe ihm keine Gelegenheit gegeben, mit mir zu streiten. Sloan scheint sich für mich zu freuen — er brachte sogar einen Trinkspruch auf uns beide aus. Aber mein Vater ... trotzdem mache ich mir keine Sorgen. Er wird dich lieben, wenn er dich erstmal kennt.«

»Jake ...«

Bei ihrem ängstlichen Gesichtsausdruck legte er einen Finger an ihre Lippen. »Du wirst doch jetzt keinen Rückzieher machen, Cat? Ich dachte, du empfindest wie ich.«

»Das schon. Aber du verlangst von mir, meine Familie zu verlassen, Jake. So einfach ist das nicht. Stell dir vor, ich würde von dir verlangen, deine Familie zu verlassen und mit mir und meinem Vater zu leben.«

Jake schnitt eine Grimasse. »Du weißt, ich würde für dich durchs Feuer gehen, Cat. Aber es gibt Grenzen. Mit deinem Vater unter einem Dach zu leben oder mich mit dämlichen Schafen abzugeben, nein, das ginge zu weit.«

»Schafe sind nicht dämlich! Auch nicht dämlicher als deine blöden Kühe.«

»Rinder«, verbesserte er automatisch, wollte sich aber nicht auf den uralten Streit einlassen. Er sah sie forschend an, sein Blick tauchte in die blauen Tiefen ihrer Augen. »Du könntest schwanger werden, hast du daran gedacht? Würde es dir nichts ausmachen, ein Kind von mir zu bekommen, ohne zu heiraten?«

Auch sie hatte an diese Möglichkeit gedacht, hatte sogar lange darüber nachgedacht. Ehrlich gestanden war das sogar einer der Gründe, warum sie Jakes Drängen schließlich nachgegeben und mit ihm den Liebesakt vollzogen hatte. Wenn sie von Jake ein Kind bekäme, könnte ihr Vater die Zustimmung zur Heirat nicht länger verweigern. »Ich sag es ihm schon rechtzeitig.«

»Na, dann bin ich ja beruhigt«, antwortete Jake mit einem sarkastischen Unterton. »Glaubst du, du könntest dich dazu noch in diesem Jahr aufraffen?«

Caitlin verstand seine Ungeduld; ihr ging es nicht anders. Es blieb nicht mehr viel Zeit für ihre heimlichen Treffen. Jake nutzte seine letzten freien Tage vor dem herbstlichen Viehtrieb. Ab Mitte September würde er einen Zwanzig-Stunden-Tag haben, bis die Rinderherden der McCords zum Verladebahnhof nach Denver getrieben waren. Und danach setzte bald der Winter ein.

»Ich mache mir Sorgen um dich, Cat«, sagte Jake leise und eindringlich. »Dein Vater ist ein verbitterter, gefährlicher Mann, und mir gefällt es nicht, dich in Reichweite seiner Fäuste zu wissen, wenn er wieder einen Jähzornsanfall bekommt, weil er getrunken hat.«

Ihr gefiel der Gedanke ebensowenig, doch sie hatte gelernt, Adam Kingsly aus dem Weg zu gehen, wenn er in eine seiner düsteren Stimmungen verfiel und zur Flasche griff. »Er wird mir nichts tun.«

»Das will ich ihm auch geraten haben.«

Caitlin seufzte. Jakes Beschützerinstinkt wärmte ihr das Herz, obschon sein ausgeprägtes Besitzdenken und seine dominante Art ihr gelegentlich zu schaffen machte. Er sprach nie von Liebe. Er hatte sie nie gefragt, ob sie ihn heiraten wolle. Er hatte ihr lediglich gesagt, daß er sie heiraten werde. Punktum. Wie konnte sie wissen, ob er mehr für sie empfand als nur Fleischeslust, mehr als körperliches Verlangen. »Neal wird mich beschützen. Pa hört auf ihn.«

Jake schnaubte verächtlich. »Dein Bruder ist nicht besser als dein Vater.«

Caitlin wandte das Gesicht ab. Ihr Bruder Neal hatte ein liebevolles, sanftes Wesen — zumindest als Junge, bevor er von der Bitterkeit und dem Haß seines Vaters angesteckt worden war; ehe ihm die Gedanken an Vergeltung eingetrichtert worden waren. Neal würde alles tun, um seine kleine Schwester zu beschützen.

»Ich dachte, wir hätten abgemacht, nicht über die leidige Fehde zu sprechen. Und außerdem ist Neal nicht so schlecht wie du denkst.«

»Von wegen.« Jakes Gesicht verfinsterte sich. »Ich weiß, was er mit den hundert Stück Vieh auf unserer Südweide gemacht hat.«

»Dafür gibt es keine Beweise. Neal war nicht an der Sache beteiligt. Im übrigen hat dein Vater bittere Rache genommen.«

»Du hast recht, wir sollten lieber nicht darüber reden. Weil du dich blind und taub stellst für das, was dein Bruder und dein Vater tun.«

»Ich bin nicht blind! Ich bin nur ...«

»Loyal. Ich weiß.«

Sie nickte traurig. Sie fühlte sich zwischen der Loyalität zu Vater und Bruder und ihrer Liebe zu Jake hin und her gerissen. Neal hatte seine Schwester nach dem Tod ihrer Mutter praktisch großgezogen. Er hatte sich um sie gekümmert und sie beschützt, wenn ihr Vater einen seiner Ausfälle im Rausch hatte. Er war ihr Bruder und Vater zugleich, ihr schützender Hafen der Liebe. Doch auch er war in den tödlichen Kampf verstrickt wie jeder Mann in der Gegend, einschließlich Jake.

Caitlin schluckte die Kränkung hinunter, schaute zum Himmel, wo die Sonne bald hinter den bewaldeten Bergen sinken würde. »Ich muß gehen. Pa wird sich Sorgen machen, wenn ich zu lange fortbleibe.«

»Was ist mit uns? Wirst du es ihm sagen?«

»Ja. Ich muß nur den richtigen Zeitpunkt abwarten.«

»Beeil dich«, sagte Jake, und seine Stimme klang rauh. »Ich will dich in meinem Bett, jede Nacht ... und jeden Tag. Komm, Cat. Ich will nicht, daß du im Groll gehst.«

Caitlins Puls beschleunigte sich bei seiner lüsternen Stimme und dem begehrlichen Feuer seiner Augen. Sie wußte, was dieser fiebrige Blick bedeutete.

Jacke zog sie in die Arme und küßte sie hungrig, und ihre Abwehr schmolz.

Nach seiner leidenschaftlichen Umarmung konnte er sie nicht gehen lassen. Er liebte sie noch einmal, zärtlich, langsam, genußvoll, ehe er endlich von ihr ließ. Beim Anziehen war er ihr eher hinderlich als behilflich, da er darauf bestand, jeden Zentimeter ihrer nackten Haut noch einmal zu küssen.

Er trug nur Hosen, als er sie zum Pferd begleitete und gab ihr einen letzten heißen Kuß, bevor er sie in den Sattel hob. Caitlin lächelte zum Abschied, konnte den Blick nicht von ihm wenden. Jake war barfuß, die Hände in die Hüften gestemmt, mit zerzaustem Blondhaar, ein prachtvoller, stolzer Mann.

Ihr Körper glühte noch von seinen Liebkosungen. Sie zwang sich, das Pferd zu wenden und den Heimweg anzutreten. Sie warf Jake einen letzten Blick über die Schulter zu. Als sie um eine Wegbiegung ritt, verschwand er aus ihrem Blickfeld. Caitlin begann den langen Abstieg ins Tal.

Jake schaute ihr noch eine Weile nach, bevor er zum Ufer des Felsenteichs hinabstieg, die Hose auszog und noch einmal in die eisigen Fluten sprang, zum Wasserfall tauchte und sich unter die tosende Gischt stellte, um einen klaren Kopf zu bekommen. Nicht nur, um sich von Cats Leidenschaft abzukühlen, sondern auch, um seinen Zorn gegen ihren sturen Vater abflauen zu lassen. Adam Kingsly war ein Trunkenbold, der die Treue nicht verdiente, die seine Tochter ihm entgegenbrachte. Wenn Cat das nur einsehen würde. Doch Blutsbande waren stark. Und Jake wußte auch, daß er weniger Achtung vor ihr hätte, wenn sie ihrer Familie den Rücken kehren würde. Aber er wollte unbedingt, daß sie ihr bisheriges Leben aufgab und ihren Bruder verließ, den sie liebte. Er mußte Geduld aufbringen ... und das fiel ihm verdammt schwer.

Jake blieb lange im Wasser. Erst als sein Körper vor Kälte taub war, stieg er ans Ufer. Das kalte Bad hatte Caitlin nicht aus seinen Gedanken vertrieben. In letzter Zeit dachte er Tag und Nacht an sie. Besonders nachts, wenn er von ihr träumte, an ihre schlanken Beine dachte, die sie um seine Hüften schlang ... Jedenfalls erwachte er oft genug mit einer schmerzhaft prallen Erektion.

Er hatte nicht damit gerechnet, sich in die Tochter seines Erzfeindes zu verlieben. Bevor er Cat begegnete, hatte er vorgehabt, in die Welt zu ziehen, um ferne Länder, fremde Menschen kennenzulernen und seine Freiheit zu genießen. Er hatte keinen einzigen Gedanken daran verschwendet, sich mit einer Frau niederzulassen. Aber mit ihr war alles ganz anders. Cat gehörte zu ihm wie ein fehlendes Stück in einem Puzzlespiel. Wenn sie bei ihm war, hatte er nicht den Wunsch, in die Welt zu ziehen. Und im übrigen, falls er losziehen würde, würde Caitlin mit ihm gehen. Vielleicht war das ohnehin der einzige Weg, sie aus den Klauen ihrer Familie zu befreien. Im Moment hätte Jake freilich nicht mit Sicherheit sagen können, für wen sie Partei ergreifen würde, wenn sie vor die Wahl gestellt wäre.

Er zog sich den zweiten Stiefel an, in Gedanken bei Cat, als er über dem Tosen des Wasserfalls das Knirschen von Stiefeln auf steinigem Grund hörte. Bevor er nach dem Revolvergurt greifen konnte, der auf seinem Hemd lag, hörte er ein zweites unverwechselbares Geräusch: das unheilvolle Klicken eines Revolverhahns, der gespannt wurde.

Jake erstarrte. Mit leicht angewinkelten Armen und offenen Händen drehte er langsam den Kopf. Ein sechsschüssiger Colt war in Brusthöhe auf ihn gerichtet. Hinter dem Lauf fixierten ihn die kalten blauen Augen von Caitlins Bruder Neal.

Weder Vater noch Bruder waren zu Hause, als Caitlin auf das stattliche Ranchhaus zuritt, das Adam Kingsly vor fünfzehn Jahren erbauen ließ.

Er hatte den Bauplatz gut gewählt. Die Ranch schmiegte sich an die östlichen Ausläufer der Rockies, umgeben von saftigem Weideland und mehr als genügend Wasservorkommen; zwei Bedingungen, ohne die eine Schafzucht unmöglich wäre. In der Ferne, hinter dem Haus, den Stallungen und Pferchen ragten die majestätischen Berggipfel auf, deren Hänge mit prächtigen Tannen und Fichten bewachsen waren. Caitlin liebte dieses Land, auch wenn sie die Streitigkeiten haßte.

Die Abwesenheit ihres Vaters beunruhigte sie keineswegs. Die Männer ritten vermutlich in den Hügeln die Schafweiden ab.

Schafzucht war schwieriger als Rinderzucht, da die Tiere regelmäßig geschoren und durch Desinfektionsbäder getrieben werden mußten. Außerdem brauchten sie Schutz vor Raubtieren und im Winter vor Kälte und Schnee. Und ständig bestand die Gefahr, daß sie sich verirrten. Sie waren wirklich dämlich, wie Jake behauptete, obwohl Caitlin eher eine Handvoll Pfefferschoten gegessen hätte, ehe sie ihm zugestimmt hätte.

Die Kingslys beschäftigten für die etwa tausend Schafe einige Dutzend Schäfer, vorwiegend Basken aus Nordspanien. Die Männer verbrachten Tag und Nacht bei ihren Herden und schliefen in Schäferkarren oder roh gezimmerten Schuppen; die einzige Gesellschaft waren ihre Hunde. Ein einsames Leben, einsamer noch als das der Cowboys, und selbst das gab Anlaß zu Streitereien zwischen Schafranchern und Rinderzüchtern.

Seufzend betrat Caitlin ihr Schlafzimmer im hinteren Teil des Hauses. Ihr ganzes Leben war von dem Nachbarschaftskrieg überschattet. Beide Seiten brachten nicht das geringste

Verständnis füreinander auf, sondern waren nur von erbittertem Haß beherrscht.

Vielleicht würde Caitlins Ehe mit Jake einen Weg öffnen, um Frieden zu schließen. Vielleicht würden Adam Kingsly und Ben McCord die Vergangenheit hinter sich lassen, wenn ihre Kinder eine gemeinsame Zukunft ins Auge faßten. In einem Punkt hatte Jake recht. Sie mußte all ihren Mut zusammennehmen und es ihrem Vater sagen — und zwar bald, das bestätigte ihr ein Blick in den großen Drehspiegel.

Das Haar hing ihr in zerzausten Strähnen ins Gesicht. Sie sah aus wie eine junge Frau, die ausgiebig geliebt worden war. Ihre blauen Augen leuchteten, ihre Wangen glühten rosig, ihre Lippen waren von leidenschaftlichen Küssen geschwollen, ihre harten Brustspitzen zeichneten sich durch den dünnen Stoff ihrer Bluse geradezu anstößig ab. Schuldbewußt brachte sie ihre Erscheinung in Ordnung. Wenn ihr Vater sie in diesem Zustand sähe, müßte sie ihm nichts mehr über ihren Liebhaber sagen. Er wüßte Bescheid.

Sie hatte begonnen, das Abendessen in der Küche zuzubereiten, als sie draußen laute Stimmen hörte. Beunruhigt wischte Caitlin sich die mehligen Hände an der Schürze ab und trat ans Küchenfenster mit den gelben Chintzvorhängen. Aus der Schlafbaracke rannten einige Männer zum Pferdekorral. Drei Reiter kamen von den Hügeln herunter geritten. In einem erkannte sie die wuchtige, untersetzte Gestalt ihres Vaters. Er schien etwas quer über den Sattel vor sich liegen zu haben.

Caitlins Magen krampfte sich zusammen. *Nicht schon wieder.* Wie oft hatte Adam Kingsly ein totes Schaf nach Hause gebracht, vergiftet oder erschossen von den feindlichen Cowboys! Doch diese Last sah nicht aus wie ein Schaf. Es sah eher aus wie ein ... Mensch.

Kälte kroch in ihr hoch, ein schales Gefühl von Übelkeit breitete sich in ihrer Magengrube aus. Caitlin hastete blindlings zur Tür und trat auf die hintere Holzveranda.

Der Sommerabend war ungewöhnlich warm, obgleich die Sonne bereits hinter den Bergen gesunken war. Vielleicht lag es an der Hitze, daß sie so kurzatmig war und ihr Herz bis zum Hals schlug.

Zitternd, in unerklärlicher Beklommenheit hielt Caitlin sich am Geländer der Holzveranda fest, es war ihr unmöglich, einen Schritt weiterzugehen.

Ihr Vater ritt den kräftigen Kastanienbraunen im Schritt auf sie zu; es dauerte eine Ewigkeit, ehe er an den Verandastufen Halt machte. Sein sonnengebräuntes Gesicht war schmerzverzerrt, seine staubbedeckten Wangen wiesen helle Tränenrinnsale auf.

Das aber nahm Caitlin kaum wahr. Ihr Blick heftete sich auf die Last in den Armen ihres Vaters, auf das Blut, das aus dem Rücken des Baumwollhemdes sickerte.

»Er ist tot!« sagte Adam so heiser und gepreßt, daß sie ihn kaum verstehen konnte.

Caitlin mußte nicht fragen, wer der tote Mann war, der mit dem Gesicht an der Brust ihres Vaters lag. Sie erkannte das schwarze Haar, ein Vermächtnis ihrer irischen Mutter.

Sie weigerte sich, die Wahrheit zu erfassen. Ihre Kehle war zugeschnürt. Die Worte, die sie nicht aussprechen konnte, kreischten in ihrem Kopf. *Nein, bitte lieber Gott ... Neal ... nein ...*

Schwankend hielt sie sich mit einer Hand an der Brüstung fest; mit der anderen, zur Faust geballt, schlug sie sich gegen die Brust, als wolle sie dem brennenden Schmerz, der ihr Inneres zerfraß, Einhalt gebieten. Schwindel und Übelkeit drohten sie zu übermannen, sie fürchtete, das Bewußtsein zu verlieren. Ein abgehacktes Stöhnen kam aus ihr, sie erkannte in den tierischen Lauten ihre eigene Stimme nicht wieder. Nein, das durfte nicht sein. Jeden Augenblick würde sie aus diesem Alptraum erwachen. Das war nicht der bluttränkte, leblose Körper ihres Bruders. *Lieber Gott, nein.*

Die Tränen liefen ihr heiß über die Wangen und erstickten sie beinahe. Starr und verschwommen suchte sie das Gesicht ihres Vaters.

»Was ...« Das Wort war nur ein heiseres Krächzen. Sie rang nach Atem, gegen die bleierne Schwere in ihrer Brust, sie schluckte und versuchte es von neuem. »W... was ist passiert?«

Adam riß den Kopf hoch und starrte sie an. Seine rotgeränderten Augen brannten vor Zorn. »Jake McCord, das ist passiert! Der Hurensohn hat deinen Bruder umgebracht.«

»*Nein.*« Ihre Stimme klang hohl. »Das darfst du nicht sagen.«

»Und ob ich das darf, verfluchtes Weib! Er hat deinen unbewaffneten Bruder kaltblütig erschossen. Und nur wegen dir.«

Aschfahl im Gesicht schüttelte sie mechanisch den Kopf. Ihr Vater hatte vor Trauer um den Tod seines einzigen Sohns den Verstand verloren. Er beschuldigte jeden und alles, allen voran seinen Erzfeind, er ging sogar auf seine Tochter los. »Ich glaube es nicht. Jake würde nie ...«

»Es gibt Zeugen. Shorty und Placido haben es beide gesehen.«

Wie in Trance wandte Caitlin ihr starres Gesicht den beiden anderen Reitern zu. Shorty Davis grinste schief. Sie mochte den drahtigen, wettergegerbten Rancharbeiter nicht, auf den ihr Vater große Stücke hielt. In Shortys Gegenwart fühlte sie sich unbehaglich, und seine lüsternen Blicke ekelten sie. Nun wich sie unter dem hämischen Funkeln seiner unsteten, kleinen Augen zurück.

»Es stimmt, Miß Kingsly. Der Hurensohn knallte ihn einfach ab. Neal hatte keine Chance.«

»Das ist unmöglich. Sie irren sich. Sie lügen.«

Shortys herablassendes Feixen verursachte ihr Brechreiz. »Es war glatter Mord. Fragen Sie Placido, wenn Sie mir nicht glauben.«

Caitlin wandte sich hilflos an den dritten Reiter, ihr Blick ein inständiges Flehen. Der dunkle Baske Placido Flores war ein altgedienter und erfahrener Schäfer, den sie seit ihrer Kindheit kannte. Er hatte ihr geholfen, ihr erstes von der Mutter verstoßenes Lämmchen mit der Flasche großzuziehen. Sie vertraute ihm, er würde ihr die Wahrheit sagen.

»Placido, das ist nicht wahr«, flüsterte sie heiser. »Jake McCord hat meinen Bruder nicht getötet.«

Der baskische Schäfer saß bleich und stumm im Sattel, trügerische Hoffnung kroch in ihr hoch. »*Si, Senorita,* es ist wahr.« Er wandte den Blick. Doch Caitlin bemerkte die Tränen in seinen Augen, hörte das Beben in seiner Stimme. »Es stimmt, was Ihr Vater sagt.«

»Hast du es gesehen?«

»*Si,* ich war dabei.«

Die Knie drohten unter ihr wegzusacken, sie klammerte sich am Geländer fest. *Nein!* schrie ihr Herz. Der Mann, den sie liebte, konnte ihren Bruder nicht umgebracht haben. Wie aber sollte sie die wachsende Beweislast entkräften?

Sie zitterte haltlos und wiegte mechanisch den Kopf hin und her. »*Warum?* Warum sollte er das tun?«

Shorty antwortete für den Schäfer, in seiner Stimme schwang wieder dieser hämische Ton. »Weil Neal ihm sagte, er solle seine dreckigen Pfoten bei sich behalten, und McCord etwas dagegen hatte, sich befehlen zu lassen. Er zog einfach seine Kanone und schoß.«

Adam Kingsly mischte sich zornentbrannt ein. »Dein Bruder wollte dich beschützen, das ist alles, du verfluchtes Miststück!«

Caitlin hörte nicht, was ihr Vater sagte. »Jake . . . wo ist er?«

Sie mußte mit ihm reden, irgendwie mußte sie die Wahrheit herausfinden.

»Er ist abgehauen«, antwortete Shorty. »In die Berge geflohen.«

Ihr Vater ballte die Fäuste, seine Schultern bebten vor Wut. »Aber ich finde den Kerl, bei Gott! Ich stelle einen Suchtrupp zusammen, da mag der idiotische Marshal sagen, was er will. Ich bringe Jake McCord an den Galgen, das schwöre ich!«

Caitlin schüttelte wieder den Kopf, sie konnte es immer noch nicht fassen. Der Schock betäubte ihren Körper und ihren Verstand. Sie empfand keinen Schmerz. Aber sie folgte einem Impuls, ihren Vater zu trösten, zwang sich, einen Fuß vor den anderen zu setzen, stieg die Stufen hinunter und ging mit ausgestreckten Händen auf ihren Vater und den leblosen Bruder zu.

Der alte Kingsly fuhr zurück, hielt seinen toten Sohn an sich gedrückt. »Bleib mir vom Leib! Faß ihn nicht an, Schlampe! Du bist nichts weiter als eine Hure!«

Caitlin zuckte zusammen, als hätte er sie geschlagen und blieb wie angewurzelt. Sie war fassungslos.

»Ich weiß Bescheid, Hure! Verräterin! Es ist *deine* Schuld. Wenn du dich nicht mit dem Bastard eingelassen hättest, wäre mein Sohn noch am Leben.«

»W ... was ... meinst du damit?« preßte sie heiser hervor.

»Neal wäre dem Mordbuben nie nachgegangen, wenn du nicht mit ihm gehurt hättest. Er wollte dich nur beschützen.«

Sie hob eine zitternde Hand an die Schläfe. Sie beschützen? Hatte Neal von ihrer Affaire mit Jake gewußt? Hatte er Jake zur Rede gestellt und war getötet worden, weil er ihre Ehre verteidigte?

Ein entsetzlicher Verdacht kroch plötzlich in ihr hoch. Ihr Bruder war zu einem solchen Akt der Ritterlichkeit fähig. Der Gedanke war unerträglich, daß Neal wegen *ihr* sterben mußte.

Sie sah in gelähmtem Schock, wie Adam Kingsly die Leiche einem der stumm danebenstehenden Rancharbeiter aushändigte und vom Pferd stieg. Ihr Vater wirkte älter als achtundvierzig. Seine starken Hände zitterten, als er seinen toten Sohn wieder in die Arme nahm und die kostbare Last ins Haus trug.

Als Caitlin ihm folgen wollte, fuhr Adam herum und brüllte sie an. »Du hast in meinem Haus nichts zu suchen! Geh! Geh zum Teufel und komm mir nie wieder unter die Augen. Du bist nicht mehr meine Tochter, hast du verstanden?! Fahr zur Hölle!«

Seine Worte trafen sie wie Peitschenhiebe, stachen ihr wie Dolche ins Herz. Sie taumelte rückwärts, eine Hand vor den Mund gepreßt, um nicht laut zu schreien. Der grausame Schmerz schwoll in ihrer Brust wie ein bösartiges Geschwür, als sie zusah, wie ihr Vater mit ihrem toten Bruder Neal im Haus verschwand.

Sie wankte, ihr Atem ging stoßweise, keuchend. Sie zuckte zusammen, als sich eine Hand auf ihre Schulter legte. Placido war vom Pferd gestiegen und sah sie traurig an. Seine dunklen Augen waren voll Trauer und Besorgnis.

»*Senorita,* sind Sie in Ordnung?«

Ein unartikuliertes Wimmern entrang sich ihrer Kehle. Nein, sie würde nie wieder in Ordnung sein, nie wieder. Ihr war, als hätte man ihr das Herz aus der Brust gerissen. Ihr Bruder war tot, und sie trug die Schuld an seinem Tod. Neal hatte angenommen, sie brauchte Schutz und war erschossen worden, weil er sie verteidigen wollte. Sie hätte ihm von Jake erzählen müssen, hätte ihm von ihrer Liebe zum Erzfeind der Familie erzählen müssen.

Caitlin wandte sich brüsk ab, unfähig, den Trost des Hirten anzunehmen. »Bitte ... lassen Sie mich doch in Ruhe.«

Sie nahm nicht mehr wahr, wie er sich entfernte und die Pferde in den Korral brachte. Sie wußte nur, daß sie allein mit ihrem Schmerz war.

Jake, wo bist du? schrie es stumm aus ihrem wunden Herz.

Tränen verschleierten ihren Blick, als sie zu den Bergen hinüberschaute, wo sie noch vor wenigen Stunden unendlich glücklich war. Sie konnte nicht glauben, daß Jake ein kaltblütiger Killer war. Vielleicht hatte es einen Kampf gegeben, in dem er ihren Bruder erschossen hatte, aber er war kein Mörder. Er würde nie ein unschuldiges Leben auslöschen. Auch wenn Placido dachte, er sei Zeuge eines Mordes gewesen, es mußte eine andere Erklärung geben. Sie mußte mit Jake sprechen, sie mußte seine Version der Tragödie hören. Sie mußte die Wahrheit aus seinem Munde hören, bevor ihr wutschnaubender Vater ihn ausfindig machte ...

Erneutes Grauen krampfte Caitlins Magen zusammen, als sie an den Schwur ihres Vaters dachte, er wolle einen Suchtrupp zusammenstellen und Jake aufspüren. Sie mußte ihn vorher finden. Sie mußte ihn in den Hügeln suchen und warnen ...

»Jake, ich *weiß* , daß du es nicht getan hast«, flüsterte sie tonlos und ging wie in Trance zur Koppel, um ihr Pferd zu holen.

Sie konnte nicht an seine Schuld glauben, sie ließ es nicht zu. Sie liebte ihn. Er würde nie und nimmer ihr Glück mutwillig und herzlos zerstören ... Oder doch?

1. KAPITEL

Colorado,
Juni 1886

Das Fahndungsplakat im hintersten Winkel des Gemischtwarenladens von Greenbriar war schon vergilbt und an den Ecken eingerissen, gab aber ein wahrheitsgetreues Abbild des Mannes wider, den sie einst geliebt hatte. Gegen ihren Willen hob Caitlin die Hand und berührte das verblichene Plakat mit behandschuhten Fingerspitzen.

Ihre Brust zog sich schmerzhaft zusammen, als sie die Linien des markant schönen Gesichts nachzog, das ihr einst so vertraut war. Sie hatte geglaubt, vier Jahre hätten ausgereicht, um Jake zu vergessen, hatte gehofft, ihr Kummer und ihre Wunden seien verheilt oder zumindest vernarbt. Sie hatte sich geirrt. Sein Konterfei brachte alles wieder zurück.

Bilder zogen an ihr vorbei, Erinnerungen. Jake, die Hände in die Hüften gestemmt, lächelte sie herausfordernd an. Jake neckte sie mit seinen lachenden grünen Augen. Jake, der sie in die Arme nahm und küßte, bis sie atemlos war. Jake, der ihre Familie zerrüttete ...

Er hatte ihr Herz geraubt, hatte es zerbrochen und war ohne ein Wort aus ihrem Leben verschwunden.

Hör auf damit! befahl Caitlin sich stumm, doch die grausamen Erinnerungen, die sie vor Jahren aus ihrem Gedächtnis verbannt hatte, ließen sich nicht verdrängen. Sie hatte verzweifelt darauf gewartet, Jakes Version der Tragödie zu erfahren, hatte fest an seine Unschuld geglaubt und hatte inständig gehofft. Aber er war nie gekommen, hatte nie etwas erklärt, hatte sie im Stich gelassen, und schließlich blieb ihr nichts anderes übrig, als das Schlimmste anzunehmen. Ihre Trauer und Verzweiflung über den Tod ihres Bruders waren durch das Verbrechen Jakes, der diesen kaltblütigen Mord begangen hatte, ins Unermeßliche gewachsen.

Jetzt konnte er ihr nichts mehr anhaben, sie war vor ihm sicher. Caitlin, deren Herz sich beim Anblick des vergilbten Bildes so schmerzlich verkrampft hatte, gab sich einen Ruck. Jake würde nie wieder nach Colorado zurückkehren, nachdem eine Belohnung auf seinen Kopf ausgesetzt war. Er würde nicht riskieren, an den Galgen zu kommen.

Er würde nie wieder mit ihr scherzen und lachen. Sie würde nie wieder die sengende Berührung seiner Lippen spüren, die ekstatische Verzückung, wenn er sich in ihr bewegte. Nie wieder würde sie seine heiser geraunten sündigen Worte hören, wenn er sich mit ihr vergnügte und sie in die berauschenden Sphären sexueller Erfüllung trug. Nie wieder würde sie eine ähnliche Geborgenheit wie mit ihm finden, nie wieder die unendliche Zärtlichkeit seiner Liebe.

Sie würde ihn nie wieder im Leben sehen. Und sie *wollte* ihn nie wieder sehen.

Jake McCord war auf der Flucht, ein Verbrecher, der im Staat Colorado gesucht wurde. Er hatte einen unbewaffneten Mann erschossen. Und in den folgenden Jahren war aus ihm ein Revolverheld geworden, ein gesetzloser Killer, ein Mann, den Caitlin aus tiefstem Herzen verachtete. Dem Vernehmen nach hatte er mehr als ein Dutzend Männer in Texas und im Arizona Territory erschossen.

Nach all den Jahren hatte Jake immer noch die Macht, sie zu quälen und in Aufruhr zu versetzen. Sein Gesicht auf dem Fahndungsplakat hatte alte Wunden aufgerissen, die nie ganz verheilt waren. Der qualvolle Schmerz, die bitteren Selbstvorwürfe stürmten erneut auf sie ein. Sie hatte Jake vertraut, ihn aus tiefster Seele geliebt, und er hatte sie betrogen, sie verlassen, hatte ihrem unschuldigen Bruder, den sie liebte, das Leben genommen ...

Ein Räuspern holte Caitlin aus ihren wehmütigen Grübeleien. Sie drehte sich um. Die Verkäuferin beobachtete sie mit einem seltsamen Blick, in dem sich Argwohn mit Mitleid mischten.

»Tut mir leid, daß es so lang gedauert hat. Am Donnerstag ist sonst nie so viel los. Was kann ich für Sie tun, Miß Kingsly?«

Caitlin lächelte matt. »Danke, Sarah. Aber ich heiße nicht mehr Kingsly. Ich heiße Hughes. Mrs. Hughes. Ich bin Witwe.«

»Ach ja ... davon habe ich gehört. Sie haben geheiratet, nachdem sie nach St. Louis gezogen sind. Eine kurze Ehe, wie ich hörte.«

»Ja. Mein lieber Gatte ist kurz nach der Hochzeit verschieden.«

»Wie furchtbar.«

»Ja, das war es.« Um das Thema zu wechseln, setzte sie hinzu: »Ich würde mich freuen, wenn du mich wie früher Caitlin nennen würdest.«

»Ja, natürlich ... Caitlin. Also ... ich freue mich, dich wiederzusehen. Es ist so lange her.«

»Ja, da hast du recht.«

»Tut mir leid wegen deines Vaters. Es ist wirklich furchtbar.«

Caitlin zwang sich zu einem Lächeln über Sarah Baxters unaufrichtige Beileidskundgebung. Die junge Frau wollte nur höflich sein. Wie viele Leute aus der Gegend hatte auch sie zweifellos erleichtert aufgeatmet, als Adam Kingsly im vergangenen März ums Leben gekommen war, auch er war ein Opfer des Nachbarschaftskrieges — nach allem, was man so hörte. Er war bei einer Schießerei zwischen verfeindeten Cowboys und Schafhirten tödlich verwundet worden.

Von Kingslys Tochter wurde Trauerkleidung erwartet. Also trug Caitlin ein schlichtes Kostüm aus schwarzer Seide. Doch nach vier Jahren trauerte sie um ihren Bruder immer noch mehr als um den kürzlich verstorbenen Vater. Neal war nur eine Schachfigur in einem zerstörerischen, sinnlosen Krieg gewesen. Ein sanfter, liebenswerter Junge, von der Bitterkeit und dem Haß seines Vaters angesteckt und verblendet.

Caitlin empfand kein Bedauern darüber, daß ihr Vater

nicht mehr lebte und den Krieg nicht weiterführen konnte. Die Gegend war endlich von seiner Tyrannei und seinem blindwütigen Jähzorn befreit. Genau wie seine Tochter. Sie hatte die grausame Vergangenheit hinter sich gelassen und sich ein neues Leben in St. Louis aufgebaut. Dorthin war sie einen Monat nach der Tragödie allein und mittellos gezogen, um bei ihrer Tante Winifred zu leben.

Ihr Vater hatte sie in jener Nacht nicht, wie angedroht, von seiner Ranch gejagt. Sie hatte alle Hebel in Bewegung gesetzt, um seinen bitteren Vorwürfen möglichst rasch zu entkommen. Betäubt von Trauer und Verzweiflung fehlte ihr die Kraft, seine Wutausbrüche länger zu ertragen, ebensowenig wie die Klatschmäuler und das Getuschel hinter ihrem Rücken. Niemand hatte etwas von der Liebesaffäre zwischen ihr und Jake gewußt, doch nach dem Mord an ihrem Bruder schwirrten die Gerüchte und Verdächtigungen.

Nach ihrer Verheiratung verstummten die Gerüchte und mit ihrer Witwenschaft wuchs Caitlins Ansehen wieder. Es war endlich Gras über die leidige Angelegenheit gewachsen.

»Hast du vor zu bleiben?« fragte Sarah.

»Nein, ich will nur das Geschäftliche nach dem Tod meines Vaters regeln«, antwortete Caitlin wahrheitsgetreu. »Ich will einen guten Preis für unsere Wolle erzielen. Und ich möchte die Ranch verkaufen. Jetzt nach der Schafschur habe ich Zeit, mich nach einem Käufer umzusehen. Wenn du von einem Interessenten hörst, laß es mich bitte wissen.«

»Aber sicher. Hast du nicht einen Sohn?«

Caitlin lächelte. »Ja. Ryan ist mein ganzes Glück. Ich habe ihn bei meiner Tante in St. Louis gelassen. Während der Schafschur hätte ich keine Zeit gehabt, mich um ihn zu kümmern. Bei ihr ist er in guten Händen und in Sicherheit ...«

Ihre Jugendfreundin Sarah nickte seufzend. »Ja, unsere Gegend ist immer noch gefährlich.«

Wie auf ein geheimes Zeichen blickten beide Frauen zum Plakat hinüber. »Mein Mann will nicht, daß ich es abnehme«, entschuldigte sich Sarah. »Ich glaube, er war eifersüchtig auf Jake. Alle Frauen waren auf seiner Seite, ich auch. Ich habe nie an Jake McCords Schuld geglaubt. Er könnte niemanden umbringen, wie die Leute behauptet haben.«

Caitlin wand sich innerlich. Sie hatte es auch nicht glauben wollen. Selbst die blutige Leiche ihres Bruders und die Berichte der Augenzeugen hatten sie nicht völlig überzeugt. Tief in ihrem Herzen glomm ein Hoffnungsschimmer, daß alles ein tragischer Unfall und Jake unschuldig sei. Aber sie war damals blind vor Liebe gewesen.

Sarah betrachtete das Plakat nachdenklich. »Wer hätte je gedacht, daß aus Jake einmal ein Revolverheld wird? Ein Gesetzloser? Er soll auch in New Mexico gesucht werden wegen Mord an einem Bankangestellten bei einem Raubüberfall.« Sie schüttelte den Kopf. »Er soll mehr als ein Dutzend Menschen getötet haben. Weißt du, warum er zum Verbrecher wurde?«

Caitlin spürte Sarahs forschende Blicke. »Nein, nicht wirklich«, antwortete sie gequält. »Ich habe ihn nicht mehr gesehen, seit ... seit er meinen Bruder getötet hat.«

»Oh Gott ... tut mir leid. Es war ja Neal, den er damals erschossen hat ... Ah ... also, was darf's denn sein?« fragte Sarah plötzlich geschäftsmäßig, um ihre Taktlosigkeit zu überspielen.

Caitlin verdrängte die peinigenden Erinnerungen und reichte Sarah ihre Liste. Auf der Ranch fehlte es beinahe an allem, da das Haus seit Monaten nicht bewohnt war. Auch die Vorräte für die Hirten und Arbeiter gingen zur Neige, nach den anstrengenden Wochen der Schafschur, dem Verpacken der Wolle und dem Verladen der Ballen, die mit der Bahn nach Osten transportiert wurden. Am Morgen war Caitlin mit dem leichten Einspänner in die Stadt gefahren, um Vorräte einzukaufen. Sie wollte nicht bis zum Markttag am Samstag warten, wenn alle Straßen und Läden voll sein würden mit Cowboys, Ranchern und Minenarbeitern, die den langen Weg aus den Bergen in die Stadt machten.

Eine kluge Entscheidung, stellte sie beklommen fest. In

der entfernten Ecke des Ladens saßen ein paar alte Männer um ein Gurkenfaß herum und beäugten sie in einer Mischung aus Neugier, Argwohn und Feindseligkeit. Adam Kingslys Tochter war bei diesen Farmarbeitern nicht gern gesehen, auch nicht nach der Abwesenheit von vier Jahren.

Vor einem solchen Empfang hatte sie sich gefürchtet, hatte sich gescheut, nach Colorado zurückzukehren, an den Ort, wo sie so großes Leid ausgestanden hatte. Vor drei Wochen war sie angekommen, und das nur aus einem einzigen Grund: Um das Erbe für ihren Sohn sicherzustellen, um die Kingsly Ranch für den kleinen Ryan zu verkaufen.

»Dann wollen wir mal ...« murmelte Sarah und studierte die Liste. »Hundert Pfund Mehl ... zwei ganze Schinken ... Ich hole Baxter, damit er dir alles zum Wagen bringt.«

Caitlin achtete nicht auf die zudringlichen Blicke der alten Männer in der Ecke und schaute sich im Laden um. Nachdem ihre Einkäufe auf dem Wagen verstaut waren, bezahlte sie. Ohne noch einmal einen Blick auf das Fahndungsplakat mit Jakes vergilbtem Konterfei zu werfen, nahm sie die restlichen Tüten von der Theke und wandte sich zum Gehen.

»Ich helfe dir raustragen«, bot Sarah an, und beide Frauen verließen den Laden.

Vor dem Einspänner blieb Caitlin wie angewurzelt stehen. Auf der anderen Straßenseite vor dem flachen Ziegelbau, in dem das Gefängnis und das Büro des Marshals untergebracht waren, standen zwei Männer im Gespräch. Einer davon war der County Marshal. Der andere war Jakes Bruder Sloan McCord.

Caitlins Herz machte einen Satz. Sie sah Sloan zum ersten Mal nach vier Jahren wieder, seit sein Bruder ihren Bruder erschossen hatte.

Ungebeten drängte sich ihr eine Erinnerung auf. Jakes leise Stimme an jenem letzten verzauberten Nachmittag in ihrem Versteck. *Sloan schien sich für mich zu freuen — er brachte sogar einen Trinkspruch auf uns aus.*

Damals hatte Sloan ihre Heirat gebilligt, erinnerte Caitlin sich wehmütig. Der ältere der beiden McCord Brüder galt schon damals als etwas Besonderes. Beinahe so wild wie Jake, war er stets eigene Wege gegangen und hatte sich nicht um die Meinung anderer gekümmert. Er hatte sogar ein Indianermädchen vom Stamm der Cheyenne geheiratet. Jakes Erzählungen zufolge hatte Sloan sich nur widerstrebend an dem Nachbarschaftskrieg beteiligt. Doch das war, ehe Jake zum Gesetzlosen geworden war.

In den letzten drei Wochen hatte Caitlin einiges über die Entwicklung der Auseinandersetzungen während ihrer Abwesenheit erfahren. Die Fehde hatte sich nach Jakes Verschwinden verschärft. Es waren nicht nur ungezählte Schafe und Rinder bei den Übergriffen auf beiden Seiten getötet worden, es floß auch viel Menschenblut. Jakes Vater Ben McCord lebte nicht mehr; man hatte ihn vor einem Jahr tot im Wald aufgefunden. Im letzten Winter war Sloans indianische Frau bei einem Überfall ermordet worden; sie hinterließ eine zwei Monate alte Tochter, die Sloan nun allein großziehen muß. Dem Hörensagen nach hatte Adam Kingsly persönlich den Überfall auf Sleeping Doe angeführt. Es hieß auch, Sloan habe Adam aus Rache für seine Frau getötet. Doch keine der Anschuldigungen konnte bewiesen werden. Zutreffend war allerdings, daß Sloan die Position seines verstorbenen Vaters übernahm und den Krieg weiterführte, und es nicht das geringste Anzeichen gab, daß irgendwann Frieden herrschen würde.

Caitlin hätte vor Entsetzen und Wut schreien mögen, als ihr Freund Vernon die grausigen Vorfälle schilderte. Es war alles so sinnlos und zerstörerisch. Und ihr Vater trug eine große Mitschuld an der Barbarei.

Als spürten die Männer auf der anderen Straßenseite ihre Gegenwart, unterbrachen sie das Gespräch und drehten ihr die Gesichter zu. Caitlin erschrak über Sloans harten Blick. Trotz der Entfernung spürte sie den eisigen Haß in seinen blauen Augen.

Plötzlich wünschte sie, Vernons Angebot angenommen zu haben, sie in die Stadt zu begleiten. Als Schullehrer des Ortes war Vernon Whitfield seit jeher bemüht, eine neutrale

Haltung im Grenzkrieg einzunehmen, und er wußte ziemlich genau, welches Risiko er damit einging.

Sarah neben ihr versteifte sich. »Direkt unheimlich, wie Sloan dich ansieht.«

Caitlin nickte. Sloan McCord vermittelte ihr den Eindruck, als bereitete es ihm einen Riesenspaß, ihr bei lebendigem Leibe die Haut abzuziehen. »Ich kann es ihm kaum übelnehmen, nicht wenn das wahr ist, was ich über seine Frau gehört habe. Wenn mein Vater wirklich verantwortlich für ihren Tod ist, so muß Sloan jeden hassen, der den Namen Kingsly trägt.«

»Aber du hast doch nichts damit zu tun gehabt.«

»Nein«, antwortete Caitlin traurig. Doch wie viele Unschuldige hatten in diesem verfluchten Krieg gelitten! Sie hatte sich geschworen, daß ihr Sohn nichts damit zu tun haben sollte.

Nichts und niemand durfte Ryan je etwas Böses antun. Sie würde kämpfen wie eine Löwin, und sie würde *töten*, bevor sie zuließ, daß ihr Sohn in den Haß und die Gewalt hineingezogen wurde, um vernichtet zu werden, wie ihr Bruder vernichtet wurde. Niemals würde sie zulassen, daß Ryan einen Fuß auf dieses blutgetränkte Land setzte und der grausamen Gewalt ausgesetzt war, die so viele Menschenleben gefordert hatte.

Sloan machte auf dem Absatz kehrt und ging die Straße entlang auf den Saloon zu. Seine Sporen klirrten unheilvoll. Caitlin atmete erleichtert auf, kletterte hastig auf den Kutschbock und verabschiedete sich von Sarah.

»Ich bin wirklich froh, daß du wieder da bist, Caitlin.«

»Das ist nett von dir«, lächelte Caitlin zerstreut. »Schön zu wissen, daß ich noch Freunde habe.«

Sie löste die Bremse und ließ die Zügel schnalzen. Die zwei Braunen zogen an und fielen in raschen Trab. Sie glaubte, Marshal Nethersons Stimme zu hören, der ihren Namen rief, doch sie blieb nicht stehen. Sie wollte weg von hier, um den bitteren Erinnerungen zu entfliehen ... und einer Vergangenheit, die sich nicht verdrängen ließ.

Die quälenden Erinnerungen waren hier noch schlimmer, dachte Jake, als er den Blick durch die Schlucht schweifen ließ.

Der glasklare Felsteich mit dem tosenden Wasserfall hatte sich in den vier Jahren nicht verändert, seit jenem Tag, an dem seine Träume in tausend Scherben zerbrochen waren. Er empfand die friedliche Idylle wie einen Hohn.

Jake rutschte unruhig im Sattel hin und her.

Was zum Teufel hatte er hier verloren? Nach all den Jahren der Flucht, wieso hatte es ihn ausgerechnet hierher gezogen? Hier wäre er beinahe umgekommen, hier hatte sich sein Leben vom paradiesischen Glück in einen Höllenschlund verwandelt, von einer Sekunde zur nächsten, mit dem Knallen einiger Revolverschüsse. Dies sollte der letzte Ort sein, den er wiedersehen wollte. Doch er war noch keinen Tag zu Hause, als es ihn magisch hierher trieb, entschieden gegen seinen Willen.

Die Hand schützend an die Augen gelegt, spähte er zu den Felsen am Wasser hinüber. Es hätte ihn nicht erstaunt, Blutflecken zu sehen – sein Blut und Neals Blut. Doch der Granit war längst von Regen und Schnee sauber gewaschen. Nur seine blutigen Erinnerungen nicht.

Und seine Erinnerungen an Caitlin.

Von seinem Bruder hatte er gehört, daß sie vor einigen Wochen nach Colorado zurückgekehrt war. Er hatte sich gefragt, ob er ihre Gegenwart hier spüren, sich ihr näher fühlen würde, oder ob der Zauber durch Blut und Tod zerstört wäre. Ja, er *war* zerstört. Dennoch verfolgte ihn dieser Ort, wie die Erinnerung an sie ihn verfolgte.

»Was zum Teufel tust du dann hier?« murmelte Jake halblaut.

In der Tiefe seiner Seele wußte er die Antwort. Er war gekommen, um seine Empfindungen für Cat zu erforschen. Um herauszufinden, was er tun sollte. Ob er den Versuch machen sollte, sich mit ihr zu versöhnen.

Das mußte er wissen, bevor er sich entschloß, sie wiederzusehen.

Und die Antwort?

Er nahm den Hut ab und fuhr sich mit der Hand durch die blonden Locken. Die Antwort wußte er nicht. Er wußte nicht, was er von Caitlin wollte. Er wußte nicht, ob er die Vergangenheit ruhen lassen, oder sich mit der unbändigen Wut auseinandersetzen sollte, die immer noch in ihm brodelte. Mit der Bitterkeit, den Vorwürfen. Ob er je vergessen konnte, was ihr abscheulicher Vater getan hatte?

Das Schlimme daran war, daß er nicht einmal wußte, ob er vergessen *wollte.*

»Sind Sie sicher, daß Sie alleine reiten wollen, Madam?« fragte der Vorarbeiter, als er Caitlin beim Aufsitzen half.

»Keine Sorge«, antwortete sie und strich die Röcke über dem Damensattel glatt. »Ich bleibe auf unserem Land und habe meinen Derringer und die Flinte dabei.« Ihre behandschuhten Finger tätschelten die Gobelintasche, die über dem Sattelknauf hing und spürten den Stahl der doppelläufigen Pistole. Nur ein Narr würde in diesen gefährlichen Bergen unbewaffnet ausreiten. »Ich bleibe nicht lange fort.«

Entschlossen nahm sie die Zügel hoch, drückte dem Pferd den Absatz in die Flanken und ritt los.

Bisher hatte sie es abgelehnt, sich mit der Vergangenheit auseinanderzusetzen. Sie war seit drei Wochen zu Hause, hatte die schmerzlichen Erinnerungen an den Tod ihres Bruders verdrängt, hatte sich geweigert, ihre Trauer zu verarbeiten und sich ihren Schuldgefühlen zu stellen. Dafür war auch keine Zeit während der Schafschur. Nun gab es keine Ausflüchte mehr. Das Fahndungsplakat hatte sie erschreckt, hatte grausame Erinnerungen geweckt. Die Trauer um Neals Tod war wie eine schwärende Wunde wieder aufgebrochen.

Sie hatte die Ranch noch nicht weit hinter sich gelassen, als sie eine langsamere Gangart anschlagen mußte. Der steinige Pfad stieg bald in scharfen Biegungen steil an und erforderte ihre Konzentration. Früher hatte die majestätische Gebirgslandschaft beruhigend auf sie gewirkt, heute stürmten quälende Gedanken an Jake auf sie ein.

Sie wurde von Gespenstern heimgesucht, die sich nicht vertreiben ließen, war von der Erinnerung an einen Mann geplagt, den sie nicht vergessen konnte.

Caitlin lachte trocken. Wie konnte sie hoffen, Jake McCord je zu vergessen? Die kleinsten Einzelheiten waren immer noch in ihrem Kopf, in ihrem Herzen eingebrannt: die Art, wie er sie mit Blicken verschlang, das teuflische Funkeln seiner smaragdgrünen Augen. Seine zärtlich streichelnden Hände. Sein berauschender Duft, erdhaft und männlich. Sein harter, drängender Schaft, der sie in die höchsten Höhen der Leidenschaft trug. Seine Nähe und Wärme nach dem Liebesakt, die ihr das Gefühl gaben, ein Teil von ihm zu sein. Die Art, wie er stundenlang mit ihr über Träume, Wünsche und Hoffnungen geredet hatte, über die Zukunft ...

Hör auf, an ihn zu denken, verflucht noch mal! Wie dumm von ihr, sich damals mit ihm einzulassen. Er hatte sie nie geliebt. Das konnte sie sich endlich eingestehen, ohne vor Schmerz schreien zu müssen. Jake hatte sie verführt, ihr Herz geraubt, sie hintergangen und verraten. Sie war nicht einmal mehr sicher, ob er je tatsächlich vorgehabt hatte, sie zu heiraten. Auch das konnte eine Lüge gewesen sein — eine grausame Vergeltungsmaßnahme, sich für all die Gemeinheiten zu rächen, die ihr Vater ihm und seiner Familie angetan hatte.

Als er verschwunden war, hatte er Caitlin in dem Gefühl zurückgelassen, ihr sei das Herz aus der Brust gerissen worden. Wie oft hatte sie in den freudlosen Jahren danach in Gebeten gefleht, Gott möge sie von ihren quälenden Gedanken an Jake erlösen. Ihr war nichts geblieben als Tränen und Trauer und die zermürbende Einsamkeit ...

Sie mußte ihn ein für allemal aus ihren Gedanken vertreiben, mußte die geschäftlichen Dinge regeln und sobald wie möglich nach St. Louis zurückkehren, um das ruhige, ereignislose, sichere Leben wieder aufzunehmen, das sie für sich und Ryan aufgebaut hatte.

Sie wollte die Ranch verkaufen. Sie würde nicht das Leben

ihres Kindes aufs Spiel setzen, nur um an dem Traum ihres Vaters festzuhalten, ein Traum, der ihr nie etwas bedeutet hatte. Adam Kingslys Vision eines Schafzuchtimperiums, das auf Blut und Haß aufgebaut war, widerstrebte ihr bis ins Mark.

Ihr lag nichts an dem riesigen Landbesitz, den sie von ihrem Vater geerbt hatte, durfte ihrem Sohn aber das Erbe nicht vorenthalten. Ryan verdiente eine bessere Zukunft, als sie ihm mit ihrem kargen Verdienst als Lehrerin bieten konnte. Und sie hoffte, die Abhängigkeit von ihrer Tante beenden und Winnie für ihre Großzügigkeit entlohnen zu können. Sie wollte ihrer Tante, die selbst nur über geringe Mittel verfügte, nicht länger auf der Tasche liegen, wie sie es in den letzten vier Jahren gezwungen war zu tun.

Caitlin erreichte den Wildbach, der aus dem Hochgebirge über die schroffen Felsen rauschte. Ihre innere Spannung stieg, als sie das Pferd vorsichtig in die Schlucht lenkte.

Sie hatte nicht den Wunsch, diesen Ort wiederzusehen, fühlte sich aber unwiderstehlich angezogen, angelockt von den Erinnerungen an ihren letzten Besuch ... von der Liebe, die sie hier kennengelernt hatte. Von jenem verzauberten letzten Tag, an dem sie so unbeschreiblich glücklich war. Alles Glück ihres Lebens hatte sie an jenem Nachmittag in Händen gehalten und verloren ...

Caitlin stockte der Atem, als der Weg nach einer Biegung an einer sonnendurchfluteten Bergmatte endete.

Die Lichtung war erfüllt von bittersüßen Erinnerungen, die auf sie einstürmten.

Ihr Lieblingsplätzchen. Im Sommer ein Ort des Friedens und der lebensspendenden Wärme, wenn die waldigen Berghänge im satten Grün leuchteten, seltene Bergblumen blühten. Sie hatte Jake im Sommer kennengelernt, im Sommer hatte sie sich in ihn verliebt ...

In der Ferne, zwischen den Tannen, glitzerte der Teich, und das Tosen des Wasserfalls war zu hören.

Eine andere süße Erinnerung stahl sich in ihr Herz; an

einen klaren, warmen Julitag. Der Augenblick, als sie sich in Jake verliebt hatte.

Er war splitternackt in den Teich gesprungen und wollte sie überreden, zu ihm ins Wasser zu kommen. Sie hatte sich geweigert und ihm gründlich die Meinung gesagt, aber später in jenem Sommer ...

Ach, Jake ...

Sie ritt aus dem Wald auf die Wiese und entdeckte an der gegenüberliegenden Bergflanke einen einzelnen Reiter.

Ihr Herzschlag setzte aus.

In Lederweste und Lederhosen hätte der Mann irgendein Cowboy sein können, doch etwas in Caitlin wußte es besser. Sein tief gezogener Hut verbargen Haare und Gesicht. Ihr Instinkt erkannte die geschmeidige, muskulöse Gestalt dennoch.

Ihre Hände umklammerten die Zügel und rissen sie hoch. Das Pferd blieb erschrocken stehen.

Flieh! schrie eine warnende Stimme in ihr. Doch ihr Körper wollte nicht gehorchen. Sie war zu keiner Bewegung fähig, ihr Herz klopfte laut, als sich der gefürchtete Geist aus der Vergangenheit näherte.

Sie wußte, daß er sie erkannt hatte. Auch er riß die Zügel hoch. Bange Herzschläge rührte er sich nicht und fixierte sie. Er hatte den Hut tief über die Augen gezogen, dennoch spürte sie seinen durchdringenden Blick. Mit leichtem Sporendruck ritt er langsam auf sie zu.

Ein verwirrendes Gefühl von Unwirklichkeit und Entsetzen hielt Caitlin gefangen, gelähmt und hilflos wartete sie. Es war zu spät, um zu fliehen. Er würde sie einholen. Sein Pferd kam neben ihrem zum Stehen.

Der Puls dröhnte ihr in den Ohren. Caitlin starrte in die kalten grünen Augen ihres früheren Geliebten, eines gesetzlosen Geächteten.

2. KAPITEL

»Hallo, Cat«, sagte Jake leise, tonlos. »Lange nicht gesehen.«

Caitlin blieb stumm. Selbst wenn ihr eine Antwort eingefallen wäre, hätte sie kein Wort über die Lippen gebracht, ihre Kehle war wie zugeschnürt. Sie konnte die Augen nicht wenden. Ihr Blick saugte sich an ihm fest, verschlang seine Gestalt.

Die Jahre waren für einen flüchtigen Moment ausgelöscht. Sie sah nicht den gefährlichen Verbrecher vor sich, der auf dem Fahndungsplakat abgebildet war; sie sah einen anderen Mann, den sie als junges Mädchen geliebt hatte. Damals hatte sie sich von zu Hause fortgeschlichen, um Jake an diesem verzauberten Ort zu treffen, mit ihm zu reden, ihn zu streicheln, mit ihm zusammenzusein. Zwei Verliebte, die ihre Träume, Hoffnungen und Wünsche austauschten. Wieder überkam sie die atemlose Erwartung, das süße Glück, ihn wiederzusehen ...

Das Bild erlosch, und sie sah ihren Bruder Neal, wie sie ihn zum letzten Mal gesehen hatte: seinen leblosen, blutdurchtränkten Körper in den Armen ihres Vaters ... von Jakes Hand ermordet. Ein scharfer Stich durchbohrte Caitlin. Immer noch stumm und bleich starrte sie Jake an.

Er hatte sich verändert. Sein langes, wildes Haar unter der Hutkrempe hatte zwar noch immer die Farbe eines reifen Weizenfeldes, seine Augen waren immer noch von diesem atemberaubenden Grün. Wind und Wetter und harte Lebensbedingungen aber hatten jede Spur von jugendlichem Schmelz und Sanftheit aus seinem Gesicht getilgt. Er war hager und sehnig wie früher. Sein Brustkasten schien noch muskulöser als früher, seine breiten Schultern spannten sich unter dem verwaschenen blauen Baumwollhemd.

Ihr Blick fiel auf zwei tief an den Hüften festgebundenen Pistolen. Hart und gefährlich. Er sah genau aus wie der gesetzlose Revolverheld, der aus ihm geworden war.

Caitlin war den Tränen nahe. Ihr Herz schrie in verzweifelter Sehnsucht nach dem zärtlichen Geliebten, den sie einst gekannt hatte. Er war ein Fremder geworden, ein Verbrecher, ein Mann, vor dem sie Angst hatte. Und um den sie bangte. Wenn man ihn erwischte, würde Jake am Galgen enden.

»Was ist los? Hast du deine Zunge verschluckt?« spottete er leise.

Bei seiner scherzhaften Bemerkung drehte sich ein Dolch in ihren Eingeweiden um. Die Erinnerung drohte sie zu ersticken.

»W ... was ... was tust du hier?« fragte sie heiser. »Weißt du nicht, daß ein Kopfgeld auf dich ausgesetzt ist?«

Seine Augen forschten in ihrem Gesicht. »Na so was, Cat. Das klingt ja, als seist du um mich besorgt.«

Caitlin zwang sich, die Zügel mit zitternden Händen hochzuheben. Sie mußte verrückt sein, immer noch besorgt zu sein, was mit ihm geschah, nach allem, was er ihr angetan hatte. »Nicht im geringsten. Meinetwegen können sie dich am nächsten Baum aufhängen. Ich habe nichts mehr mit dir zu reden.« Damit drängte sie sich an seinem Pferd vorbei.

Er reagierte blitzschnell, brachte sein Pferd näher, beugte sich aus dem Sattel und griff nach ihrem Zaumzeug. »Oh doch, das hast du. Du wirst mit mir reden. Das bist du mir schuldig.« Mit einem Ruck riß Jake ihr die Zügel aus den taub gewordenen Fingern und schlang sie sich um die Hand. »Ich hätte dich ohnehin besucht. Aber nun können wir es auch gleich hier hinter uns bringen.«

Caitlin stockte der Atem, ihr Magen verkrampfte sich. Sie war allein mit einem gefährlichen Mörder in einer gottverlassenen Gebirgsschlucht. Niemand würde sie hören, wenn sie um Hilfe schrie. Aber sie hatte eine Waffe ... Zitternd zerrte sie an den Bändern ihrer Stofftasche und tastete nach dem Derringer. Dann zog sie die kleine Pistole und hielt den Lauf bebend auf Jakes Brust gerichtet.

Ein Anflug von Schmerz huschte über sein Gesicht, so rasch, daß sie glaubte, sich geirrt zu haben. Sein Gesicht war sofort wieder verschlossen, ohne Ausdruck.

Dann lachte er leise und spöttisch. »Die alte Cat. Damals, als ich dich zum ersten Mal hier am Teufelsteich traf, hast du auch die Flinte auf mich gerichtet. Erinnerst du dich, Julia?« Sein spöttisches Lächeln hatte eine Spur seines früheren Charmes. »Erinnerst du dich, wie es damals endete?«

Caitlin zog den Atem scharf ein. Sein schiefes Lächeln übte eine seltsame Wirkung auf sie aus. Auch wenn ihm jede Weichheit abhanden gekommen war, Jake McCord strahlte immer noch eine Sinnlichkeit aus, die sie erbeben ließ. Ein Blick seiner strahlenden Augen beschleunigte ihren Puls. Ein Lächeln von ihm brachte sie zum Schmelzen. Dafür war sie immer noch empfänglich — für ihn.

Ein Schauer jagte Caitlin über den Rücken. Gott steh mir bei! flehte sie stumm. Sie verzehrte sich immer noch vor Verlangen nach ihm.

Caitlin haßte ihre verräterischen Regungen, ihre Empfindungen für Jake und die quälenden Erinnerungen, die sie mit ihm verband. Sie zwang sich zur Ruhe. Sie würde sich nicht von seinem verräterischen Charme und seiner männlichen Anziehungskraft einlullen lassen. Sie würde keine Angst vor ihm haben. Zorn wallte in ihr hoch, dem sie freien Lauf ließ. Sie hob den Derringer höher.

Die Luft zwischen ihnen schien vor Spannung zu knistern. Ihre Hand zitterte erbärmlich. Sie mußte sich zusammennehmen ...

»Bleib mir vom Leib, Jake«, befahl sie, erleichtert darüber, daß ihre Stimme weniger zitterte, als sie befürchtet hatte.

»Vom Leib bleiben?« Seine Mundwinkel zogen sich hoch. »Ein wenig spät, deine Unschuld vor mir schützen zu wollen, findest du nicht?« Seine gedehnte Stimme und sein unverschämter Blick ließ ihren Zorn erst richtig auflodern.

»Es ist für viele Dinge zu spät. Zwischen uns ist zuviel geschehen, um vergessen zu können. Ich bin nicht das junge Mädchen, das du einmal zum Narren gehalten hast. Ich habe mich verändert. Du hast dich verändert.«

Ja, sie ist nicht mehr dasselbe Mädchen, dachte Jake bitter. Seine Cat war zur Frau geworden. Ihre Brüste waren voller, ihr Gesicht reif und weich. Aber sie übte immer noch diese magische Anziehung auf ihn aus wie damals.

Er hatte gedacht, das Wiedersehen mit ihr würde weniger schmerzhaft sein, obwohl er Caitlins Reaktion auf ihn erwartet hatte. Der Vorteil des Überraschungsmoments war auf seiner Seite. Sein plötzliches Auftauchen hatte sie offenbar erschreckt und aus der Fassung gebracht. Nichts hätte ihn daran hindern können, sie nicht zu sehen, jetzt da er wieder zu Hause war. Die Schießerei vor vier Jahren hatte sein Leben zerstört, doch es war die plötzliche Trennung von Cat, die eine grauenvolle Leere in ihm hinterlassen, die all seine Träume zerschmettert hatte.

Träume, die für immer verloren waren.

Jake biß die Zähne aufeinander und prüfte ihr angespanntes, gepeinigtes Gesicht. Sie ist nicht mehr meine Cat, ermahnte er sich grimmig. Sie hatte einen anderen Mann geheiratet. Ein anderer hatte seinen Platz eingenommen. Eifersucht nagte an seinem Inneren.

»Geh mir aus dem Weg!« befahl Caitlin, die zierliche Pistole auf seine Brust gerichtet.

Sein Herz brannte vor Schmerz. »Ich denke nicht daran.« Lässig verschränkte er die Hände über dem Sattelknauf, als habe er vor, sich auf ein längeres Bleiben hier einzurichten.

»Wenn ich dem Marshal sage, daß ich dich gesehen habe, wanderst du ins Gefängnis und endest mit einem Strick um den Hals.«

»Nur zu. Sag es ihm.«

Sie sah ihn verwundert an. Wie konnte er so gleichgültig sein, wenn sein Leben auf dem Spiel stand? »Was willst du von mir, verdammt noch mal?« fragte sie hitzig.

Jake bemerkte mit einem Hauch Genugtuung, daß er immer noch die Macht hatte, Cats aufbrausendes Temperament zu reizen. »Ich möchte, daß du dir meine Version der Geschichte anhörst.« Er machte eine Pause. »Vermutlich weißt du die letzten Neuigkeiten noch gar nicht.«

Caitlin musterte ihn argwöhnisch. »Welche Neuigkeiten?«

Jake verzog die Mundwinkel, ohne zu lächeln. »Ich bin ein freier Mann.«

»Was?« Caitlin war fassungslos, sie mußte sich verhört haben.

»Ich wurde vor einer Woche vom Gouverneur von Colorado für unschuldig erklärt. Der Haftbefehl gegen mich ist aufgehoben.«

»Das ... das kann nicht sein«, hauchte sie, konnte in ihrer Verblüffung kaum sprechen. »Du hast meinen Bruder ermordet ...«

Die Anklage durchbohrte Jake wie ein Messerstich. Er hatte gewußt, daß Caitlin ihm bittere Vorwürfe machen würde, weil er ihren Bruder getötet hatte, aber daß sie so wenig Vertrauen zu ihm hatte, daß sie ihn tatsächlich für einen Mörder hielt ...

»Nun, mein Schatz«, entgegnete Jake herablassend, »so ist es nun mal. Sloan telegrafierte mir die Neuigkeit aus Denver und händigte mir gestern abend die Papiere aus, als ich aus New Mexico hier ankam. Ich bin nicht mehr vom Gesetz verfolgt. Zumindest nicht in Colorado, nicht wegen Mordes. Sloan hat den Beweis, daß mir das Verbrechen angehängt wurde — von deinem Vater, Caitlin.«

»Das muß ein Irrtum sein«, hauchte sie schwach.

»Kein Irrtum. Frag meinen Bruder, wenn du mir nicht glaubst. Er ist gerade aus Denver zurückgekommen. Einer der Zeugen deines Vaters hat allem Anschein nach die Tonart gewechselt.«

Caitlin preßte eine Hand an die Schläfe, sie konnte keinen klaren Gedanken fassen, in ihrem Kopf wirbelte alles wild durcheinander.

Die Zeugen ihres Vaters? Aber es hatte nur zwei Zeugen bei der Schießerei gegeben, und Shorty Davis lebte nicht mehr. Blieb nur noch Placido ... »Was meinst du damit? Welche Tonart?«

»Die Zeugen deines Vaters haben damals über den Hergang gelogen.« Caitlin schwieg, und Jake hob eine Augenbraue. »Willst du nicht wissen, was wirklich passierte, Cat?«

»Ich weiß, was passiert ist«, fauchte sie. »Du hast meinen Bruder getötet.«

»Das mag sein, aber es war Notwehr.« Er lächelte bitter. »Ich habe die schriftliche Aufhebung des Haftbefehls, um es zu beweisen.«

»Das beweist gar nichts.«

Jakes spöttischer Zug verschwand. »Nein, du hast recht. Das beweist nichts. Trotzdem bin ich unschuldig. Dein Vater hat mir den Mord an Neal angehängt, um mich zu erledigen.«

»Du lügst.«

»Es ist die Wahrheit, Cat«, beharrte Jake eisig. »Ich habe deinen Bruder getötet, aber es geschah aus Notwehr. Sonst hätten die Kerle mich kastriert oder gelyncht. Neal lauerte mir auf und wollte sich an mir rächen, weil ich es gewagt hatte, dich anzufassen.«

Sie schüttelte den Kopf, zu verstört, zu gepeinigt, um auf ihn zu hören, nicht bereit, seine Erklärung zu glauben, die ein so schlechtes Licht auf ihren Bruder warf. »Ein unschuldiger Mann läuft nicht davon. Du aber bist damals davongelaufen.«

Jakes Kiefer mahlten. »Ja, ich bin weggelaufen.«

»Du bist verschwunden und nie zurückgekommen.«

»Willst du nicht wissen, aus welchem Grund?«

»Nein.« Sie hatte nicht die Absicht, sich nach so langer Zeit von Jake irgendeine erfundene Geschichte erzählen zu lassen.

»Zwei Kugeln steckten in mir. Neal hatte auf mich geschossen ... ich war so schwer verletzt, daß ich beinahe krepiert wäre.«

»Ich glaube dir kein Wort«, entgegnete Caitlin trotzig.

Jake begann sein Hemd aufzuknöpfen. Caitlin wich entsetzt zurück. »Was machst du?«

»Ich zieh mich aus.« Er feixte über ihr erschrockenes Gesicht. »Was ist los, Teufelskatze? Es gab eine Zeit, da hast du mich gern nackt gesehen.«

»Jake ... tu das nicht ...«

»Keine Sorge. Ich falle nicht über dich her.«

Den Blick unverwandt in ihre Augen geheftet, schob er das Hemd mit der Lederweste nach hinten über die Schultern und entblößte seine Brust. Sein nackter sehniger Oberkörper war tief gebräunt. Caitlin erschrak beim Anblick der beiden tiefen Narben, die von Pistolenkugeln stammen konnten. Eine an der rechten Schulter, eine zweite an der linken Seite, knapp unterhalb der Rippen.

Caitlin schüttelte eigensinnig den Kopf. »Was beweist das schon? Diese beiden Narben kannst du dir überall geholt haben.«

Jake schob Hemd und Weste wieder nach oben, ohne das Hemd zuzuknöpfen. »Das könnte ich, habe ich aber nicht. Die Schüsse stammen aus der Waffe deines Bruders.«

»Du bist ein Revolverheld. Wahrscheinlich hat ein anderer schneller gezogen.«

Er schüttelte den Kopf. »Keiner zieht schneller als ich. Jedenfalls nicht im New Mexico Territory. Hör zu, Caitlin.« Seine Stimme war leise und eindringlich geworden. »An jenem Tag schoß Neal zuerst und ich griff nach meiner Pistole. Ich wußte nicht einmal, daß ich ihn getroffen hatte. Ich bin nur auf mein Pferd gesprungen und geflohen. Später wurde mir klar, daß ich ihn getroffen haben mußte. Er hatte seine beiden Cowboys bei sich. Aber Davis und Flores verfolgten mich nicht, wie ich befürchtet hatte. Und das war gut so, denn in dem Zustand, in dem ich mich befand, hätten sie mich bald eingeholt. Ich bin in die Berge geritten, bevor ich das Bewußtsein verlor. Ich wurde erst wieder wach, als ein Cheyenne-Indianer namens Wolf Logan an mir herumschnitt. Er holte die Kugeln heraus und schleppte mich in sein Lager weit oben in den Bergen. Ein paar Tage lag ich im Fieberdelirium. Die Wunden heilten zwar gut, aber es dauerte Wochen, bis ich überhaupt stehen konnte, geschweige denn wieder reiten.« Jakes Mundwinkel zogen sich bitter nach unten. »Und es war eine teuflische Überraschung, als ich zwei Monate später nach Hause kam und erfuhr, daß ich wegen Mordes gesucht wurde.«

Caitlins Herz drohte stehenzubleiben. »Du bist zurückgekommen?«

»Ja, ich kam zurück, aber ich bin nicht geblieben. Ich konnte meine Unschuld nicht beweisen. Dein Vater hielt alle Trümpfe in der Hand. Sloan überredete mich, nach New Mexico zu reiten, um dem Strang zu entgehen. Er sagte, er wollte für mich gegen deinen Vater kämpfen. Du hattest Colorado damals bereits verlassen, und auf meinen Kopf war eine Belohnung ausgesetzt. Sloan hatte recht, es wäre nicht klug gewesen, hier zu bleiben. Aber ich wurde zu Unrecht beschuldigt. Dein Vater hat die zwei Zeugen bestochen, für ihn zu lügen.«

»Placido Flores sagte mir, was passiert war, und der Mann lügt nicht«, beharrte Caitlin.

»Aber ich lüge. Willst du das sagen?« Wut kochte in Jake hoch über ihre störrische Blindheit. Er zwang sich zur Ruhe. Er konnte nicht erwarten, daß Caitlin seine Version der Vorgänge glauben würde. Sie hatte allem Anschein nach vier Jahre damit zugebracht, die Lügen ihres Vaters zu glauben, und es würde einige Zeit dauern, sie eines Besseren zu belehren. Vielleicht würde sie ihm nie verzeihen, daß er ihren Bruder getötet hatte ... Aber er wollte nicht glauben, daß sie ihn für fähig hielt, einen Mord zu begehen. »Man hat mich reingelegt, Cat«, beharrte er beschwörend.

»Warum sollte mein Vater dich reinlegen wollen?« entgegnete sie.

»Kannst du dir das nicht denken? Weil ich seinen Sohn getötet habe und er sich an mir rächen wollte. Deswegen. Er scherte sich einen Dreck darum, daß ich aus Notwehr geschossen habe.«

Caitlin schüttelte mechanisch den Kopf, sie wollte sich nicht einlullen lassen. Aber sie suchte in seinen Augen nach der Wahrheit. »Warum soll ich dir glauben? Woher soll ich wissen, daß du nicht lügst?«

»Vielleicht weil du ein wenig Vertrauen zu mir hast?« meinte Jake spöttisch. »Nein? Das dachte ich mir. Nun ja, weil ich jetzt einen stichhaltigen Beweis habe. Flores hat seine Aussage widerrufen. Sloan hat sich das schriftlich von ihm geben lassen.«

»Woher soll ich wissen, daß Placido von Sloan nicht gezwungen wurde, den Widerruf zu unterschreiben?«

»Frag ihn.«

»Das scheint mir alles ein wenig zu perfekt eingefädelt«, bemerkte Caitlin skeptisch. »Mein Vater lebt nicht mehr, um deine Aussage zu widerlegen. Und Shorty Davis ist auch tot. Sloan könnte genausogut den Gouverneur bestochen haben, damit er die Klage gegen dich fallen läßt. Wie ich höre, will dein Bruder aktiv in die Politik einsteigen.«

»Flores lebt. Frag ihn, was damals passiert ist, wenn du mir nicht glaubst.«

Genau das hatte sie vor, sobald Jake ihr den Weg freigab und sie weiterreiten konnte. Aber sie dachte nicht daran, ihm zu zeigen, wie sehr ihr daran gelegen war, die Wahrheit zu erfahren. Und sie wollte sich nicht anmerken lassen, wie verzweifelt sie damals über sein Verschwinden war.

»Wenn ich es mir recht überlege«, meinte er gedehnt, »sollte ich selbst mit Flores reden. Der Kerl hat mich schließlich vier Jahre meines Lebens gekostet.«

»Nein!« Caitlin erstarrte vor Schreck. Jake würde sich an dem Hirten rächen wollen. »Laß ihn in Ruhe, Jake.«

»Oder was, Cat?« Seine Stimme war ein gefährliches Knurren. Er drängte sein Pferd näher. »Wie willst du mich davon abhalten?«

Ihr Puls beschleunigte sich, sie hob die Pistole. »Komm mir nicht näher.«

Er achtete nicht auf ihre Warnung und brachte seinen schwarzen Wallach neben ihren Braunen.

»Jake, ich warne dich. Ich schieße!«

»Tust du das wirklich, Teufelskatze?« Seine funkelnden Augen bohrten sich in die ihren. »Könntest du kaltblütig auf einen unbewaffneten Mann schießen?«

»Du bist nicht unbewaffnet!«

»So gut wie. Ich würde niemals eine Waffe auf dich richten. Das weißt du!«

Ihre Finger umklammerten den Pistolengriff. Caitlin war sich mit schmerzlicher Gewißheit klar darüber, daß sie bluffte. Sie könnte nicht auf Jake schießen. Sie hatte diesen Mann einst geliebt. Sie hatte ihn intimer gekannt als irgendeinen anderen Menschen, hatte ihn einst mit der ganzen Innigkeit ihres unschuldigen Herzens geliebt. Der Schmerz an seinen Verrat raubte ihr den Atem, aber sie könnte ihn nicht töten.

Etwas von ihren Überlegungen mußte in ihrem Blick zu lesen gewesen sein, denn Jake nickte bedächtig. »Nein«, sagte er leise. »Du könntest keinen Mord begehen — ebensowenig wie ich.«

Caitlin wandte den Blick. Sie hatte ihm noch nie ihre Gefühle verheimlichen können. Bei Jake war sie immer schwach geworden. Auch heute noch. Ihre Verletzlichkeit machte ihn doppelt gefährlich für sie.

»Hast du mich wirklich für fähig gehalten, deinen Bruder zu ermorden?« fragte er leise.

Sie wußte nicht mehr, was sie glauben sollte. Sie konnte ihm nicht trauen, sie konnte sich selbst nicht trauen, auch nicht der bangen Hoffnung, die in ihr keimte. Möglicherweise war Jake wirklich kein Mörder. Aber ... machte das wirklich einen Unterschied? Es änderte nichts an der Tatsache, daß er ihren Bruder getötet hatte, daß er der Mann war, der ihr Vertrauen verraten und ihr das Herz gebrochen hatte. Jake war ein gesetzloser Revolverheld, ein Verbrecher. Sie wollte nichts mit ihm zu tun haben. Sie verabscheute den Mann, der aus ihm geworden war, ein Fremder, der nichts mit ihrem einstigen zärtlichen Geliebten gemeinsam hatte.

»Es ist egal«, flüsterte sie gequält, ohne ihn anzusehen. »Ob du es absichtlich getan hast oder nicht. Du hast Neal umgebracht. Das kann ich dir nie verzeihen.«

»Wäre es dir lieber gewesen, ich wäre damals gestorben? Hätte ich mich von Neal abknallen lassen sollen?«

Sie sah Jake aus großen blauen Augen an.

»Es waren drei gegen einen, Cat, wenn ich die beiden angeheuerten Männer von Neal mitrechne. Kein faires Verhältnis.« Sie blickte ihn immer noch unverwandt an. »Du hast einmal behauptet, du stündest auf meiner Seite. Du warst sogar bereit, mich zu heiraten.«

Caitlin errötete beim Gedanken an das naive romantische Mädchen, das sich in Jake McCord verliebt hatte. In ihrer Kehle bildete sich ein schmerzhafter Knoten. »Das war eine kindische Schwärmerei, weiter nichts.«

Er schob den Hut in den Nacken und bohrte seinen sengenden Blick in sie. »Wer lügt denn da, Cat?«

»Hör auf ... hör auf, mich so zu nennen. Dazu hast du kein Recht mehr.«

»Nein, das habe ich wohl nicht. Und das verdanke ich deinem Vater.«

»Meinen Vater trifft wohl kaum Schuld daran, daß du Neal erschossen hast.«

»Da wäre ich mir nicht so sicher. Er hat Neal auf mich gehetzt. Und dann behauptete er, ich hätte ihn ermordet. Das verdanke ich deinem Vater.«

Caitlins Blick heftete sich wieder suchend in Jakes hageres, kantiges Gesicht. »Bist du deshalb zurückgekommen? Um Rache zu nehmen?«

Rache. Jakes Muskeln verkrampften sich. Der Gedanke an Adam Kingsly fraß immer noch wie Säure an ihm. Einst hatte er von Rache geträumt, hatte danach gelechzt. Kingslys Tod hatte ihn um die Vergeltung betrogen, und das hinterließ einen bitteren Geschmack. Aber er hatte schon vor langer Zeit begriffen, wie sinnlos es war, das Schicksal zu verfluchen. Und außerdem traf Adam Kingsly nicht die Alleinschuld an dem Geschehenen. Er selbst trug einen Teil der Verantwortung. Er hatte Neal erschossen, das war eine Tatsache, auch wenn ihm damals keine andere Wahl geblieben war. Er konnte es Caitlin nicht übelnehmen, daß sie ihn haßte. Er und sie waren hilflose Opfer in einem erbitterten, blutrünstigen und sinnlosen Krieg.

»Vielleicht will ich Rache nehmen«, antwortete er tonlos. »Ein Mann, dem vier Jahre seines Lebens gestohlen wurden, reagiert wie ein gereizter Stier. Zu schade, daß der alte Hurensohn nicht mehr lebt, um für das, was er getan hat, zu bezahlen.« Jakes Blicke durchbohrten sie. »Vielleicht sollte ich mich statt dessen an dir schadlos halten.«

Ihr Mund zitterte. »Ich habe bezahlt, Jake. Ich habe nie vergessen, daß mich eine Mitschuld an der Bluttat trifft.«

»Was redest du? Wieso fühlst du dich schuldig?«

»Wenn Neal nicht geglaubt hätte, er müsse mich beschützen, wäre er noch am Leben.«

»Er hat seinen Tod selbst verschuldet.«

»Nein«, flüsterte sie.

Jake schnaubte verächtlich. »Bist du zu deinem Bruder gelaufen und hast behauptet, ich hätte dich vergewaltigt?«

Sie sah ihn entgeistert an. »Nein, natürlich nicht.«

»Neal hat das behauptet.«

»Ich habe ihm nie ein Wort von uns erzählt.«

»Das habe ich mir gedacht. Ich glaubte ihm nicht. Das ist der Unterschied zwischen uns, Cat. Ich war auf deiner Seite.«

»Ach wirklich?« Caitlin lächelte bitter. »Soweit ich weiß, hast du mich verführt und versprochen, mich zu heiraten, um meinem Vater eins auszuwischen.«

Jake lachte trocken. »Denkst du das wirklich? Ich hätte dich verführt?« Er schwieg lange. »Vielleicht stimmt das sogar. Ich wollte wirklich, daß dein Vater für all das bezahlen sollte, was er uns angetan hat. Und ich hatte so ein Verlangen nach dir, daß ich alles versprochen hätte, um unter deine Röcke zu kommen.«

Sein grausamer Hohn krampfte ihr das Herz zusammen. »Ich sehe keinen Sinn darin, dieses Gespräch fortzuführen.«

»Ich aber.« Er zog ein Knie an, legte das Bein lässig über den Sattelknauf, um zu zeigen, daß er keine Eile hatte. »Wie ist es dir ergangen? Hast du es ins Rampenlicht der Theaterwelt geschafft? Dich hat es doch so sehr auf die Bühne gezogen.«

»Ich habe meine Pläne geändert.« Nach dem tragischen Tod ihres Bruders und dem Zerwürfnis mit ihrem Vater mußte sie einen sicheren Beruf ergreifen, ein bescheidenes Leben führen. Und später mußte sie an ihren Sohn denken.

Jake fixierte sie wieder. »Wie ich höre, nennst du dich jetzt Hughes. Anscheinend hast du nicht viel Zeit verloren, dir einen Ehemann zu angeln.«

»Nein, das habe ich nicht«, entgegnete Caitlin bissig und hoffte, Jake endlich eine Kränkung zuzufügen, nachdem er sie so beleidigt hatte.

»Wie ich höre, hast du einen Sohn.« Seine Stimme war ausdruckslos, doch seine Augen funkelten aggressiv.

Sie gab sich einen Ruck. Sie wollte nicht, daß Jake in ihrem Leben herumschnüffelte. »Mein Sohn geht dich nichts an.«

Eine Welle der Eifersucht schwappte in ihm hoch. Nein, Caitlins Sohn ging ihn nichts an. Genausowenig wie sie selbst ihn etwas anging. Das Teuflische aber war, daß sein Verstand und sein Herz nicht akzeptieren konnten, daß er sie für immer vergessen mußte. Sie paßte nicht zu dem Mann, der aus ihm geworden war — einem gedungenen Scharfschützen, dem das Blut von einem Dutzend Männer an den Händen klebte. Dennoch erzürnte ihn ihr Leben der vergangenen vier Jahre. Damit wären wir wohl quitt, dachte er. Sie konnte ihm nicht verzeihen, daß er ihren Bruder getötet hatte, und er konnte Caitlin nicht verzeihen, daß sie einen anderen Mann geheiratet und ein Kind von ihm bekommen hatte.

Das hatte er erst gestern von seinem Bruder erfahren. Die Nachricht ihrer Verheiratung hatte jede Wiedersehensfreude in Jake erkalten lassen. In einem Winkel seines Herzens hatte er gehofft, daß sie auf ihn warten würde. Alle Frauen wollten heiraten und Kinder kriegen. Dafür konnte er ihr keinen Vorwurf machen. Und du wolltest doch, daß sie glücklich wird, erinnerte Jake sich. Aber nicht mit einem anderen Mann.

Letzte Nacht war er in seinem Elternhaus wach gelegen, hatte sich vorgestellt, wie dieser gottverdammte Ehemann Caitlin liebte ... sich zwischen ihre schlanken weißen Schenkel drängte ... sich an ihr vergnügte ... Ein Mann, dem ihr Herz gehörte. Jakes schlimmste Befürchtungen waren eingetroffen. Nein, nicht die schlimmsten. Ihr Ehemann könnte noch am Leben sein. Sie war bereits im ersten Jahr ihrer Ehe Witwe geworden.

»War er gut zu dir?« Diese Frage drängte sich aus den Tiefen seiner von Eifersucht zerfressenen Seele.

»Ja, sehr sogar«, antwortete Caitlin und legte besondere Überzeugungskraft in ihre Stimme.

Ihre hochnäsige Antwort erzürnte ihn. »Zu schade, daß er nicht mehr unter uns weilt«, meinte er gedehnt.

Sie hatte Lust, ihm sein arrogantes Feixen aus dem schönen Gesicht zu schlagen, begnügte sich aber mit einem vernichtenden Blick. »Warum bist du denn zurückgekommen, Jake?«

»Warum bist *du* zurückgekommen?«

Für meinen Sohn, antwortete Caitlin stumm. Um für seine Zukunft zu kämpfen. Doch sie hatte nicht die Absicht, mit diesem Verbrecher über ihr unschuldiges Kind zu sprechen. »Du hast meine Frage nicht beantwortet.«

»Warum ich zurückgekommen bin? Weil dies meine Heimat ist.«

»Du gehörst nicht mehr hierher.«

Er ging nicht auf ihre verächtliche Bemerkung ein. »Vielleicht will ich mein früheres Leben wieder haben?«

»Tatsächlich?« fragte sie spöttisch. »Neal kann sein Leben auch nicht wieder haben.«

»Verdammt ...« Er holte tief Luft. »Warum willst du mir nicht glauben? Ich habe dir erklärt, was passiert ist.«

»Du hast dir vier Jahre Zeit gelassen, mir das zu erklären«, schrie sie plötzlich und ließ ihrem aufgestauten Zorn freien Lauf. »Du bist ohne ein Wort verschwunden! Du hast mir nie eine Zeile geschrieben!«

Ihre glühenden Augen spiegelten seine eigenen Gefühle sowie Zorn, Verletzung und Demütigung wider. Gefühle, die ihn vier bittere Jahre vergiftet hatten. Ihr Gesicht war schmerzverzerrt.

Jake konnte ihre Qual nicht ertragen. Ja, er hätte schreiben können. Er hätte Caitlin vor Jahren in St. Louis ausfindig machen und versuchen müssen, die Dinge zwischen ihnen zu klären. Mehr hätte er nicht tun können. Er hätte sie nicht bitten können, ihn zu heiraten, sein Leben mit ihm zu teilen. Dazu hatte er kein Recht; auf seinen Kopf war eine Belohnung ausgesetzt. Aber er hätte es nicht ertragen, sie wiederzusehen und zu wissen, daß er sie verloren hatte. Und er hätte es nicht über sich gebracht, sie danach wieder zu verlassen.

»Du bist nach der Schießerei auch nicht lange hier geblieben«, gab Jake schroff zurück.

Das stimmt nicht, dachte Caitlin gequält. Sie war so lange wie möglich geblieben, hatte verzweifelt auf eine Nachricht von ihm gewartet. Sie hatte nach Jake gesucht, hatte gehofft und gebetet. Das würde sie ihm allerdings nie und nimmer gestehen. »Ich hatte keine andere Wahl. Mein Vater schickte mich fort. Er gab *mir* die Schuld an Neals Tod.«

Ihre Worte trafen Jake wie ein Schlag ins Gesicht.

»Ich hätte dir nie absichtlich weh getan«, antwortete er endlich leise.

Aber du hast mir weh getan! wollte Caitlin ihm ins Gesicht schreien. Doch sie schluckte das Schluchzen hinunter, das ihr die Kehle verengte, und drängte die brennenden Tränen zurück. Sie würde Jake nicht wissen lassen, wie schmerzhaft es war, aus dem Elternhaus gejagt zu werden. Sie würde ihm nichts von den Anfeindungen, der Einsamkeit erzählen, auch nichts von ihrer Trauer um den Verlust der zwei Menschen, die ihr das Liebste auf der Welt waren.

Als er nicht weitersprach, zwang Caitlin sich, das Kinn zu heben. »Ich habe dir zugehört. Jetzt gehe ich.«

»Einen Augenblick noch.«

»Was willst du von mir?«

Sein Gesicht verhärtete sich. Seine Lider senkten sich halb, als er sie von oben bis unten abschätzend und sinnlich musterte.

Er hat es darauf abgesehen, mich einzuschüchtern, überlegte Caitlin. Das würde ihm nicht gelingen. Sie hob das Kinn höher, begegnete furchtlos seinem Blick, Maß für Maß.

»Was ich von dir will?« fragte Jake gedehnt, ohne seine dreiste Musterung zu unterbrechen. »Gute Frage. Es war mal richtig schön zwischen uns. Ich dachte, wir könnten da wieder anfangen, wo wir aufgehört haben.«

Ihre Augen weiteten sich, ihr Herzschlag geriet ins Stolpern. »Du irrst. Was zwischen uns war, ist aus und vorbei.«

»Nein, es ist nicht vorbei, Cat. Ganz und gar nicht.«

Sie hatte dieses Gespräch gründlich satt, konnte aber nicht losreiten. Jake hielt immer noch die Zügel ihres Pferdes. Caitlin beugte sich vor, um sie ihm wegzunehmen. Er ließ es nicht zu. Statt dessen glitt er aus dem Sattel und sprang federnd zur Erde.

Erschrocken hob Caitlin wieder die Pistole. »Ich sagte dir, du sollst mir vom Leib bleiben!«

Unbeeindruckt trat Jake näher.

»Ich dachte, das hätten wir erledigt. Du wirst nicht auf mich schießen, Cat.«

»Darauf würde ich mich nicht verlassen!«

Er sah zu ihr hoch, die Hände in die Hüften gestützt. Seine Überheblichkeit reizte sie. Sein wissendes Lächeln war der reine Hohn. »Dann mal los. Schieß doch!«

Caitlin saß hilflos und zähneknirschend da. Als Jake noch einen Schritt näherkam, und ihr Knie seine Brust streifte, zuckte sie zusammen.

»Hast du Angst vor mir, Cat?«

Ja, sie hatte Angst vor ihm. Todesangst. Auch wenn man ihn von der Schuld freigesprochen hatte, ihren Bruder ermordet zu haben, er war ein Revolerheld, der im New Mexico Territory wegen Mordes an einem Bankangestellten gesucht wurde und Gott weiß wofür noch. Schlimmer aber war die Tatsache, daß sie ihm früher nie hatte widerstehen können. »Nur ein Narr hätte keine Angst vor einem Mann mit deinem Ruf.«

»Was für ein Ruf denn?«

»Du bist ein Revolverheld, ein Gesetzloser. Brutal, rachsüchtig und gemein. Du bist nicht der Mann, dem ich einst die Ehe versprochen habe.«

Damit hatte sie recht, dachte Jake grimmig. Dennoch zuckte er innerlich bei ihren Anschuldigungen zusammen. Er war nicht mehr der junge Narr, der Caitlin hier in diesem verzauberten Gebirgstal geliebt hatte, der davon geträumt hatte, sie zu seiner Frau zu nehmen. Die Jahre hatten ihn hart und gnadenlos gemacht. Das letzte Quäntchen Güte war ihm als Gesetzloser abhanden gekommen, als Verfolgter, der andauernd verstohlen über die Schulter schauen mußte, ob ihn nicht jemand verfolgte.

Seine Augen verengten sich zu Schlitzen. »Rachsüchtig vielleicht. Aber nicht brutal. Jedenfalls nicht zu Frauen. Ich kann dich immer noch glücklich machen, Teufelskatze. Ich wette, daß ich dich zum Schnurren bringe.«

Ihr Herz raste beim Klang seiner sinnlichen Stimme und der Bedeutung seiner Worte. Sie sah ihn starr an, während Jake ihr mühelos die Waffe aus den Fingern wand und ins Gras warf.

Caitlin nestelte nach dem Gewehr an ihrer Satteltasche. Jake packte ihr Handgelenk, sie versuchte ihren Arm zu befreien, doch er festigte nur seinen Griff.

»Nimm deine Hände von mir!«

Er schüttelte den Kopf. »Gleich. Ich bin noch nicht mit dir fertig.«

»Aber ich bin mit dir fertig! Ich will nichts mit dir zu tun haben. Du bist ein Scheusal, ein kaltblütiger Verbrecher.«

Ihre Verachtung durchbohrte ihm das Herz. Und plötzlich wollte er Caitlin genau so weh tun, wie sie ihm weh getan hatte. Sein träger Gesichtsausdruck verhärtete sich. Er packte sie um die Mitte, hob sie aus dem Sattel und stellte sie unsanft zur Erde. »Vielleicht will ich noch etwas von dir. Vor vier Jahren machte es mir jedenfalls großen Spaß mit dir.«

Caitlin riß sich von ihm los, machte ein paar unsichere Schritte rückwärts, bis sie an die Flanke ihres Pferdes stieß, das seitwärts tänzelte. Es war nicht nur der Schock über Jakes Grobheit, der ihr den Atem nahm. Sie hatte Angst vor ihm, Angst vor sich selbst. Der Jake McCord, den sie kannte, hatte immer bekommen, was er sich in den Kopf gesetzt hatte. Wenn er sie haben wollte, würde es sie große Mühe kosten, ihn davon abzubringen. Das Herz klopfte ihr bis zum Hals.

»Stimmt es, was man sich über Witwen erzählt?« fragte Jake heiser und bedrängte sie mit seinem Körper. »Sie sollen sehr hungrig sein, wenn sie keinen Mann mehr im Bett haben. Oder hast du schon wieder einen, der dich glücklich macht? Hast du einen Mann, der dich befriedigt, Teufelskatze?«

Sie schlug ihn. In blinder Wut holte sie aus und schlug ihn mitten ins Gesicht.

Der Schlag tat ihr vermutlich ebenso weh wie ihm, schürte aber Jakes dunkle Wut. Bevor sie wußte, wie ihr geschah, wurde sie an den Rumpf des Pferdes gepreßt. Jakes schwielige Hände hielten ihre Handgelenke wie Eisenklammern, seine grünen Augen bohrten sich in die ihren.

Ihr Puls raste vor Angst und Zorn. Er stand drohend über ihr, sie fühlte sich klein und hilflos vor seiner Körpergröße und Muskelkraft. Seine Schultern waren furchteinflößend breit, seine Hände hatten stählerne Kraft.

Er hielt sie gefangen, während sein bedrohlicher Blick über ihren Körper strich.

Wie töricht, ihn zu schlagen, dachte Caitlin entsetzt. Sie wußte doch, wie gefährlich er war. Jake hatte es immer geschafft, sie aus der Fassung zu bringen wie niemand sonst auf der Welt.

»Was machst du hier, Cat?« Seine unerwartete Frage erschreckte sie mehr als sein schroffer Ton. »Warum bist du heute hierher gekommen?«

Ja, warum eigentlich? fragte sie sich bitter.

»Es war unser Geheimnis, erinnerst du dich?«

Ja, sie erinnerte sich. Sie erinnerte sich an den Zauber dieses Ortes, bevor Gewalt, Trauer und Schmerz ihr Leben zerrüttet hatten. Damals hatte es keinen Haß, keinen Zorn, keinen Zweifel zwischen ihnen gegeben, der jetzt zwischen ihn knisterte.

»Warum bist du zurückgekommen, Cat?« wiederholte Jake unerbittlich.

Sie konnte nicht antworten. Sie war gekommen, um Frieden mit dem Andenken an ihren Bruder zu schließen. Aber das war nicht der einzige Grund. Sie war auch wegen Jake gekommen. Die Erinnerung an ihn hatte sie hierher getrieben. Sie wollte ihm näher sein, wollte, wenn auch nur für flüchtige Momente, den zerschlagenen Träumen nachhängen; die süße Unschuld der Liebe nachempfinden, die sie an diesem Ort einst kennengelernt hatte.

Doch den jungen Mann, den sie einst geliebt hatte, gab es nicht mehr. Ihr Held und Freund, ihre erste Liebe, der Mann, der ihr Ehemann geworden wäre, wenn ihr Bruder nicht an jenem schicksalhaften Tag ums Leben gekommen wäre ... dieser Mann existierte nicht mehr.

An seine Stelle war ein anmaßender, herrschsüchtiger, rücksichtsloser Fremder getreten.

Und die Liebe gab es auch nicht mehr. Zwischen ihnen waberte dunkler Haß, der jede Sekunde in Gewalt umschlagen konnte.

Sie spürte Jakes Hitze durch ihr Kleid, spürte seine pulsierende Härte, als er sich an sie preßte. Der Geruch nach Pferd und Mann, der von ihm ausging, hüllte sie ein, erregte sie gegen ihren Willen.

Seine Augen brannten funkelnd und zornig in den ihren, und dennoch hatte sie das Gefühl, er wollte sie küssen.

»Nein ... Jake ... nicht ...«

Er gab keine Antwort. Er grub seine Hand in ihr Haar, ballte sie zur Faust, um ihren Kopf für seinen Kuß festzuhalten. Seine Lippen umfingen ihren Mund. Hart und unsanft nahmen sie ihn in Besitz und brannten ihm seinen Geschmack und seine Hitze ein, während sein stählerner Arm sie eng an sich zog.

Caitlin rang nach Atem. Sein Mund war härter und heißer, als sie ihn in Erinnerung hatte, sein Kuß raubte ihr die Sinne. Sie konnte sich nicht gegen ihn wehren, denn bei allem Widerwillen löste dieser Kuß wunderbare Empfindungen in ihr aus.

Eine Erinnerung stahl sich ein, grausamer als sein gewaltsamer Griff. Ein anderer Kuß, der sie verzaubert hatte. Sein letzter Kuß an jenem schicksalhaften Tag, ein Kuß voller Zärtlichkeit, Süße und Sehnsucht.

Oh Jake.

Hilflos sank sie an seine Brust. Seine Zunge tauchte tief in sie ein, bändigte sie, beherrschte sie, raubte ihr den Atem, erfüllte sie mit seinem Geschmack, der ihr so köstlich vertraut war. Sein sehniger Körper preßte sich an sie mit unwiderstehlicher Macht ... seine Brust drängte sich an sie, rieb sich durch die Enge ihres Korsetts an ihren Brustspitzen ... er stieß seine Hüften vor, um den Wulst seiner Erregung an ihrem Leib zu reiben.

Caitlin wimmerte. Ein Teil von ihr wollte, daß er sie liebkoste, der Teil, der einst blind vor Liebe war, der Teil in ihr, der sich nach Liebe verzehrte, der verzweifelt und einsam war. Sie spürte seine pulsierende Erregung durch ihre Röcke, spürte, wie ihre Brüste sich schmerzhaft zusammenzogen und schwollen. Eine lodernde Hitze kroch die Innenseiten ihrer Schenkel entlang und strömte in jeden Nerv ihres Körpers ... sie mußte ihm widerstehen.

Er hatte seinen Eisengriff gelockert, stellte Caitlin benommen fest. Blitzschnell legte sie ihre Hände flach auf seine Brust, um ihn wegzuschieben. Doch das war ein schwerer Fehler, denn selbst durch die Handschuhe fühlte sie die Hitze seiner nackten Haut unter dem offenen Hemd. Jake achtete nicht auf ihre Abwehr. Er nestelte am Stehkragen ihrer Bluse und öffnete die winzigen Perlmuttknöpfe.

»Bist du etwa zimperlich und affektiert geworden, Cat?« murmelte er und sein kantiges Gesicht war sehr ernst.

Caitlin holte tief Luft und versuchte erneut, sich ihm zu entwinden, doch er hielt sie unnachgiebig an sich gepreßt. »Nein, Jake! Hör auf damit ...«

»Du willst gar nicht, daß ich aufhöre.«

»Doch, ich will!«

Er hatte ihren Hals entblößt und bedeckte ihn mit zarten Küssen. »Habe ich dir gefehlt, Wildkatze? Hat dir das gefehlt?« raunte er mit belegter Stimme.

Und wieder tauchte eine Erinnerung vor ihr auf, Jakes Lippen, die ihre Brüste liebkosten, seine Zunge, die an ihren Knospen spielte.

Ein erstickter Laut entrang sich ihrer Kehle. Sie versuchte sich gegen Jakes mächtigen Übergriff zu wehren. Sie wand sich in seinen Armen, konnte sich nicht von ihm befreien, hilflos der wachsenden Spannung in ihrem Körper ausgeliefert. Jake knöpfte ihr das Mieder auf und schob seine Hand hinein. In der nächsten Sekunde war ihre Bluse offen, und er zerrte das Batistunterhemd aus dem Korsett.

Caitlin versteifte sich, als seine Hände in das Mieder griffen und seine Finger die nackte Wölbung ihres Busens liebkosten, sich suchend weiter tasteten ...

Ungebeten drangen weitere sinnliche Bilder auf sie ein, mit all den Dingen, die er mit ihr gemacht hatte; wilde, sündige Dinge an jenen trägen, heimlichen Nachmittagen in ihrem verträumten Liebesnest.

»Jake, bitte nicht ...«

Er achtete nicht auf ihre Bitten. Sein Mund umfing wieder ihre Lippen zu einem leidenschaftlichen Kuß, während seine Finger sich tiefer in die Enge ihres Korsetts zwängten.

In einem Winkel seines Verstandes war Jake über seine Wildheit erschrocken. Er wollte nicht grob zu ihr sein. Er wollte nicht das Scheusal sein, für das sie ihn hielt ... der harte, verbitterte Mann, zu dem er geworden war. Er nahm sich vor, sich Zeit zu lassen, wollte sie sanft liebkosen, aber er konnte nicht an sich halten. Er mußte sie berühren, mußte sie im Arm halten, mußte sie besitzen. Er mußte sie küssen, um die Qualen seiner Seele zu lindern.

»Ich erinnere mich ... früher hast du dieses enge Zeug nicht getragen«, keuchte er heiser, »damit ich nicht gezwungen war, es dir vom Leib zu reißen.« Endlich fanden seine Fingerkuppen, was er suchte. Zärtlich umkreiste er eine empfindsame Brustknopse, erregte sie bei der ersten Berührung. Caitlins Knie drohten ihr wegzusacken.

»Halt still, Teufelskatze.«

Wie sollte sie stillhalten, wenn seine feurigen Liebkosungen sie zum Wahnsinn trieben? Gegen ihren Willen schloß sie die Augen und klammerte sich an seinen Schultern fest. Ihre Brustspitzen richteten sich auf und schmerzten in süßer Pein unter seinen schwieligen Fingerkuppen. Caitlin wimmerte, als das Verlangen wild und glühend durch ihren bebenden Körper zuckte. Er liebkoste sie nun mit beiden Händen, seine Daumen umkreisten die harten Knospen und verwandelten sie in glühende Speerspitzen.

Dann beugte Jake sich über ihren Busen. »Ich will wissen, ob du immer noch so gut schmeckst wie früher«, murmelte er und küßte die weiche weiße Schwellung ihrer Brüste über dem Korsett.

Caitlin stöhnte und bäumte sich ihm entgegen. Bei ihrer Reaktion kam ein dunkles, hungriges Grollen aus seiner Kehle. Seine Hand drängte sich zwischen ihre Schenkel und wölbte sich besitzergreifend über den Hügel ihrer Weiblichkeit.

»Wie sehr ich dich begehre! Ich will dich auf der Stelle haben, hier, wo wir es früher getan haben. Erinnerst du dich, Cat ... wie wir uns hier geliebt haben. Wie wunderschön es war?«

Barmherziger Himmel, ja, sie erinnerte sich. Sie würde nie vergessen, wie wunderbar Jake sie geliebt hatte, zärtlich und wild zugleich. Bei der Erinnerung wuchs ihr Verlangen und ihre Angst.

Warum raste ihr Herz so wild bei seiner Berührung? Warum verwandelte sich ihr Körper in eine lodernde Flamme? Sie sollte sich ihrer lüsternen Hingabe schämen, ihrer Schwäche, ihrer Unfähigkeit, seiner fordernden Männlichkeit zu widerstehen.

Doch sie konnte an nichts anderes denken als an ihn und an das Gefühl seiner Nacktheit auf ihr, seiner harten Männlichkeit, die in ihre heiße Tiefe stieß. Sie wollte wieder ein Teil von ihm sein, wenn ihre Körper sich vereinigten, ihre Herzen miteinander verschmolzen.

Als lese er ihre sündigen Gedanken, nahm er ihre Hand und preßte sie an den Stoff, der sich an seinen Lenden spannte, und ließ sie seine Männlichkeit fühlen. »Du willst mich, Cat. Ich weiß, daß du mich willst.«

Entsetzen durchfuhr sie wie ein Blitz. Es kam, wie sie es befürchtet hatte. Jake beherrschte ihren Körper, ihren Verstand, ihre Sinne, brachte sie dazu, sich nach seiner Zärtlichkeit, seiner Liebe zu verzehren. Sie war im Begriff, seiner Verführung hilflos zu erliegen. Sie mußte sich Einhalt gebieten.

Woher sie die Kraft nahm, sich ihm zu widersetzen, hätte Caitlin nicht zu sagen gewußt. Mit einem wilden, gequälten Aufschrei kämpfte sie erbittert, um sich aus seiner Umarmung zu befreien.

»Nein ... Ich will dich nicht! Ich verachte Männer wie dich ... du ... Mörder.«

Plötzlich ließ er von ihr ab, als habe er in glühende Kohlen gefaßt.

In der zum Zerreißen gespannten Stille starrte er ihr in die Augen. Ihre Worte hallten in seinem Kopf nach. In seinen Augen entdeckte Caitlin Empfindungen, die ihr nicht fremd waren: Trauer, Bitterkeit, Leere, Enttäuschung.

Nur mit Mühe gelang es ihr, ihre Tränen zurückzuhalten. Ihr Busen hob und senkte sich schwer, als sie sich taumelnd entfernte, auf den Teich zu, fest entschlossen loszurennen, wenn er nachkommen sollte.

»Ich hab' dich gewarnt, du ... du sollst mich in Ruhe lassen«, fauchte sie keuchend.

Jake blickte ihr nach, Wut und Kränkung kämpften mit seiner Erregung. Sie hatte ihn Mörder genannt, und er wollte sie nur lieben. Er wollte, daß sie ihn zärtlich und voller Vertrauen ansah, wie früher.

Er begehrte sie so sehr, daß der Schmerz ihm die Kehle zudrückte. Und er würde nicht eher ruhen, bis er sich tief in ihren Leib trieb.

»Dich in Ruhe lassen?« wiederholte er mit rauher Stimme, sein Gesicht vor Anstrengung fahl und grau. »Nie im Leben, mein Schatz. Ich will mit dir schlafen, Cat. Und ich werde mit dir schlafen.«

»Das w... wirst du nicht ...« versetzte sie mit bebender Stimme.

»So wahr ich hier stehe. Wir sind noch nicht fertig miteinander. Ich war unter deinen Röcken und ich werde es wieder sein. Und ich schwöre dir, daß du deinen Spaß daran haben wirst.«

»N ... nein, ich will nicht«, beharrte Caitlin.

»Oh doch, du willst, Wildkatze. Du wirst die Beine für mich breitmachen, weil du mich begehrst — genau wie ich dich begehre. Du wirst für mich stöhnen und mich anbetteln, daß ich dich stoße, so wie du es früher getan hast.«

Mit diesem grimmigen Schwur schob Jake den Hut tief in die Stirn, drehte sich um und schwang sich in den Sattel seines Pferdes.

Caitlin bemerkte seinen Blick auf ihre halb entblößten Brüste und zog hastig die Jacke enger um sich. Jakes Mund verzog sich zu einem spöttischen Grinsen. »Ich habe mich nicht geirrt. Deine Brüste fühlen sich noch genau so gut an wie früher. Nun muß ich mich nur noch vom Rest überzeugen.«

3. KAPITEL

Er brauchte einen Whiskey und eine Frau, nicht zwangsläufig in dieser Reihenfolge. Jake sprengte sein Pferd in die Stadt mit kalter Wut im Bauch gegen sich selbst, weil er sich hatte gehen lassen; weil sein Blut überhitzt war; weil sie ihm noch so viel bedeutete.

Jake fluchte laut. *Vergiß sie, verdammt noch mal! Sie darf dir nichts mehr bedeuten.*

Doch die Geister der Vergangenheit suchten ihn gnadenlos heim. Sein Haß gegen Adam Kingsly schwelte nach wie vor in ihm, doch es war der Verrat seiner Tochter, der Jakes Inneres zerfraß. Caitlin hielt ihn für einen Mörder.

Er wußte nicht, warum ihm so sehr daran lag, daß sie an seine Unschuld glaubte. In den vier höllischen Jahren hatte er sich an den Gedanken geklammert, daß Caitlin an ihn glaubte.

Warum hatte Cat kein Vertrauen zu ihm?

Jake fluchte erbittert. Er hatte vergeblich gehofft. Sie hatte versprochen, ihn zu heiraten, doch dieses Versprechen war in der Sekunde verpufft, als er den Abzug drückte, um sein Leben zu retten.

Bittere Erinnerungen stürmten auf ihn ein, scharf und lebendig, als sei das Grauen erst gestern geschehen: Seine überstürzte Flucht nach dem Schußwechsel. Der brennende Schmerz der zwei Pistolenkugeln in seiner Brust. Die langen Wochen der Genesung. Die weitaus längeren Jahre danach, die er als Gejagter durchs Land zog. Er konnte Cat keinen Vorwurf machen, sich von ihm abzuwenden.

Er hätte sich beherrschen müssen. Bei der Begegnung mit Caitlin nach vier Jahren hatte er sich angestellt wie ein liebeskranker Bauerntölpel. Als einzige Entschuldigung ließ er gelten, daß er auf das plötzliche Wiedersehen nicht gefaßt war, und das auch noch an ihrem gemeinsamen Liebesversteck. Das hatte ihn aus der Fassung gebracht.

Selbst seine lebhaftesten und sehnsüchtigsten Träume hatten ihn nicht auf die leibhaftige Caitlin vorbereitet. Er meinte, sich an alles zu erinnern, dabei hatte er so viel vergessen. Den rauchigen Unterton ihrer Stimme. Das Feuer ihrer blauen Augen. Den Schimmer ihrer schwarzen Hexenmähne.

Er erinnerte sich, ihr langes seidiges Haar gestreichelt zu haben ... an die Süße ihres Geschmacks und die Glätte ihrer Haut. Auch jetzt haftete der Duft ihrer Haut noch an ihm, eine quälende Erinnerung an das, was er verloren hatte.

Wie konnte er die Erinnerung auslöschen?

Er sah nur ihr Gesicht in seinen Träumen, nicht die Gesichter der zahllosen Frauen, die er nach ihr gehabt hatte. Ungebeten drängte sich ihm die Vision ihrer nackten Schönheit auf. Beinahe real . . . Caitlin lag unter ihm, schlank und nackt, das schimmernd schwarze Haar im Sommergras ausgebreitet, bleiche Schenkel öffneten sich für ihn, blaue Augen strahlten ihn liebevoll an, wenn er sich in sie senkte.

Er schloß die Augen gegen die quälende Erinnerung. Verdammt, er begehrte sie so sehr! Er wollte ihre festen wohlgeformten Brüste in seiner Hand halten, wollte ihre feuchte Hitze spüren, die sich an seinem Schaft festsaugte; das einzigartige Gefühl, wenn er in ihre zuckenden Tiefen eintauchte. Keine andere Frau kam ihr gleich. Seit vier Jahren wußte er, daß sie füreinander bestimmt waren, wußte, daß nichts und niemand auf der Welt sie trennen konnte.

Caitlin zu vergessen war, als sollte er vergessen, daß er Hände hatte, um zu fühlen; Augen, um zu sehen. Sie zu verlieren war schlimmer, als vier Jahre seines Lebens verloren zu haben. Als er erfuhr, daß sie geheiratet hatte, war etwas in ihm zerrissen.

»Idiot«, schalt Jake sich laut. »Sie gehört dir nicht mehr.«

Er hätte sie nicht küssen dürfen. Er hätte nicht vom Pferd steigen dürfen. Er hatte es nur getan, um sie zu berühren und hatte schnell festgestellt, daß er immer noch unwiderstehlich von ihrem feurigen Temperament angezogen war. Ihre Beschuldigungen und Verdächtigungen schmerzten schlimmer als jede Pistolenwunde. Der Gedanke, Caitlin könnte wirklich Angst vor ihm haben, schnitt ihm ins Herz wie ein Messer.

Dennoch war er ihr nicht völlig gleichgültig, daran hatte er keinen Zweifel. Er hatte ihre Reaktion auf seinen Kuß gespürt, ihr Mund war weich geworden, wenn auch anfangs gegen ihren Willen. Die Art, wie sie sich an ihn schmiegte, selbst als sie sich gegen ihn aufbäumte. Caitlin begehrte ihn noch immer — aber sie wollte nichts mehr mit ihm zu tun haben.

Es war aus und vorbei zwischen ihnen.

Vergiß sie und fang eine neues Leben an.

Jake schüttelte heftig den Kopf. Er würde sie nie aus seinem Kopf, seinem Herzen, seinen Lenden verbannen können. Im Augenblick hatte er nur einen Wunsch, seine Erinnerungen in Whiskey zu ertränken; bei einer anderen Frau

Vergessen zu finden, obschon er bezweifelte, daß ihm das gelingen würde.

Wie oft hatte er es versucht. Vier Jahre hatte er immer wieder versucht, Caitlin zu vergessen. Um zu vergessen, hatte er sich nicht auf die Suche nach ihr gemacht, als sie aus Colorado weggegangen und in den Osten gezogen war. Was hätte er ihr bieten können? Ein Mann auf der Flucht vor dem Gesetz? Er hätte ihr nicht zumuten dürfen, das Leben eines Geächteten zu teilen. Er hätte nicht von ihr verlangen können, mit einem Mann zu leben, der ständig ängstlich über die Schulter schielte und auf der Hut vor Kopfgeldjägern oder einem Sheriff war. Das alles durfte er Caitlin nicht zumuten. Sie hatte Besseres verdient. Selbst wenn sie ihn für einen kaltblütigen Mörder hielt.

Zum Teufel mit ihren betörenden Augen.

Die Stadt hatte sich seit seiner Abwesenheit kaum verändert, stellte Jake fest, als er durch Greenbriars Hauptstraße ritt. Ein paar Holzhäuser mit vorgesetzten falschen Prachtfassaden. Die Kirche. Der Hufschmied und sein Mietstall. Der Gemischtwarenladen, wo die Rancher und Bergarbeiter einkauften. Das Badehaus mit Friseursalon. Der einstöckige gemauerte Gefängnisbau ... Jakes Eingeweide zogen sich zusammen, als er daran vorüberritt.

Vor dem ›Stirrup & Pick Saloon‹ stieg Jake vom Pferd, band das Tier fest, warf mißtrauische Blicke um sich und lockerte seine verspannte Schultermuskulatur. Drei Tage war er nicht aus dem Sattel gekommen auf seinem langen Ritt vom New Mexico Territory. Eine Stunde, nachdem er Sloans telegrafische Nachricht seiner Begnadigung erhalten hatte, hatte er sich auf den Weg gemacht. Sein Bruder hatte sich unermüdlich dafür eingesetzt, Jakes Unschuld zu beweisen und hatte schließlich erreicht, daß die Mordanklage gegen ihn fallengelassen wurde.

Jake stieß die Schwingtüren auf.

In der Kneipe roch es nach Tabaksrauch, schalem Whiskey und Bier. An einem filzbespannten Tisch saßen sechs Männer, Cowboys und Minenarbeiter beim Kartenspiel — eine von der vergangenen Nacht übriggebliebene Pokerrunde, wie man den rotgeränderten, glasigen Augen und unrasierten, fahlen Gesichtern der Spieler ansah.

Die Männer musterten Jake argwöhnisch, doch kein Stuhl wurde nach hinten gerückt. Ein paar Cowboys erkannten ihn und nickten ihm zu. Sloan hatte die Nachricht seiner erwiesenen Unschuld anscheinend bereits unter die Leute gebracht.

Jake war daran gewöhnt, daß man ihn mißtrauisch und ängstlich beäugte. Jeder wußte, daß sein Finger blitzschnell am Abzug war. Sein verwegenes Aussehen unterstrich seinen gefährlichen Ruf, ein Erscheinungsbild, das er sorgfältig kultiviert hatte. Sein kalter, stählerner Blick hatte ihm nicht nur einmal einen Schußwechsel mit einem Greenhorn erspart.

Jake, dem nicht nach Unterhaltung zumute war, setzte sich an einen entfernten Tisch und nickte der Frau hinter der Bar zu, die sich ihm hüfteschwingend näherte.

Della Perkins war eine der Animierdamen von Greenbriar. Das ausschweifende Nachtleben hatte Spuren in ihrem hübschen Gesicht hinterlassen — eine welke Blüte. Sie hatte schwarzes Haar wie Cat, doch damit endete die Ähnlichkeit mit der Teufelskatze.

Della begrüßte Jake mit einem breiten Lächeln und zeigte dabei einen abgebrochenen Vorderzahn, ein Andenken an den Fausthieb eines betrunkenen Freiers.

»Was kann ich für dich tun, Cowboy?« fragte Della mit rauchiger Stimme.

Er lächelte träge. »Eine Flasche von deinem besten Stoff. Ich bin mit meinem Bruder verabredet.«

»Ich weiß. Sloan schaute vor ein paar Minuten rein und sagte Bescheid. Gratuliere, Jake. Ich wußte immer, daß du unschuldig bist.«

Groll stieg in ihm auf, nicht gegen Della, sondern in der Erinnerung an Caitlins Vorwürfe. Eine Hure hatte mehr Vertrauen zu ihm als die Frau, die er einmal heiraten wollte.

Della brachte eine Flasche Whiskey und zwei Gläser. »Hier, Süßer.«

Sie beugte sich weit über den Tisch und gewährte ihm einen tiefen Einblick in ihr prall gefülltes Dekolleté. Jakes Puls beschleunigte sich. Ihre patente Herzlichkeit schmeichelte seinem verletzten Stolz, und ihre unverblümte Aufforderung fachte sein Verlangen nach der unerfreulichen Begegnung mit Cat wieder an.

Dellas Finger strich ihm aufreizend den Arm entlang. »Willst du mit mir aufs Zimmer? Es geht aufs Haus.«

Jake mußte nicht oft für Liebesdienste bezahlen, aber er wußte auch, daß Della sich Großzügigkeit nicht leisten konnte. Sie wurde dafür bezahlt, Gäste zu animieren. Sie war zwar ein schlechter Ersatz für Cat, würde ihm aber wenigstens Erleichterung verschaffen.

Sie bot ihm ihre Lippen, er öffnete den Mund für sie. Sie roch nach schalem Sex und billigem Parfum. Genau die richtige Mischung, um Caitlins Duft zu vergessen.

»Komm, Süßer«, raunte sie. »Der alten Zeiten wegen.« Sie faßte ihn zwischen die Schenkel und massierte den Wulst seiner Männlichkeit. »Du warst viel besser als alle anderen. Du weißt wenigstens, was einem Mädchen Spaß macht.«

»Warum eigentlich nicht?«

Er nahm die Whiskeyflasche und stand auf. Della legte den Arm um ihn und steuerte auf die Holztreppe zu.

»Hey, Randy«, rief sie einem Kartenspieler zu. »Wenn Sloan nach Jake fragt, sag ihm, daß er bei mir oben ist — und erst wieder runterkommt, wenn er nicht mehr stehen kann.«

Randy nickte, die Männer lachten und wandten sich wieder dem Kartenspiel zu.

Dellas winziges Zimmer war mit Kitsch und schlechtem Geschmack überladen, das breite Messingbett zerwühlt, die gelben Laken fleckig.

Jake hatte eine Menge solcher Zimmer gesehen. Er hatte zu viele Frauen wie Della gehabt, zu viele Nächte mit ihnen verbracht, schale Nächte, die seine innere Leere nur verschlimmerten. Wenn er Cat nicht haben konnte, war es gleichgültig, mit wem er schlief. Er folgte Della ins Zimmer und schlug die Tür mit dem Absatz hinter sich zu.

Della schlang ihm die Arme um den Hals, hob ihm ihr Gesicht zum Kuß entgegen und preßte ihre üppigen Rundungen an ihn. Nach einem langen Kuß sah sie ihn mit glühenden braunen Augen an.

»Du hast mir gefehlt, Jake«, gurrte sie zärtlich.

Er lächelte matt. Er hätte diese Worte gern von Caitlin gehört, doch darauf würde er wohl vergeblich warten.

Della knöpfte ihm das Hemd auf. »Was hast du in all den Jahren getrieben?«

»Mal dies, mal jenes.« Als Revolverheld und Scharfschütze hatte er seine Dienste an den verkauft, der den höchsten Preis bezahlte.

Ihre Finger nestelten an der Schließe seines Pistolengürtels. »Kann ich ihn abnehmen?«

Jake wußte um ihre Vorsicht. Es gab Männer, vorwiegend solche, die auf der falschen Seite des Gesetzes standen, die ihre Schießeisen nie ablegten, nicht einmal, wenn sie mit einer Hure schliefen. Sie behielten die Stiefel an und ließen die Pferde gesattelt, um jederzeit die Flucht ergreifen zu können.

»Klar«, antwortete er. »Mir ist keiner auf den Fersen, soweit ich weiß.«

»Nicht einmal eine Frau? Gibt es keine, auf die ich eifersüchtig sein müßte, Süßer?«

Er lachte, doch seine Augen blieben ernst. »Auch keine Frau.«

Della nahm den Gürtel ab und hängte ihn sorgsam über die Stuhllehne, so daß die Pistolen griffbereit waren. Jake sah ihr zu, nahm einen Schluck aus der Flasche und genoß den Alkohol, der brennend seine Kehle hinunterlief. »Du hast keine Angst vor mir, Dell, oder?«

»Ich? Angst vor *dir?*« Ihre braunen Augen weiteten sich erstaunt. »Nie im Leben.«

»Vielleicht solltest du aber«, entgegnete er dumpf. »Du weißt nicht, was aus mir geworden ist … was ich verbrochen habe.«

Sie lachte. »Jake, Süßer, du warst schon immer ein Teufelskerl, aber du warst nie bösartig. Du würdest mir nichts tun. Das paßt nicht zu dir.«

Della war wieder bei ihm, schob die Träger ihres Kleides mit einem verführerischen Lächeln von den Schultern und öffnete ihr Mieder. Ihre nackten Brüste quollen schwer und reif hervor, mit großen, dunklen Brustwarzen. Anders als Cats wohlgeformte, feste Brüste.

Hör auf, an sie zu denken, verdammt nochmal!

»Komm zu mir«, knurrte er heiser.

»Aber ja, Süßer ... Den brauchst du wohl auch nicht, oder?« Della nahm ihm den Hut vom Kopf und ließ ihn durchs Zimmer segeln. Er landete zielgenau auf dem Stuhl.

Mit einem anerkennenden Grinsen setzte Jake die Flasche wieder an.

»Bist du gekommen, um zu bleiben?« fragte Della und zog ihm das Hemd aus der Hose.

Warum bist du zurückgekommen, Jake? hatte Caitlin gefragt.

»Ich weiß noch nicht.«

Lächelnd streifte Della ihm das Hemd von den Schultern. »Vielleicht kann ich dir dabei helfen.«

»Wenn jemand mir dabei helfen könnte, dann du«, antwortete er galant.

»Was bist du nur für ein Süßholzraspler. Oh Gott ...« Sie hatte die Narben an seiner Schulter und seinem Brustkorb entdeckt. »Das sieht ja furchtbar aus. Hast du Schmerzen?«

Eine überflüssige Frage, mit der sie ihm wohl nur ihr Mitgefühl ausdrücken wollte. Sie küßte die Narbe an seiner Schulter, leckte das wulstig verhärtete Fleisch.

Jakes Körper spannte sich, als Della ihm die Hose aufknöpfte und ihre Finger um seinen schwellenden Schaft legte.

»Wenn du so weitermachst«, murmelte er mit belegter Stimme, »komme ich in deine Hand.«

»Das ist in Ordnung, Süßer. Bleib stehen und genieße es.«

Jake lehnte sich gegen die Türfüllung und schob die Hüften vor. Della nahm seinen prallen Schaft in die Hand und massierte ihn mit der anderen zärtlich und geschickt. Jake stöhnte. Sie machte ihre Sache verdammt gut.

Er schloß die Augen und überließ sich seiner Fantasie, ließ die Bilder ungehindert zu, die sich ihm aufdrängten. Er wünschte, Cat würde ihn streicheln, bis er steif war. Und in Gedanken erregte er sie. Lüsterne Bilder flackerten auf ... ihr Körper erschauerte unter seinen Küssen. Ihre Hüften kreisten, ihre festen Brüste reckten sich seinen Liebkosungen entgegen. Er sah ihr verzücktes Gesicht ... Er würde sie nicht sofort nehmen. Er würde warten, bis sie vor Erregung bebte. Er würde sie genießen, sie überall streicheln und von ihr kosten. An ihrem kraushaarigen Dreieck zwischen den Schenkeln würde er beginnen ...

Caitlin würde wimmern und sich unter seinem Mund, seiner Zunge, seinen spielerischen Fingern winden. Sie würde sich aufbäumen und wehren wie eine Wildkatze, doch dann würde sie lustvoll stöhnen, ihn anflehen, in sie zu dringen, sie auszufüllen. Ihr nackter, seidiger Körper würde in ekstatischen Zuckungen kreisen. Erst dann würde er sie nehmen ... würde sich hart in sie treiben, sie wie rasend stoßen, tief und immer tiefer ...

Ein wildes Stöhnen brach aus Jakes Kehle, als er in Dellas Hand zerbarst, seine Hüften zuckten wild. Einige Sekunden später hob er träge die Lider, kam allmählich wieder zur Besinnung.

Die Enttäuschung traf ihn wie ein Schlag, als er Dellas hübsches, angemaltes Gesicht sah. Ihre Wangen waren gerötet, sie atmete schwer. Es hatte ihr anscheinend Spaß gemacht, ihn zum Erguß zu bringen.

Jake brachte ein verkrampftes Lächeln zustande und strich mit den Fingern die Konturen ihrer geöffneten Lippen nach.

Dann griff er in seine Westentasche, holte eine Zehn-Dollar-Note heraus und steckte sie ihr ins offene Mieder. Della bekam große Augen. »Ich sagte doch, es geht aufs Haus, Süßer.«

»Nimm nur — der alten Zeiten wegen.« Er schob ihr die Träger des Kleides hoch.

»Ist das alles, was du wolltest?«

Jake knöpfte sich die Hose mit einer Hand zu, in der anderen hielt er noch immer die Whiskeyflasche. »Es war mehr als genug. Mir sind die Knie ganz weich geworden.«

»Ich erinnere mich an eine Zeit, Jake, da konntest du die ganze Nacht, ohne das geringste Zeichen von Müdigkeit.«

»Vielleicht werde ich alt.«

Della lachte kopfschüttelnd. »Oder ich bin nicht mehr so gut wie früher.« Ihr Blick war unstet geworden.

»Nein, an dir liegt es nicht, Della. Ich bin nur kaputt vom langen Reiten.«

Sie musterte Jake zweifelnd, ehe sie an den Waschtisch trat und sich die Hände an einem Tuch abwischte. »Ich glaube eher, dein Herz ist nicht bei der Sache. Du hast irgendwo ein Mädchen, nicht wahr? Du hast eine Liebste.«

Jake lächelte säuerlich. »Sie ist nicht mehr mein Mädchen. Sie kann mich nicht ausstehen.«

»Jake, mach mir nichts vor.«

»Ich meine es ernst. Sie will nichts von einem Mann mit meiner Vergangenheit wissen.«

»Ist sie verrückt?«

»Ich weiß nicht, Della.«

»Will sie dich wirklich nicht?«

»Nein.« Er nahm wieder einen tiefen Schluck aus der Flasche.

»Der Jake McCord, den ich einmal kannte, würde sich von solchem Unsinn nicht abhalten lassen.«

Er grinste müde.

»Du wirst nicht wiederkommen, habe ich recht?«

»Wenigstens nicht in nächster Zeit. Ich sehe dich unten«, fügte er leise hinzu.

Auf dem Flur blieb er an den Türstock gelehnt stehen. Er hatte keine Lust auf weitere Gesellschaft. Della hatte seine Lust befriedigt, doch den Schmerz in seiner Brust konnte sie nicht lindern.

Würde er je frei von Caitlin sein? Frei von seinem wilden, rastlosen Hunger, der ihn vier lange Jahre gequält hatte?

Würde er je aufhören, sich nach ihr zu verzehren, nach ihrer Berührung, ihrem Geschmack, ihrem Geruch?

Hatte er den Wunsch, sie zu vergessen?

Nein! schrie es in ihm, während er sich gleichzeitig einen Narren schalt. Er hatte geglaubt, nach Colorado zurückzukehren, um Ordnung in sein Leben zu bringen, denn das Dasein, das er in New Mexico geführt hatte, war nicht lebenswert zu nennen. Er war auch gekommen in der Absicht, Rache zu nehmen für die Jahre, die ihm dieser Schweinehund Adam Kingsly gestohlen hatte.

Im Grunde aber wollte er zu Cat. Er wollte Cat um jeden Preis.

Es war nicht vorbei zwischen ihnen. Er konnte sich nicht von dem Spuk befreien, der ihn heimsuchte — ein Gespenst mit blauen Augen und schwarzem Haar. Er konnte nicht so tun, als sei nichts mehr zwischen ihnen, er konnte die Vergangenheit nicht auslöschen, sich nicht einreden, sie seien Feinde. Er konnte sich nicht vormachen, Cat sei genau wie die zahllosen Frauen, die er gehabt hatte.

Nein, es war nicht vorbei zwischen ihnen.

Als er sie auf der Lichtung geküßt hatte, hatte Jake erkannt, daß die Leidenschaft noch schwelte. Durch ihn war etwas wie ein heftiger Windstoß gefahren, der eine erlöschende Kohlenglut wieder entfachte. Die Flamme zwischen ihnen war wieder hochgezüngelt. Er hatte ihre Begierde gespürt. Und er wußte, daß diese Glut nicht nur körperliche Wollust war. Die Vertrautheit, die Innigkeit zwischen ihnen war immer noch da. Was sie verband, war ihm nicht erklärlich, aber es war real.

Sie haßt und verabscheut dich, kapierst du das nicht?

Jake kniff die Augen zusammen beim Gedanken daran, daß Cat ihn einen Mörder genannt hatte. Er mußte ihr seine Unschuld beweisen, er mußte ihr Vertrauen wiedergewinnen, ehe er sich der Hoffnung hingeben durfte, eine winzige Chance bei ihr zu haben. Und er würde alles daran setzen, um dieses Ziel zu erreichen. Er wollte Caitlin wiederhaben. In seinem Leben, in seinem Bett.

4. KAPITEL

Caitlin lenkte das Pferd den steilen Hang zu Placidos Schafweide hinauf, vorsichtig und langsam über unwegsames felsiges Gelände. Es gelang ihr nicht, ihren jagenden Puls zu beruhigen, auch nicht die wirren Gedanken zu verdrängen, die ihr im Kopf herumschwirrten.

Der Schock des Wiedersehens mit Jake und die Nachricht, daß er kein vom Gesetz Verfolgter mehr war, saß ihr noch in den Knochen.

Jake war als freier Mann nach Colorado zurückgekehrt.

Caitlin schloß einen Moment die Augen, um die Erinnerungen loszuwerden. Sein plötzliches Auftauchen hatte eine Flut von Empfindungen in ihr ausgelöst, die den mühsam errichteten Schutzwall des Friedens zum Einsturz zu bringen drohten.

Warum war Jake zurückgekommen? Um sie zu quälen, jetzt, da sie im Begriff war, ihn zu vergessen? Konnte sie die Vergangenheit niemals hinter sich lassen? Würde er sie ihr Leben lang verfolgen?

Düstere und gleichermaßen süße Erinnerungen bedrängten sie. Zärtliche Rückblicke an einen Mann, den sie über alles geliebt hatte, dem sie sich mit Leib und Seele hingegeben hatte ... und für ihre Liebe bitter bezahlen mußte.

Ihre Kehle verengte sich, zugeschnürt von Zorn und Befürchtungen, die ihre Begegnung mit Jake ausgelöst hatten. Sein Geruch haftete noch an ihr, sie spürte noch seinen sehnigen Körper, die Härte seiner Schwellung, als er sie geküßt und ihr gesagt hatte, daß er sie begehrte ...

Seine Rückkehr hatte sie aus der Fassung gebracht. Seine Drohung aber, wieder ihr Liebhaber zu werden, hatte sie zutiefst erschreckt. Sie hatte die Gier in seinen Augen gelesen, und ihr Inneres hatte sich verkrampft. Er war nicht der Mann, den sie einst geliebt hatte. Er war hart, rauh und gefährlich geworden. Eine Kaltblütigkeit ging von ihm aus, die früher nicht in ihm war.

Und er hatte ihr eindeutig zu verstehen gegeben, daß die

Glut zwischen ihnen nicht erlöscht war, und diese Erkenntnis trieb Caitlin den Angstschweiß auf die Stirn.

Jake McCord war ein gefährlicher Mann, nicht nur wegen seiner kriminellen Vergangenheit. Caitlin war froh, Ryan in St. Louis bei ihrer Tante gelassen zu haben. Sie wollte ihren Sohn nicht in der Nähe dieses Mannes wissen. Es bestand die Gefahr, daß Jake sich noch heute rächen könnte für das, was ihm ihr verstorbener Vater angetan hatte ...

Ryan! Sie mußte ihn um jeden Preis vor Unheil bewahren.

Seit der Stunde seiner Geburt war sie nie länger als einen Tag von ihrem Sohn getrennt gewesen. Diesmal hatte sie ihn zu Hause gelassen, um ihn vor der Brutalität einer blutigen Nachbarschaftsfehde zu schützen. Sie wollte Ryan unter allen Umständen von Gewalt und Zerstörung fernhalten.

Nun aber war eine schlimmere Befürchtung in ihr. Jake. Würde er versuchen, ihrem Sohn etwas anzutun, um sich an ihrem Vater zu rächen?

Caitlin fröstelte trotz der heißen Junisonne, die vom wolkenlosen Himmel brannte. Sie wünschte, daß Jake unschuldig war, wie er behauptete. Vielleicht war er von ihrem Vater tatsächlich zu Unrecht beschuldigt worden. Dennoch war aus Jake McCord ein eiskalter Revolverheld geworden, der ihr Vertrauen mißbraucht und ihr das Herz gebrochen hatte. Und nun stellte er auch noch eine Bedrohung für ihren Sohn dar.

Sie hatte sich vorgenommen, die Wahrheit herauszufinden. Sie mußte von Placido hören, was an jenem schrecklichen Tag vor vier Jahren am Teufelsteich wirklich geschehen war. Hatte Jake in Notwehr gehandelt? Hatte ihr Bruder ehrlos und ohne Skrupel auf den unbewaffneten Jake geschossen? Und falls es so war, warum hatte es so lange gedauert, bis die Wahrheit ans Tageslicht kam?

Das Pferd erklomm schnaubend die Berghöhe. Ein Schuppen kam in Sicht, aber nirgends eine Spur von Placido und seiner Schafherde. Caitlin ritt noch eine halbe Meile den Kamm entlang, bis sie eine Bergweide erreichte, wo eine große Herde frisch geschorener Schafe friedlich graste.

Im Sommer trieben die Schäfer ihre Herden zu den höher gelegenen Matten und ließen die Tiere dort oben grasen, auf Land, das niemand gehörte, zum Ärger der Rinderbarone. In den Augen der Rinderzüchter richteten Schafe beträchtlichen Flurschaden an, weil sie das Gras bis zu den Wurzeln abrupften und mehr Wasser als Rinder verbrauchten. Die Siedler stritten seit zwanzig Jahren erbittert um diese Weidegründe. Viel Land war in den letzten zehn Jahren in Privatbesitz übergegangen, erworben von großen Ranchern wie Adam Kingsly und Ben McCord, Männer, die ihren riesigen Landbesitz mit skrupellosen Mitteln vergrößerten.

Placidos schwarzweißer Schäferhund schlug an und beäugte Pferd und Reiterin mit wachsam gespitzten Ohren. Beim Anblick des Hundes wurde eine schmerzliche Erinnerung in Caitlin wach. Ihr Vater hatte Neal einmal gezwungen, einen Welpen zu ertränken, der in seiner Verspieltheit nicht schnell genug lernen wollte. Jeder Schäferhund, der nicht mustergültig arbeitete, stellte eine Gefahr für die Herde dar, das wußte auch Caitlin. Doch Adam Kingsly hatte seinem Sohn auf unbeschreiblich grausame Weise beigebracht, zum Mann zu werden. Seine harten Prinzipien kannten weder Gnade noch Mitgefühl. Caitlin würde ihrem Sohn nie und nimmer eine derart harte Erziehung zukommen lassen.

Sie erspähte Placido Flores, auf seinen Hirtenstab gestützt, an der entfernten Seite des Hanges. Er blickte ihr unverwandt entgegen, als sie sich einen Weg durch die blökenden Schafe bahnte.

»Ich wußte, daß Sie kommen, *Senora*«, grüßte der baskische Hirte sie mit ernstem Gesicht, als sie ihr Pferd vor ihm zügelte.

»Placido, sagen Sie mir, was damals geschehen ist«, begann sie ohne Einleitung und musterte ihn scharf. »Jake sagt, er sei zu Unrecht beschuldigt worden, meinen Bruder ermordet zu haben.«

Placido wich ihrem Blick aus. *»Si Senora«*, murmelte er.

»Sie haben gelogen?«

»Nicht gelogen. Aber ... ich habe nicht die ganze Wahrheit gesagt. *Senor* Jake ... hat Ihren Bruder getötet, wie Ihr Vater sagte, aber ... es hat mir lange keine Ruhe gelassen.«

»Was ist geschehen?« fragte Caitlin eisig.

»Ihr Bruder ... war sehr wütend auf *Senor* Jake, weil ... weil er Sie entehrt hat. *Senor* Neal sagte, er habe Ihnen Gewalt angetan ...«

»Das ist nicht wahr.«

»Das weiß ich jetzt auch. Aber damals ... glaubte ich ihm. Ihr Bruder befahl *Senor* Davis und mir, ihn zu begleiten. Ich wußte nicht, was er vorhatte, bis er uns befahl, *Senor* Jakes Hände zu fesseln, während er ihn mit der Pistole bedrohte. *Senor* Neal wollte ihn ... er wollte ihm die Männlichkeit abschneiden. Als *Senor* Jake sich nach seiner Waffe bückte, schoß Ihr Bruder. Es fielen mehrere Schüsse zwischen den beiden. Ich hörte, wie *Senor* Neal aufschrie ... dann ging er zu Boden.

»Ich rannte zu ihm ... konnte aber nichts mehr für ihn tun. *Senor* Neal war tot. Als wir Ihrem Vater den Vorfall schilderten, mußten wir schwören, den Mund zu halten.«

»Und das haben Sie getan? Obwohl Sie wußten, daß Sie einen Unschuldigen damit an den Galgen bringen könnten?«

Placido ließ den Kopf hängen. »Ich weiß. In meinem Herzen wußte ich, daß es falsch war. Aber ... *Senor* Kingsly war immer gut zu mir. Und die McCords waren unsere Feinde ... schlechte Menschen, die viele meiner Schafe abgeschlachtet haben. Ihr Vater war halb wahnsinnig vor Schmerz. Und ... und er sagte, wenn ich darüber spreche, kann ich nicht mehr für ihn arbeiten — auch nirgendwo sonst im ganzen Land. Meine Frau Maria ... war schwanger ... ich mußte für Frau und Kinder sorgen ...«

Die Stimme versagte ihm, aber Caitlin hatte genug gehört. Ihr Vater hatte Placido nicht nur gedroht, ihn rauszuwerfen, er wollte auch dafür sorgen, daß er bei keinem anderen Rancher Arbeit finden würde. Ohne Arbeit waren seine schwangere Frau und die kleinen Kinder vom Hungertod bedroht. Placido stand vor einer furchtbaren Entscheidung. Caitlin hätte nicht gewußt, wie sie sich entscheiden würde, wenn das Leben ihres Kinds bedroht wäre.

»Seitdem haben mich furchtbare Gewissensbisse geplagt, *Senora,* hier drin.« Placido klopfte sich an die Brust. »Als *Senor* Kingsly starb, bin ich zu Sloan McCord gegangen und habe ihm die Wahrheit gesagt. Er wollte, daß ich meine Aussage schriftlich bestätigte und unterschrieb.«

Cailtin nickte bedächtig. »Mit Ihrer Aussage hat Sloan den Gouverneur veranlaßt, die Klage gegen Jake fallenzulassen.«

»Das freut mich.«

»Aber ... man hätte Jake als Mörder an den Galgen gebracht, wenn Sie nicht endlich die Wahrheit gesagt hätten.«

»Wenn es zum Prozeß gekommen wäre, hätte ich nicht geschwiegen, *Senora,* das müssen Sie mir glauben.«

Placidos flehende Augen beseitigten ihre letzten Zweifel. Caitlin hätte ihm dennoch am liebsten ins Gesicht geschrien: *Auch wenn du nicht zugelassen hättest, daß man Jake hängt. Wie konntest du zulassen, daß er als Mörder verleumdet wurde? Daß mein Vater sein Leben zerstörte?*

Caitlin gab sich einen Ruck und atmete tief durch. Jake war also kein kaltblütiger Killer, für den sie ihn all die Jahre gehalten hatte. Neal hatte, um die Ehre seiner Schwester zu verteidigen, auf Jake geschossen, der sich in Notwehr verteidigt hatte. Wenn Jake und sie sich nie geliebt hätten, wäre ihr Bruder Neal zweifellos noch am Leben, deshalb konnte Caitlin sich nicht von aller Schuld freisprechen.

»Ich schäme mich, *Senora*«, sagte Placido leise, »für das, was ich getan habe. Ich kann verstehen, wenn Sie mich nicht länger auf der Ranch arbeiten lassen wollen.«

Caitlin schüttelte betrübt den Kopf. Wie könnte sie Placido entlassen, nachdem er sich durchgerungen hatte, die Wahrheit zu sagen? Ihr Vater hatte große Schuld auf sich geladen, den Schäfer in einen solchen Gewissenskonflikt gebracht zu haben. Für Placido waren die McCords Erzfeinde, das hatte der alte Kingsly seinen Arbeitern lange genug eingeschärft.

»Nein, ich entlasse Sie nicht. Ich möchte Sie nicht verlieren, Placido.«

»Aber ... was werden Sie tun, *Senora?«*

»Ich weiß nicht. Ich fürchte, Jake wird uns zur Rechenschaft ziehen für das, was mein Vater ihm angetan hat. Sie müssen auf sich aufpassen. Jake wurde aufgrund Ihrer Aussage freigesprochen, aber ... möglicherweise hat er sich Rache geschworen. Ich tue, was in meiner Macht steht, um Sie zu beschützen.«

»Sind Sie denn vor ihm sicher, *Senora?«* fragte Placido besorgt.

Caitlin lächelte müde. Wahrscheinlich würde sie nie vor Jake McCord sicher sein. Er konnte ihr nicht verzeihen, daß sie an ihm gezweifelt hatte. »Ich glaube nicht, daß er mir etwas antut«, sagte sie, um den Schäfer zu beruhigen.

»Ich sollte zu ihm gehen und ihm alles erklären ... ihm sagen, wie leid mir alles tut«, überlegte der Schäfer.

»Ich halte es für besser, Gras darüber wachsen zu lassen. Wir sollten abwarten, was Jake vorhat. Der Marshal wird nichts gegen ihn unternehmen, solange er nicht gegen das Gesetz verstößt. Und außerdem war Netherson immer auf der Seite der Rinderzüchter.«

Der Schäfer nickte. *»Senora,* es tut mir leid ... daß Sie erfahren mußten, was Ihr Bruder getan hat. Das war nicht richtig ...«

»Ich weiß«, antwortete Caitlin wehmütig. »Es ist eine weitere Tragödie, die auf das Konto meines Vater geht.«

Caitlin hatte gehofft, endlich Ruhe zu finden, nachdem sie die Wahrheit über Jake erfahren hatte, doch als sie sich auf den steilen Abstieg zur Kingsly Ranch machte, war ihr Inneres in größerem Aufruhr als zuvor. Was sollte sie nur tun?

Eine schrille Stimme in ihrem Kopf drängte sie zur Flucht. Sie war nach Colorado gekommen, um die Ranch für ihren Sohn zu verkaufen. Jakes Rückkehr hatte die Situation drastisch verändert. Jetzt war es sogar gefährlich für sie, länger zu bleiben. Sie überlegte, ob es klüger sei, ihre Bank mit dem Verkauf der Ranch zu beauftragen und abzureisen. Damit könnte sie der Vergangenheit und Jake entfliehen ... und sich als Feigling erweisen ...

Na und? flüsterte die Stimme. *Du darfst ihm nie wieder begegnen. Du kannst den Schmerz nicht ertragen.* Nein, sie hatte den Schmerz nicht ertragen, als Jake McCord ihren Bruder getötet und ohne ein Wort aus ihrem Leben verschwunden war.

Wieso war sie eigentlich nach Colorado zurückgekehrt? In St. Louis lebte sie in Sicherheit. Auch wenn sie in einsamen Nachtstunden um ihre verlorene Liebe trauerte, tagsüber konnte sie die Trübsal vertreiben. Doch heute hatte ihr Schutzwall Risse bekommen; sie fühlte sich nackt und wehrlos.

Jake war nach Hause gekommen.

Wieder krallte der Schmerz sich um ihr Herz.

Eines jedenfalls war sicher. Sie durfte Ryan unter keinen Umständen auf die Ranch bringen, aus Furcht vor Jakes Rache. Sie nahm sich vor, ihrer Tante ein Telegramm zu schikken. Winnie war zwar eine herzensgute Seele, aber auch vergeßlich und unbedacht. Caitlin wollte ihr noch einmal die Anweisungen ans Herz legen, die sie ihr für Ryan gegeben hatte, denn das Wohl ihrer Söhnchens war ihr das Wichtigste auf der ganzen Welt.

Als Caitlin in den Hof der Ranch ritt, warteten Vernon Whitfield und der County Marshal auf sie. Unter normalen Umständen hätte sie sich gefreut, Vernon zu sehen, doch sie war zu aufgewühlt, um sich über seinen Besuch zu freuen.

Der Schullehrer empfing sie mit einem strahlenden Lächeln und lüftete galant den Hut, unter dem eine dichte braune Lockenmähne zum Vorschein kam.

Caitlin erwiderte sein Lächeln verkrampft. Sie hatte Vernon lange vor ihrem Umzug nach St. Louis kennengelernt. Er hatte sie in seinen Briefen über die Ereignisse in Greenbriar auf dem laufenden gehalten und war einer der wenigen Menschen, der sich über ihre Rückkehr aufrichtig freute. Vernon stammte aus dem Osten, war gebildet und wie Caitlin an Geschehnissen interessiert, die sich außerhalb der Enge und Abgeschiedenheit einer kleinen Gemeinde in Colorado zutrugen. Es gab noch andere Gesprächsthemen zwischen ihnen — etwa den Lehrerberuf und die gemeinsame Verehrung für Shakespeare.

Vernons Lächeln schwand, als sie das Pferd anhielt. »Caitlin, geht es Ihnen nicht gut?« fragte er besorgt. »Sie sehen bleich aus.«

»Nein, nein ... es ist nichts.« Sie ließ sich von ihm aus dem Sattel helfen und begrüßte den Marshal kühl.

Der weißhaarige, wettergegerbte Luther Netherson war im Alter ihres verstorbenen Vaters. Hochgewachsen und breitschultrig mit den Säbelbeinen des Rinderzüchters, der sein Leben lang im Sattel verbracht hatte. Den Beruf des Marshals von Greenbriar übte er nur als Nebenbeschäftigung aus. Den Rest seiner Zeit verbrachte er auf seiner Rinderranch, worüber Adam Kingsly seit jeher gelästert hatte. Ein Gesetzeshüter hatte die Pflicht, gerecht zu sein und sich jede Seite unvoreingenommen anzuhören. Netherson indes hatte seit jeher Partei für die Feinde der Kingslys ergriffen.

Netherson tippte sich an die Hutkrempe. »Mrs. Hughes, ich würde Sie gern sprechen, wenn sie eine Minute Zeit haben. Ich weiß nicht, ob Sie die Neuigkeiten schon gehört haben. Ich wollte Ihnen nachrufen, als Sie heute morgen aus der Stadt fuhren, aber Sie haben mich wohl nicht mehr gehört.«

»Welche Neuigkeiten, Marshal?« fragte sie höflich.

»Die Mordanklage gegen Jake McCord wurde fallengelassen.«

»Ja ... davon habe ich gehört.«

»Ich auch«, meldete Vernon sich zu Wort. »Ich jedenfalls halte ihn nicht für unschuldig.«

»Nun Verne, darum geht es nicht«, sagte Netherson. »Jake wird in unserem Staat nicht mehr vom Gesetz verfolgt. Er hat Ihren Bruder nicht umgebracht, Caitlin.« Die Stimme des Marshals klang satt und zufrieden.

»Einer muß es wohl getan haben«, entgegnete Vernon.

»Neal ist doch tot, oder? Wenn McCord ihn nicht getötet hat, wer dann?«

Die Genugtuung schwand aus Nethersons gebräuntem Gesicht. »Na ja, Jake hat ihn zwar getötet, aber es war kein Mord, das wollte ich damit sagen.«

Caitlin holte tief Luft. »Haben Sie den weiten Weg zu mir herausgemacht, um mir das zu sagen, Marshal?«

»Die Sache ist die ... Die Lage hat sich nach dem Tod Ihres Vaters ja ein wenig beruhigt. Aber nun ist Jake wieder da ... Ich will jedenfalls keine Scherereien.«

»Nun reicht es aber, Luther«, explodierte Vernon. »Wie können Sie so mit Mrs. Hughes reden! Sie hat nicht das Geringste mit den Unruhen zu tun, das wissen Sie. Wenden Sie sich an die McCords und sagen denen, sie sollen gefälligst keine Scherereien machen.«

»Schon gut, Vernon.« Caitlin zwang sich zur Ruhe. »Marshal Netherson, ich bin nicht wie mein Vater. Mir steht der Sinn nicht nach Streit. Ich werde bestimmt keine Unruhe stiften.«

Netherson musterte sie skeptisch. »Können Sie auch Ihren Vorarbeiter in Schach halten?«

Caitlin war sich dessen keineswegs sicher. Der Vorarbeiter der Kingslys haßte die Cowboys ebenso wie ihr Vater es getan hatte. Doch sie hatte keine Lust, mit dem Marshal darüber zu sprechen. »Unsere Seite wird keinen Streit vom Zaun brechen.«

Netherson nickte bedächtig. Vernon warf ihm finstere Blicke zu. »Sorgen Sie lieber dafür, daß Ihre Seite das beherzigt, Luther.«

»Ja, das werde ich. Ich hatte bereits ein langes Gespräch mit Sloan. Er hat mir versprochen, für Ruhe zu sorgen. »Tja dann ... das war's eigentlich.« Netherson tippte sich wieder an seinen Hut. »Einen schönen Tag wünsche ich.«

Er bestieg sein Pferd und ritt los.

Vernons Augen verdunkelten sich besorgt. »Ich finde es falsch, daß McCord als freier Mann rumläuft, Caitlin. Ich könnte mir sogar vorstellen, daß Sloan den Gouverneur bestochen hat. Vielleicht hat er ein wenig mitgeholfen, den Wahlkampf des Mannes zu finanzieren.«

Caitlin schüttelte den Kopf. Auch sie hatte gehört, daß Sloan sich neuerdings für Politik interessierte, und es war denkbar, daß der Gouverneur ihm wohlgesonnen war. Aber sie zweifelte nicht mehr daran, daß Jake keinen Mord begangen hatte. »Nein Vernon«, widersprach sie leise. »Die Gerechtigkeit hat endlich gesiegt. Ich habe mit einem der Zeugen gesprochen ...«

Sie schilderte, was Placido ausgesagt hatte, ohne ihre Begegnung mit Jake zu erwähnen. Als sie geendet hatte, sah Vernon sie immer noch zweifelnd an. »Na ja ... vielleicht bleibt McCord nicht lange in der Gegend. Es gibt nicht viele Leute, die einen Geächteten gern in ihrer Nachbarschaft haben.«

Jake allein mußte entscheiden, ob er bleiben oder gehen wollte. Auch wenn er einen schlechten Ruf hatte, würde er von den aufrechten Bürgern des Countys nicht vertrieben werden. Es gab ein ungeschriebenes Gesetz im Westen: Die Vergangenheit eines Mannes zählte nicht. Egal, was für ein Leben er früher geführt hatte, wenn er sich gebessert hatte und sich nichts mehr zuschulden kommen ließ, bekam jeder Mann die Chance, neu anzufangen. Und außerdem war Jake hier zu Hause. Es waren seine Leute. Die Cowboys würden ihn mit offenen Armen aufnehmen. Die Schafzüchter sahen seine Rückkehr argwöhnisch und mit gemischten Gefühlen.

Caitlin schüttelte den Kopf, sie wollte das Thema wechseln. Es gab Wichtigeres zu besprechen.

»Vernon, Sie wissen, daß ich vorhabe, die Ranch zu verkaufen und ... ich hatte den Eindruck, Sie würden mir helfen, einen Käufer zu finden. Oder irre ich mich?«

»Nein, Sie irren nicht, Caitlin. Aber Sie sollten keine überstürzten Entscheidungen treffen. Außerdem hatte ich die Absicht ... Ich wollte noch nicht darüber sprechen, aber ...« Er nahm ihre Hand. »Ich möchte nicht, daß Sie gehen, Caitlin. Sie haben Freunde hier. Ich könnte Ihnen viel Arbeit abnehmen.«

Sie bekam große Augen, als ihr bewußt wurde, daß Vernon um sie warb. Sie hatte geahnt, daß sein Interesse über eine Freundschaft hinausging. Er war Junggeselle, der eine Frau brauchte für die Hauswirtschaft und als Hilfe auf dem Hof, den er bewirtschaftete. Im Westen herrschte noch immer Frauenmangel — Mangel an anständigen Frauen —, ein Umstand, der Caitlin zu einer begehrten Heiratskandidatin machte. Daß Vernon so schnell zur Sache kommen würde, hatte sie freilich nicht erwartet.

Caitlin lächelte matt und entzog ihm die Hand. »Vernon, bitte verstehen Sie mich nicht falsch ... das kommt etwas überraschend. Ich kann keinen klaren Gedanken fassen. Ich möchte allein sein und die Dinge in Ruhe überdenken.«

»Wie Sie wünschen, Caitlin. Eines möchte ich noch sagen: Ich bin immer für Sie da, wenn Sie mich brauchen. Ich werde Sie beschützen. Falls McCord Ihnen Schwierigkeiten macht, wenden Sie sich bitte an mich.«

Caitlin nickte dankbar für sein gutgemeintes Angebot. Vernon war ein sanfter, wohlerzogener Mann, dem daran lag, jungen Menschen einen möglichst großen Wissensschatz mit auf den Lebensweg zu geben. Körperlich war er Jake nicht gewachsen. Sie zweifelte daran, ob es einen einzigen Mann in ganz Colorado gab, der Jake McCord die Stirn bieten könnte, wenn er einen Streit vom Zaun brechen würde.

5. KAPITEL

Es galt, schwerwiegende Entscheidungen zu treffen, überlegte Caitlin, als sie den Hang im Norden der Kingsly Ranch überquerte. Entscheidungen, die ihr Leben betrafen. Ihre Zukunft. Die Zukunft ihres Sohnes.

Seit zwei Tagen hatte sie nichts von Jake gehört und gesehen; doch die Begegnung mit ihm ging ihr nicht aus dem Sinn. Schlimmer noch, ständig erwartete sie, er würde plötzlich vor ihr stehen. Immer wieder warf sie hastige

Blicke über die Schulter, um sich zu vergewissern, ob er sie verfolgte. Sie ärgerte sich, daß er immer noch Einfluß auf sie ausübte. Jake war ein freier Mann; sie aber war gefangen von ihrer Vergangenheit, von bittersüßen Erinnerungen, von ihrer Schuld. Sein Freispruch hatte ihr weiterhin klar gemacht, wie unrecht sie an ihm gehandelt hatte.

Sie hatte beschlossen, an diesem Nachmittag auszureiten. Sie mußte allein sein, um nachdenken zu können, sie mußte ihre künftige Handlungsweise vernünftig und klar planen. Nach dem Schock des unvermuteten Wiedersehens waren Widerstand und Trotz in ihr aufgestiegen. Beides hatte geholfen, ihr Rückgrat zu stärken.

»Du wirst mich nicht in die Knie zwingen, Jake McCord«, murmelte Caitlin halblaut vor sich hin und hob das Kinn.

Sie war fest entschlossen, ihre Angst zu überwinden, sich nicht überstürzt von ihm vertreiben zu lassen, auch wenn es seine erklärte Absicht war, sich für das Unrecht zu rächen, das ihr Vater ihm angetan hatte. Sie konnte Jakes Ablehnung gegen ihre Familie verstehen, nachdem er von ihrem Vater des Mordes beschuldigt worden war — seine Bitterkeit und seinen Zorn. Dem Vernehmen nach hatte er bereits angefangen, es seinen Feinden heimzuzahlen. Letzte Nacht war Jake im Saloon mit einem Schafzüchter in Streit geraten, der zu einer blutigen Schlägerei zwischen Cowboys und Schafhirten ausgeartet war.

Caitlin hatte sich vorgenommen, ihre Pläne von Jakes Rückkehr nicht durchkreuzen und sich auch nicht zu übereilter Hast hinreißen zu lassen. Die Ranch war in ihren Besitz übergegangen, und sie würde so handeln, wie es für sie und ihren Sohn richtig und notwendig war.

Zunächst galt es, die Ranch zu verkaufen. Hier war kein geeigneter Ort für ihren Sohn, er durfte nicht mitten in einem blutigen Krieg aufwachsen.

Eine überstürzte Flucht aber wäre töricht. Es galt viele Erwägungen in Betracht zu ziehen. Im übrigen waren nicht alle in Greenbriar böse und schlecht. Dabei dachte sie an Vernon Whitfield.

Es wäre herzlos, sein Werben abzulehnen. Nicht nur, weil sie sich geschmeichelt fühlte, wenn er ihr den Hof machte. Vernon war ein herzensguter und liebenswerter Mann mit starken Prinzipien und hohen Moralvorstellungen. Ein Mann, der sich gut als Vater für einen heranwachsenden Jungen eignen würde.

Eine Heirat würde auch die verhaßte Leere vertreiben. Ein Ehemann würde die Ödnis wieder beleben, die Jake hinterlassen hatte, als er ohne ein Wort verschwunden war. Nach seinem Fortgehen war sie wie betäubt zurückgeblieben in einer Einsamkeit, die sich von ihrem Körper auf ihre Seele ausgebreitet hatte.

Vernon würde ihr Blut zwar nie in Wallung bringen wie Jake es vermocht hatte, würde sie nie in schwindelerregende Höhen der Wollust tragen. Aber ihr stand der Sinn nicht nach körperlicher Leidenschaft. Sie wollte Frieden und Geborgenheit. Und bei Vernon fühlte sie sich geborgen.

Beim Gedanken an Jake erschauerte Caitlin. Erst gestern wurde ihr wieder bewußt, wie gefährlich er war, als einer ihrer Rancharbeiter nachts vom Marshal nach Hause gebracht wurde.

»Gütiger Himmel«, hatte sie geflüstert, und das Herz hatte ihr bis zum Hals geschlagen, als sie mit der Laterne in der erhobenen Hand auf die Veranda trat und den Bewußtlosen sah, den Netherson quer über sein Pferd gelegt hatte. »Ist er etwa ...«

»Hogtie ist bald wieder auf den Beinen, Madam«, hatte Netherson sie beruhigt. »Nur ein blaues Auge und eine geschwollene Lippe, vielleicht auch ein paar gebrochene Rippen.«

Hogtie Brown stöhnte laut, als der Marshal ihn vom Pferd zerrte.

»Was ist passiert?« fragte Caitlin und ging dem Marshal zur Schlafbarracke voraus.

Während sie den Verwundeten wusch und verband, erfuhr sie die Geschichte. Hogtie behauptete, Jake McCord hätte nicht nur die Schlägerei angefangen, er hätte vorgehabt, den anderen Rancher zu töten — eine Behauptung, die der Marshal bestritt.

»Dummes Zeug. Das war nur eine harmlose Rauferei«, erklärte Netherson. »Jake hat einen über den Durst getrunken ...«

Caitlin sah Netherson kühl an. »Das heißt, er hat im betrunkenen Zustand eine Schlägerei vom Zaun gebrochen.«

»Na ja ... so kann man es auch nennen.«

Widerwillen stieg in ihr hoch. Jake war ihrem Vater so ähnlich geworden, der seinen Haß mit Whiskey anfeuerte ... »Ich wette, Sie haben ihn nicht festgenommen«, höhnte sie.

»Ich fand es nicht nötig.«

»Haben Sie nicht kürzlich zu mir gesagt, Sie wollen keine Scherereien, Marshal?«

Netherson kratzte sich hinterm Ohr. »Jake beruhigt sich wieder. Er hat es mir versprochen.«

Jake hatte auch ihr einmal versprochen, nicht zu kämpfen, erinnerte sich Caitlin bitter. Er war sich mit Neal wegen einer Lappalie in die Haare geraten und beide hatten einander blutig geschlagen. Caitlin hatte zuerst Neal und später Jake verbunden und beiden gehörig die Meinung gesagt. Da sie den Gedanken nicht ertrug, daß die Hitzköpfe sich wieder in die Wolle kriegten, mußte Jake ihr schwören, sich nicht wieder in eine Schlägerei verwickeln zu lassen ...

Caitlin verdrängte die quälenden Erinnerungen. Sie zügelte das Pferd zu einer langsameren Gangart. Vielleicht sollte sie sofort nach St. Louis zurückkehren, bevor es zu einer weiteren Begegnung mit Jake kam.

Den Verkauf der Ranch konnte sie Vernon übertragen. Und ihr Vorarbeiter Hank Spurlock würde die Ranch verwalten, bis ein Käufer gefunden war. Sie würde nicht den besten Preis erzielen, wenn sie eilig verkaufte, aber der Erlös würde groß genug sein, um ihrem Sohn eine gesicherte Zukunft zu gewährleisten. Andererseits war sie den Männern verpflichtet, die sie beschäftigte. Sie hatte sich vorgenommen, eine Klausel in den Kaufvertrag aufzunehmen, wonach der neue Besitzer alle Männer weiterhin beschäftigte.

Caitlin hob den Blick zu den zerklüfteten Felsen. Was immer sie auch beschloß, sie mußte das tun, was für ihren Sohn am besten war. War es denn richtig, eigenwillig über Ryans Erbe zu bestimmen?

Die Berge lagen in unnachahmlicher Schönheit vor ihr. Ein weites Land, in dem Hügel und Täler einander abwechselten, erstreckte sich nach Westen ansteigend bis zu den Bergriesen der Rocky Mountains. Saftige Weiden und kühle Nadelwälder strahlten majestätische Größe aus, eine würdige Erhabenheit, gegen die menschliche Streitigkeiten sich absurd und nichtig ausnahmen.

Caitlin schloß die Augen und horchte auf den Schrei eines Habichts, der hoch über den Tannenwipfeln seine Kreise zog. Sie hatte sich nach der Heimat gesehnt. Ohne die furchtbaren Tragödien, die sie hier hatte erleben müssen, könnte sie dieses Land lieben ...

Caitlin erschrak. Etwa zweihundert Meter vor ihr ragte ein Felsvorsprung auf, an dem sie erkannte, daß sie sich gefährlich nahe an McCord Land gewagt hatte. War sie zufällig oder absichtlich so weit geritten, in einer unterbewußten Auflehnung gegen Jake? Oder aus einem unerklärlichen Bedürfnis, ihm nah zu sein? Diese Fragen schossen Caitlin in einem Anflug von Galgenhumor durch den Kopf.

Sie wollte das Pferd wenden und zurückreiten, als sie in der Ferne Pistolenschüsse hörte. Automatisch griff ihre Hand nach der Winchester Flinte, die in ihrer Satteltasche steckte. Caitlin hatte keine Ahnung, in welche Gefahr sie sich begab, brachte es indes nicht über sich, umzukehren. Schüsse in diesem rauhen Land bedeuteten meist den Tod. Jemand brauchte vermutlich Hilfe. Sie drückte dem Pferd die Absätze in die Flanken und galoppierte los.

Wieder hallte das Echo eines Schusses von den Felswänden wider. Caitlin ritt einen Hang hinauf und auf der anderen Seite hinunter. Dann mußte sie das Tempo verlangsamen, um sich einen Weg durch dichtes Gestrüpp zu bahnen. Am Rand einer Schlucht brachte sie das Pferd zum Stehen.

Etwa zehn Meter rechts unter ihr stand Jake und hielt seinen Colt in der Hand. Er hatte den Kopf gehoben und fixierte sie mit zusammengekniffenen Augen.

»Jake ...« Caitlins Mund war ausgetrocknet. Sie hatte gewußt, daß sie ihm irgendwann wieder begegnen würde, ohne darauf vorbereitet zu sein. Sie würde nie auf ihn vorbereitet sein.

Sein kantiges Gesicht war unrasiert. Seine Augen waren von der Hutkrempe beschattet.

Caitlins Sinne schärften sich bei seinem Anblick.

Er stand lässig da, den Daumen in den Revolvergurt gehakt, der ihm tief an den Hüften hing. Auch auf die Entfernung sah Caitlin die Spuren der Schlägerei — ein Bluterguß unter dem linken Auge, die Lippe geplatzt, an der rechten Wange eine blutverkrustete Wunde.

Er sah verwildert und gefährlich aus. Die Ärmel seines Hemdes waren aufgerollt und entblößten sehnige gebräunte Arme. Schweiß glänzte auf seiner Haut.

Caitlin zwang sich, den Blick zu wenden, suchte nach einem Abstieg in die Schlucht. Erst jetzt bemerkte sie das tote Schaf, das neben ihm lag.

»Jake ... was hast du getan?« Ihre Stimme krächzte.

Mit ausdrucksloser Miene steckte er die Waffe in den Gurt und ging mit langen Schritten zu seinem Pferd.

»Ich habe diese dämlichen Biester erledigt«, antwortete er gleichmütig.

Zu ihrem Entsetzen bemerkte Caitlin zwei weitere tote Schafe. Aus Einschüssen seitlich an den Schädeln sickerte Blut. »Das ... das sind Kingsly Schafe.«

Jake warf einen verächtlichen Blick über die Schulter. »McCord Schafe sind es jedenfalls nicht.« Damit schwang er sich in den Sattel. »Ich hasse diese stinkenden Wollknäuel. Man sollte sie ausrotten.«

»Du hast sie getötet ...«

»Na und?« gab er bissig zurück. »Das ist mein gutes Recht. Sie waren auf unserem Land.«

Caitlin erinnerte sich an einen schrecklichen Vorfall, als sie frisch in ihn verliebt war. Damals hatte ihr Vater kaltblütig drei Dutzend Rinder der McCords abgeknallt, die auf Kingsly Land geraten waren, und er hatte Caitlin gezwungen, ihm dabei zuzusehen, damit sie nicht ›verweichlicht‹.

Hinterher war sie zu Jake auf die Lichtung geritten, hatte sich in seine Arme geworfen, das Gesicht an seiner Brust geborgen und bitterlich geweint.

Cat, was ist los? Sag es mir. Mir kannst du alles sagen.

Nein, das konnte sie ihm nicht sagen, sie konnte ihm nicht sagen, wie grausam und gemein ihr Vater war. Damit hätte sie den nächsten Vergeltungsschlag der McCords heraufbeschworen. Die abgeschlachteten Tiere würden ohnehin bald entdeckt werden, aber man würde nicht wissen, wer die abscheuliche Bluttat begangen hatte. Damals war sie sich wie eine Verräterin an beiden Seiten vorgekommen.

Jake hatte sie in den Armen gehalten, hatte sie getröstet, während sie von haltlosem Schluchzen geschüttelt wurde. Er hatte den aufrichtigen Wunsch gehabt, ihren Seelenschmerz zu lindern. Das war der Augenblick, in dem ihr klar wurde, daß sie ihn liebte, daß sie ihn brauchte.

Ihr Mund hatte seine Lippen gesucht, ihre Arme hatten sich an ihn geklammert, ihn an sich gezogen, bis beide ins Gras gesunken waren. Sie erinnerte sich an die Nässe, an den Geruch nach feuchter Erde und Sommerregen, da kurz zuvor ein Gewitter niedergegangen war. Sie erinnerte sich an Jakes Hände – überaus sanft und zärtlich. Sie erinnerte sich an seine Behutsamkeit, als er sie zur Frau machte. Zu seiner Frau.

An jenem Tag hatten sie sich miteinander vereinigt – für immer, wie sie glaubte. Doch der Akt der Gewalt, der sie an jenem Tag in Jakes Arme getrieben hatte, war nicht der Letzte. Im Gegenteil, die Gewalt hatte sich verschärft, hatte im tragischen Tod ihres Bruders ihren Höhepunkt gefunden.

Caitlin starrte auf die toten Schafe. Jake war nicht besser als ihr Vater, er ließ seine Rache an unschuldigen Kreaturen aus.

»Wie konntest du das tun?« flüsterte sie tonlos. »Es sind doch wehrlose Tiere.«

»Weil ich ein Mörder bin, stimmt's?« Sein kalter Blick durchbohrte sie. »Cat, das glaubst du doch selbst nicht. Eure Schafe sind so dämlich, daß sie hier runterstürzten und sich beinahe umbrachten. Zwei hatten gebrochene Vorderläufe, und das dritte hat sich an einem Felsvorsprung den Bauch aufgeschlitzt. Ich habe sie erschossen, um ihre Leiden nicht zu verlängern.«

Caitlin fiel ein Stein vom Herzen. Gleichzeitig ärgerte sie sich, daß Jake sie zunächst absichtlich im Glauben gelassen hatte, er habe die Schafe in gemeiner Absicht getötet. »Woher ... soll ich wissen, daß es so war? Was sagt ihr Cowboys immer — nur ein totes Schaf ist ein gutes Schaf? Vielleicht hast du die Tiere absichtlich in den Abgrund getrieben, nur weil sie auf deinem Land gegrast haben.«

Zorn loderte in seinen Augen. »Du denkst wohl, du kannst mir an allem die Schuld geben. Ich habe vier Jahre auf der Flucht verbracht wegen einer niederträchtigen falschen Beschuldigung und bin es endgültig leid, mich rechtfertigen zu müssen!«

Er schleuderte ihr die Worte wutentbrannt entgegen.

Caitlin bedauerte ihre Gehässigkeit. Jake hatte einen furchtbaren Preis bezahlen müssen, nur weil er sie liebte. Sie wollte sich bei ihm entschuldigen, doch er sah nicht so aus, als würde er ihre Entschuldigung annehmen. Seine zusammengekniffenen Augen musterten sie unverschämt von oben bis unten.

Sie wollte fliehen und kämpfen zugleich.

»Sorge dafür, daß deine Schafe sich von meinem Land fernhalten, sonst tu ich es.« Seine Worte waren leise, tonlos und von tödlicher Entschlossenheit.

Er wartete auf ihre Antwort.

»Jake ... es tut mir leid. Ich wollte nicht ...«

»Natürlich wolltest du, Wildkatze. In deinen Augen bin ich immer noch ein Mörder. Weil du blind und taub für die Wahrheit bist.«

Caitlin errötete. Ihre ohnehin zerrütteten Nerven drohten zu zerreißen. Ehe sie antworten konnte, hörte sie Hufschläge hinter sich. Jake hob lauernd den Kopf wie ein Wolf, der Gefahr witterte ... oder ein Mann, der vor dem Gesetz auf der Flucht war.

Caitlin drehte sich erschrocken um. Mehrere Reiter näherten sich im Galopp. Caitlins Finger krallten sich um den Gewehrschaft, doch dann erkannte sie ihren Vorarbeiter Hank Spurlock und zwei seiner Leute.

»Hank! Hier rüber!« rief sie den Reitern entgegen. Dann blickte sie wieder in den Abgrund, Jake starrte unverwandt zu ihr herauf.

»Sind Sie in Ordnung, Madam?« fragte der Vorarbeiter besorgt. »Wir haben Schüsse gehört.«

»Ja, alles in Ordnung. Jake ... Mr. McCord und ich haben uns um ein paar verlaufene Schafe gekümmert. Drei unserer Tiere haben sich bei einem Sturz über den Felsen verletzt und mußten getötet werden.«

Spurlock versteifte sich sichtbar, als er den Mann unter dem Felsvorsprung erkannte. Doch seine Haltung drückte auch Respekt aus.

Jake sagte kein Wort. Er saß lässig im Sattel, nur seine rechte Hand lag neben dem Pistolengurt, stellte Caitlin beklommen fest. Sie beeilte sich, die Situation zu entschärfen, bevor ein Unheil geschah.

»Es tut mir leid, daß unsere Tiere auf dein Land geraten sind, Jake«, rief sie hastig. »Wir werden dafür sorgen, daß es nicht wieder vorkommt.«

»Wir sollten die Kadaver mitnehmen, Madam«, schlug Hank vor. »Wenn wir sie liegen lassen, ziehen sie Wölfe und Pumas an, und wir können das Fleisch verwenden. Was dagegen, Mr. McCord?«

Mit einer Handbewegung gab Jake sein Einverständnis. »Da drüben ist ein Abstieg.«

Mit Umsicht lenkten der Vorarbeiter und seine Leute die Pferde in die Schlucht. Gemeinsam hievten sie die schweren Kadaver quer über ihre Sättel und stiegen den Weg wieder nach oben.

»Kommen Sie mit uns, Mrs. Hughes?« fragte Hank Spurlock besorgt, der sie nicht gern mit einem Schwerverbrecher allein ließ.

Caitlin warf Jake einen letzten Blick zu. Sie wollte etwas sagen, um die feindselige Spannung zwischen ihnen zu lösen, doch seine verschlossene Miene entmutigte sie. Auf keinen Fall wollte sie mit ihm allein bleiben.

»Laß die Platzwunde nähen«, murmelte sie, wendete ihr Pferd und schloß sich ihren Männern an.

Als sie weg war, fluchte Jake in sich hinein. Er war wütend auf Caitlin, weil sie ihn wieder beschuldigt hatte, ohne ihn vorher anzuhören; und noch wütender auf sich selbst, wie idiotisch er sich verhalten hatte. Cat zu beschimpfen und zu provozieren, war kaum der richtige Weg, ihr Vertrauen zu ihm wiederherzustellen.

Jake holte tief Luft. Es war nicht nur sein körperliches Verlangen nach Caitlin, das ihn rastlos und jähzornig machte. Das Wissen, was er verloren hatte, zerriß ihm das Herz, die Erinnerung an all das, was ihm in den letzten vier Jahren entgangen war. Und die Unsicherheit, ob er Caitlin je wieder für sich gewinnen könnte.

In dieser Nacht konnte Caitlin nicht schlafen. Sie wälzte sich ruhelos im Bett herum, litt unter der für Juni ungewöhnlich schwülen Hitze, aber auch unter Mutlosigkeit, die sie seit Jakes Rückkehr beschlichen hatte.

Immer wieder schaute sie zum offenen Fenster, durch dessen dünne Vorhänge der fahle Mondschein drang. Bei Tag konnte man bis zu den Hügeln hinübersehen, hinter denen die Ranch der McCords lag. Damals als Achtzehnjährige hatte sie stundenlang aus dem Fenster gestarrt und sich nach Jake verzehrt — in jenem Sommer, in dem es außer ihm nichts anderes gab. Und nach dem Tod ihres Bruders hatte sie wieder stundenlang aus dem Fenster geblickt, hatte bang und sehnsüchtig darauf gewartet, daß Jake zurückkommen und ihr seine Unschuld erklären würde.

Hör auf damit! schalt Caitlin sich. Solche Grübeleien führten zu nichts. Sie durfte nicht wieder in Selbstmitleid versinken, durfte nicht mehr um ihre verlorene Liebe weinen, deren Wunden nie wirklich verheilt waren. Sie hatte sich eingeredet, über Jake hinweggekommen zu sein, doch nun beschlichen sie Zweifel ...

In ihren Augen brannten ungeweinte Tränen. Sie drehte sich zur anderen Seite und bearbeitete das Kopfkissen wütend mit Fäusten. Könnte sie nur alle Gedanken an Jake McCord verbannen!

Sie war immer noch hellwach, als lautes Klopfen an der Vordertür durchs Haus hallte — es mußte gegen Mitternacht sein. Sie warf die Decke zurück und stand auf. Wer konnte das sein mitten in der Nacht? Noch dazu am Samstag? Ein Rancharbeiter hätte an der Hintertür geklopft. Außerdem waren die meisten Männer in der Stadt im Saloon, um zu trinken und Karten zu spielen.

Draußen schien alles ruhig zu sein. Sie trat ans Fenster und schob den Vorhang ein wenig beiseite. Koppeln und Schafställe lagen friedlich im Mondlicht. Wenn Ryan etwas zugestoßen war ... Ein Telegrammbote würde vorne klopfen.

Caitlin schlüpfte hastig in ihren dünnen Morgenmantel und rannte barfuß den unbeleuchteten Korridor entlang zur Haustür, riß sie auf und stand wie angewurzelt in der Tür.

Jake lehnte lässig im Türrahmen, er war nur als dunkle Silhouette zu erkennen. Jeder Nerv in ihrem Körper bebte.

»Jake ... was willst du?«

»Wir müssen miteinander reden.« Seine Stimme klang kühl und gelassen.

»Jetzt?«

»Ja, jetzt, Wildkatze. Wir müssen reinen Tisch machen. Hier kannst du mir nicht weglaufen.« Mit einem sichernden Blick über die Schulter schob er sich an ihr vorbei ins Haus.

»Jake, du kannst hier nicht einfach hereinplatzen!«

»Wieso nicht?« Die Tür fiel hinter ihm ins Schloß.

»Weil ...« stotterte sie. *Weil ich allein im Haus bin.* »Weil ... es spät nachts ist.«

»Na und? Du wirst mir zuhören. Ich bin es leid, für Verbrechen beschuldigt zu werden, die ich nicht begangen habe.«

Caitlins Augen verengten sich. Vergeblich erforschte sie Jakes Gesicht. »Hast du getrunken?«

»Ich wollte, ich hätte getrunken«, murmelte er kaum hörbar. »Vielleicht könnte ich dann vergessen. Mach Licht, Cat«, fügte er deutlicher hinzu.

»Jake ...«

»Willst du hier im Finstern stehen? Ich wüßte etwas Unterhaltsameres ...

Fahrig tastete Caitlin nach der Streichholzschachtel auf dem runden Tisch in der Diele und machte Licht. Die Flamme erhellte Jakes hartes, unrasiertes Gesicht. Sein Bart verdeckte nicht die Blutergüsse und verkrusteten Wunden der Schlägerei. Der Blick, mit dem er sie durchbohrte, machte sie beklommen.

»Was kann wohl so wichtig sein, daß du mitten in der Nacht hier auftauchst?«

Er lächelte. »Wäre es dir lieber, wenn ich mitten am Tag hier aufkreuze? Ich kann mir kaum vorstellen, daß die ehrbare Witwe Hughes erbaut wäre, wenn ihre Arbeiter wüßten, daß sie von einem ›berüchtigten Revolverhelden‹ besucht wird.« Sein Blick wanderte den Korridor entlang. »Kannst du kochen?«

Sie blinzelte erschrocken. »Wie bitte?«

Jake lachte kopfschüttelnd. »Zum Teufel, nicht einmal das weiß ich von dir, und ich wollte dich heiraten ... Ich hätte gerne Kaffee. Kannst du uns eine Tasse aufbrühen? Laß nur, ich mach es selber. Wo ist die Küche? Dort können wir ungestört reden. Die Hälfte deiner Männer ist in der Stadt, und die anderen sind in den Bergen bei ihren stinkenden Schafen.«

Im Reden schlenderte er den Flur entlang. Caitlin blieb nichts anderes übrig, als ihm mit der Lampe zu folgen. Er würde sich nicht aufhalten lassen. Jake scherte sich nicht darum, ob sein Besuch erwünscht war.

In der Küche trat er an den Herd und griff nach der Kaffeekanne. Caitlin stellte die Lampe auf die Anrichte neben dem Spülbecken. »Setz dich. Ich koche Kaffee. Du hast recht, wir müssen miteinander reden.«

Diesmal war Jake verblüfft. Er hatte sich wohl auf einen Streit gefaßt gemacht, doch Caitlin war es leid, Feindseligkeiten mit ihm auszutauschen. Sie wollte die Dinge ein für allemal zwischen ihm und ihr bereinigen, bevor ihre Nerven blank gescheuert waren.

Ich schaffe es, dachte sie verbissen. *Ich kann ihn ansehen und mit ihm reden, ohne die Fassung zu verlieren.*

Sie nahm ihm die blauemaillierte Kanne aus der Hand und trat an die Wasserpumpe. Jake schaute ihr aufmerksam zu.

»Wie schön dein Haar ist«, murmelte er schließlich weich, fast wie zu sich selbst. »Ich habe davon geträumt ...«

Caitlins Herz schlug heftig, als er in ihr offenes Haar griff. Sie verdrängte die Erinnerung, wie Jake früher ihr Haar durch die Finger gleiten ließ, bewundernd und zärtlich. Damals durfte er sie berühren, wann immer ihm der Sinn danach stand ... Dieses Recht hatte er längst nicht mehr.

Sie wich ihm aus, vermied es, ihn anzusehen, und betätigte die Pumpe, bis frisches Wasser sprudelte, füllte die Kanne und stellte sie auf den Herd. Dann stocherte sie die Glut auf und legte Holz nach. Dabei bemühte sie sich krampfhaft, nicht auf den Mann zu achten, der neben ihr stand. Er stand zu nahe bei ihr. Viel zu nahe.

»Trägst du so etwas immer nachts?« Seine Stimme war ein Raunen. Sie fuhr erschrocken herum. Sein Blick wanderte fiebrig zu ihren Brustspitzen, die sich durch den dünnen Batist ihres Nachthemds abzeichneten.

Caitlin spürte die Hitze zwischen ihren Schenkeln, zog hastig den Morgenmantel enger und band den Gürtel fester. »Ich sagte, du sollst dich setzen, Jake.«

Betont lässig trat er an den Eichentisch, zog einen Stuhl hervor, ließ sich darauf nieder, warf den Hut auf den Tisch, streckte die langen Beine von sich und verschränkte die Arme.

Caitlin gab gemahlenen Kaffee in die Kanne. Nie zuvor

war sie sich der Gegenwart eines Mannes so beklemmend bewußt gewesen, der Spannung in ihrem Körper, dem Pochen in ihren Schläfen. Unter Jakes unverwandten Blicken wurde sie immer unruhiger und befangener.

»Ich habe dich nie in einem richtigen Bett gehabt, weißt du das?«

Sie zuckte zusammen. »Das wirst du auch nicht.« Caitlin hatte alle Mühe, nicht ins Stottern zu geraten.

»Da wäre ich mir nicht so sicher.«

»Zum Teufel, Jake ...« Sie schnellte herum und stemmte die Fäuste in die Hüften. »Sag endlich, was du zu sagen hast und geh!« fauchte sie erzürnt. »Worüber willst du mit mir sprechen?«

»Über dich. Mich. Uns.«

»Es gibt kein ›uns‹ mehr.«

Er schüttelte den Kopf. Seine grünen Augen glühten. »In dem Punkt irrst du, Cat. Und das will ich dir erklären.«

6. KAPITEL

Argwöhnisch beobachtete Caitlin den Mann, der an ihrem Küchentisch lümmelte. Seine lässige Haltung konnte sie nicht über seinen lauernden Blick hinwegtäuschen, der ihr Schauer über den Rücken jagte.

Jakes schönes, scharfkantiges Gesicht trug immer noch die Spuren der Schlägerei, die er angezettelt hatte, die klaffende Wunde an seiner Wange war blutverkrustet. Seine widerspenstigen blonden Haare hingen ihm wirr in die Stirn. Früher hätte sie ihm eine Locke aus der Stirn gestrichen. Caitlin biß sich verärgert auf die Lippen.

Sie wandte sich wieder dem Herd zu. Mit zitternden Händen stellte sie die Kanne beiseite, um den Kaffee ziehen zu lassen, und suchte in einer Schublade nach Heftpflaster und Desinfektionsmittel. Dann goß sie Wasser in eine Schüssel und stellte sie auf den Tisch.

»Deine Wunde muß gesäubert und verbunden werden, sonst bleibt eine scheußliche Narbe«, meinte sie sachlich.

Jake lehnte sich zurück und hob ihr das Gesicht zur Verarztung entgegen. Es tat gut, von ihr umsorgt zu werden, obwohl er die Zärtlichkeit vermißte, mit der sie früher seine Wunden gepflegt hatte.

Er verzog das Gesicht, als sie den Bluterguß unter dem Auge abtastete. »Au ... Macht es dir Spaß, mich zu quälen?«

»Geschieht dir ganz recht. Du solltest dich schämen. Ein erwachsener Mann prügelt sich nicht in Kneipen herum.«

»Es war nur ein harmloses Geplänkel.«

»Harmlos?« Sie wrang den Leinenlappen aus. »Einer unserer Arbeiter wurde halbtot nach Hause gebracht — ich kann mir denken, wie die anderen zugerichtet waren. Dabei hätte einer der Männer umkommen können, Jake. Ganz zu schweigen davon, daß du die alte Fehde wieder entfacht hast.«

Er verzog den Mund. »Ich habe nie behauptet, ein Heiliger zu sein. Aber einen Heiligen willst du ohnehin nicht.« In seiner Stimme schwang Spott.

»Was ich ganz sicher nicht will«, entgegnete Caitlin schnippisch, »ist ein jähzorniger Trunkenbold wie mein Vater einer war, der die Leute gegeneinander aufhetzt.«

Plötzlich vibrierte wieder diese Spannung zwischen ihnen. Die dunkle Vergangenheit holte sie erneut ein.

Jake wandte den Blick und erduldete lammfromm, wie sie ihm das getrocknete Blut abwusch und ein Heftpflaster auf die Wunde klebte. Er erinnerte sich, wie sie ihm einmal das Versprechen abgenommen hatte, nie wieder eine Schlägerei anzuzetteln. Er hätte schwören können, daß Cat auch daran dachte. Er hatte die Wehmut in ihren Augen gesehen.

Er hatte sein Versprechen nicht gehalten, und sie hatte ihr Versprechen nicht gehalten, ihn zu heiraten.

Fahrig stellte Caitlin die Schüssel ins Waschbecken. Sie spürte Jakes Blicke im Rücken.

Sie gab sich innerlich einen Ruck, ohne sich umzudrehen. Es waren einige wichtige Punkte zu besprechen, die sie nicht länger aufschieben wollte. Zunächst wollte sie sich bei

Jake entschuldigen für das furchtbare Unrecht, das ihr Vater ihm angetan hatte. Sie hatte das Bedürfnis, ihm zu sagen, wie abscheulich sie die Lügen ihres Vaters fand, die er über Jake verbreitet und damit sein Leben beinahe zerstört hatte.

»Jake ...« Ihre Stimme war leise, sie sah ihn nicht an. »Es tut mir leid ... daß ich an dir gezweifelt habe. Jetzt weiß ich, daß die Anschuldigungen meines Vaters falsch waren, daß dich keine Schuld traf ... an Neals Tod. Du konntest nicht anders handeln. Es ist zwar reichlich spät. Aber ... es tut mir furchtbar leid.«

»Glaubst du mir jetzt?« Seine Stimme klang gepreßt, skeptisch. »Was hat deine Meinung geändert?«

»Ich habe mit Placido gesprochen. Er hat deine Geschichte bestätigt. Du hast in Notwehr gehandelt.«

Warum hast du mir nicht geglaubt? Warum hattest du kein Vertrauen zu mir? Diese bitteren Fragen hingen unausgesprochen zwischen ihnen.

»Hat Flores auch gesagt, warum er mich an den Galgen bringen wollte?« fragte Jake höhnisch.

»Er ... er hat es aus Loyalität getan. Und weil sein Arbeitsplatz in Gefahr war. Mein Vater drohte, ihn und seine Familie auf die Straße zu setzen.«

»Das sieht dem Ungeheuer ähnlich.«

Sie warf einen Blick über die Schulter. Jakes Lippen waren schmal. Ihre Entschuldigung schien wenig Eindruck auf ihn gemacht zu haben. »Jake ... ich verstehe, wenn du dich rächen willst. Aber bitte ... laß Placido in Ruhe. Er bereut, was er damals getan hat. Und seine Aussage gab schließlich den Ausschlag, daß du wieder ein freier Mann bist. Er ging zu Sloan und hat ihm die Wahrheit gestanden.«

Ihre Bitte besänftigte ihn. »Ich weiß, daß er bei Sloan war«, sagte er. »Ich tue deinem Schäfer nichts, Cat. Ich will diese grausame Geschichte vergessen und in Frieden leben.«

Sie beobachtete ihn prüfend. Sein sachlicher Tonfall klang aufrichtig. Sie nahm ihm gegenüber am Tisch Platz, war aber darauf bedacht, einen Sicherheitsabstand zu wahren. Mittlerweile sah er sie nicht mehr mit diesem lauernden

Raubtierblick an, sondern hielt die Augen auf seine Stiefelspitzen gesenkt.

Sie konnte seine Wut, seine Bitterkeit, seinen Haß nachempfinden.

Ich will in Frieden leben, hatte er gesagt. Genau das wollte sie auch. Sie wollte Leid und Haß begraben. Bislang hatte sie sich nicht sonderlich viele Gedanken darüber gemacht, wie furchtbar Jake unter dem Unrecht, das ihm angetan worden war, gelitten haben mußte. Nur ihre eigenen Seelenqualen waren ihr wichtig gewesen, die Trauer, die ihr das Herz zerrissen hatte. Jake hatte ähnliche Leiden ertragen müssen; er war aus der Heimat vertrieben, von seiner Familie getrennt und zum Verbrecher gestempelt worden.

Sie erforschte das Gesicht, das sie einst geliebt hatte. Das Leben als Geächteter hatte ihn verändert. Jake war ihr fremd geworden.

Caitlin beugte sich vor, legte die flachen Hände auf den Tisch. »Du hast gesagt, daß du ... bei der Schießerei schwer verwundet worden bist ... Was geschah nach deiner Genesung?«

»Nachdem ich erfuhr, daß ich wegen Mordes gesucht wurde?« Jake hob den Kopf, seine Augen waren ohne Ausdruck. »Ich ging nach New Mexico und ließ mich von einem reichen Rinderbaron anheuern, der Schutz vor seinen Feinden brauchte. Ich habe als bezahlter Scharfschütze gearbeitet.«

»Du ... hast für Geld getötet?«

»Wenn es sein mußte.« Bei ihrem entsetzten Gesicht verzog er den Mund zu einem schiefen Lächeln. »Ich mußte leben, Cat. Sloan konnte mir auf der Flucht kein Geld zukommen lassen. Irgendwie mußte ich mir meinen Lebensunterhalt verdienen.«

Caitlins Empfindungen spiegelten sich in ihrem Gesicht wider: Trauer, Mutlosigkeit und etwas wie Verzweiflung.

»Meine Arbeit war völlig legal.«

»Aber du ... hast immer wieder gegen das Gesetz verstoßen.«

Jake lachte bitter. »Ja, das habe ich.« Er hatte Männer getötet, die ihn verfolgten, um die Prämie zu kassieren, die auf seinen Kopf ausgesetzt war. Er hatte auch andere Männer getötet. Unschuldige, die sich ihm in den Weg stellten. Das Gesicht dieses Halbwüchsigen verfolgte ihn bis heute, bleich und jung … Mit dieser Schuld mußte er bis ans Ende seiner Tage leben. Darüber wollte er Cat nichts erzählen. Er könnte das Grauen in ihren Augen nicht ertragen, wenn sie erfuhr, was er getan hatte.

Er wollte sich nicht entschuldigen, und dennoch … »Ich konnte nur mit der Waffe überleben. Die Kopfgeldprämie ließ mir keine andere Wahl.«

»Ich … ich habe gehört, du sollst mehr als ein Dutzend Männer getötet haben. Ist das wahr?«

»Die Zahl dürfte stimmen.«

Bei seinem Geständnis krampfte sich Caitlins Magen zusammen. Sie hatte gehofft, es wäre eine Übertreibung gewesen.

»Du würdest dich wundern, wie viele habgierige Halunken da draußen rumlaufen«, fügte er tonlos hinzu. »Ich hatte nur den Wunsch, am Leben zu bleiben.«

»Es muß schwer gewesen sein.«

»Das Leben auf der Flucht? Ja. Es hat mich ziemlich hart gemacht. Ich habe gelernt, keinem Menschen zu trauen.«

Sie hörte den Schmerz aus seiner Stimme. »Bist du immer noch auf der Flucht?« fragte sie leise. »Der Banküberfall in New Mexico, bei dem ein Angestellter erschossen wurde …« Sie führte den Satz nicht zuende.

Jakes Unterkiefer mahlten. Sein schlechter Ruf war wohlverdient, und er war keineswegs stolz darauf. Aber er war zu stolz, sich vor Cat zu rechtfertigen oder eine Bestandsaufnahme seines Lebens zu machen. Einiges von dem, was er getan hatte, war unentschuldbar. Er hatte manch falsche Entscheidung getroffen, die er sein Leben lang bereuen würde. Als ihm damals der Mord an Neal Kingsly angehängt worden war, und er alles verlor, was ihm etwas bedeutete, wappnete er sich mit Todesverachtung. Die Jahre danach, in denen er gejagt wurde wie ein Tier, hatten seine Seele vergiftet, hatten ihn kalt, mißtrauisch und grausam gemacht. Doch der wahre Grund, warum er Caitlin die Antwort schuldig blieb, war sein Trotz, so irrational er auch sein mochte. Er hatte von Cat erwartet, daß sie an seine Unschuld glaubte, auch ohne seine erklärenden Worte.

»Vermutlich hängen noch mehr solche Fahndungsplakate von mir rum«, antwortete er schließlich schroff, ohne sich zu einer weiteren Erläuterung herbeizulassen.

Caitlin biß sich auf die Lippe. In Jakes Blick lag eine abweisende Leere, die ihr ins Herz schnitt. Eine Härte, die auf offene Wunden seiner Seele schließen ließ. Sie verspürte den plötzlichen Drang, ihn in die Arme zu schließen ...

Jake zuckte die Achseln und wechselte das Thema. »Wie ist es mit dir?« fragte er leise. »Was hast du all die Jahre getrieben?«

»Ich habe mir eine Existenz in St. Louis aufgebaut.«

»Was für eine Existenz?«

»Ein ruhiges beschauliches Leben. Ich bin Lehrerin an einer angesehenen Mädchenschule. Ein Internat für höhere Töchter.«

»Klingt ja fabelhaft.«

»Ich unterrichte meine Schülerinnen im Lesen und Schreiben und gutem Benehmen ...« Jakes spöttisches Lächeln erzürnte sie. »Da gibt's gar nicht zu lachen, Jake McCord«, wies sie ihn spitz zurecht. »Jedenfalls kenne ich mich mit guten Manieren besser aus als du. Ich kann jungen Damen sehr wohl Sitte und Anstand beibringen.«

»Daran zweifle ich nicht, Wildkatze«, feixte er. »Deswegen mußt du nicht gleich kratzbürstig werden. Ich dachte nur daran, wie du dich immer über affektierte Leute lustig gemacht hast.«

»Zwischen Affektiertheit und gutem Benehmen ist ein himmelweiter Unterschied. Aber dir war Sitte und Anstand doch immer schon ein Greuel, wenn ich mich recht erinnere.«

»Daran hat sich bis heute nichts geändert, fürchte ich.« Seine Augen blitzten belustigt.

Caitlin wollte sich um keinen Preis von ihm provozieren lassen. »Die Schule gehört meiner besten Freundin«, fuhr sie unbeirrt fort. »Heather Ashford ist die Direktorin. Sie räumt mir großes Mitspracherecht in der Gestaltung des Unterrichts ein.«

»Du sagtest, du habest einen Sohn«, murmelte Jake, da sie keine Anstalten machte, ihr Kind zu erwähnen. Er blickte ihr direkt in die Augen. »Erzähl mir von ihm.«

Ihr Blick wurde unstet. »Was willst du hören?«

»Wie heißt er?«

»Ryan. Ein irischer Name, nach einem Bruder meiner Mutter. Er ist ein hübsches Kind. Er hat meine schwarzen Haare und ... die Augen seines Vaters.«

Jake glaubte, einen Hauch Wehmut zu hören. Sie schien ihren Sohn sehr zu lieben. Hatte sie ihren Ehemann geliebt?

»Wie alt ist er ... dein Sohn?«

Sie zögerte. »Bald drei.«

»Du hast nicht viel Zeit verloren, mich zu ersetzen«, bemerkte er gedehnt.

»Du bist fortgegangen. Ich habe nie wieder ein Wort von dir gehört.«

»Ich bin wieder da.«

»Das spielt keine Rolle.«

Und ob es eine Rolle spielt, Cat! dachte er wild. »Deinen Ehemann ... hast du ihn geliebt?« Die Frage blieb ihm fast im Halse stecken.

»Ja.«

Jake hätte sich ohrfeigen können. Ihre Augen waren weich geworden, zärtlich, so wie früher, wenn er sie geliebt hatte. Am liebsten hätte er etwas gegen die Wand geworfen. Er wollte diesen Blick fortwischen, wollte sie zwingen, diesen Kerl zu vergessen, der in ihrem Bett gelegen, der ihren Körper, ihr Herz besessen hatte. Den Vater ihres Kindes.

Sein Blick fiel auf ihre linke Hand. Sie trug den Ehering ihres verstorbenen Mannes, einen schlichten Goldreif, wie der, den Jake ihr vor langer Zeit hatte kaufen wollen. Es sollte *sein* Ring sein. Sein Sohn.

Eifersucht zerfraß sein Inneres wie Salzsäure. Er stellte sich vor, wie ihr Ehemann sie liebte — oder eine Reihe anderer Männer. In Caitlin brannte ein Feuer, das große Anziehungskraft auf Männer ausübte.

»War er der einzige?« fragte Jake gepreßt.

»Der einzige was?«

»Der einzige, den du in dein Bett gelassen hast. Oder gab es andere?«

Caitlin erschrak über seine unverschämte Frage. »Nicht, daß dich das etwas anginge«, antwortete sie steif. »Aber außer dir und meinem Ehemann gab es keinen anderen. Und wie steht es mit dir, Jake?« setzte sie schneidend hinzu. »Wie viele Frauen gab es in deinem Leben?«

Er blieb ihr die Antwort schuldig. Er hatte vor langer Zeit aufgehört zu zählen, wie viele Frauen er im Bett gehabt hatte. Zu viele flüchtige Abenteuer in zu vielen trostlosen Städten. Frauen hatten ihm für kurze Zeit geholfen zu vergessen, deren Reize schnell verblaßten waren, wenn er sie mit der schwarzhaarigen, feurigen Hexe verglich, die er verlassen mußte. Er war von Cat besessen, und plötzlich wußte er, daß es immer so bleiben würde.

»Nichts war je so gut wie das mit uns«, sagte er leise.

Seine grünen Augen senkten sich in ihre blauen. Er wußte, daß Caitlin sich erinnerte, er sah es in der Trauer, die sich in ihrem Blick spiegelte. Er wollte ihre Trauer vertreiben, wollte die Qual und die Verzweiflung aus ihren Gesichtszügen tilgen.

»Erinnerst du dich, Cat?« fragte er. »Als wir uns das erste Mal liebten?«

Sie öffnete den Mund, brachte aber kein Wort heraus.

Jake betrachtete ihre vollen Lippen, dachte an ihren ersten Kuß, der ihn bis ins Innerste getroffen hatte. Er dachte daran, wie er sie zum ersten Mal geliebt hatte, wie sie sich in entfesseltem Verlangen an ihn geklammert hatte. Er erinnerte sich an ihr Schluchzen, an das elementare, unendlich schöne Gefühl, mit ihr vereint zu sein. Es war wunderbar und zugleich herzzerreißend schmerzlich gewesen. Er hatte nie erfahren, warum Cat an jenem Tag so verzweifelt war, er wußte nur, daß es etwas mit ihrer Familie zu tun haben mußte.

»Hör auf, Jake«, flüsterte sie.

Er spürte einen Schmerz, der aus der Tiefe seiner Seele anwuchs, eine Sehnsucht, die ihn vier lange Jahre gepeinigt hatte. Sein Blick glitt über ihre seidige Haarfülle, die im Schein der Lampe blauschwarz schimmerte. Und er spürte das Schwellen seiner Lenden.

Sein Blick wanderte weiter, verweilte auf ihren Brüsten. Sie waren reif und voll geworden, sie würden sich wohlgeformt in seine Hand schmiegen. Die Vorstellung, an ihren Brustknospen zu saugen, erregte ihn.

Im Geiste streifte er ihr den dunkelblauen Morgenmantel von den Schultern, sah den Schwung ihrer Hüften, die schlanken Beine. Wie sehr wünschte er, daß sie ihre Schenkel für ihn spreizen würde.

Ich will dich berühren, dachte er. *Ich will dich in den Armen halten, dich streicheln und von dir gestreichelt werden. Ich ertrage diese Einsamkeit nicht länger, die in mir ist, seit ich dich verloren habe.*

Sein Blick wanderte zurück zu ihrem Mund und verdunkelte sich. Es war nicht vorbei. Bei allem Leid, das sie beide erdulden mußten. Es bestand noch eine Verbindung zwischen ihnen, ein Band, das in der Vergangenheit geknüpft worden war.

»Erinnerst du dich, Julia?« murmelte er eindringlich.

Die Erinnerung drohte sie zu ersticken. »Hör auf«, wiederholte Caitlin heiser. Sie wollte nicht daran erinnert werden, wie süß und unschuldig ihre Liebe war, bevor ihr Leben zerstört wurde.

Sie wandte den Blick, um nicht in den grünen Tiefen seiner Augen zu versinken und bemühte sich, das Thema zu wechseln. »Was ... was hast du jetzt nach deiner Rückkehr vor?«

Jake löste sich von seinem sehnsuchtsvollen Verlangen. »Das sagte ich schon. Von vorn anfangen.«

Seine Träume waren bescheidener geworden, aber es waren immer noch Träume. »Ich will mein Leben wieder in Ordnung bringen.«

»Wirst du dich auf der Ranch deines Bruders niederlassen?«

Jake zuckte die Achseln. Er hatte nicht viel gemeinsam mit den Leuten hier. »Vorübergehend. Die Ranch gehört zur Hälfte mir, aber Sloan kommt ohne mich gut zurecht. Die Rinderzucht ist nicht mehr so einträglich wie früher. Ich habe andere Pläne, aber ...«

Er würde sein altes Leben wieder aufnehmen, überlegte Jake, aber nur mit Caitlin. Vier Jahre lang hatte er unentwegt an sie gedacht, ohne eigentlich zu begreifen, was ihn nach Hause trieb. Erst als er Caitlin vor zwei Tagen wiedergesehen hatte, als er sie in den Armen hielt und küßte, war ihm klar geworden, was er verloren hatte. Jetzt wußte er, daß er zurückgekommen war, um sie zu holen. Nur sie konnte die Leere seiner Seele füllen. Ohne sie war seine Zukunft sinnlos.

Er hatte geglaubt, sein Herz sei abgestorben, doch es hatte nur geschlafen, hatte nur auf sie gewartet. Er wollte für sie sorgen, sie beschützen, sie lieben.

Caitlin würde sich wehren, würde ihn bekämpfen, das wußte er. Darauf war er vorbereitet, ja er freute sich sogar darauf.

Jake biß die Zähne aufeinander. Der Wulst zwischen seinen Schenkeln war schmerzhaft geschwollen.

»Und du?« zwang er sich zu fragen. »Wie ich höre, willst du verkaufen.«

Sie senkte den Blick. »Ja. Sobald ich einen Käufer finde.«

»Du mußt nicht verkaufen, Cat.«

»Doch. Ich kann hier nicht leben. Ich will nicht. Hier hat es zu viel Blutvergießen und Tränen gegeben.«

»Du willst fort?«

»Ich bin vor vier Jahren fortgegangen. Ich habe mir ein neues Leben aufgebaut, für mich und meinen Sohn.«

Jake streckte den Arm über den Tisch nach ihr aus. Caitlin

zog blitzschnell die Hand weg. Die Panik in ihren Augen versetzte ihm einen Stich.

Es schmerzte ihn zu sehen, daß sie Angst vor ihm hatte. Caitlin bereute es, ihn gekränkt zu haben. Aber sie durfte nicht zulassen, daß er sie berührte. Es fiel ihr schwer genug, die Fassung zu bewahren. Die Trauer schnürte ihr das Herz ab. Alles war unwiderbringlich verloren. Jake mußte begreifen, daß es keinen Platz mehr für ihn gab, weder in ihrem Herzen noch in ihrem Leben. Sie mußte ihn auf Distanz halten.

Jake nahm seinen Hut und drehte ihn zwischen den Fingern. Es muß einen Weg zu ihr geben, dachte er in grimmiger Entschlossenheit.

Dann nickte er bedächtig. »Du hast recht mit der Fehde. Dieser Krieg hat schon zu lange gedauert.« Er machte eine Pause. »Du könntest ihn beenden.«

»Was willst du damit sagen?« Sie klang argwöhnisch aber neugierig. Wenigstens gewann er ihre Aufmerksamkeit.

»Du kannst diesem Nachbarschaftskrieg ein Ende bereiten. Dein Vater ist tot, und er war der größte Hetzer, er schürte die blutigen Auseinandersetzungen.«

»Ich habe auf niemanden Einfluß.«

»Könntest du aber, wenn du dich bemühst.«

Caitlin schüttelte den Kopf. »Ich gehöre nicht mehr hierher, Jake. Ich halte mich lieber aus den Querelen heraus. Ich will nur meinen Frieden.«

Auch er wollte Frieden. Er wollte diesen dumpfen Schmerz loswerden, der ihn so viele Jahre quälte.

»Meinst du wirklich, du findest einen Käufer für ein Stück Land, auf dem es immer wieder zu erbitterten Grenzstreitigkeiten kommt? Du wirst gezwungen sein, die Ranch zu einem schlechten Preis zu verkaufen.«

Widerstrebend mußte Caitlin ihm recht geben. Kein Mensch mit einem Funken Verstand würde sich auf Tod und Zerstörung einlassen, die hier seit zwanzig Jahren herrschten. Wenn es gelingen könnte, Frieden zu schließen, oder zumindest einen Waffenstillstand zu erlangen, würden die

Chancen steigen, die Ranch zu einem anständigen Preis zu verkaufen.

»Ich könnte mit Sloan reden«, schlug Jake vor. »Ich glaube, er ist Vernunftsgründen zugänglich.«

»Das würdest du tun? Warum?«

»Weil es Zeit ist, diesen sinnlosen Krieg zu beenden. Ich habe es satt zu kämpfen, genau wie du.«

Sie erschrak beinahe zu hören, daß Jake das Kriegsbeil begraben wollte, während sie geglaubt hatte, er sei nur auf Rache und Vergeltung aus.

»Denk darüber nach, Cat«, fuhr er nachdrücklich fort. »Eine bessere Chance bekommst du nicht. Gemeinsam können wir einiges verändern.«

Möglicherweise könnte der Krieg beendet werden, wenn sie zusammenarbeiteten. Das Problem war, daß Caitlin nicht mit Jake zusammenarbeiten wollte. Sie wollte nichts mit ihm zu tun haben.

Aber ... sie könnte die Dinge selbst in die Hand nehmen. Wenn sie mit Sloan redete, würde er ihr vielleicht zuhören und mit ihr an einem Strang ziehen. Darüber mußte sie sorgfältig nachdenken.

»Ich will nicht, daß du fortgehst, Cat.« Jakes Stimme war ein eindringliches Flüstern geworden.

Sie lächelte versonnen. »Seltsam. Vernon Whitfield hat kürzlich genau dasselbe gesagt.«

»Der Lehrer?«

Bei seinem scharfen Ton zuckte sie zusammen. Sie mußte Jake klarmachen, daß es keine gemeinsame Zukunft gab. So bitter es für sie beide auch sein mochte, was ihnen widerfahren war, es gab kein Zurück. Zu viele Träume waren zerschlagen.

Caitlin beugte sich vor und hielt seinem Blick stand. »Jake. Es ist vorbei. Das mußt du begreifen.«

»Ich will nicht«, entgegnete er störrisch.

»Du mußt. Vier Jahre sind eine lange Zeit. Wir waren jung und dumm ...«

»Du warst jung. Und ich war ein verdammter Narr. Ich

hätte damals mit dir fortgehen sollen, als wir heiraten wollten. Ich hätte mit dir durchbrennen sollen.«

Caitlins Kehle schnürte sich zusammen. »Was damals war ... ist für immer vorbei.«

»Unsere Beziehung ist nicht vorbei. Ich begehre dich immer noch. Und ich glaube, du begehrst mich. Als ich dich bei unserem Wiedersehen küßte ... hast du wie früher reagiert. Das habe ich mir nicht eingebildet.«

Sie schloß die Augen, verfluchte Jake für sein unseliges Gespür und dafür, daß er Erinnerungen in ihr weckte, die begraben sein sollten. Sie nahm all ihren Mut zusammen und zwang sich, ihn anzusehen. Sie mußte ihm widerstehen. Sie mußte an ihren Sohn denken. An Jakes Händen klebte Blut. Ein Mann mit einer solchen Vergangenheit war kein Vorbild für ein Kind.

»Was stellst du dir vor? Daß wir wieder ein Liebespaar werden?«

Er lächelte gedankenvoll. »Das wäre ein Anfang.«

Sie schüttelte den Kopf und bemühte sich, klar und vernünftig zu sprechen. »Nein. Ich darf meinen Ruf nicht aufs Spiel setzen. Ryan soll nicht der Sohn einer liederlichen Person sein.«

»Ich kann sehr diskret sein.«

Caitlin geriet in Wut. Seine Scherze gingen zu weit. »Das mag sein. Aber ich werde niemals zulassen, daß mein Sohn unter einem Skandal zu leiden hat. Es war für mich schwer genug, von meinem Vater als Hure bezeichnet zu werden ...« Sie stockte, der Schmerz schnürte ihr die Kehle zu.

Jakes Gesicht wurde weich. »War es so schlimm? Hat dein Vater dir weh getan?«

»Er ... er drohte damit. Aber hat mir nichts getan. Er wollte mich aus dem Haus jagen, aber ... er ließ mir genügend Zeit, Vorbereitungen zu treffen, um ›den Ort meiner Schande‹ zu verlassen und bei meiner Tante zu leben.« Sie lachte bitter.

»Denkst du das wirklich? Daß das, was wir getan haben, eine Schande war?«

Caitlin schüttelte stumm den Kopf. Nein, sie schämte sich nicht für das, was sie getan hatten. Sie sah in ihrer Liebe keine Sünde, auch heute nicht.

Jake beobachtete sie schweigend. Er trug Mitschuld daran, daß ihr Vater sie verstoßen hatte. Es war schlimm für sie, ihre Familie zu verlieren. Er wollte ihr nie wieder weh tun.

Vielleicht sollte er sich wirklich von ihr fernhalten. Er müßte sich Cat aus dem Kopf schlagen, dürfte sie nicht weiter quälen. Dann würde seine Zukunft so aussehen wie die letzten vier Jahre, und in diesen vier Jahren war er durch die Hölle gegangen. Nein, er war nicht bereit, diese Frau aufzugeben.

»Wir könnten heiraten.«

Sie zog den Atem scharf ein und blickte ihn groß an. »Ist das eine Art Spiel, Jake?«

»Es ist kein Spiel, Cat.«

»Du hast gedroht, mich dafür bezahlen zu lassen, was mein Vater dir angetan hat.«

»Ich war wütend, als ich das sagte.«

»Und wie war das vor vier Jahren?« Sie mußte sich Gewißheit verschaffen. »Hast du ... mich verführt, weil ich leicht zu erobern war? War es nur körperliche Lust? Oder warst du hinter mir her, um dich zu rächen?«

Jake fuhr sich durch die Haare. »Es war nicht nur Lust, verdammt nochmal. Und es war auf keinen Fall Rache. Ich wollte dich heiraten. Das habe ich noch zu keiner anderen Frau gesagt. Was hätte ich denn noch tun sollen?«

Du hättest sagen können, daß du mich liebst. Eine trügerische Hoffnung stieg in ihr auf. »Hättest du mich wirklich geheiratet?«

Seine grünen Augen wurden schmal. »Seit wann bist du begriffsstutzig?«

Seine patzige Antwort gab Caitlin mehr Gewißheit, als die süßeste Schmeichelei es vermocht hätte. Dennoch schüttelte sie den Kopf. »Es spielt keine Rolle. Ich kann dich nicht heiraten, Jake.«

»Warum nicht? Weil du dich schämen würdest, dich mit dem Mörder deines Bruders einzulassen?«

»Das ist nicht ... der einzige Grund.« Sie würde das Andenken an ihren Bruder schänden, aber es gab einen weitaus wichtigeren Grund. »Ich ... um ehrlich zu sein ... ich möchte keinen gewalttätigen Mann als Vater für meinen Sohn.«

Seine Kiefermuskulatur arbeitete. »Er ist dir sehr wichtig, nicht wahr? Dein Sohn.«

»Ja.« Ihre Stimme klang rauh. »Er ist mir das Wichtigste auf der Welt.«

»Ich war dir auch einmal sehr wichtig.«

»Mag sein. Aber meine Gefühle für dich haben sich verändert.« Ihr Herz krampfte sich vor Schmerz und Trauer zusammen. »Ich kenne dich gar nicht mehr, Jake.«

»Habe ich mich so sehr verändert?«

»Ja ... ja, das hast du.«

Ihre Augen schwammen in Tränen. Der Jake, den sie gekannt hatte, war ehrenhaft und gut, stark und gefühlvoll. Der Mann von damals war zärtlich und sanft. Doch dieser hartgesottene Fremde ... den kannte sie nicht.

Zu ihrem Erstaunen und ihrer großen Erleichterung lehnte er sich zurück, legte einen Arm über die Stuhllehne und betrachtete sie schweigend.

»Na schön«, sagte er dann gedehnt. »Wir müssen nicht heiraten. Wir können Freunde sein. Wenn das alles ist, was du willst.«

Mit Jakes Bitterkeit, seinem Zorn, sogar seinem Hohn konnte Caitlin umgehen. Aber sein Angebot, Freunde zu werden, machte ihr angst. Sie wollte keine wie immer geartete Beziehung zu ihm. Sie konnte ihm nicht trauen.

»Wie lang ist es für dich her, Wildkatze?« fragte er, als sie ihm keine Antwort gab.

»Was?«

»Seit du mit einem Mann zusammen warst.«

»Das geht dich nichts an«, entgegnete sie schroff.

»Und wenn ich jedoch behaupte, es geht mich doch etwas an?«

Seine Anmaßung forderte ihren Widerspruchsgeist heraus. Sie blickte ihm aufsässig in die Augen. »Wenn du ein besseres Gedächtnis hättest, würdest du dich hüten, mich zu provozieren.«

Jake machte ein unschuldiges Gesicht und hielt die Handflächen hoch. »Ich will dich nicht provozieren, Cat.« Aber er wollte sie berühren, wollte spüren, wie warm und weich Caitlin sich unter seinen Händen anfühlte. Wollte sie feucht und hungrig und bebend vor Verlangen nach ihm wissen. Er wollte ihr klarmachen, was sie beide verloren hatten, was sie zurückhaben konnten.

Sein Blick streifte die Tür zum Flur. »Ich wünsche mir nichts sehnlicher, als dich in dein Schlafzimmer zu tragen und dich zu lieben, bis wir beide völlig erschöpft sind. Aber ich habe mir vorgenommen, dir Zeit zu geben.«

»Zeit wofür?«

»Um zu begreifen, daß wir zusammengehören.«

»Das wird niemals geschehen.«

Er sah sie abschätzend an. »Wollen wir wetten?«

Sie hielt den Atem an.

»Ich kenne dich, Caitlin. Ich kenne deinen Körper, ich weiß, wie ich dich zum Schnurren bringe.«

Seine Stimme war gedehnt und dunkel, ein träges Lächeln umspielte seine Lippen. Die schwelende Wollust hinter diesem trägen Lächeln schärfte Caitlins Sinne, all ihre Sensorien bebten in der drohenden Gefahr.

Sie ballte die Fäuste. Mit seiner selbstsicheren Arroganz gab er ihr zu verstehen, daß er sie glücklich machen könnte. Und sie mußte sich beschämt gestehen, daß sie sich nach Jakes leidenschaftlichem Liebesspiel sehnte. Wenn er sie jetzt in diesem Augenblick anfassen würde, könnte sie ihm nicht widerstehen. Ihr Liebesakt wäre elementar, stürmisch und rein körperlich — doch sie wollte mehr als Fleischeslust von einem Mann. Sie brauchte viel mehr.

»Selbst wenn ich mit dem Gedanken spielen würde, mich wieder mit dir einzulassen«, entgegnete sie hastig und atemlos, »und ich versichere dir, daß ich das nicht tun werde —

würde ich immer an meinen Sohn denken. Schon deshalb würde ich es nicht tun. Er ist der einzige Mensch, der mir wichtig ist.«

Jake nickte. »Damit befassen wir uns, wenn es soweit ist.«

»Jake, Schluß damit! Ich lasse nicht zu, daß du dich über alles, was ich sage, hinwegsetzt!« fuhr sie ihn an. Dann gab sie sich einen Ruck. »Es ist besser, wenn du gehst. Ich will dich nicht hier haben.«

»Wo denn, Cat?«

In meinen Gedanken, meinen Träumen, in meinem Herzen, schrie es stumm in ihr. »In meinem Haus«, antwortete sie. »Auf meiner Ranch.«

»Aber du willst nicht wirklich, daß ich gehe, sei ehrlich.«

Caitlin reckte das Kinn. »Du überschätzt dich bei weitem.«

»Ach wirklich?« Sein Lächeln war warm und sinnlich. »Gut. Ich gehe. Aber vorher mußt du mir einen Gefallen tun.«

»W ... was?«

»Gib mir einen Kuß.«

»Bist du verrückt?«

Zu ihrem namenlosen Entsetzen stand er auf und kam auf sie zu. Dabei konnte sie deutlich sehen, wie sich der Wulst an seiner Hose abzeichnete.

Caitlin war wie gelähmt, nur ihr Herz raste. »Jake ... du hast versprochen, du willst nur reden ...«

»Nur ein Kuß, Cat. Der alten Zeiten wegen. Ich tue nichts, was du nicht willst, das schwöre ich dir.«

Er nahm ihre Hand.

»Ja, ich ...« Caitlin fuhr sich mit der Zunge über die trockenen Lippen. Er wollte sie verführen, und sie war machtlos.

»Caitlin, schau mich an.«

Sie konnte ihm nicht ins Gesicht sehen. Er würde ihre Verwirrung, ihr *Verlangen* in ihrem Blick lesen.

»Ein letztes Mal.« Er hob ihre Finger an seine Lippen und küßte sie sanft.

Ich darf nicht, dachte sie verstört, während er sie langsam auf die Füße zog. Sie legte abwehrend die Hände flach an seine Brust, doch seine Arme schlangen sich um sie. Stocksteif wartete sie und wagte nicht zu atmen.

Sie versuchte den Blick zu wenden. Vergeblich. Ihre flachen Atemzüge waren in der beklemmenden Stille zu hören. Jake hob ihr Kinn mit einem Finger. Er würde sie küssen, und sie würde der Verlockung seiner Lippen nicht widerstehen können. Sie sehnte sich nach seinem Kuß, lechzte danach, ihn nur noch einmal zu kosten.

Seine sehnigen Hände lagen sanft auf ihren Schultern, als er den Kopf neigte. Und dann lagen seine Lippen auf ihren.

Der Kuß war nur eine flüchtige Berührung, und dennoch entfachte er einen Feuersturm in ihr, der sich in Jakes Augen spiegelte, als er den Kopf hob und sie ansah.

Sie war zu keiner Bewegung fähig, als er sich erneut über sie beugte und behutsam von ihr kostete. Seine Berührung war sengend heiß, sein Mund unendlich weich und zärtlich ... lebendig ... das waren nicht die kalten Schatten ihrer Träume und Erinnerungen.

Es tut so gut, dachte Caitlin. Es war so vertraut. Himmlich. *Oh Jake, was ist nur mit uns geschehen?*

Sie stand stocksteif und mußte an sich halten, um nicht laut aufzuschluchzen, als sein Mund sich an ihrem festsaugte, wie ein Dürstender, der sich an köstlichem Wein labte. Sein Mund strich sanft, beinahe andächtig über ihre Lippen. Und dann war es vorbei. Als Jake den Kopf hob, wollte sie aufschreien in der unbändigen Sehnsucht, die sie durchflutete.

Seine Augen glänzten vor Verlangen. Leise fragte er: »Hat dir das nicht gefehlt, Liebste?«

»Jake ...«, hauchte sie hilflos. Er zog sie an sich, ließ sie seinen sehnigen Körper fühlen, seine Hitze und seine Härte. Caitlin spürte, wie sie dahinschmolz, eine glühende Flamme loderte zwischen ihren bebenden Schenkeln.

»Hat es dir gefehlt, Cat?«

»Ja«, flüsterte sie. Er hatte ihr so sehr gefehlt. All ihre anderen Empfindungen in der Vergangenheit zählten nicht mehr. Jake gab ihr das Gefühl, ein vollständiges Ganzes zu sein, auch wenn er ihr das Herz zerriß.

Er nahm ihr Gesicht in die Hände, seine schwieligen und dennoch unendlich zärtlichen Handflächen lagen an ihren Wangen. Er küßte sie wieder, und diesmal wollte sein Kuß kein Ende nehmen. Das Fieber stieg zu einem machtvollen Drängen.

Caitlins Hände tasteten über seine Brust, klammerten sich um seine Schultern. Zitternd öffnete sie die Lippen, hungerte nach seiner Zunge, verging vor Verlangen nach ihm. Die Zärtlichkeit steigerte sich zu wilder ungezügelter Lust.

Caitlins Schutzwälle zerbarsten mit einer Gewalt, die die Grundfesten ihrer Seele erschütterten. Ein trockenes Schluchzen entrang sich ihrer Brust. Die Dämme brachen, und eine Flut brauste über sie hinweg, die sie so lange unter Verschluß gehalten hatte.

Caitlin nahm nur benommen wahr, daß sie weinte. Sie spürte die Tränen kaum, die ihr über die Wangen rannen. Verzweifelt barg sie ihr Gesicht an seiner Brust und klammerte sich wie eine Ertrinkende an ihn.

»Schsch«, flüsterte er liebevoll. »Es ist ja gut.«

Er löste sich aus ihrer Umklammerung und nahm ihr Gesicht wieder in die Hände. Mit den Daumen wischte er die dicken Tränen fort und tiefe Zärtlichkeit durchflutete ihn.

Er wußte, was Caitlin fühlte. Auch er spürte die qualvolle Trauer um das, was sie verloren hatten. Seine Kehle schmerzte, seine Augen brannten. Caitlins Schultern wurden von haltlosem Schluchzen geschüttelt.

Er küßte ihr die Tränen fort. »Weine nicht!« raunte Jake mit belegter Stimme, schlang seine Arme um sie und barg sein Gesicht in ihrem Haar.

Lange hielt er sie so, hüllte sie ein in die Wärme und den Duft seines Körpers, ließ ihr Zeit, sich an seine Berührung, an seine Umarmung zu gewöhnen, wollte warten, bis ihr Schluchzen verebbt und ihre Tränen versiegt waren.

Aber er wollte mehr. Er wollte ihr die Kleider vom Leib reißen, wollte sie nackt auf den Tisch legen und in sie dringen, sie tief und heftig stoßen, bis der Hunger in seinem Herzen gestillt war. Die Hitze der Erregung wuchs in seinen Lenden, stieg wie heftiges Fieber an, doch er zwang sich, behutsam und langsam zu sein, seine Lippen hauchten federzarte Küsse an ihre Schläfe. Sein harter Schaft drängte sich gegen seinen Hosenlatz. Er wollte standhaft bleiben, trank den süßen, warmen Duft ihrer Haut und ihrer Haare ein.

Er spürte ihr Zittern, als er sich behutsam an sie preßte, seine Männlichkeit an ihrem weichen Hügel rieb, ihr wortlos seinen Hunger zu verstehen gab.

Wie oft hatte er in den vergangenen vier Jahren davon geträumt? Hatte Cat auch davon geträumt?

Er wollte ihre Augen sehen. Tränen hingen in ihren langen dunklen Wimpern, benetzten ihre Wangen.

»Jake, bitte ...« flüsterte Caitlin, ohne zu wissen, worum sie ihn erbat. Sie durfte es nicht tun. Doch die verräterische Wollust floß durch ihre Glieder und schwächte ihren Widerstand ...

Caitlin schloß die Augen. Es war beängstigend, ein solches Verlangen in sich zu wissen. Und unbeschreiblich süß. Es war so lange her, seit ein Mann sie in den Armen gehalten hatte, seit Jake sie in den Armen gehalten hatte. Sie hatte geglaubt, sie würde nie wieder seine Küsse, seine Arme spüren. Sie hatte geglaubt, er habe seine Zärtlichkeit verloren, er sei durch sein Leben mit der Gewalt abgestumpft und hart geworden. Doch nun war ihr gleichgültig, wie viele Verbrechen er begangen hatte.

»Ich will dich haben, Caitlin.« Seine Stimme war heiser. »Sag, daß du mich auch willst.«

Sie wollte ihn. Sie wollte seine Lippen auf den ihren spüren, sie wollte in seinen Armen liegen und die Welt um sich herum vergessen. »Ich ... ich weiß nicht ... was ich will.«

»Ich zeig es dir.«

Sie ließ die Arme sinken, Jake trat einen Schritt zurück. Seine Augen glühten in dunkler Verheißung.

Behutsam löste er den Gürtel ihres Morgenmantels. Caitlin stockte der Atem, aber sie leistete keinen Widerstand.

Einen Augenblick später fiel der Seidenmantel raschelnd zu Boden. Darunter trug sie nur ein dünnes Batistnachthemd.

Jake lächelte sein verführerisches Lächeln, das ihr die Sinne raubte.

»Das brauchst du nicht, Liebling«, murmelte er und öffnete die drei Knöpfe.

Sie blieb reglos stehen. Er schob die Träger von ihren Schultern, ihre nackten Brüste wölbten sich ihm entgegen. Jake verschlang ihren Anblick mit beinahe ehrfürchtigen Blicken.

Ihre Brüste waren größer, als er sie in Erinnerung hatte, die Brusthöfe dunkler, die Knospen reckten sich prall. Sie war noch schöner geworden.

Unendlich behutsam berührte er eine Brustspitze, streichelte sie mit quälender Langsamkeit.

Bei seiner Berührung strömte ein heißes Kribbeln in ihre Leibesmitte. Caitlin schloß die Augen.

»Wie schön du bist ...« Seine rauchige Stimme liebkoste ihre Sinne, während seine Daumen ihre Brustspitzen umkreisten und sie erregten. Sie wollte Widerstand leisten, doch jeder Protest versiegte, als er seine Hände um ihre Brüste schloß.

Sie wimmerte leise, noch bevor er sich über sie beugte und seine heißen Lippen an den harten Spitzen saugten, seine Zunge sie leckte. Caitlin drängte sich stöhnend seinem Mund entgegen.

»Sieh mich an, Cat.«

Mühsam hob sie die schweren Lider. Seine Augen glänzten fiebrig.

»Ich möchte dich lieben.«

Ein Stich der Panik durchbohrte sie. Das durfte sie nicht zulassen. Wenn sie sich Jake hingab, war ihr friedvolles Leben, das sie für sich und ihren Sohn aufgebaut hatte, zerstört, ihr Ruf ruiniert ...

»Jake ... Ich kann nicht ...«

Caitlin wandte sich ab, um zu fliehen, stieß aber gegen die

Tischplatte. Er schlang einen Arm um ihre Mitte. Sie war gefangen.

»Lauf nicht weg, Geliebte. Cat, bitte ...«

Seine Bitte zerrte an ihrem Herzen, seine Berührung verbrannte sie.

Mit sanfter Hand strich er die ungebändigte Fülle ihres schwarzen Haare beiseite und drückte seine Lippen an ihren Hals.

»Ich kenne deinen Körper, Teufelskatze. Ich weiß, was ich tun muß, um dich glücklich zu machen. Erinnerst du dich nicht mehr, wie wunderbar es war?«

»Nein ... ich will nicht ...«

»Lügnerin ...« Sein Atem hauchte in ihren Nacken. Sie spürte seine Hitze an ihrem Rücken. »Du kannst nicht vergessen, was zwischen uns war. Genausowenig wie ich ...«

Das sündige Verlangen drängte sie, sich zu ergeben. Sie wollte sich der süßen Lust hingeben, der zügellosen Leidenschaft. Eine heimtückische Stimme redete auf sie ein. Sie waren allein, niemand konnte sie sehen. Es gab nur Jake und sie. Was konnte passieren? Es würde keinen Skandal geben. Und wenn, was scherte es sie? Nur dieses eine Mal wollte sie so tun, als seien sie ein Liebespaar wie früher, wollte so tun, als hätte sich nichts geändert ...

»Du weißt, daß ich dich glücklich machen kann, Liebes.«

»Nein«, flehte sie. Doch das Wort klang wie eine Einladung, und Jake lächelte.

Seine Hände tasteten nach ihren nackten Brüsten. Die Brustknospen richteten sich kribbelnd auf, als er sie mit schwieligen Fingerkuppen umkreiste, rauh und zärtlich zugleich. Ihre Haut wurde glühend heiß unter seiner drängenden Liebkosung. Nur spärliche Reste ihres Stolzes hielten sie zurück, vor Lust aufzustöhnen.

Er hatte ihr so unsagbar gefehlt. Die Wollust hatte ihr gefehlt.

»Weißt du noch, Cat? Wie feucht du wurdest bei der ersten Berührung ...«

Ein kühler Hauch umwehte ihre Beine, als er ihr Nachthemd hochschob, sie spürte seine harte Männlichkeit, die sich an sie preßte. »Jake ...«

»Ich weiß. Ich weiß, was du willst. Ich weiß, wie eng und heiß du bist ...«

Die Knie drohten ihr wegzusacken, sie hielt sich an der Tischplatte fest. Jakes harte, sehnige Schenkel drückten sich an ihr nacktes Gesäß, ließen sie seine Ekstase spüren.

»Wie weich und aufregend du bist.« Seine Stimme war wie Honig. Seine Hände streichelten ihre Gesäßbacken.

Seine Liebkosungen steigerten ihr Verlangen. Mit gespreizten Fingern knetete er ihre Rundungen, drückte und liebkoste sie, strich ihre dunkle Spalte entlang. Ihre Erregung schwoll übermächtig, es gab kein Entrinnen. Sie hatte die Kontrolle über ihren Körper verloren. Caitlin hätte sich vor Jakes Ansturm nicht mehr retten können, selbst wenn sie es gewollt hätte.

»Ich kann es kaum erwarten, Cat«, flüsterte Jake. Seine Stimme war weich wie dunkler Samt. »Ich möchte dich stöhnen hören, wenn ich in dich dringe.«

Sie wimmerte leise, und darauf hatte Jake gewartet. Er hob das Knie und spreizte ihre Beine, drückte seine Hüften gegen ihre Gesäßbacken, um sie seine Erektion fühlen zu lassen. Halb von Sinnen wollte er in sie stoßen, sie hart und heftig reiten, sich von hinten tief in ihre heiße Weiblichkeit senken. Er sehnte sich danach, ihren Höhepunkt zu spüren, wenn ihr heißes, nasses Fleisch sich zuckend an ihm festsaugte ...

Caitlin reckte sich ihm entgegen, und sein Schaft pochte gegen den Stoff seiner Hose. Die animalische Reaktion eines Mannes auf eine willige Frau. Beinahe hätte er sich auf der Stelle ergossen, so heiß war sein Verlangen. Er biß die Zähne aufeinander und zwang sich zur Selbstbeherrschung.

Er schlang einen Arm um sie, seine Hand lag flach und heiß an ihrem bebenden Leib. Sein heiseres Flüstern hauchte in ihr Ohr. »Ich stoße tief in dich, ganz tief und höre dein Stöhnen.« Seine Worte liebkosten sie. Dabei tauchten seine Finger in die heiße, nasse Dunkelheit zwischen ihren Beinen und streichelten ihre seidige weibliche Spalte. »Dann stoße ich dich härter und schneller ... immer tiefer und tiefer, bis du schreist. Ich will dich schreien hören, Cat, Liebes. Ich will hören, wie du für mich schnurrst, Baby.«

Caitlin erschauerte, vermochte der Flut erotischer Bilder keinen Einhalt zu gebieten, die seine raunende Stimme in ihr auslöste, sie konnte der Wollust nicht widerstehen. Langsam kreiste seine Fingerkuppe um den kleinen Hügel in ihrem Kraushaar, drückte gegen ihr feuchtes Fleisch und glitt hinein.

Caitlin entfuhr ein kehliger Laut, und Jake festigte seine Umarmung. »Ja, so ist es gut ... langsam, Liebling. Ich bin bei dir.«

Ihr Körper sehnte sich schamlos nach ihm, genau wie Jake es sich wünschte. Sie war erregt, aber noch nicht erregt genug. Er spielte weiter an ihr mit all seinem erotischen Geschick, streichelte ihr nasses Fleisch, tauchte in sie ein, erforschte sie kundig.

»So ist es gut, laß es kommen, Baby«, raunte er heiser. Ihre Hüften bewegten sich zuckend gegen seine Finger, sie lechzte nach der Erlösung, die nur er ihr geben konnte.

Caitlin stöhnte. In Jakes Lenden loderte eine wilde Gier. Er keuchte, ohne sein sinnliches Streicheln zu unterbrechen. Ihr Körper spannte sich, ihre Schenkel preßten sich um seine Hand. Dann kam ein wilder Lustschrei aus ihrer Kehle, als sie in ihrem Höhepunkt zerbarst.

Sie entlud sich in ekstatischen Zuckungen, Jake hielt sie eng an sich gepreßt, kostete ihre Verzückung aus, stützte sie, als sie ermattet und keuchend über dem Tisch zusammenbrach.

Doch er gab ihr keine Gelegenheit, wieder zu sich zu kommen. Er drehte ihren erschlafften Körper sanft in seinen Armen um und zog sie an sich. Seine Augen glühten zärtlich, als er ihr ins Gesicht sah.

Sein Verlangen war übermächtig. Er wollte sie nehmen. Er wollte beenden, was er begonnen hatte.

Nein. In der stillen Küche hörte Caitlin ihre keuchenden

Atemzüge, roch den Duft des kochenden Kaffees. Die Wirklichkeit stürmte auf sie ein. Wozu hatte sie sich hinreißen lassen?

Scham durchflutete Caitlin wie heiße Lava. Scham und Gewissensbisse ob ihrer Zügellosigkeit. Jake hatte ihr mit seinen schamlosen Zärtlichkeiten deutlich gemacht, wie schwach und hilflos sie war. Es war ihre Schuld. Sie hätte ihn in seine Schranken verweisen müssen. Sie mußte ihm Einhalt gebieten.

»Das darfst du nicht«, flüsterte sie, als er sie wieder küssen wollte.

»Was darf ich nicht, Liebste?«

»Du darfst mich nicht anfassen.«

Sie spürte, wie Jake sich versteifte, aber er wollte sie nicht loslassen, als sie sich gegen seine Umarmung wehrte.

»Jake ... laß mich los.«

Er lächelte zärtlich. »Du willst mich, das weiß ich.«

»Ich ... will dich nicht.«

Sein Blick war selbstbewußt und überlegen. »Vor einer Minute hast du etwas anderes gesagt.«

Nein, das stimmte nicht. Sie war voller Abscheu gegen sich selbst, gegen ihn. Sie hatte nur halbherzig protestiert. Sie hatte ihn nicht deutlich genug abgewiesen und damit ihre Zustimmung gegeben. Wie töricht von ihr, es so weit kommen zu lassen, wie dumm, Jake so zu erregen und ihn dann abzuweisen. Aber sie mußte dem Spiel ein Ende bereiten.

»Ich will dich nicht«, beharrte sie mit fester Stimme. »Ich will nichts mit dir zu tun haben.«

Seine Augen wurden kühl. Seine Gesichtszüge wirkten amgespannt, entweder wegen der mühsamen Selbstbeherrschung oder wegen ihrer kränkenden Zurückweisung. »Würdest du mir die Vorstellung erklären, die du mir grade gegeben hast?«

Caitlin zuckte zusammen. »Mein Körper begehrt dich vielleicht — dafür kann ich nichts — aber mein Verstand weiß es besser.«

»Und was sagt dein Herz dazu, Cat?«

Die Frage erschreckte sie. Sie schluckte, sie wußte keine Antwort.

»Zum Teufel mit dir, Jake«, flüsterte sie schließlich, unfähig die Augen von seinem bohrenden Blick zu wenden. »Verlaß mein Haus und laß mich in Ruhe.«

Wieder war diese unerträgliche Spannung zwischen ihnen. Sie schwelte in Jakes Augen und vibrierte in jedem Muskel seines sehnigen Körpers.

»Nein, Cat«, sagte er leise. »Dich in Ruhe lassen ist das letzte, was ich vorhabe. Ich werde dich bekommen, Caitlin. Wenn nicht jetzt, dann später. Wir haben vier Jahre nachzuholen.«

Wütend versuchte sie, ihn von sich zu schieben. »Wir haben überhaupt nichts nachzuholen.«

»Oh doch, das haben wir. Und es wird dir großen Spaß machen.« Er drückte seine Lippen an ihre Schläfe und murmelte: »Du wirst mich anflehen, dich zu nehmen.«

»Du ... du! ...« Verbissen versuchte Caitlin sich aus seinem Griff zu befreien. Ihre einzige Waffe war der Zorn. »Hinaus! Verlaß mein Haus, oder ich rufe um Hilfe. Ich hole mein Gewehr.«

Jake lächelte spöttisch, doch seine Augen blieben kalt. Er gab sie frei und ließ einfach die Arme sinken. Caitlin verlor das Gleichgewicht und mußte sich am Tisch festhalten.

Jake nahm seinen Hut vom Tisch. »Ich finde den Weg allein hinaus. Aber ich komme wieder. Das verspreche ich dir.«

»Wenn du wieder hier auftauchst«, rief sie ihm zornig nach. »Dann erschieß ich dich. Das schwöre ich dir!«

Sein trockenes Lachen fachte ihren Zorn noch weiter an. Zitternd horchte sie auf seine Schritte, die sich im Flur entfernten.

Als die Haustür ins Schloß fiel, atmete Caitlin erleichtert auf. Sie war Jakes Zudringlichkeit mit knapper Not entronnen und ihr Stolz hatte eine schmachvolle Niederlage erlitten. Beim nächsten Mal würde sie vielleicht weniger Glück haben. Sie mußte dafür sorgen, daß es kein nächstes Mal gab.

Mit schlotternden Knien sank sie auf den Küchenstuhl und barg ihr Gesicht in den Händen. Der Kaffeegeruch stieg ihr wie zum Hohn in die Nase.

7. KAPITEL

»Ich weiß nicht, ob diese Entscheidung richtig ist«, bemerkte Vernon Whitfield, als er Caitlin zwei Tage später beim Einsteigen in seine offene Kutsche half. »Sie könnten sich in Gefahr bringen, wenn Sie sich an Sloan McCord wenden. Vielleicht plant er eine Hinterhältigkeit.«

Caitlin raffte die Röcke enger, damit Vernon neben ihr Platz nehmen konnte. »Ich glaube nicht, daß er etwas im Schilde führt. Ich habe Sloan um dieses Gespräch gebeten, da ich mir denken könnte, auch er möchte die Fehde beenden wie wir.«

Vernon schien mit dieser Erklärung nicht zufrieden. Die Höflichkeit gebot ihm aber, keine weiteren Einwände zu erheben. Er schnalzte mit der Peitsche, der Kastanienbraune setzte sich in Bewegung und trabte im flotten Tempo Richtung Norden.

»Ich halte es für gefährlicher, nichts zu tun«, sagte Caitlin nach einer Weile. »Wenn wir nichts unternehmen, wird nur noch mehr Blut fließen.«

»Glauben Sie wirklich, Sie können zwanzig Jahre Krieg beenden?«

»Vielleicht nicht. Aber wir könnten zu einer Art Waffenstillstand kommen. Damit wären wir schon einen großen Schritt weiter.«

»Mir wäre trotzdem lieber, Sie würden sich da raushalten, Caitlin. Ich möchte nicht, daß Ihnen etwas zustößt.«

Vernons Besorgnis schmeichelte ihr. Der Lehrer war um ihr Wohl besorgt, weil sie den Versuch wagte, den Kriegszustand zu beenden, im Gegensatz zu Jake, der sie gedrängt hatte, die Initiative zu ergreifen. Wie verschieden die beiden Männer doch waren, überlegte Caitlin. Jake hatte nicht nur keine Angst vor einer drohenden Gefahr, er würde sie vermutlich sogar verachten, wenn sie den Kopf in den Sand steckte.

Vernon war gütig und liebenswürdig und ein Beschützer der Frauen. Sie konnte sich nicht vorstellen, daß er in ihr Haus eindringen und sie beinahe vergewaltigen würde, wie Jake es vor zwei Nächten getan hatte. In ihm schwelte nicht diese sündige Leidenschaft, die von Jake ausging. Sie wagte nicht, Jakes Friedensangebot zu erwähnen, aus Angst, seinen nächtlichen Besuch zu verraten. Vernon würde ihr Benehmen skandalös finden, was ihm nicht zu verdenken wäre.

Caitlin hoffte, Jake würde nicht an der Unterredung teilnehmen, um die sie seinen Bruder Sloan gebeten hatte. Sie hatte nicht den geringsten Wunsch, ihm zu begegnen, nachdem sie sich ihm beinahe hingegeben hätte. Hitze stieg ihr in die Wangen bei dem Gedanken an seine schamlosen Berührungen; in der Erinnerung an die glühende Wollust, die seine Küsse und Liebkosungen in ihr ausgelöst hatten. Ihr Körper kribbelte immer noch, und ihr Herz schmerzte. Jake hatte bittersüße Erinnerungen wachgerufen und alte Wunden aufgerissen. Für ein paar kurze Augenblicke hatte sie sich sogar eingebildet, die zärtliche Wärme in seinen Augen sei mehr als nur sündige Fleischeslust.

Der Teufel sollte ihn holen! Es war nicht fair von ihm, die Vergangenheit gegen sie auszuspielen. Sie hatte befürchtet, daß sie sich in seinen Armen in ein lüsternes Weib verwandeln würde. Und Jake, dieser Schuft, hatte ihre Schmach geplant, dessen war sie sicher. Auch wenn er sie mit seinen Liebkosungen halb um den Verstand gebracht hatte, war sein Verhalten nicht weniger schändlich. In Zukunft würde sie auf der Hut sein. Er hatte ihr bewiesen, wie hilflos sie ihm gegenüber immer noch war. Sie durfte nicht zulassen, daß Jake die Sicherheit ihres neuen Lebens in Gefahr brachte, mußte die Vergangenheit hinter sich lassen und ein neues Leben beginnen.

Neben ihr räusperte Vernon sich und holte Caitlin aus ihren Grübeleien. »Haben Sie nochmal darüber nachgedacht, was ich Ihnen vor ein paar Tagen sagte?«

»Tut mir leid, ich habe geträumt. Worüber denn?«

Er warf ihr einen schüchternen Seitenblick zu. »Ich möchte gerne, daß Sie in Colorado bleiben, Caitlin.«

»Oh.«

»Ich weiß, das überrascht Sie. Und es kommt ein wenig zu plötzlich. Aber ich denke, wir passen gut zusammen. Und ich wäre Ihnen ein verläßlicher Ehemann. Ich würde mich jedenfalls bemühen.«

»Ist das ... ein Antrag, Vernon?«

»Ja.« Seine Stimme war weich, sein Blick zärtlich. »Ich möchte Sie gerne zur Frau nehmen, Caitlin.«

»Ich ... ich weiß nicht, was ich sagen soll.«

»Sie müssen noch gar nichts sagen. Denken Sie nur darüber nach. Hier ist meine Heimat, aber wenn Colorado allzu schlimme Erinnerungen für Sie birgt, wenn Sie nicht hier bleiben wollen, kann ich mich im Osten als Lehrer bewerben. Wir könnten in St. Louis leben, wenn Sie das wünschen.«

»Vernon, ich habe einen Sohn, an den ich denken muß. Ryan kommt an erster Stelle in meinem Leben, das muß Ihnen klar sein.«

»Ja, ich weiß. Und ich würde mich bemühen, ihm ein guter Vater zu sein, Caitlin. Ich habe Kinder sehr gern, das wissen Sie.«

»Ja.« Vernon war wundervoll im Umgang mit Kindern jeden Alters. Unterrichten war nicht nur sein Beruf, sondern seine Passion. Er würde ein guter Vater sein. Und als Ehemann ...

Durfte sie sich mit dem Gedanken tragen, einen Mann zu heiraten, dem ihr Herz nicht gehörte? Sie wüßte keinen besseren Vater als Vernon Whitfield. Er würde ihren Sohn wie sein eigenes Kind lieben, daran hatte sie keinen Zweifel.

Und ebenso sicher wußte sie, daß er ein aufrichtiger Freund war. Sie war gern mit ihm zusammen. Das Leben mit Vernon würde ruhig und friedlich verlaufen, und das war genau das, was sie sich wünschte. Sie brauchte einen stabilen Mann, der die Ruhelosigkeit in ihrem Wesen ausglich.

Sie wollte einen Freund, mit dem sie reden und die kleinen Sorgen und Freuden des Alltags teilen konnte. Vielleicht war Vernon nicht die große Liebe. Aber war das denn wichtig? Sie wollte ihr Herz nicht wieder verlieren. Sie würde nie wieder zulassen, daß sie so grausam verletzt wurde, wie Jake sie verletzt hatte.

Dennoch war der Gedanke befremdlich, mit Vernon Whitfield eine Liebesbeziehung einzugehen. Nach Jake war kein Mann interessant. Vernon würde niemals ihre Sinne entflammen, würde sie nie erschauern lassen wie Jake — aber war das denn schlimm?

Sie hatte die Leidenschaft kennengelernt und hatte gesehen, wohin das führte — ins Verderben. Nun hatte sie ihr Leben wieder im Griff, und so sollte es bleiben. Sie sehnte sich nach Frieden, den Jake ihr nicht geben konnte. Er hatte die Macht, sie zu erregen, sie in Wut zu versetzen und sie zu trösten, ihr das Herz zu brechen oder sie ins Paradies zu entführen. Aber er konnte ihr nicht das geben, was sie am dringendsten brauchte.

Vernon hingegen war verläßlich und aufrichtig. Vertrauenswürdig und standfest. Er stellte keine Bedrohung dar, war kein berüchtigter Revolverheld und kein Verbrecher. Undenkbar, daß Vernon Menschen erschoß, um sich seinen Lebensunterhalt zu verdienen.

Sicherheit und Verläßlichkeit waren Aspekte, die der Leidenschaft bei weitem vorzuziehen waren. Caitlins Mutter hatte ihren Vater aus Liebe geheiratet und den Rest ihrer Tage damit verbracht, diesen Schritt zu bereuen. Sie hatte immer wieder versucht zu fliehen und war als unglückliche Frau gestorben.

Damals hatte ihr Vater stark zu trinken begonnen, erinnerte Caitlin sich. Und sein Zwist mit den Rinderzüchtern hatte sich zu erbittertem Haß gesteigert.

Es gab noch einen anderen Gesichtspunkt. Ein Ehemann würde sie vor Jake schützen. Wenn sie verheiratet wäre, müßte Jake die Endgültigkeit ihrer Trennung billigen. Und ihr Ehemann würde verhindern, daß er sich ihrem Sohn näherte — und das wäre die wichtigste Überlegung von allen.

Sie war frühmorgens in die Stadt geritten und hatte Tante Winnie ein Telegramm geschickt, in dem sie ihr mitteilte, daß ihre Rückreise sich noch verzögern würde, bis ein Käufer für die Ranch gefunden war. Gleichzeitig bat sie Tante Winnie, gut auf Ryan aufzupassen und mit ihm in St. Louis zu bleiben.

»Werden Sie wenigstens darüber nachdenken?« fragte Vernon leise.

»Ja, sicher«, antwortete Caitlin. »Aber ... ich brauche Zeit, Vernon. Ein so wichtiger Schritt bedarf reiflicher Überlegung.«

Er lächelte. »So lange Sie nicht nein sagen.«

Sie würde nicht nein sagen. Sie würde tun, was für Ryan und seine Zukunft das Beste war. Und das bedeutete, die Dinge hier zu regeln und so schnell wie möglich zu ihrem Sohn zurückzukehren.

Zunächst galt es, die Bemühungen zur Beendigung des Grenzkrieges in Gang zu bringen. Einen Weg zur Gestaltung einer friedlichen Zukunft zu finden, war wohl die beste Medizin, um Jake zu vergessen, der sie mit seiner unvermuteten Rückkehr völlig in Aufruhr versetzt hatte. Das Ende der Fehde war Grundvoraussetzung für den erfolgreichen Verkauf der Kingsly Ranch. Und Sloan McCord war die Schlüsselfigur.

Der Einspänner rollte durch das sanfte Hügelland des McCord Besitzes, durch weites, fruchtbares Weideland, vorbei an großen Rinderherden, die in der Sommerhitze dösten, bewacht von bewaffneten Cowboys, die der Kutsche argwöhnisch nachschauten.

Das Ranchhaus der McCords unterschied sich kaum von

Caitlins Elternhaus, ein prächtiges, zweistöckiges Gebäude im Blockhausstil. Eine mexikanische Haushälterin öffnete die Tür und führte die Besucher in das Arbeitszimmer. Es war nach männlichem Geschmack eingerichtet, ohne den Zierrat, die Spitzendeckchen und Fotografien an den Wänden, wie Caitlin sie von zu Hause gewöhnt war. Ein wuchtiger Mahagonieschreibtisch, bepackt mit Papieren und aufgeschlagenen Büchern nahm beinahe die ganze Stirnwand des Raumes ein. An einer Längsseite stand ein hoher Schrank mit ledergebundenen Büchern. Caitlin nahm auf einem schwarzen Ledersofa vor dem ausladenden Kamin Platz, während Vernon die Buchtitel studierte.

»Allem Anschein befaßt sich jemand in diesem Haus mit Rechtswissenschaften«, bemerkte er erstaunt.

In diesem Moment trat Sloan McCord ein und füllte den Raum mit Energie und Vitalität. Zugleich schien aber auch eine gefährliche Spannung von ihm auszugehen. Die Ähnlichkeit seiner gemeißelten Gesichtszüge und dem sonnengebleichten Blondschopf mit Jake war verblüffend. Seiner frostigen Ausstrahlung schien allerdings die Leichtigkeit und Lebensfreude zu fehlen, die den Charme seines Bruders ausmachte. Sloan McCord war ein strenger Mann, unnachgiebig und hart.

Der Funke des Hasses, den Caitlin kürzlich in seinen kalten blauen Augen bemerkt zu haben glaubte, war sorgfältig hinter einer höflichen Maske verborgen.

Sloan nickte, ohne ihr oder Vernon die Hand zu reichen, und kam ohne Umschweife zur Sache. »Ich nehme an, es gibt einen triftigen Grund für Ihren Besuch, Mrs. Hughes.«

Seine schroffe Direktheit wunderte sie nicht. Von ihrem Todfeind konnte sie kaum übertriebene Herzlichkeit erwarten. Sloan hatte mehr als alle anderen unter dem Krieg gelitten. Und wenn ihm an einem raschen Fortgang der Unterredung lag, wollte sie ihm den Gefallen gern tun. »Gewiß, Mr. McCord. Und ich hoffe, wir kommen zu einer gütlichen Einigung.«

»Einigung?«

»Mir ist sehr daran gelegen, diesen sinnlosen Krieg zu beenden, und ich hoffe auf Ihr Verständnis.«

Sloan sah sie schweigend an. Dann verschränkte er die Arme vor der Brust. Caitlin wußte nicht, ob diese Geste kriegerisch, abwehrend oder versöhnlich gemeint war. »Jake meinte, dies sei in Ihrem Sinn.«

Aus den Augenwinkeln bemerkte Caitlin Vernons fragenden Blick. »Beide Seiten hätten Vorteile davon, wenn dieses Blutvergießen endlich aufhören würde, Mr. McCord, nicht zuletzt finanzielle Vorteile. Es kann nicht in Ihrem Interesse sein, immer wieder Rinder zu verlieren, genausowenig wie wir uns leisten können, unsere Schafe töten zu lassen. Es bringt doch nichts, wenn wir uns gegenseitig das Leben schwermachen, unschuldige Tiere abschlachten und Menschen verletzen.«

Caitlin saß vorgebeugt, mit ernstem Gesicht. »Unsere Väter leben nicht mehr. Sie waren die Urheber dieser Fehde, sie haben Haß und Gewalt geschürt, unter denen wir zu leiden haben. Wir aber können das sinnlose Töten ein für alle Mal beenden. Mr. McCord ... ich bin bereit, das Kriegsbeil zu begraben, wenn Sie ebenfalls dazu bereit sind.«

Bevor Sloan antworten konnte, meldete sich eine andere Männerstimme.

»Bravo Cat. Eine fabelhafte Rede«, höhnte die amüsierte, gedehnte Stimme hinter ihr. »Aber du solltest die ganze Wahrheit sagen. Du willst den Krieg beenden, weil du deine Ranch verkaufen willst und hoffst, einen besseren Preis zu erzielen, wenn der Streit ein Ende hat.«

Caitlin warf einen Blick über die Schulter. Jake stand lässig an den Türstock gelehnt und sah sie forschend an. Ein Streifen Heftpflaster zierte seine Wange, doch die anderen Blutergüsse und Blessuren waren kaum noch sichtbar.

Zu ihrem Erstaunen trug er einen Säugling auf dem Arm, ein Kind von etwa neun Monaten mit großen dunklen Augen und schwarzem Haar.

Die indianischen Gesichtszüge des Babys waren ein Erbe seiner Mutter, der Cheyenne Indianerin, die im Grenzkrieg getötet worden war. Sloans kleine Tochter. Caitlin hatte Mitleid mit der kleinen Halbwaise.

Jake beobachtete Caitlin scharf und schien auf ihre Reaktion zu warten. Sie zwang sich, seinen Blick zu erwidern. Und Jake drückte die Lippen auf die Stirn des Babys.

»Dieses süße Mädchen ist meine Nichte Janna«, sagte er weich. »Ihre Mutter wurde von deinem Vater umgebracht, Caitlin.«

Caitlin krallte die Finger um ihre Gobelintasche. Es war sinnlos, ihm entgegenzuhalten, daß der Mord nie aufgeklärt und die Teilnahme ihres Vaters an dem Überfall nie bewiesen worden war. Im übrigen hatte sie keinen Zweifel, daß Adam Kingsly hinter dem Mordanschlag an Sloans Frau gesteckt hatte.

»Das tut mir sehr leid«, sagte sie leise. »Wirklich. Aber war bringt es, wenn wir in der Vergangenheit wühlen?«

»Es gibt Dinge«, antwortete Sloan kalt, »die man nicht vergessen kann.«

Jake trat ins Zimmer und übergab das Baby seinem Bruder. Die Spannung schien sich ein wenig zu lockern.

»Was machen Sie denn hier, Whitfield?« fragte Jake beiläufig. »Haben auch Sie ein finanzielles Interesse an dieser Unterredung?«

Vernon versteifte sich. »Mrs. Hughes' Interessen sind auch meine. In diesem Fall bin ich allerdings nur ihr Begleiter.«

Die beiden Männer musterten einander feindselig. Caitlin mußte an den Kampf zweier Hengste um eine Stute denken, den sie einmal beobachtet hatte.

Was für ein ungleicher Kampf. Jake war ein Kraftpaket von tödlicher Schnelligkeit und Präzision, die er sich in seinem Leben auf der Flucht angeeignet hatte, während Vernon ein Gentleman im wahrsten Sinne des Wortes war. Mit seiner Höflichkeit und Bildung war er dem Rauhbein hoffnungslos unterlegen.

Caitlin setzte zum Sprechen an. Jake war schneller. »Was versprichst du dir eigentlich davon, dir einen Schullehrer als Beschützer auszusuchen, *Mrs. Hughes?*« fragte er gedehnt.

»Jake, laß das!« zischte sie. »Ich brauche keinen Schutz. Unterrichten ist ein ehrbarer Beruf. Ich lasse nicht zu, daß du dich abfällig darüber äußerst.«

»Das würde mir nicht im Traum einfallen.« Jake hatte sich in lässiger Haltung halb auf den Schreibtisch gesetzt. Der Blick seiner grünen Augen senkte sich glühend in die ihren, nahmen sie gefangen und lösten die gleiche verräterische Hitze in ihr aus wie bei seinem Besuch vor zwei Nächten.

Weißt du noch, wie schön es mit uns war, Cat? Heiß und wild.

Caitlin war unfähig, den Blick zu wenden. Sie hatte sich fest vorgenommen, ruhig und beherrscht zu bleiben. Doch nun wurde ihr klar, wie töricht dieser Vorsatz war, wie wenig sie Jake entgegenzusetzen hatte. In seiner Gegenwart war sie der Macht ihrer Erinnerungen hilflos ausgeliefert.

Das wußte Jake genau.

Das Netz seiner Lachfältchen um die Augen vertiefte sich. »Zu *meinem* ehrenwerten Beruf hast du mir noch gar nicht gratuliert«, feixte er.

Ihre Hilflosigkeit wandelte sich in Wut. »Was soll das?« entgegnete sie schroff.

Er tätschelte den Blechstern an seiner blauen Hemdbrust. »Ich bin zum Hilfssheriff ernannt worden. Der Marshal ist der Meinung, meine Erfahrung im Umgang mit dem Schießeisen könnte nützlich sein, um den Frieden in dieser Gegend zu wahren.«

»Das muß ein schlechter Scherz sein.«

Jake setzte ein gespielt gekränktes Gesicht auf. »Das ist kein Scherz, Wildkatze. Netherson ernannte mich zum Deputy Marshal dieser Stadt. Natürlich nur als Nebenerwerb. Freust du dich nicht? Ich dachte, es gefällt dir zu hören, daß ich zur Abwechslung mal auf der richtigen Seite des Gesetzes stehe.«

»Ich soll mich darüber freuen?« Caitlins Lippen wurden schmal. »Ich halte das für eine empörende Heuchelei.«

»Wieso denn?«

»Netherson war immer auf der Seite der Rinderzüchter. Und außerdem ist er dein Freund. Wenn er deine kriminelle

Vergangenheit außer Acht läßt, verletzt er meiner Meinung nach das Gesetz.«

»Du hast doch grade gesagt, du möchtest die Vergangenheit vergessen.«

»Es gibt Dinge«, entgegnete sie und wiederholte bewußt Sloans Worte, »die kann und darf man einfach nicht vergessen. Du bist ein Revolverheld. Ein Gesetzloser.«

Bei ihrem harten Vorwurf verzog sich Jakes Mund zu einem kalten Lächeln. »Im Staat Colorado wurde die Klage gegen mich fallengelassen, erinnerst du dich?«

Caitlin verzog das Gesicht. »Das mag sein. In New Mexico wirst du als Verbrecher wegen Raubmord gesucht, wie ich höre.«

»Glaubst du jeden Unsinn, der dir zu Ohren kommt, Julia?«

Caitlin bebte vor Zorn. Als sie ihn vor ein paar Tagen nach dem Banküberfall fragte, hatte Jake seine Schuld nicht abgestritten. Typisch für ihn, sie zur Weißglut zu reizen und sie noch dazu bei einem Namen zu nennen, der quälende Erinnerungen in ihr wachrief. »Ich bin nicht gekommen, um mit dir über deine kriminelle Vergangenheit zu streiten, Jake.« Sie blickte ihn finster und mit vor Zorn geröteten Wangen an.

»Worüber möchtest du denn streiten?«

»Ich bin hier, um mit deinem Bruder zu sprechen.«

Sein harter, schöner Mund verzog sich zu einem trägen Grinsen. »Laß dich nur nicht stören.«

»Worauf du dich verlassen kannst.« Zähneknirschend wandte Caitlin sich an Sloan, der sein Baby wiegte und dem scharfen Wortwechsel amüsiert zugehört hatte.

»Können wir bitte zum Thema zurückkehren, Mr. McCord?« fragte Caitlin gepreßt.

Zu ihrem Erstaunen lächelte Sloan, und dieses Lächeln war nicht minder charmant als das seines jüngeren Bruders. »Warum nennen sie mich nicht Sloan? Wenn wir unseren Grenzkrieg beenden wollen, sollten wir auch weniger formell miteinander umgehen und uns besser kennenlernen.«

Caitlin nickte bedächtig. »Ich heiße Caitlin.«

»Sie hört auch auf Cat«, bemerkte Jake süffisant. »Und Teufelskatze und Wildkatze. Julia findet sie nicht so gut.«

»Es reicht, McCord«, unterbrach Vernon ihn entrüstet.

Caitlin blitzte Jake wütend an, ihre Wangen waren tiefrot angelaufen. Was sollte Vernon von Jakes lächerlichen Andeutungen denken?

»Sloan«, sagte sie, um Fassung bemüht. »Vielleicht sollten wir die Angelegenheit unter vier Augen besprechen.« *Ohne die irritierende Einmischung Ihres Bruders,* gab sie ihm mit einem vielsagenden Blick zu verstehen.

»Ich habe vor Jake keine Geheimnisse. Er wollte bei dem Gespräch anwesend sein.« Sloan hob die Schultern. »Wir sollten versuchen, ihn nicht zu reizen.«

Damit mußte Caitlin sich zufrieden geben. Sloan nahm in einem Lehnsessel ihr gegenüber Platz, seine kleine Tochter in die Armbeuge gebettet. Mit dem Kind im Arm, das er zärtlich wiegte, wirkte er nicht mehr so kalt und abweisend.

Vernon ließ sich auf dem Sofa nieder, was Caitlin mit einem dankbaren Blick quittierte. Sie versuchte, Jakes Gegenwart nicht zu beachten und begann, ihre Vorschläge für einen Waffenstillstand zwischen den kriegerischen Parteien zu unterbreiten.

»Eine Beilegung der Streitigkeiten hätte wie gesagt für uns alle wirtschaftliche Vorteile. Mir ist daran gelegen, meine Ranch zu einem guten Preis zu verkaufen, was im jetzigen Zustand unmöglich ist. Auch alle anderen Schaf- und Rinderzüchter in der Gegend würden von einer Waffenruhe profitieren. Die Zerstörung von Eigentum muß aufhören, dann würden auch die kleineren Rancher nicht mehr um ihre Existenz kämpfen müssen.

Doch das ist nicht der Hauptgrund«, fuhr sie eifrig fort. »Der Friede würde nur Gutes bringen, Sloan. Die Bewohner unserer Stadt und der ganzen Umgebung könnten endlich ohne Angst und Schrecken leben. Ihre Tochter hätte eine gesicherte Zukunft vor sich, könnte unbeschwert aufwachsen, ohne daß Sie als Vater befürchten müssen, daß sich irgendein Schafhirte an dem Kind vergreifen könnte aus Rache für eine Gewalttat, die ihm einst angetan wurde.«

»Klingt plausibel«, sagte Sloan bedächtig.

Caitlin atmete erleichtert auf, wenigstens hörte er ihr aufmerksam zu. »Niemand kann beruhigt in die Zukunft blicken, wenn wir nicht einen Schlußstrich unter den Terror der Vergangenheit ziehen.«

»Wie stellen Sie sich vor, einen Krieg zu beenden, der seit zwanzig Jahren schwelt?«

Sie zog die Stirn in Falten. »Das weiß ich nicht, aber es wird sich ein Weg finden. Keine Einzelperson trägt die Verantwortung für die Gewalt. Aber jede Woche kommt es zu neuen Zwischenfällen, wird Schaden angerichtet, fließt Blut. Jedesmal, wenn die gegnerischen Parteien aufeinander treffen, bricht Streit aus. Von selbst wird die Gewalt nicht aufhören. Wir müssen ihr Einhalt gebieten. Und ich denke, Sie sollten den Anfang machen, Sloan.«

Er zog fragend eine Augenbraue hoch.

»Wenn Sie den Wunsch haben, die Gewalt zu beenden, läßt sich ein Lösung finden«, drängte Caitlin. »Die Cowboys und Rinderzüchter hören auf Sie. Sie können mit den Leuten reden, einen Waffenstillstand vorschlagen. Sie sollten die Initiative ergreifen.«

»Und Sie? Hat die Tochter von Adam Kingsly Einfluß auf die Schafzüchter?«

»Das weiß ich nicht, aber ich tue mein Bestes.«

»Was schlagen Sie also vor?«

»Wir sollten die Waffen niederlegen... Wir könnten ein Schlichtungskomitee gründen, einen Ausschuß, dem beide Seiten ihre Beschwerden vortragen ...«

Sloan McCord schien tatsächlich zuzuhören, als sie ihre Vorschläge unterbreitete. Freilich brachte er der Tochter des alten Kingsly eine gehörige Portion Skepsis entgegen, was nicht sonderlich verwunderlich war. Andererseits war er nicht dumm. Adam Kingsly lebte nicht mehr, und die Gelegenheit, Frieden zu schließen, war ausgesprochen günstig.

Nach einer Weile klingelte Sloan der Haushälterin und bestellte Kaffee und Gebäck. Während der ganzen Unterredung fühlte Caitlin sich von Jake beobachtet. Er mochte ihre Bemühungen gutheißen, seine Beweggründe indes waren selbstsüchtig. Er wollte unbedingt, daß Caitlin in Colorado blieb, was für sie nicht infrage kam, solange der Kriegszustand fortdauerte. Er wollte nicht, daß sie als Lehrerin an irgendeiner hochgestochenen Mädchenschule im Osten unterrichtete. Aus der frechen Göre mochte eine feine Dame geworden sein, ihre Wurzeln aber waren hier in den Bergen. Bei ihm.

Jake maß den Stutzer neben ihr aus schmalen Augen. Aus dieser Richtung hatte er bisher keine Gefahr gewittert. Es ärgerte ihn zutiefst, daß sie sich an diesen Schulmeister um Hilfe wandte.

Eifersucht fraß an ihm, als er zusehen mußte, wie Whitfield ihr die Schale Ingwerplätzchen reichte. Er sollte neben ihr sitzen und über das Ende des Grenzkrieges sprechen.

Jake betrachtete Cat als seine Frau, erhob eindeutige Besitzansprüche an sie. Sie gehörte ihm, auch wenn sie sich noch weigerte, sich das einzugestehen. Er konnte sein Verlangen nach ihr kaum zähmen. Vier Jahre Trennung hatten seinen unbändigen Wunsch, sie zu besitzen, nicht geschmälert.

Jake studierte versonnen ihr Profil. Er mußte immer wieder daran denken, wie sie ihn kürzlich nachts in ihrer Küche abgewiesen hatte. Er wollte sie willig und zärtlich, nicht verkrampft und gehässig vor Angst.

Es war dumm, so verrückt nach ihr zu sein, aber er war machtlos. Sobald sie in seiner Nähe war, spannten sich seine Lenden. Sie beherrschte seine Gedanken und Träume. Und er wußte, daß seine Besessenheit nur nachlassen würde, wenn er mit ihr schlief, wenn er sie liebte — und sie ihn liebte.

Und mit einem Mal sah er sich einem gefährlichen Rivalen gegenüber. Jakes Blicke wanderten zum Lehrer und wieder zu Caitlin zurück.

Er hatte sich zum Hilfssheriff ernennen lassen, nicht weil

ihm etwas an dem Posten lag, sondern weil er hoffte, bei Cat damit Eindruck machen zu können. Aber sie war argwöhnisch und glaubte nicht, daß er sich ändern würde. Sie hatte ihm höhnisch ins Gesicht gelacht, hatte seine Absichten geringschätzig als Heuchelei abgetan; das kränkte ihn bitter.

Als das Baby anfing zu greinen, bat Caitlin Sloan, das Kind halten zu dürfen. Sie wiegte die Kleine an ihrer Brust und beruhigte es mit leisem Singsang. Janna wurde still und bald fielen ihr die Lider zu. Das Bild versetzte Jake einen Stich. Sie mochte Kinder. Und Jake dachte mit Wehmut an die vier Jahre, die sie beide versäumt hatten. Er wünschte sich Kinder mit ihr.

Janna war fest eingeschlafen. Caitlin und Sloan kamen überein, den Farmern und Hirten einen Waffenstillstand vorzuschlagen, und verabredeten ein Treffen gegen Ende der Woche, um dann ihre jeweiligen Erfahrungen auszutauschen.

Caitlin erhob sich und übergab das schlafende Kind Sloans Haushälterin. Als sie sich bei ihrem Gastgeber für das Gespräch bedankte, trat Jake an ihre Seite. »Ich begleite dich zur Kutsche.«

»Nein, danke. Vernon begleitet mich«, lehnte sie mit einem argwöhnischen Seitenblick ab.

Ohne ihren Widerspruch zu beachten, nahm Jake sie beim Ellbogen und schob sie zur Tür.

Caitlin hielt es für klüger, keinen Widerstand zu leisten, und ließ sich von ihm auf die Veranda begleiten. Dort beugte Jake sich zu ihr und flüsterte ihr ins Ohr: »Schick ihn zum Teufel, Cat.«

»Wie bitte?«

»Den Lehrer. Sag ihm, er soll sich zum Teufel scheren. Ich will nicht, daß er dir am Rockzipfel hängt.«

Sie straffte die Schultern. »Wie kannst du es wagen«, fauchte sie erbost, »mir Vorschriften zu machen, mit wem ich befreundet bin.«

Jake lächelte kalt. »Ich mache dir keine Vorschriften. Ich

warne dich. Ich kämpfe mit allen Mitteln. Und ich gehe aufs Ganze. Du gehörst zu mir.«

Sie erschrak, wie sehr Jakes dreister Besitzanspruch ihr schmeichelte. Wie absurd und empörend.

Sie schwieg trotzig, bis Jake ihr in die Kutsche geholfen und Vernon neben ihr Platz genommen hatte. »Ich gebe Ihnen Bescheid«, sagte Caitlin dann zu Sloan, »wie die Schafzüchter den Vorschlag aufnehmen.« Dann schenkte sie Vernon ein strahlendes Lächeln, um Jake zu ärgern, und blickte eisern geradeaus.

Die beiden Brüder schauten dem Einspänner nach, der sich in einer golden gefärbten Staubwolke entfernte.

In der folgenden Stille spürte Jake den neugierigen Blick seines Bruders. Er holte tief Luft, zog die vertraute heimatliche Landluft ein, den würzigen Duft nach süßem Sommergras, Kühen und Pferden.

»Reiten wir in die Stadt?« fragte Sloan. »Wir könnten essen und hinterher ein Spielchen im Saloon wagen. Della wird sich freuen, dich zu sehen.«

»Ich bin nicht in der Stimmung für eine Frau.«

Sloan lachte leise und schlug dem Bruder auf den Rücken. »Von wegen. Das Problem ist bloß, daß du eine Frau willst, die du nicht haben kannst.«

»*Noch* nicht«, widersprach Jake grimmig. »Der Kampf hat eben erst begonnen.«

»Dich hat's aber schwer erwischt, stimmt's, kleiner Bruder?«

»Ja.« Er schaute der Staubwolke nach. »Ich glaube, ich bin nie über sie weggekommen.«

»Das kann ich verstehen.« Sloan schüttelte den Kopf. »Die Funken, die zwischen euch hin und her springen, haben beinahe meine Bibliothek in Brand gesteckt. Spannender als das Feuerwerk zum Vierten Juli. Ich setze zehn zu eins auf dich. Und beim Feuerwerk will ich in der ersten Reihe sitzen.« Er legte den Arm um Jakes Schulter. »Komm, ich mach uns einen Drink. Wir können einen vertragen.«

Jake nickte und wünschte, seiner Sache ebenso sicher zu

sein wie Sloan. Mit einem letzten Blick auf die verschwindende Kutsche wandte er sich dem Haus zu.

Er hatte Caitlin jahrelang begehrt. Nun konnte er noch ein paar Tage länger warten.

8. KAPITEL

Sobald der Waffenstillstand beschlossene Sache war, kam es schnell zu ersten Ergebnissen. Caitlin setzte sich mit anderen Schafzüchtern in Verbindung und unterbreitete ihnen ihre Vorschläge, während Sloan mit den Rinderzüchtern verhandelte. Im Verlauf der nächsten Woche wurden Einzelheiten besprochen und Bedingungen ausgehandelt, und schließlich einigte man sich darauf, daß Männer beider Interessengruppen gemeinsam regelmäßig die Grenzen kontrollieren sollten. Des weiteren sollte ein Ausschuß aus Vertretern beider Seiten gebildet werden, der über vorgetragene Unstimmigkeiten abstimmen sollte. Der Lehrer Vernon Whitfield wurde aufgrund seiner neutralen Haltung zum Vorsitzenden des Schlichtungskomitees ernannt.

Die meisten Siedler und Bewohner von Greenbriar atmeten erleichtert auf, als ein Ende der Streitigkeiten in Sicht war. Haß und Argwohn, die eine Generation lang geherrscht hatten, konnten zwar nicht über Nacht beigelegt werden, doch die Zeit war reif, um Frieden zu schließen. Den festlichen Auftakt sollte die Feier zum Vierten Juli am kommenden Mittwoch sein.

Vorgesehen waren ein Picknick, ein Pferderennen und ein Schlagballspiel. Am Abend sollte ein Feuerwerk mit anschließendem Tanz stattfinden, und zwar auf neutralem Boden. Verantwortlich für den reibungslosen Ablauf der Feiern waren Sarah und Harvey Baxter, die Besitzer des Gemischtwarenladens von Greenbriar. Mit diesem Fest sollte der Friede zwischen Rinder- und Schafzüchtern besiegelt werden. Allein eine gemeinsame Feier war ein Schritt in die richtige

Richtung. Bisher hatten Schaf- und Rinderzüchter den Unabhängigkeitstag getrennt gefeiert.

Caitlin hatte bis zur letzten Minute viel zu tun. Als Initiatorin und Leiterin der Friedensverhandlungen nahm sie an vielen Besprechungen und Verhandlungen teil. Und als sie endlich in Vernons Einspänner saß und mit ihm zum Picknick fuhr, das mittags auf einer Wiese nördlich von Greenbriar stattfinden sollte, erschien es ihr wie ein kleines Wunder.

Der Platz war für ein Versöhnungsfest ideal gewählt: Eine sonnige Blumenwiese, auf der wilde Lupinen, Akeleien und Margeriten wuchsen, gesäumt von hohen Tannen und Fichten.

Caitlin hatte angeboten, Sarah Baxter beim Aufbau des Buffets zu helfen, doch als Vernon den Einspänner unter einem schattigen Baum abstellte, waren bereits sechs Frauen dabei, die langen Tische mit karierten Tüchern und Geschirr zu decken.

Sarah begrüßte Caitlin mit einem flüchtigen Lächeln und wandte sich ein wenig gehetzt an Vernon. »Wie gut, daß Sie endlich da sind, Verne. Wenn Sie sich um die Kinder kümmern könnten, wäre ich Ihnen sehr dankbar. Die Gören drehen völlig durch ...«

In diesem Augenblick rannte ein zehnjähriges Mädchen laut quietschend an ihnen vorbei, gefolgt von einem etwas älteren Jungen mit einem Frosch in der hocherhobenen Faust.

Vernon packte den Jungen beim Schlafittchen und hielt ihn fest. »Wie oft muß ich dir noch sagen, Jimmy, ein wohlerzogener junger Mann steckt einer jungen Dame keine Frösche ins Kleid!«

»Aber Mister Whitfield«, verteidigte Jimmy sich entrüstet. »Polly ist doch keine Dame.«

Vernon bedachte ihn mit einem strengen Blick. »Nimm dich in acht, junger Mann.« Mit einem entschuldigenden Lächeln wandte er sich an Caitlin: »Wollen Sie mir helfen, ein Ballspiel zusammenzustellen, damit diese Rangen keine Dummheiten machen?«

»Na klar. Obwohl es lang her ist, seit ich das letzte Schlagballspiel gesehen habe. Ich bin nicht sicher, ob ich die Regeln noch beherrsche.«

Die beiden scharten die Kinder um sich, steckten hinten am Waldrand ein Spielfeld ab, teilten die Mannschaften ein und begannen zu spielen. Etwa eine Stunde später bemerkte Caitlin Jake und Sloan in einer Männergruppe an der Seitenlinie.

Jake sah fabelhaft aus in einem dunkelgrauen Anzug. Zum weißen Hemd trug er eine schmale Krawatte, dazu Stiefel und Cowboyhut, wie es bei Großgrundbesitzern im Westen der Brauch war. Obwohl elegant herausgeputzt, wirkte er gefährlich mit dem Colt um die Hüften. Der Blechstern auf der Brust wies seine Autorität aus. Selbst einer, der ihn nicht kannte, hätte keinen Zweifel daran gehabt, daß dieser Mann nicht zögerte, seinen Worten mit dem Schießeisen Nachdruck zu verleihen.

Jake beobachtete sie, stellte Caitlin mit einem flauen Gefühl in der Magengrube fest. Und er beobachtete Vernon. Sie trug ein luftiges, hellgraues Kattunkleid mit kurzen Puffärmeln. Für den Abend hatte sie ein blaues Seidenkleid mitgebracht.

Obgleich Jake ihr in den nächsten zwei Stunden keine Beachtung schenkte, war Caitlin sich seiner Gegenwart deutlich bewußt und schalt sich töricht, da seine Gleichgültigkeit sie absurderweise kränkte.

Sie hatte ihn länger als eine Woche nicht zu Gesicht bekommen — seit ihrem Besuch bei seinem Bruder. Nun fragte Caitlin sich, ob Jake aufgegeben hatte, ihr nachzustellen, oder ob er nur den Gleichgültigen spielte. Er hatte sich in der Woche ebenso beharrlich um den Waffenstillstand bemüht wie sie und Sloan, und sie wußte, daß sein Einfluß zählte. Gesetzlos oder nicht, Jake war von der Gemeinschaft der Cowboys mit offenen Armen wieder aufgenommen worden.

Ob er nur Eindruck bei ihr machen wollte, oder ob ihm wirklich an den Friedensverhandlungen lag, änderte nichts an der Tatsache, daß sie sich nicht wieder mit ihm einlassen würde, das hatte Caitlin sich fest vorgenommen.

Sie mußte vor ihm auf der Hut sein, durfte ihm keine Beachtung schenken, schon gar nicht in der Öffentlichkeit. Die Leute lauerten nur darauf, den Klatsch über sie und ihn wieder aufleben zu lassen. Caitlin aber hatte nicht die Absicht, dem Getuschel neue Nahrung zu geben. Sie wollte keinen neuen Skandal, der ihren Ruf als ehrbare Witwe beschmutzen würde, und durfte ihn zu keiner Zudringlichkeit ermuntern.

Wie gut, Vernon in ihrer Nähe zu wissen. In der vergangenen Woche war ihre Zuneigung zu ihm gewachsen. Er hatte sie zu keiner Antwort auf seinen Antrag gedrängt. Und heute nachmittag wich er nicht von ihrer Seite, was sie einerseits beruhigte und andererseits als lästig empfand. Er wollte sie vor Jake schützen, aber Caitlin hielt es nicht für nötig, beschützt zu werden.

Beim Picknick saß sie gemeinsam mit Vernon bei den Baxters, nachdem die meisten Gäste bereits gegessen hatten. Es war genügend für alle da — gebratene Hühnchen und knusprige Brötchen, frische Apfelschnitten und Rhabarberkuchen, dazu wurde süße Limonade gereicht.

Der Nachmittag war bereits fortgeschritten — viele Besucher hatten sich auf Decken in den Schatten zurückgezogen, um ein Verdauungsschläfchen zu machen — als an den hinteren Tischen Unruhe entstand.

Caitlin verteilte am Limonadenausschank das süße Getränk in Bechern. Sie konnte den Streit genau beobachten, der als Schubserei zwischen einem Cobwoy und einem Schafhirten begann und rasch in eine Rauferei ausartete.

Erst als die beiden Männer sich auf dem Boden wälzten, ging Jake dazwischen, packte beide am Kragen und stellte sie auf die Füße. Sofort wollten die beiden Raufbolde wieder aufeinander losgehen. Doch als ihnen klar wurde, wer sie da am Kragen hielt, ließen sie die Arme sinken, in einer Mischung aus Respekt und Angst.

»Gebt Ruhe, Jungs!« mahnte Jake sie begütigend. »Sonst

muß ich euch in den Knast sperren, und ihr verpaßt das schöne Fest«, dabei grinste er zu Caitlin herüber, »... und die hübschen Mädchen.«

Einer der umstehenden Männer lachte und die Spannung löste sich.

Jake hatte die beiden Streithähne gewaltlos getrennt, und das rechnete Caitlin ihm — wenn auch widerwillig — hoch an. Denn das Picknick war bei all der festlichen Stimmung wie ein Pulverfaß. Ein Funke genügte, um das Dynamit in die Luft zu jagen. Damit wäre für lange Zeit jede Chance auf Frieden verspielt. Jake hatte die Funken im Keim erstickt.

Er hatte den Gehrock ausgezogen, die aufgekrempelten Hemdsärmel entblößten seine Arme. Er war sehnig und zäh wie Leder, und seine erotische Ausstrahlung ließ jede Faser ihrer Weiblichkeit vibrieren.

Seine Mundwinkel zogen sich zu einem draufgängerischen Lächeln hoch und Caitlin wandte rasch den Blick.

Marshal Netherson trat an den Getränkestand, um seinen Becher nachfüllen zu lassen. »War doch keine schlechte Idee, Jake zum Deputy zu ernennen«, bemerkte er.

»Anscheinend nicht«, bestätigte Caitlin. Jake hatte seine Waffe bisher kein einziges Mal gezogen und aufkommende Streitigkeiten mit seiner bloßen Präsenz beigelegt. Vielleicht half ihm sein Ruf als Meisterschütze, Gesetz und Ordnung gewaltlos zu kontrollieren.

Caitlin, die seine Gewaltätigkeit aus tiefstem Herzen mißbilligte, stellte fest, daß Jake sich tatsächlich zu ändern schien.

Nicht, daß sie das interessierte, da sie Greenbriar ohnehin bald den Rücken kehren würde. Seltsamerweise beschlich sie bei diesem Gedanken in letzter Zeit ein Anflug von Wehmut.

Netherson nippte an seiner Limonade.

»Ich bin Ihnen sehr dankbar, Mrs. Hughes.«

»Ach wirklich?«

»Ja.« Seine kleinen Augen musterten sie. »Ich muß mich bei Ihnen entschuldigen. Ich dachte, Sie seien gekommen, um Unruhe zu stiften, dabei haben Sie sich ehrlich und erfolgreich bemüht, den Streit beizulegen. Hut ab vor Ihrer Zivilcourage, Mrs. Hughes.«

Caitlin lächelte. »Ich denke, die Leute sind das Blutvergießen endlich leid.«

»Ich weiß nicht. Vielleicht muß erst eine Frau kommen, um uns Dickschädel zur Einsicht zu bringen.« Netherson schob den Hut in den Nacken, sein silbergraues Haar kam zum Vorschein. »Wie ich höre, wollen Sie die Ranch Ihres Vaters verkaufen?«

»Wenn ich einen Käufer finde.«

»Eigentlich schade, daß Sie uns schon wieder verlassen wollen. Vielleicht sollten Sie es sich noch einmal überlegen.«

Caitlin schüttelte den Kopf. »Meine Heimat ist jetzt St. Louis.«

»Hmmm ... Ich begreife ja nicht, warum es jemand in die Stadt zieht, wenn er in Gottes gesegnetem Land leben kann.« Dabei machte er eine ausladende Armbewegung zu den majestätischen Bergriesen in der Ferne hinüber.

Ihr lag auf der Zunge, ihm entgegenzuhalten, daß ›Gottes gesegnetes Land‹ in den letzten zwanzig Jahren eine Hölle war, und sie ihren Sohn den Schrecken eines blutigen Rancherkrieges nicht um alles in der Welt aussetzen würde. Aber sie zog es vor, ihre spitzen Bemerkungen für sich zu behalten.

»Tja ... Sie müssen wissen, was Sie tun. Aber falls Sie und Ihre Schafhirten Hilfe brauchen, lassen Sie es mich nur wissen.«

»Danke, Marshal«, antwortete Caitlin freundlich. Sie konnte sich nicht erinnern, daß Netherson je zuvor den Schafzüchtern Hilfe angeboten hätte.

Er entfernte sich, und Caitlin grübelte, was diese Kehrtwendung bewirkt haben mochte.

»Ob ein durstiger Mann hier was zu trinken bekommt?« holte eine tiefe Stimme sie aus ihren Gedanken.

Jake stand vor ihr, die Hände lässig in die Hüften gestützt, seine grünen Augen auf sie gerichtet. Caitlin füllte einen Becher mit Limonade.

»Ziemlich gut, wie du den Streit geschlichtet hast«, sagte sie leise und reichte ihm das Getränk.

Jake lächelte. »Sollte das etwa ein Kompliment gewesen sein, Cat? Obwohl du es falsch findest, daß ich Deputy bin?«

»Das finde ich auch falsch. Trotzdem respektiere ich deine Bemühungen.«

»Der Respekt gebührt dir.« Jake machte eine Kopfbewegung zu den Feiernden hinüber. »Ohne dich wäre das nie zustande gekommen. Ich bewundere dich für deinen Mumm.«

Sein Lob schmeichelte ihr. Und zu ihrer Schande spürte sie, wie ihr die Röte ins Gesicht stieg. Ihre Beklommenheit wuchs, als Jake sich vorbeugte.

»Du siehst besonders hübsch aus, Wildkatze. Zum Anbeißen.«

Caitlin wich einen Schritt zurück, doch Jake hob beschwichtigend die Hände. »Keine Sorge. Ich verspreche dir hoch und heilig, mich anständig zu benehmen.«

Caitlin mußte sich ein Lächeln verkneifen. »Na, da bin ich aber gespannt.«

»Wirst schon sehen«, versetzte er gedehnt. »Reservierst du mir den ersten Tanz?«

»Jake ...« Sie senkte den Blick. »Das halte ich für keine gute Idee.«

»Warum nicht? Schämst du dich, mit einem Gesetzlosen zu tanzen?«

Er stellte die Frage beiläufig, dennoch glaubte sie einen scharfen Unterton herauszuhören. »Nein ... aber ... es bringt doch nichts.«

»Du tanzt also lieber mit deinem Greenhorn, stimmt's?«

Jetzt hörte sie die Schärfe deutlich.

Caitlin straffte die Schultern. Er hatte kein Recht, eifersüchtig zu sein. »Nur weil Vernon kein Kuhtreiber ist, ist er noch lange kein Greenhorn.«

»Nein? Der weiß doch nicht einmal, wie er ein Gewehr halten soll.«

»Mag sein. Genau das macht ihn in meinen Augen zu einem anständigen Mann.« Caitlin hielt seinem Blick trotzig stand. »Vernon hat Eigenschaften, die gewalttätige Männer übersehen.«

»Zum Beispiel?«

»Sensibilität, zum Beispiel. Ausgeglichenheit. Eigenschaften, die von manchen Menschen geschätzt werden. Vernon genießt das uneingeschränkte Vertrauen beider Parteien. Deswegen wurde er zum Vorsitzenden des Ausschusses gewählt.«

»Na und?« Jake zuckte die Achseln. »Du lenkst vom Thema ab. Cat, ich bitte dich nur um einen einzigen Tanz. Oder hast du etwa immer noch Angst vor mir?«

Ein träges Lächeln umspielte seine Lippen. Caitlin spürte, wie ihre Nerven vibrierten. Jake war am gefährlichsten, wenn er seinen teuflischen Charme einsetzte.

»Na schön«, murmelte sie zögernd. »Ein Tanz. Aber nicht den ersten. Das würde einen schlechten Eindruck machen.«

Jake nickte zufrieden. »Dann bis später.«

Sie sah ihm nach und wußte, daß sie eine Dummheit begangen hatte. Mit ihm zu tanzen war mit Sicherheit ein grober Fehler, da sie ihn damit in seinen Zudringlichkeiten bestärkte und den Lästermäulern Nahrung lieferte.

Andererseits schien er nicht wieder zudringlich zu werden. Und gegen jede Vernunft, die ihr befahl, so schnell und so weit wie möglich vor Jake zu fliehen, keimte der verräterische Wunsch in ihr auf, ein letztes Mal in seinen Armen zu liegen. Ein allerletztes Mal. Was sollte unter all den Menschen schon passieren?

Dieser Gedanke beschäftigte sie auch noch Stunden später, als der Tanz begann. Das Feuerwerk war etwas spärlich ausgefallen, da bei der Trockenheit die Gefahr eines Waldbrandes bestand. Es war dunkel geworden, auf den Tischen standen brennende Kerzen, in den Bäumen hingen bunte Lampions. Die Szene auf der Waldwiese war in sanftes, magisches Licht getaucht. Und dann spielte ein Geiger den Auftakt zu einem fröhlichen Tanz, die anderen Musiker fielen ein, und die Paare eilten zur Mitte der Wiese, wo ein Tanzboden aus rohen Brettern zusammengezimmert worden war.

Caitlin stand mit Vernon am Rand der Tanzfläche und klopfte mit den Füßen den Takt, als Jake herantrat. Sie hatte das luftige Sommerkleid gegen ein festliches Kleid aus dunkelblauer Seide getauscht, das die Farbe ihrer Augen betonte. Das Kleid hatte einen tiefen Ausschnitt, halblange, schmale Ärmel und den verlängerten Rücken zierte eine große Schleife. Dazu trug sie künstliche Blüten im schwarzen, zur Hochfrisur aufgesteckten Haar. Vernon hatte ihr gesagt, wie hübsch sie aussehe, doch erst Jakes Blick überzeugte sie wirklich davon. Seine Augen wanderten anerkennend über ihre Figur.

Als sein Blick sich in ihren Ausschnitt senkte, stockte Caitlin der Atem. Jake hatte eine unverblümte Art, seine sexuellen Regungen zu zeigen und verbarg seinen Hunger nach ihr nicht einmal in der Öffentlichkeit. Sein Blick erinnerte sie daran, wie er ihre Brüste in jener Nacht in der Küche liebkost hatte. Zu ihrem Entsetzen spürte sie, wie ihre Brustknospen zu stechen begannen. Jakes lüsterner Raubtierblick veranlaßte Vernon, aggressiv einen Schritt auf ihn zuzugehen.

Erschrocken über das untypische Verhalten des Lehrers, hielt Caitlin ihn am Arm zurück, um einen Streit zwischen den beiden zu vermeiden. »Vernon, nicht ... Jake, du hast versprochen, dich anständig zu benehmen«, sagte sie streng.

»Ich tu nichts, ich steh nur da, Cat«, antwortete er, ohne den Lehrer aus den Augen zu lassen.

Sie biß sich auf die Lippen. »Such dir bitte für diesen Tanz eine andere Partnerin.«

Seine grünen Augen hefteten sich in ihr Gesicht. »Na schön. Aber ich komme wieder und hole mir meinen Tanz.«

Er bedachte Whitfield mit einem scharfen Blick, machte auf dem Absatz kehrt und tauchte in der Menge unter. Caitlin bezweifelte, daß der Friede lange währte. Kein Hengst duldete einen Nebenbuhler in der Nähe seiner Stute. Und Jake war ebenso besitzergreifend und tyrannisch wie ein Hengst.

Hätte Caitlin Jakes Gedanken lesen können, wäre sie noch besorgter gewesen. Mit zusammengekniffenen Augen beobachtete er die Tanzpaare und bemühte sich, seine Wut und Ungeduld zu zügeln.

Er hatte über eine Woche gewartet und Caitlin Zeit gegeben, sich an den Gedanken zu gewöhnen, daß er wieder in Colorado war. Seine Zurückhaltung aber hatte lediglich seinem Rivalen die Chance gegeben, ihre Zuneigung zu gewinnen. Jake beschimpfte sich als kompletten Narren. Die Rolle des Gentlemans hatte auch nichts genützt. Caitlin hatte ihm mit seinem Versprechen, sich anständig zu benehmen, nur die Hände gebunden.

Sich anständig benehmen, zum Teufel! Wie konnte er sich anständig benehmen, wenn er an nichts anderes denken konnte, als sie von hier wegzubringen, um mit ihr allein zu sein? Er hatte nächtelang kein Auge zugetan, weil er ständig an sie denken mußte. Immer wenn er die Augen schloß, stand Caitlins Bild vor ihm.

Jake trat halb abgewandt tiefer in den Schatten, um seine Erektion zu verbergen. Er war so steif, daß jeder es sehen konnte. In diesem eleganten Kleid, das ihre Rundungen betonte, hatte sie seine Fantasie nur noch weiter angeregt.

Doch die Lust war nicht der einzige Grund seiner rasenden Eifersucht.

Gib es endlich zu, Mann. Du liebst sie noch immer.

Er hatte sie all die Jahre geliebt, auch wenn er sich selbst belogen und seine Gefühle unter Bitterkeit und Groll begraben hatte. Es war geradezu erschreckend, wieviel Cat ihm bedeutete. Er ertrug den Gedanken nicht, daß sie ihr Herz einem anderen Mann schenkte.

Es verstrich beinahe eine Stunde, bevor Jake sich beruhigt hatte. Er wollte allein mit Caitlin sein, er mußte sie berühren, sonst würde er verrückt werden.

Doch wieder hatte er kein Glück. Als er sich der Stelle näherte, an der sie mit dem Lehrer stand, rief einer seinen Namen.

»He, McCord! Du sollst ziemlich schnell mit dem Schießeisen sein, wie ich höre.«

Jake blieb stehen, die Stimme kam ihm bekannt vor. Sie klang ein bißchen verschwommen nach zu viel Whiskey. Vermutlich gehörte sie Lee Hodgekiss, einem Cowboy von einer Nachbarfarm. »Schnell genug«, antwortete Jake gedehnt, ohne sich umzudrehen.

»Lee, laß den Quatsch«, versuchte ein anderer zu beschwichtigen. »Sei kein Narr.«

Die umstehenden Männer verstummten, und Jake wartete lauernd. Er war schon öfter von draufgängerischen Burschen herausgefordert worden, die ihre Männlichkeit beweisen wollten. Betrunkene waren doppelt gefährlich, die sich Mut antranken und sich völlig überschätzten.

»Hass wohl Angst vor mir?« lallte Hodgekiss. »Ich zieh nämlich schneller als du.«

»Wenn du wieder nüchtern bist, können wir gern darüber reden.«

»Oder biss du ein Feigling?«

Ein Raunen ging durch die Menge. Die Männer wichen zurück, und die beiden Gegner standen allein auf dem Platz. Die Musik hörte auf zu spielen.

»Auf dich soll eine Belohnung ausgesetzt sein, weil du einen umgenietet hast, unten in New Mexico. Vielleicht liefere ich dich ab und hol mir das Kopfgeld.«

»Vielleicht brauchst du ein bißchen Zeit, um nachzudenken.«

Jake stand absolut reglos, die Arme leicht angewinkelt, gespannt wartend, daß der andere die Waffe zog. Als es soweit war, reagierte er blitzschnell. Er zog und schoß in einer Bewegung. Der Knall zerriß die Stille. An den Stiefeln des Cowboys spritzte Dreck hoch.

Hodgekiss erstarrte, sein Revolver steckte noch halb im Gurt. Beißender Pulverdampf mischte sich mit dem Duft von Parfum und gebratenem Hühnchen.

»Na, kleiner Bruder.« Sloan trat gelassen heran. »Das Feuerwerk ist vorüber, denke ich. Und Lee entschuldigt sich dafür, daß er dich geärgert hat. Nicht wahr, Lee?«

Der aschfahle Hodgekiss hatte es sich wohl anders überlegt; ihm war die Lust vergangen, den berüchtigten Revolverhelden herauszufordern. Er nickte dumpf.

»Dann können wir ja alle weiterfeiern«, schlug Sloan vor und gab den Musikanten ein Zeichen, die einen lebhaften schottischen Volkstanz anstimmten.

Jake achtete nicht auf die argwöhnischen Blicke der Umstehenden und wandte sich an Caitlin. »Ich glaube, das ist mein Tanz.«

Caitlins Herz schlug schnell. Sie blickte stumm in sein verschlossenes, hartes Gesicht. Die Szene hatte sie zutiefst erschreckt. Die Schnelligkeit, mit der Jake die Waffe zog, machte ihr deutlich, wie gnadenlos die Regeln eines Gesetzlosen waren.

Ohne ein Wort, ohne einen Blick auf den Lehrer, der sich schützend neben Caitlin stellen wollte, nahm Jake sie am Ellbogen und steuerte sie zum Tanzboden.

Der schottische Reel wurde offen getanzt. Bei dem lebhaften Gehopse hatte Caitlin Zeit, sich wieder zu beruhigen. Sobald die Musik verklungen war, nahm Jake sie an der Hand und zog sie von der Tanzfläche, quer über die Wiese zum Waldrand.

Sie versuchte vergeblich, sich seinem Griff zu entwinden. »Jake, wohin bringst du mich?«

»Irgendwohin. Nur weg von den vielen Leuten.«

Sie wollte sich widersetzen, doch ein Blick von ihm genügte, und plötzlich war es nicht mehr wichtig, welche Bedrohung er für ihren Ruf und Seelenfrieden darstellte.

Seine Finger verschränkten sich warm und rauh mit ihren. Er zog sie unter die Bäume, wo sie von dunklen Schatten verschluckt wurden. Als Jake stehen blieb, konnte sie im schwachen Mondschein nur seine Umrisse erkennen. Das Blut rauschte ihr in den Ohren.

Wortlos zog Jake sie in die Arme und drückte sie an sich.

Sie durfte sich nicht von ihm umarmen lassen. Sie spürte seinen sehnigen Körper, seine Muskeln, seine Lenden. Ungeachtet der Gefahr, ihrem Abscheu vor seiner Gewalt, ihrer warnenden inneren Stimme, war sie unfähig, sich ihm zu entziehen. Ihr sinnliches Verlangen lähmte jede Vernunft.

Walzerklänge wurden zu ihnen herüber getragen. Jake wiegte sich sanft zur Musik und hielt Caitlin in den Armen. Seine willige Gefangene.

Sie schloß die Augen und schmiegte sich an ihn. Sie hatte sich die ganze Zeit belogen, denn danach sehnte sie sich. Jakes Kraft, Wärme und ein Hauch seines männlichen Duftes hüllten sie ein und berauschten sie. *Nur einen winzigen Augenblick länger.* Ihre Hände tasteten zu seinen Schultern, sie legte die Wange an seine Brust.

Als die beschwingte Musik endete, schmiegte sie sich immer noch an ihn. Erst als seine Lippen ihre Schläfen berührten, schob Caitlin ihn von sich und versuchte zu protestieren.

»Jake ... wir dürfen nicht ...«

»Cat, ich bin verrückt nach dir.«

»Hör auf. Das ist nicht richtig. Bitte ... laß mich los.«

»Ich kann nicht«, antwortete er. »Ein Mann, der dich einmal im Blut hat, kommt nie wieder von dir los.«

Ihr Herz verkrampfte sich bei seinen Worten, Hitzewallungen nahmen ihr den Atem.

Sie hob ihm ihr Gesicht entgegen.

Sein Kuß war zurückhaltend und dennoch fordernd, als habe er ein Recht auf diese Zärtlichkeit. Er forderte ihre Hingabe, gleichzeitig gab ihr die Behutsamkeit seines Kusses etwas anderes zu verstehen: Innigkeit und Achtung, die sie sich von ganzem Herzen wünschte.

Caitlin ließ ihn gewähren, ließ zu, wie seine Zunge in ihren Mund tauchte. Sein Kuß entfachte einen Sturm der Gefühle, löste einen unstillbaren Hunger aus. Vier Jahre unterdrückter Leidenschaft waren wie weggewischt.

Sein Knie drängte sich zwischen ihre Beine, sein sehniger Schenkel rieb sich durch den Stoff ihrer Röcke an ihrer

Weiblichkeit. Süßes, schwindelerregendes Verlangen schwächte ihren Widerstand. Wie konnte ihr Körper sie nur so verräterisch im Stich lassen?

Ihr Atem ging stoßweise, als sie endlich die Kraft aufbrachte, ihm ihren Mund zu entziehen. Sie mußte die Beherrschung wiederfinden. »Jake, hör auf.« Sie drückte ihm die flachen Hände gegen die Brust. »Wir dürfen es nicht tun.«

»Ich will dich, Cat, aber du kannst nicht erwarten, daß ich vor dir auf die Knie gehe.« Seine rauchige Stimme klang drohend und verheißungsvoll zugleich.

»Ich ... ich erwarte ü ... überhaupt nichts von dir.«

Sie taumelte einen Schritt nach hinten; er griff nach ihrem Handgelenk. »Ich laß dich nicht zu diesem Greenhorn zurück.« Sie konnte seine Gesichtszüge kaum erkennen, nur die scharfen Konturen seiner Kinnpartie, und sie hörte den warnenden Ton in seiner Stimme.

»Du sollst ihn nicht so nennen«, entgegnete sie stockend. Sie wollte nicht, daß Jake sich über ihre Freundschaft mit dem Lehrer lustig machte. »Vernon ist kein Greenhorn.«

»Wie ich ihn auch nenne, er ist nichts für dich.«

»Das geht dich nichts an.«

»Alles, was dich betrifft, geht mich was an«, knurrte er. »Dieser Whitfield streicht schon zu lange um dich herum. Er versucht nur, unter deine Röcke zu kriechen.«

»Du etwa nicht?« Hitze stieg ihr in die Wangen, sie hob kämpferisch das Kinn. »Du hast nur deine Lüsternheit im Sinn. Das gibt dir noch lange kein Recht, Vernon als Lüstling zu beschimpfen.«

Jake schnaubte verächtlich. »Du wirst doch nicht so naiv sein anzunehmen, daß er nur dein Beschützer sein will. Er will mit dir schlafen, was ich ihm nicht verübeln kann.«

»Jake, laß mich los«, befahl sie mit erzwungener Ruhe.

»Ich könnte ihm ja erzählen, wie es mit dir ist. Vielleicht sollte ich deinem Lehrer sagen, daß wir beide einmal ein Liebespaar waren.«

Caitlins Herzschlag setzte aus. »Das ist Erpressung.«

»Ja, so könnte man es nennen.« Sein amüsierter Tonfall reizte sie.

»Wenn du nur ein Wort darüber verlierst, Jake, dann ... dann spreche ich nie wieder mit dir!«

»Das macht nichts. Du mußt nicht reden, wenn ich dich küsse.«

Er versuchte, sie an sich zu ziehen, doch Caitlin wehrte ihn ab. »Jake, hör auf ... ich schreie um Hilfe.«

Er grinste. »Na klar. Damit all die braven Leutchen von Greenbriar erfahren, daß du dich mit einem Desparado im Wald herumtreibst.«

Wenn er es darauf angelegt hatte, sie zur Weißglut zu reizen, so hatte er damit Erfolg. Die Wut kochte in ihr. »Wann kriegst du es endlich in deinen Dickschädel, daß ich dich nicht will?«

»Und ob du mich willst. Habe ich dir das nicht kürzlich bewiesen?« Er war so verdammt selbstsicher, daß sie ihm am liebsten ins Gesicht geschlagen hätte.

»Du hast mir gar nichts bewiesen, du arroganter Aufschneider!«

»Mein Hochmut hat dir einmal gut gefallen, wenn ich mich recht erinnere.«

Caitlin schwieg zähneknirschend in ohnmächtiger Wut.

»Wie mag dein Lehrer wohl reagieren, wenn ich ihm sage, wie leidenschaftlich du eigentlich bist?« höhnte er mit leiser Stimme.

»Das wagst du nicht!«

»Mehr als leidenschaftlich, um korrekt zu sein«, murmelte Jake, ohne auf ihren Einwurf zu achten. »So heiß wie keine andere Frau.«

»Du ... du ...« stotterte Caitlin vor Wut über seinen Hohn und mehr noch aus Angst, daß er seine Drohung wahrmachen könnte.

»Was wird er wohl sagen, Teufelskatze?«

Ein unbändiger Wunsch, ihm weh zu tun, überkam sie. »Ich rede mit dir nicht darüber. Ich lasse mich nicht auf dein Niveau herunterziehen.«

Jake versteinerte. »Was für ein Niveau, Cat?«

»Das unterste, erbärmlichste.« Endlich gelang es ihr, ihm ihre Hand zu entreißen. »Du bist ein gekaufter Mörder, ein Mann ohne Gewissen. Ein Killer.«

Ihre haßerfüllten Worte trafen ihn wie Faustschläge. Und als Caitlin sich abwandte, als könne sie seinen Anblick nicht länger ertragen, explodierte Jakes eifersüchtiger Zorn. Er packte ihr Handgelenk, diesmal grob. »Behandle mich nicht von oben herab wie eine Eisprinzessin«, stieß er durch die Zähne hervor.

Sie erschrak fürchterlich. Das Gespräch war im Handumdrehen in einen erbitterten Streit ausgeartet. Er und sie konnten keine zwei Minuten zusammen sein, ohne sich zu zanken.

»Laß mich sofort los!« fauchte Caitlin zornig.

Statt dessen zog Jake sie an sich, schlang einen Arm um ihre Mitte, die andere Hand grub er in ihr Haar und ballte sie zur Faust. So hielt er sie gefangen und küßte sie hart und grob, ein Kuß, mit dem er sie bestrafte und gleichzeitig seine Rechte einforderte.

Caitlin war zu keinem Widerstand fähig. Ihr Körper reagierte mit sinnlichem Verlangen, und statt sich gegen ihn zur Wehr zu setzen, öffneten sich ihre Lippen seiner heißen, drängenden Zunge.

Sein Mund schmeckte köstlich. Caitlin erschauerte in der Folter ihrer Lust. Gefangen im dunklen Griff der Leidenschaft, fürchtete sie beinahe, in seinem gewaltsamen Kuß zu ertrinken.

Ihr war schwindlig, als Jake endlich von ihr abließ und den Kopf hob. Caitlin sah ihn benommen an.

»Vielleicht hat er dich schon gehabt«, höhnte Jake in giftiger Eifersucht, seine Wut war beileibe nicht verraucht. »Vielleicht hast du die Beine für Whitfield breit gemacht, wie früher für mich.«

Da schlug sie zu, schlug ihn mitten ins Gesicht, in blinder Wut. Jake lockerte seinen Griff nicht, zuckte nur leicht zurück.

»Das hast du verdient«, zischte Caitlin kalt.

»Wofür? Dafür, daß ich doch die Wahrheit gesagt habe, Caitlin?«

»Ich muß verrückt gewesen sein, jemals geglaubt zu haben, dich zu lieben.«

Sie spürte, wie er zusammenfuhr. »Vielleicht«, knurrte er. »Vielleicht waren wir beide verrückt.«

Caitlin stieß ihn erneut von sich. Und diesmal ließ er sie los, setzte sein hohntriefendes Verhör aber fort.

»Sag mir, Wildkatze, ist dein Greenhorn so gut wie ich zwischen deinen Beinen? Windest du dich unter ihm wie unter mir?« Aus seinen verengten Augen schossen Blitze. »Stöhnst und schreist du bei ihm wie bei mir? Zerkratzt du ihm den Rücken, wenn er dich stößt?«

Sie hätte ihn einfach stehen lassen müssen, das wäre das Klügste gewesen. Doch bei Jake setzte einfach ihr Verstand aus.

Ihre blauen Augen funkelten. »Ja! Er ist genau so gut wie du!« spie sie ihm ins Gesicht. »Er ist sogar besser als du. Und außerdem werde ich ihn heiraten!«

Sie sah, wie Jake erschrak. »Den Teufel wirst du tun«, entgegnete er in unheilvoller Ruhe.

»Du machst mir keine Vorschriften, Jake. Vernon und ich sind verlobt und werden heiraten, und ich bin sicher, daß er ein wunderbarer Ehemann sein wird!«

»Meinen Sie das ernst, Caitlin?« fragte Vernon leise aus der Dunkelheit.

Caitlin schnellte herum. Der Lehrer stand wenige Meter hinter ihr mit einer Laterne in der Hand. Er hatte offenbar nach ihr gesucht.

Wieviel hatte er gehört? Jakes bohrender Blick beunruhigte sie indes mehr, in dessen Augen eine ungezügelte Wildheit flackerte.

»Meinen Sie es wirklich ernst?« wiederholte Vernon. »Werden Sie mich heiraten?«

Caitlin biß sich auf die Lippe. Sie hatte im Zorn eine übereilte Erklärung abgegeben, die sie freilich um keinen Preis in

Jakes Gegenwart zurücknehmen würde. Sie würde mit Vernon unter vier Augen reden, sobald sie dieser peinlichen Situation entronnen war. »Jedes Mädchen würde sich geehrt fühlen, Ihre Frau zu werden«, antwortete sie steif. »Bringen Sie mich jetzt bitte zum Fest zurück?«

»Aber gern.«

Sie streifte Jake mit einem kalten Blick und nahm Vernons Arm.

Jakes Herz schlug hart gegen seine Rippen. Er stand noch lange da, nachdem sie gegangen war, und verfluchte sich, in seiner Eifersucht die Beherrschung verloren zu haben. Allmählich erholte er sich wieder von dem Entsetzen, das ihn bei Caitlins Ankündigung gepackt hatte.

Er konnte den Gedanken nicht ertragen, daß sie einen anderen Mann heiratete. Dazu würde er es nicht kommen lassen. Caitlin gehörte ihm, und er war fest entschlossen, ihr das zu beweisen.

Caitlin zitterte noch, als sie zum Fest zurückgekehrt waren. Es dauerte eine Weile, bis sich ihr innerer Aufruhr gelegt hatte. Als sie endlich die Fassung wiedergewonnen hatte, hatte Vernon den Baxters bereits verkündet, daß sie heiraten wollten. Sarah strahlte übers ganze Gesicht, und Caitlin wäre vor Verlegenheit am liebsten in den Boden versunken. Sie hatte nicht erwartet, daß Vernon ihre Verlobung so schnell bekannt geben würde. Andererseits wollte sie ihm nicht widersprechen, um ihn nicht bloßzustellen. Widerstrebend nahm sie die Glückwünsche der Freunde entgegen, während sie sich für ihre lose Zunge verwünschte — und Jake verfluchte, sie in diese peinliche Situation gebracht zu haben.

Den Rest des Abends verbrachte Caitlin damit, immer wieder verstohlen nach Jake Ausschau zu halten und war erleichtert, ihn nirgendwo zu sehen.

Dennoch wurde sie das Gefühl einer drohenden Gefahr nicht los. Es lag eine Spannung in der Luft, wie die unheilvolle Ruhe vor einem Gewittersturm.

Gegen Mitternacht fuhr Vernon sie in seinem offenen Einspänner nach Hause, und es bot sich ihr die Chance, unter vier Augen mit ihm zu sprechen.

»Vernon«, begann sie, nachdem die Kutsche angefahren war. »Ich glaube, ich habe eine Dummheit begangen. Sie müssen verstehen ... Ich war so wütend auf Jake ...«

»Ich weiß.« Er tastete im Finstern nach ihrer Hand und hob ihre behandschuhten Finger an seine Lippen. Eine zarte, rührende Geste. »Ich weiß, daß Sie meinen Antrag nicht annehmen wollten, Caitlin. Aber ich nehme ihn noch nicht zurück. Wer weiß? Vielleicht gewöhnen Sie sich an den Gedanken, meine Frau zu werden. Schlafen Sie eine Nacht, und wir sprechen morgen noch einmal darüber.«

Tränen brannten ihr in den Augen. Vernon war ein so liebenswerter Mann. Sie wollte ihn nicht enttäuschen, wußte aber, daß sie für ihn niemals das empfinden konnte, was er sich wünschte.

Vernon lieferte sie wohlbehalten zu Hause ab und begleitete sie zur Veranda. Dort drückte er ihre Hand und murmelte leise: »Gute Nacht«. Caitlin hielt ihn mit einer leichten Berührung am Ärmel fest.

»Vernon ... würden Sie ... mich küssen?«

Er lächelte schüchtern. »Ja. Ich dachte nur, Sie hätten etwas dagegen.«

Wie sehr er sich von Jake unterschied. Caitlin bot ihm ihren Mund zum Kuß. Jake hätte sie nicht in einer Million Jahren um Erlaubnis gefragt.

Enttäuschung kroch in ihr hoch bei der leichten Berührung von Vernons Lippen. Sein Kuß war zögernd, sanft, seine Umarmung zaghaft, als befürchte er, sie könne zerbrechen, wenn er sie zu fest hielt. Seine Liebkosung war so langweilig, wie sie es befürchtet hatte.

Es spielt keine Rolle, schalt Caitlin sich im Stillen. Wenn sie Vernon heiratete, tat sie es mit Sicherheit nicht wegen seiner feurigen Küsse, sondern weil er ein zuverlässiger Ehemann und ein guter Vater sein würde.

Sie trat einen Schritt zurück und senkte die Lider, um ihre Enttäuschung zu verbergen. »Gute Nacht, Vernon.«

Er lächelte hilflos. Caitlin wünschte ihm eine gute Heimfahrt, schlüpfte ins Haus und wartete, bis das Geräusch der sich entfernenden Kutsche verklungen war. Auch dann rührte sie sich noch nicht. Sie stand still in der Dunkelheit, die Arme um sich geschlungen. Ihr Inneres geriet erneut in Aufruhr, als sie an die peinlichen Vorfälle des Abends dachte.

Sie hatte sich für stabil und stark genug gehalten, um Jakes Zorn zu ertragen, um mit seiner Eifersucht und seinem tyrannischen Wesen umzugehen, doch er hatte sie wieder einmal völlig aus der Fassung gebracht. Der Streit mit ihm hatte sie ausgelaugt und eine dumpfe Leere in ihr hinterlassen.

Die Stille im Haus war beklemmend. Sie sehnte sich nach ihrem Sohn. Sie sehnte sich nach Ryans Wärme, nach seinem Kinderlachen. Er fehlte ihr.

Und wenn sie ehrlich war, fehlte ihr auch Jake. Sie sehnte sich nach seinen Küssen, nach seinem muskulösen Körper, seinen starken Armen. Nach den wunderbar zärtlichen Momenten, die sie einst mit ihm erlebt hatte. Nach dem Mann, der ihre Träume geteilt und sie ermuntert hatte, sie zu verwirklichen. Nach jemand, der ihr das Gefühl gab, lebendig zu sein, nicht leer und stumpf, wie sie sich seit so langer Zeit in ihrer Einsamkeit und Trauer fühlte.

Seufzend zündete Caitlin eine Lampe an. Sie war zu ruhelos, um zu schlafen, aber sie wollte sich ausziehen und noch ein wenig lesen.

Mit der Lampe ging sie den Flur entlang und öffnete die Schlafzimmertür. Erst als sie mitten im Raum stand, witterte sie Gefahr und blieb lauernd stehen.

Sie war nicht allein.

»Zeit, daß du endlich nach Hause kommst«, hörte sie eine vertraute männliche Stimme aus der Dunkelheit.

9. KAPITEL

Beinahe wäre ihr die Lampe aus der Hand gefallen. »Barmherziger Himmel, Jake! Du hast mich zu Tode erschreckt!«

Unbeeindruckt schnalzte er mit der Zunge. »Das hätte mir aber leid getan.«

Seine gedehnte Stimme entfachte ihren Zorn von neuem. Mit zitternden Fingern stellte Caitlin die Lampe auf die Kommode. Dann wandte sie sich an Jake, der lässig in ihrem Schaukelstuhl flegelte und auf sie gewartet hatte.

»Was zum Teufel machst du hier? Wie bist du hier hereingekommen?«

Er wies zum offenen Fenster, wo die Vorhänge sich in einer leichten Brise bauschten. »Ich bin hereingeklettert.«

»Verschwinde!«

»Ich denke nicht daran, Teufelskatze.«

Sie fragte sich, ob er getrunken hatte. Seine grünen Augen glitzerten im Lampenschein. Erst jetzt bemerkte sie erschrocken, daß er halb nackt war. Er trug kein Hemd, sein Brusthaar, seine braungebrannten Schultern und sehnigen Arme schimmerten golden. Die Schußnarben aus der Waffe ihres Bruders beeinträchtigten seine männliche Schönheit nicht im geringsten.

»Ist er das?« fragte Jake unvermittelt und hielt einen Bilderrahmen hoch.

Caitlin blinzelte. »Wer?«

»Dein verstorbener Ehemann.«

»Wie kannst du es wagen, das anzufassen ...«

»Ist er es?« Ein Anflug von Zorn schwang in Jakes Stimme.

»Ja, das ist mein verstorbener Ehemann!«

»›Für meine geliebte Frau ... Martin‹«, las Jake die Widmung schräg in der linken unteren Ecke der Fotografie.

Caitlin trat entschlossen auf ihn zu und riß ihm das Bild aus der Hand. »Du hast kein Recht, in meinen Sachen zu schnüffeln.«

»Ich habe nicht geschnüffelt.« Sein Blick durchbohrte sie.

»Es stand auf deinem Frisiertisch.« Caitlin stellte das Bild wieder an seinen Platz.

»Seltsam, daß er diesen Ehrenplatz bekommt, obwohl du doch gar nicht lange mit ihm verheiratet warst«, bemerkte Jake spöttisch.

»Ich ehre Martins Andenken.«

»Von mir hast du nie ein Bild aufgestellt.«

Ein Stich durchbohrte Caitlin. Sie begegnete Jakes Blick. »Ich ... habe nie ein Bild von dir besessen.«

»Dein Ehemann ... war wohl älter als du?«

»Zwölf Jahre ... Aber das geht dich nichts an. Im übrigen«, setzte sie spitz hinzu, »war er ein wundervoller Mann.«

Jake biß die Zähne aufeinander. An Caitlins Ehe erinnert zu werden, kurz nach der Eröffnung ihrer Verlobung, ließ ihn vor Wut beinahe platzen.

»Ich sagte, du sollst gehen, Jake«, forderte sie ihn auf und stemmte die Hände in die Hüften.

»Nein. Ich war tagelang sehr geduldig«, versetzte Jake grimmig, »und es hat nichts genützt.« Er löste langsam die Lederriemen seines Pistolengurts an den Schenkeln.

»W ... was machst du da?« stammelte sie.

»Was denkst du wohl? Ich ziehe mich aus. Ich werde dich davon überzeugen, daß du deinen Lehrer nicht heiraten willst.«

»Was ... was soll das heißen?«

Seine grünen Augen brannten sich in die ihren. »Ich bin es leid, darauf zu warten, daß du zu Verstand kommst.«

»*Wie bitte?* Du bist es doch, der den Verstand verloren hat. Du schleichst dich in mein Haus und ziehst dich aus, als gehörst du hierher!«

»Ich bin sehr wohl bei Verstand, Cat«, murmelte er grimmig. »Endlich habe ich kapiert. Das hätte ich schon vor einer Woche tun sollen.«

»Schluß damit! Ich will, daß du gehst. Sofort!«

»Nein. Nicht vor morgen früh.«

Sie rang nach Atem, begriff, was er vorhatte. »Ich ... ich schreie. Ein paar Arbeiter sind schon zu Hause.«

Er betrachtete sie scharf. Seine Mundwinkel zogen sich hoch. »Schrei, wenn du willst. Ich frage mich nur, wie du den Leuten erklären willst, warum ich nackt in deinem Schlafzimmer stehe.«

Caitlin starrte ihn an, Angst schnürte ihr die Kehle zu. Er hatte recht. Sie konnte ihre Arbeiter nicht um Hilfe rufen. Sie saß in der Falle.

Seine Finger nestelten an der Schnalle seines Pistolengurts.

»Ich hole meine Flinte«, keuchte Caitlin.

Seine grünen Augen maßen sie kühl und abschätzend. »Wenn *du* Gewalt anwendest, ist das in Ordnung. Nicht aber, wenn *ich* es tue, hab' ich recht?«

»Das ist die einzige Sprache, die du verstehst. Ich schieße nur, weil du mir keine andere Wahl läßt, Jake.«

»Ein Lamm sollte sich hüten, den Wolf zu reizen«, entgegnete er leise.

Caitlin schwieg. Sie hätte fliehen müssen. Sie hätte sich umdrehen und um ihr Leben laufen müssen. Aber sie blieb wie angewurzelt stehen.

Hilflos sah sie zu, wie Jake den Pistolengurt über die Stuhllehne hängte, beobachtete das Spiel seiner Muskeln ... Ihr Blick glitt etwas tiefer zu seinem flachen, brettharten Bauch.

Und dann knöpfte er die Hose auf.

»Jake, hör auf ...«, bat Caitlin heiser.

Er achtete nicht auf ihren schwachen Protest, knöpfte auch die Unterhosen auf und entblößte schamlos seine Männlichkeit, die sich ihr stolz entgegenreckte.

Ihr Blick heftete sich auf seine Lenden und das steife Glied, das aus dem dunklen Kraushaar hervorsprang.

Ihr Herz hämmerte wild. »Das kannst du nicht tun«, protestierte sie verzweifelt.

»Und ob ich kann. Ich werde dich lieben, bis wir beide zu schwach sind, um auch nur einen Schritt zu tun. Zieh dich aus, Cat.«

»Du bist wahnsinnig, wenn du denkst ...«

»Zieh dich aus, oder ich tu es. Und ich bin nicht sehr achtsam mit Knöpfen und Häkchen.«

Sie hielt seinem Blick stand. Er würde sie nehmen. Sie konnte sich ihm mit aller Macht widersetzen, doch am Ende würde Jake die Oberhand behalten.

»Nur zu, kämpfe mit mir, Teufelskatze.« Seine Stimme klang gedehnt, als lese er ihre Gedanken. Dabei grinste er träge. »Zeig mir die Krallen, damit machst du mich nur noch schärfer.«

Seine heisere Stimme sollte eine drohende Herausforderung sein, doch sie war auch unverhohlen sinnlich. Caitlin erschauerte, spürte ihre pochende Lust.

Nur ein einziges Mal, wisperte eine laszive Stimme in ihrem Kopf. *Nur ein einziges Mal will ich mit ihm liegen, will ich ihn tief in mir spüren, will mit ihm vereint sein.*

»Verdammt, Jake ... du hast es darauf abgesehen, mich zu ruinieren.«

»Das ist das letzte, was ich will.«

»Eine reizende Art, mir das zu zeigen! Es war schon peinlich genug beim Fest, mich in den Wald zu zerren, wo jeder mich sehen konnte. Wenn ein anderer statt Vernon uns gefunden hätte ...«

»Sei still!« fiel Jake ihr ins Wort. »Nenn seinen Namen nicht. Ich will ihn nicht hören. Nicht heute nacht.«

In der gespannten Stille holte Caitlin stockend Atem. Sie mußte ihre Gelassenheit bewahren, wenn sie ihn zur Vernunft bringen wollte. »Jake ... der Skandal ...«

Das schien ihm zu denken zu geben. »Keiner wird es wissen.«

»*Ich* weiß es. Ich will mich nicht wie ein lüsternes Weib mit dir im Lotterbett wälzen. Ich *will* nicht. Du kannst mich nicht dazu zwingen.«

Jake zögerte. Er wollte ihr nicht weh tun. Er wollte Caitlin nur zeigen, daß sie zusammengehörten. Er wollte, daß sie den Mann vergaß, mit dem sie verheiratet war. Er wollte, daß sie begriff, daß das Greenhorn von Lehrer ihr nichts von dem geben konnte, was sie *gemeinsam* erlebt hatten. Er wollte sie halten, anfassen, spüren, ihr Blut in Lava verwandeln ...

Er trat einen Schritt näher, seine Augen glühten in fieberndem Verlangen. Caitlin machte einen Schritt nach hinten.

»Jake ... *bitte* ... wenn du ein Liebesabenteuer willst, geh in den Saloon. Du brauchst mich nicht.«

»Ich suche kein Abenteuer, Cat.« Seine Stimme war sehr weich. »Und du irrst dich. Ich brauche dich.«

Ich würde meine Seele dem Teufel verkaufen, nur um sie wieder in seinen Armen zu halten, dachte Jake und beobachtete sie forschend. Er hatte mit anderen Frauen geschlafen, unzählige Male, und hatte dabei nur an Caitlin gedacht. Keine andere Frau hatte er je so begehrt wie sie, heftig, dringend und unentwegt.

Und er war sicher, daß sie ihn begehrte. Das Band zwischen ihnen war noch vorhanden, und er wollte es ihr beweisen. Es war nicht besonders ehrenwert, ihre Wollust auszunutzen, aber es war der einzige Weg, um ihren Schutzwall zu brechen.

»Du empfindest wie ich«, murmelte er. »Das weiß ich.«

Caitlin schloß verzweifelt die Augen, versuchte das pochende, quälende Kribbeln in ihrer Leibesmitte zu unterdrücken. Doch sie konnte sich der Wahrheit nicht verschließen. Sie begehrte Jake. Sie hatte lange versucht, ihre Sinnlichkeit zu verleugnen, hatte sich eingeredet, sie könnte ihre weiblichen Bedürfnisse auslöschen. Sie brauchte Jake. Sie hungerte danach, sich mit ihm zu vereinen, mit ihm zu verschmelzen; sehnte sich danach, die einsamen Nächte zu vergessen. Und sie brauchte eine Erinnerung, die sie durch die langen, einsamen Jahre begleiten würde, die vor ihr lagen. Sie brauchte Jake, um die Leere in ihrer Seele zu füllen.

»Jake, ich kann nicht ...« hauchte sie schwach. »Das ist wahnsinnig.«

»Nein, nicht wahnsinnig, Cat. Es ist richtig. Und ich werde es dir beweisen.«

Jake kam wie ein Raubtier katzenhaft geschmeidig auf sie zu, das sich an sein Opfer anschlich. Im letzten Moment wollte sie zurückweichen, doch er nahm sie bei den Schultern und zog sie an sich.

Erinnerungsfetzen drängten sich ihr auf, wie wunderschön es einmal zwischen ihnen war und wie grausam der Schmerz, als ein böses Schicksal sie trennte. Ihr Herz schlug rasend, und sie wußte, daß sie sich nicht länger wehren würde. Sie wollte seinen Kuß und wußte nicht, wie sie überleben sollte, wenn er sie nie wieder küssen würde ...

Jake neigte den Kopf.

Sein Mund war fordernd, sein Kuß lang und heiß, eine Liebkosung, die forderte, ohne zu fragen und zugleich zärtlichen Trost spendete. Caitlin war auf einen groben Überfall gefaßt, doch seine Wildheit blieb gezügelt; nur seine Hände hielten ihre Schultern wie in einem Schraubstock. Er küßte sie mit ungebrochenem Selbstvertrauen, drängend und verheißungsvoll, seine Zunge erkundete sie mit gründlicher Sorgfalt. Und Caitlin vergaß, daß seine Leidenschaft nur animalische Triebhaftigkeit war. Es war Jake, der sie küßte, ihr erster Liebhaber, ihre einzige Liebe.

Wie vertraut das alles ist, dachte Caitlin berauscht, als wären die langen Jahre der Trennung nie gewesen. Die Qual der Erinnerung verschwand, es blieb nur ein ungestilltes Verlangen.

Als Jake sich endlich aus dem Kuß löste, lehnte sich Caitlin benommen an ihn und fühlte seine Härte durch ihr Kleid.

»Spürst du es?« raunte er. »Das Feuer, das in uns brennt.«

Ja, sie spürte es. Seit vier Jahren hatte sie sich nicht so lebendig, so hungrig gefühlt. Caitlin war hin und her gerissen zwischen Gewissenskonflikten, ihn maßlos zu begehren und ihrer Hilflosigkeit, sich ihm zu entziehen.

»Cat ... schick mich nicht weg«, bat er heiser.

»Deine ... Stiefel«, stammelte sie unvermutet.

Mit einem Finger hob er ihr Kinn. Seine grünen Augen wanderten forschend über ihr gerötetes Gesicht. Er mußte die Antwort in ihren Augen gelesen haben, denn langsam breitete sich ein Lächeln über sein Gesicht aus.

Er küßte sie flüchtig auf den Mund, bevor er sich in den

Schaukelstuhl setzte, die Stiefel auszog und dann die Socken. Er stand auf, schälte sich aus Hosen und Unterhosen.

Caitlin wagte nicht zu atmen, als er in seiner männlichen Pracht vor ihr stand.

Er trat auf sie zu und strich ihr mit den Fingerkuppen zart über die Wange.

»Von diesem Augenblick habe ich vier lange Jahre geträumt«, murmelte er rauh.

Ich auch, schrie es in Caitlin. Stumm hob sie ihm ihren Mund entgegen.

Sein Herz pochte hart gegen die Rippen. Ihre Wangen fühlten sich so weich in seinen schwieligen Handflächen an. Sie schmiegte sich an ihn, ihr Mund zitterte unter seinen Lippen, Wellen des Verlangens durchzuckten ihn. Süße Sehnsucht nach mehr ...

»Hast du dich so sehr danach gesehnt wie ich?« fragte Jake, und seine Finger strichen über ihr Dekolleté, das ihren Busen kaum bedeckte.

»Ja ...« flüsterte sie.

»Laß mich.« Langsam entkleidete er sie, und sie ließ ihn gewähren.

Er entfernte ihre Haarnadeln. Dann drehte er Caitlin um und ließ seine Hände andächtig durch die seidige Haarfülle gleiten. Wie oft hatte er davon geträumt?

Sie hielt still, als er ihr das Kleid aufknöpfte. Ihr Puls pochte in den Schläfen, als er ihr die Ärmel von den Schultern streifte, und das Kleid raschelnd zu Boden fiel.

Das Korsett folgte. Dann kniete Jake vor sie hin, um Strümpfe und Schuhe auszuziehen. Caitlin stand reglos, als er ihr Spitzenhöschen abstreifte und sie nur noch das durchsichtige Unterhemd trug. Bis auch das zu Boden flatterte.

Nackt stand sie vor ihm. Blut strömte in seine Lenden.

Selbst seine fiebrigen Träume waren ihrer Schönheit nicht gerecht geworden. Caitlins schwarz schimmerndes Haar fiel ihr schwer über die nackten Schultern. Ihr makelloser Körper leuchtete golden im Schein der Lampe. Die Knospen ihrer prallen, hoch angesetzten Brüste reckten sich ihm entgegen. Das kraushaarige Dreieck zwischen ihren seidig schimmernden Schenkeln barg beglückende Verheißungen.

Jake biß die Zähne aufeinander gegen die Hitze, die ihm in die Lenden schoß. Sein Verlangen nahm ihm die Luft zum Atmen. Doch seine Angst war stärker.

Es war so lange her, und er hatte den sehnlichen Wunsch, Caitlin Freude zu bereiten. Das verzweifelte Sehnen, das ihn verkrampfte, hatte wenig mit Wollust zu tun. Es war seine letzte Chance, sie zu überzeugen, daß sie zu ihm gehörte. Dieses Wissen schnürte ihm beinahe das Herz ab. Wenn er versagte, hatte er sie für immer verloren.

Wortlos barg Jake sein Gesicht in der dunklen Pracht ihrer Haarfülle.

Wenn sie ihn hinterher wegschicken würde, sollte sie immer an ihn denken, wenn sie in dieses Bett stieg. Wenn er ging, würde er seinen Stempel auf ihrem Körper hinterlassen, seinen Geschmack in ihrem Mund, seinen Duft auf ihrer Haut.

Caitlin erschauerte in seinen Armen, ihre Brüste schwollen, ihre Knopsen richteten sich zum Zerspringen auf. Von seinem Körper ging eine glühende Hitze aus. Die Muskeln seiner Schultern vibrierten unter ihren liebkosenden Händen. Sein heißer Schaft pochte gegen den sanften Hügel zwischen ihren Schenkeln und brandmarkte sie wie glühendes Eisen.

Sie schloß die Augen in süßem Schmerz. Sie mußte an sich halten, um nicht aufzuschluchzen im himmlischen Glück, in unendlicher Zärtlichkeit, die sie so sehr an die Vergangenheit erinnerten. Sie wollte schreien: *Liebe mich, Jake, liebe mich wie früher ...*

Als spüre er ihren Wunsch, löste er sich ein wenig, um ihr in die Augen schauen zu können. Seine rauhen Hände wölbten sich um ihren Busen, seine starken Finger streichelten sie. Caitlin atmete tief. Jake schien die Absicht zu haben, sie nicht nur zu erregen, sondern sie vor Verlangen in den Wahnsinn zu treiben. Seine Daumen umkreisten ihre Brustspitzen, seine rauhen Schwielen strichen lustvoll über die empfindsame Haut.

»Jake ... das halte ich nicht aus ...«

»Doch, das hältst du aus ...«

Und dann legte sein Mund sich wieder auf ihre Lippen, heiß und fordernd. Seine Zunge versetzte sie in einen Rausch der Verzückung. Seine Hände wölbten sich um ihre Gesäßbacken und drückten sie an ihn, er kreiste ihre Hüften an den seinen. Caitlin schmiegte sich an ihn, als wolle sie eins mit ihm werden. Es war so lange her ... Sie wand sich, konnte nicht stillhalten. Sie war heiß und entfesselt.

»Jake ... bitte ...«

»Ich weiß, Cat. Ich weiß ...«

Er bückte sich, hob sie in die Arme, trug sie zum Bett und legte sie auf die Decke. Dann stand er über ihr und trank den Anblick ihres makellos schönen Körpers ein.

Er setzte bewußt seine Liebeskünste als Waffe gegen sie ein. Aber sein verzweifelter Wunsch, sie zu überzeugen, daß sie ihm gehörte, erstickte jedes Schuldgefühl. Caitlin flüsterte seinen Namen, flehend und süß.

Er legte sich neben sie, seine Lippen suchten ihre Brüste. »Ich hatte vergessen, wie schön du bist«, flüsterte er.

»Und ich hatte vergessen ... wie schön es mit dir ist ...« Ihre Stimme versagte bei seiner Berührung. Sein nasser Mund liebkoste ihre Brustknospe. Cat bäumte sich auf.

Jake drückte ihre Schultern in die Kissen zurück und saugte durstig und rhythmisch an ihren Brüsten, während seine Hände ihren nackten Körper streichelten. Sie wimmerte leise, seine Hand glitt tiefer zu ihrem kraushaarigen Dreieck. Ihre Schenkel öffneten sich und gewährten ihm Zugang zu ihren verborgenen, seidigen Blütenblättern.

Sie war feucht und bereit für ihn. Jake stöhnte. Er hob den Kopf, und seine Smaragdaugen glänzten fiebrig.

Er wollte sie haben. Er war hart wie ein Hengst und so prall, daß er fürchtete zu platzen. Aber er war fest entschlossen, sich zurückzuhalten.

»Wie lange habe ich darauf gewartet«, seufzte er und schob

die harte Rundung seiner Männlichkeit gegen ihre weichen Falten. »Ich will, daß es sehr schön für dich wird.«

Sein Hunger war so stark, daß sein Körper bebte. Dennoch bestieg er sie mit unendlicher Behutsamkeit. »Nein«, flüsterte er, als sie wimmerte. »Mach die Augen auf, Baby, ich will deine Lust sehen.«

Er spannte seine Gesäßmuskulatur an und drang sehr langsam, sehr behutsam in sie ein.

Caitlin hauchte seinen Namen, als sie seine Fülle in sich spürte. Wonneschauer durchrieselten ihren Körper.

»Ist das schön, Liebling? Beweg dich. Du fühlst dich so gut an... Ich werde wahnsinnig, wenn ich in dir bin.«

Er drang tiefer in sie und begann, sie in einem verhaltenen Rhythmus zu stoßen, betont langsam. Seine Armmuskeln spannten sich in der Anstrengung, sich zurückzuhalten. »Sag, daß es dir gefällt, Cat«, drängte er.

»Ja ... o ja ... Jake.«

Er biß die Zähne aufeinander und stieß tiefer. Dabei entrang sich ihm ein kehliger Laut, halb Seufzen, halb Stöhnen.

Im selben Augenblick schrie Caitlin auf, zuckte und wand sich unter ihm, doch das reichte Jake noch nicht. Er wollte ihre hemmungslose Wollust spüren. Er wollte, daß ihre Fingernägel sich fest in seinen Rücken krallten.

Seine Hände umfingen ihre Gesäßbacken, er hob ihre Hüften hoch, um sich noch tiefer in sie zu treiben. Wilde Zuckungen erschütterten sie. Er flüsterte ihr ins Ohr, wie sehr er sie begehrte, sie brauchte, wie sehr er sich wünschte, daß sie in seinen Armen zerbarst. Caitlins Kopf rollte von einer Seite zur anderen.

Ihr Körper war glühend heiß. Sie verstand nur Bruchstücke der lüsternen Worte, die Jake ihr ins Ohr hauchte. Ihr Verstand war ausgeschaltet, sie überließ sich dem Rausch der Wollust. Jake war riesig und steif und heiß. Er füllte sie zum Zerplatzen.

Caitlin hörte spitze, kleine Schreie und wußte, daß sie aus ihr kamen. Sie schwebte in höchsten Höhen wilder Ekstase, nichts galt mehr außer Jake und die unbeschreiblichen Wonnen ihrer Leidenschaft.

Die Beine um seine Hüften geschlungen, wand sich ihr schlanker Leib ihm schlangengleich entgegen. Ihr Fleisch saugte sich zuckend an ihm fest.

Ihre Schreie der Erlösung wurde von Jakes knurrendem Stöhnen begleitet. Er genoß die Gewalt ihres Höhepunkts. Jeder ihrer Schauer jagte wonnige Folterqualen durch ihn hindurch.

Und dann zerbarst alles in ihm. Er versank in ihr, verschmolz mit ihr, wollte noch tiefer, um seinen unermeßlichen Hunger zu stillen.

Eine enthemmte, animalisch leidenschaftliche Paarung. Zwei Leiber, ineinander verschlungen, bäumten sich auf und verschmolzen zuckend miteinander. Mann und Frau. Die leidvolle Vergangenheit war ausgelöscht. Es gab nur noch das Jetzt, das unersättliche Verlangen, vom anderen zu nehmen und dem anderen zu geben.

Dann lagen sie keuchend, schweißgebadet, reglos und ermattet von den Wonnen aneinandergeschmiegt.

Jake war erschöpft, er kostete die Nachwirkungen aus. Zum ersten Mal hatte er sie in der Dunkelheit geliebt, zum ersten Mal hatte sie seinen Namen geschrien. Zum ersten Mal war die dumpfe Leere von ihm gewichen.

Seine Hand suchte ihre, seine Finger schlangen sich in die ihren, als suche er Bestätigung, nicht zu träumen. Ihre Hand, zart und dennoch stark, lag kraftlos in seiner.

Seine Lippen strichen behutsam über Caitlins Mundwinkel. Er war nicht sehr sanft mit ihr umgegangen, sondern hatte sie mit all der Gier genommen, die sich vier Jahre in ihm aufgestaut hatte. Aber er bereute nichts. Sie fühlte sich warm an und geschwächt vom Liebesakt, so sollte es immer sein, bis sie sich an seine Leidenschaft gewöhnt hatte. Bis sie begriff, daß sie zu ihm gehörte.

Wohlig schloß Jake die Augen und zog sie an sich. Der Gedanke, daß sie sich noch vor wenigen Minuten in wilder Leidenschaft unter ihm gewunden hatte, entfachte sein Verlangen von neuem. Doch er wollte Cat ein wenig Ruhe gönnen, bevor er sie noch einmal nahm.

Sie lag an ihn geschmiegt, die Wange an seiner Schulter, die Beine um seine Hüften geschlungen.

»So fühlt sich das also an«, seufzte er träge, »mit dir in einem Bett zu liegen.«

Sie lächelte. Seine dunkle Stimme, zärtlich und warm, liebkoste ihre berauschten Sinne. Ich müßte mich bewegen, dachte Caitlin schwach. Sie müßte Jake von sich schieben, statt sich an ihn zu kuscheln. Ihre Hingabe war schamlos und lüstern, und dennoch bedauerte sie nichts. Jake hatte sie mit einer Heftigkeit geliebt, die beide in überirdische Sphären getragen hatte, und sie wollte ihn nicht gehen lassen. Noch nicht. Nur noch ein paar Minuten Glückseligkeit, dann würde sie ihn wegschicken, bevor es einen Skandal gäbe. Sie konnte es nur nicht ertragen, ihn jetzt gleich gehen zu lassen. Seine Fingerspitzen streichelten ihren Arm, sie roch den männlichen Moschusduft seiner Haut, spürte die glitschige Nässe seines Samens zwischen ihren Schenkeln...

Plötzlich stockte Caitlin der Atem. »Oh mein Gott ...« Wie konnte sie die Folgen eines leichtfertigen Liebesakt vergessen?

»Was ist?« fragte Jake besorgt.

»Ich könnte schwanger werden.«

Er hörte die Angst in ihrer Stimme und drückte seine Lippen an ihre Schläfen. »Wäre das so schlimm?« fragte er leise.

Caitlin sah ihn entgeistert an. »Es wäre ein uneheliches Kind. Wie sollte ich ein Kind ohne Ehemann erklären?«

»Ich sagte dir schon«, Jakes Mund verzog sich zu einem zaghaften Lächeln, »ich bin bereit, aus dir eine ehrbare Frau zu machen.«

Seine Anmaßung erboste sie. »Darüber haben wir längst gesprochen, Jake. Ich kann dich nicht heiraten. Ich will nicht. Ich muß an meinen Sohn denken.«

Jake legte seine Hand auf ihren flachen Leib. Der Gedanke, Caitlin könne ein Kind von ihm bekommen, erfüllte ihn mit Ehrfurcht. Um keinen Preis aber wollte er, daß sie Bedenken hatte, mit ihm zu schlafen. »Heute nacht ist es passiert, daran können wir nichts mehr ändern. Aber für die Zukunft mußt du dir keine Sorgen machen. Ich kenne eine Verhütungsmaßnahme.«

Sie sah ihn argwöhnisch an.

»Es gibt kleine Schwämme, die man benutzen kann«, erklärte er. »Man taucht sie in Whiskey oder Brandy. Sie verhindern, daß eine Frau empfängt. Du schiebst dir ein Schwämmchen hier rein.« Seine Finger glitten durch ihr Kraushaar. »Ich zeig dir, wie du es anwenden mußt.«

Caitlin entfuhr ein Schreckenslaut. Sie versuchte, sich seiner Zärtlichkeit zu entziehen. »Kommt überhaupt nicht infrage. Ich bin kein leichtes Mädchen, Jake.«

»Das hat niemand behauptet.«

»Wenn du denkst, ich habe vor … das noch einmal mit dir zu machen, dann bist du verrückt.«

Seine grünen Augen blitzten heiter. »Das habe ich mit Sicherheit vor. *Du* bist verrückt.«

»Es ist mein Ernst, Jake!«

»Du regst dich nur mal wieder wegen nichts auf.«

»Wegen nichts!« Ihre Stimme war spitz und laut geworden. »Du schleichst dich in mein Haus, in mein Bett und das nennst du *nichts?*«

Er lachte sein leises, gurrendes Lachen, das sie erregte und gleichzeitig erzürnte. »Du hast vollkommen recht … Es war wesentlich besser als ›nichts‹. Der beste Sex, den ich seit Jahren hatte.«

Statt zu beschwichtigen, versetzte diese Bemerkung sie nun erst recht in Wut. »Vermutlich soll ich mich *geehrt* fühlen, wenn du mich mit anderen Frauen vergleichst.«

»Es gibt keinen Vergleich. Du hast mich vor Jahren zu sehr verwöhnt. Alles andere war nur Zeitverschwendung.« Er barg sein Gesicht in ihrer dunklen Haarfülle. »Es ist wunderschön, dich zu lieben.«

Sie versteifte sich, und Jake wußte, daß der Kampf noch längst nicht ausgestanden war. Sie war vorübergehend außer Gefecht gesetzt, aber er hatte beileibe nicht gewonnen.

»Es ist so lange her, Cat. Hat es dir gefehlt? Hab' ich dir gefehlt?«

»Nein«, log sie und preßte die Handflächen gegen seine Brust. Die wulstigen Narben mahnten sie daran, daß Jake ihren Bruder getötet hatte. »Es ist Zeit, daß du gehst.«

»Gehen?« Er zog die Augenbrauen hoch. »Ich gehe mit Sicherheit nicht. Wir haben schon zu viele Nächte vergeudet.«

»Jake. Wir haben es übertrieben. Du hast es übertrieben.«

Seine Taktik war vielleicht rücksichtslos gewesen, mußte Jake gestehen. Aber er mußte um jeden Preis verhindern, daß sie einen folgenschweren Fehler beging, und diesen Lehrer heiratete.

Sie würde weiter gegen ihn mit allen Mitteln kämpfen. Aber am Ende würde Jake gewinnen. Er mußte gewinnen.

Und wieder spannten seine Lenden, die Lust heizte seinen Körper auf.

Caitlin spielte ihre Trumpfkarte aus. »Hast du vergessen, daß ich verlobt bin und Vernon heiraten werde?«

Jakes gute Laune war plötzlich verflogen. »Nein, das habe ich nicht vergessen. Aber es stört mich nicht. Du wirst deine Verlobung gleich morgen früh lösen.«

»Das werde ich nicht!«

»Doch, das wirst du, Cat. Sag deinem Lehrer, daß du einen Fehler begangen und es dir anders überlegt hast.«

Caitlin sah Jake mit große Augen an, verblüfft von seiner Dreistigkeit. Für ihn schien festzustehen, daß sie beide wieder ein Liebespaar wurden. »Mein Fehler war, dich näher als hundert Meter an mich heranzulassen.«

»Du willst das Greenhorn gar nicht heiraten, Cat.«

Caitlin bedauerte zwar, Vernon ihre Zustimmung zu seinem Antrag gegeben zu haben, doch Jake hatte kein Recht, ihr Befehle zu erteilen. Seine tyrannische Art erzürnte sie. Er nutzte ihre Schwäche schamlos aus. »Hör mal, Jake. Wenn ich ein Dutzend Männer heiraten würde, ginge dich das auch nichts an.«

Seine Augenbrauen zogen sich zur Stirnmitte hoch. »Gleich ein Dutzend?«

»Du weißt, was ich meine.«

»Ja klar. Und ich dachte, du willst keinen anderen als mich.«

»Du eingebildeter Affe. Ich will, daß du mich endlich in Ruhe läßt!«

Er feixte. »Du hast mich begehrt. Du warst heiß und hungrig nach mir. Warum gibst du es nicht einfach zu?«

»Weil es nicht wahr ist!«

»Dann muß ich es dir wohl noch einmal zeigen ...« Seine Hände umfingen ihre Brüste, seine Daumen streichelten die empfindsamen, geschwollenen Spitzen.

Vergeblich versuchte Caitlin sich den kreisenden Liebkosungen zu entziehen. Sie rollte sich zur Seite. Jake legte sich auf sie, hielt sie unter sich gefangen, schob einen Schenkel zwischen ihre Beine. Ungeachtet ihres Protests saugte er genüßlich an ihren Brüsten.

Caitlin wand sich hilflos unter ihm, um seiner quälenden Zunge und seinen fordernden Lippen zu entgehen. Sie verwünschte ihn noch, als das süße Kribbeln sich wieder in ihrem Leib regte. Es dauerte eine Weile, bevor Jake den Kopf von ihren nassen Brustspitzen hob.

»Man müßte dich erschießen«, keuchte sie zähneknirschend.

»Wofür denn?« Seine Stimme war träge und dunkel. »Weil ich dir das gebe, wonach du fieberst? Du wolltest mich, Cat. Du warst heißer als ein Feuerwerkskörper. Und wenn du ehrlich bist, gibst du es auch zu.«

Sie starrte ihn in ohnmächtiger Wut an.

»Du hattest das gleiche Feuer in dir wie ich, Cat.« Er nahm ihre Hand und legte ihre Finger um seine pochende Erektion.

»Jake, hör auf ...«

Ihr schwacher Protest konnte ihn nicht davon abbringen, sie noch einmal zu nehmen ... Er schob sich zwischen ihre Schenkel und führte seinen prallen Schaft in sie und ergötzte sich an ihrem hilflosen Wimmern.

Zärtlich blickte er auf sie herab. »Willst du wirklich, daß ich aufhöre?«

Sie blieb ihm die Antwort schuldig, stöhnte nur, als er tiefer in sie drang.

»Sag es, Cat! Willst du, daß ich dich in Ruhe lasse?«

Jake stieß noch tiefer, füllte sie ganz aus. »Sag mir, daß du mich nicht in dir haben willst, und ich zieh mich zurück. Sag mir, ich soll aufhören, Wildkatze ...«

Er zog sich ein wenig zurück, verharrte reglos in ihr. Caitlin war ihm ausgeliefert. Überwältigt schloß sie die Augen.

»Nein ...« flüsterte sie und wußte, daß sie mit diesem Wort ihre Seele verkauft hatte.

10. KAPITEL

Caitlin wischte sich eine widerspenstige Haarsträhne aus der Stirn und versuchte, sich wieder auf die Zahlenreihen zu konzentrieren. An diesem strahlenden Sommertag die Buchhaltung der Ranch zu überprüfen, war nicht gerade das, wonach ihr der Sinn stand. Immer wieder wanderte ihr Blick aus dem Fenster zu den Weiden hinüber, und sie fragte sich, wann Jake zurückkommen und ihren Frieden wieder stören würde.

Das Fest lag zwei Tage zurück, an dem er sich, jeden Anstand außer acht lassend, Zutritt in ihr Zimmer und ihr Bett verschafft hatte, um ihr zu beweisen, daß sie noch etwas für ihn empfand. Seit er gestern kurz vor Morgengrauen gegangen war, um von den Rancharbeitern nicht überrascht zu werden, hatte sie ihn nicht gesehen. Vernon hatte gestern und heute morgen vorbeigeschaut und sie über die Fortschritte der Verhandlungen zum Waffenstillstand unterrichtet. Sie hatte sich störrisch geweigert, die Verlobung zu lösen, obgleich sie mit Sicherheit wußte, daß sie Vernon nicht heiraten würde. Es war undenkbar, einen Mann leidenschaftlich zu lieben und mit einem anderen eine Vernunftehe einzugehen. Jake hatte sie für jeden anderen Mann ruiniert. *Der verfluchte Kerl.*

Aus purem Eigensinn hatte sie es unterlassen, Vernon ihre Entscheidung mitzuteilen, entgegen Jakes Bitte und seiner Drohung, dem Lehrer alles zu erzählen. Sie lehnte es ab, sich von diesem anmaßenden und gewissenlosen Teufel Vorschriften machen zu lassen, der ihr allerdings zweifellos bewiesen hatte, daß nach wie vor eine starke körperliche Anziehungskraft zwischen ihnen bestand.

Caitlin überlegte, welche Unverschämtheiten Jake sich als nächstes einfallen lassen würde. Er schien es darauf abgesehen zu haben, sie verrückt zu machen, sie auf die Folter zu spannen und sie im unklaren über seine nächsten Schritte zu lassen.

Sie hatte ihn gestern abend erwartet und war beinahe enttäuscht, als er nicht kam. Sie hatte Mühe, sich zu konzentrieren. Jeder Nerv in ihr vibrierte, ob Jake auftauchen würde oder nicht.

Er würde nicht mehr lange auf sich warten lassen. Sollte er heute abend aufkreuzen, war sie fest entschlossen, ihn nicht ins Haus zu lassen, und wenn sie alle Türen und Fenster verriegeln und mit dem Gewehr Wache stehen mußte. Sie wollte sich von seinem skandalösen Benehmen nicht ihr ehrbares Leben und den mühsam erkämpften Seelenfrieden zerstören lassen.

Nach dem vielen Blutvergießen und den furchtbaren Leiden der Vergangenheit sehnte sie sich nach Ruhe. In Jakes Armen schien sie Geborgenheit zu finden, doch das war eine böse Täuschung. Er brachte ihr nichts als Herzeleid und quälende Erinnerungen.

Wenn sie ihn nur nie geliebt hätte, wäre sie jetzt in der Lage, seine frechen Zudringlichkeiten zurückzuweisen. Sie mußte vergessen, was er ihr einst bedeutet hatte. Sie durfte ihr Herz nicht wieder verlieren, durfte ihre Existenz nicht für ein paar heimliche Stunden lüsterner Leidenschaft aufs Spiel setzen.

Caitlin sollte recht behalten in ihrer Mutmaßung, Jake würde noch am gleichen Tag erscheinen, doch sie irrte sich in der Zeit. Eine halbe Stunde später hörte sie ein leises metallisches Klicken, hob erschrocken den Kopf und sah Jake, der sie von der Tür her beobachtete.

»Wie schaffst du es nur, im hochgeschlossenen Kleid und über langweilige Geschäftsbücher gebeugt, so bezaubernd auszusehen?« fragte er träge.

»Hinaus!« Caitlin war aufgesprungen und wies zur Tür. »Scher dich zum Teufel, Jake.« Welch eine Unverfrorenheit, sie am hellichten Tage zu besuchen!

Jake machte ein unschuldiges Gesicht. »Mein Pferd grast eine Viertelmeile von hier. Kein Mensch weiß, daß ich der Witwe Hughes einen Besuch abstatte.«

»*Ich* weiß es — und ich lasse es nicht zu! Du hast kein Recht, hier zu sein.«

»Du hast Whitfield immer noch nicht gesagt, daß die Verlobung gelöst ist, hab' ich recht?« Seine Stimme klang kühl und sachlich. »Dein Lehrer ist immer noch der Meinung, daß du ihn heiratest.«

»Ganz recht«, antwortete Caitlin hitzig, »ich habe Vernon noch nichts gesagt, weil ich mir noch nicht im klaren darüber bin.«

»Es paßt gar nicht zu dir, einen Mann zappeln zu lassen, wie einen Fisch an der Angel, Cat.«

»Ich lasse ihn nicht zappeln!«

»Natürlich tust du das. Du wirst niemals die Frau dieses Greenhorns. Also solltest du ihn von seinen Qualen erlösen.«

»Verdammt nochmal, Jake, du bestimmst nicht über mein Leben!«

Lässig verschränkte er die Arme. »Ich warne dich, Cat. Wenn du es ihm nicht sagst, tu ich es.«

War er wirklich dazu fähig?

»Was würde Whitfield wohl davon halten«, meinte er sinnend, »wenn er wüßte, was zwischen uns vorgestern nacht vorgefallen ist?«

»Du wagst es nicht, ihm das zu sagen ...«

»Und ob ich das wage, Cat.« In seiner Stimme schwang ein schneidender Unterton. »Sobald ich mich von dir verabschiede, reite ich bei Whitfield vorbei. Er wird alles über diese Nacht erfahren. Wie du gekeucht, gestöhnt und gewimmert hast. Nicht einmal ... nein viermal hintereinander.«

Caitlins Augen sprühten Funken. Er war offenbar fest entschlossen, ihren Willen zu beugen.

»Jake ... was willst du eigentlich von mir?«

Sein Blick wurde samtweich. »Was ich will, Liebes? Alles, was du mir zu geben hast.«

»Ich habe dir nichts zu geben.«

»Ich sagte dir, daß ich bereit bin, unser Verhältnis zu legalisieren.«

»Ich werde dich nicht heiraten, Jake. Ich muß an meinen Sohn denken.«

Er zuckte mit den Schultern. »Das ist deine Entscheidung. Ob verheiratet oder nicht, du gehörst zu mir.«

Sie kochte innerlich vor Wut, fand es aber nicht angebracht, auf seine dreiste Behauptung zu antworten.

Jake musterte sie prüfend. »Ich will das, was du mir in dieser Nacht gegeben hast, Cat. Wann immer mir der Sinn danach steht. Ich will zu jeder Zeit mit dir schlafen, wenn mir danach ist. Ich will dich heiß und willig.«

Er meint es ernst, dachte Caitlin erschrocken. Er wollte sie nicht nur ärgern. »Und wenn du es nicht bekommst? Wirst du in der ganzen Nachbarschaft über uns reden?«

»Ja. Darauf wird es hinauslaufen.«

»Ich lasse mich von dir nicht erpressen.«

»Dann betrachte es als Tauschhandel. Du willst etwas von mir — mein Stillschweigen. Und ich will etwas von dir.«

Er war nur von fleischlicher Lust getrieben. Ein Tyrann, der seinem primitiven Geschlechtstrieb gehorchte. Dem männlichen Eroberungstrieb. Jake liebte sie nicht. Er wollte nur ihren Körper.

Sie atmete tief durch, um sich zu beruhigen. »Ich bin eine ehrbare Frau, Jake. Und ich versuche, meinem Sohn ein anständiges Leben aufzubauen.«

»Ich habe nicht die Absicht, das in irgendeiner Weise zu ändern.«

»Nein? Wie willst du es geheimhalten, wenn du dich ständig in mein Haus schleichst? Bald wird man in der ganzen Stadt davon reden, daß wir ein Liebespaar sind.«

»Wir *sind* ein Liebespaar. Du bist meine Frau, und es wird Zeit, daß du dich an den Gedanken gewöhnst.«

»Ich bin *nicht* deine Frau!«

Jake hatte Mühe, ein Lächeln zu unterdrücken. Seine Wildkatze war wunderbar, wenn sie in Rage geriet ... ihre blauen Augen sprühten Funken, ihre Wangen färbten sich rosig, ihr Busen wogte. Nur zu deutlich erinnerte er sich an den Geschmack ihrer prallen Brustspitzen ... wie sie ihre langen, schlanken Beine um ihn geschlungen und ihn in sich aufgenommen hatte ... Jake spürte, wie er steif wurde und verwünschte seine engen Hosen.

Er war die ganze Zeit über voll Verlangen, hatte es aber länger als erwartet ausgehalten, sie nicht zu sehen. Beinahe zwei ganze Tage hatte er gegen seinen Drang angekämpft, Caitlin zu streicheln, ihren Körper zu spüren.

Nun war das Warten vorüber.

Er trat ins Zimmer.

Caitlin bemerkte seinen entschlossenen, begehrlichen Blick und wußte, daß sie nicht entkommen konnte. Er würde sie nehmen, mit und ohne ihr Einverständnis. Bei dem Gedanken jagten spitze Pfeile der Erregung zwischen ihre Schenkel. Sie machte einen abwehrenden Schritt nach rückwärts.

»Jake, das geht nicht. Ich sagte dir schon, ich will nicht schwanger werden.«

Jake angelte ein kleines, in Papier gewickeltes Ding aus seiner Westentasche und hielt es hoch. »Ich habe die Schwämme besorgt.«

Ihr Herz setzte ein paar Schläge aus.

»Komm her, Cat. Ich zeige dir, wie du sowas benutzen mußt.«

Nervös machte sie wieder einen Schritt nach hinten. »Sowas nehmen nur Huren.«

Ein humorvoller Funke blitzte in seinen grünen Augen.

»Mag sein, aber sie sind praktisch. Hast du Whiskey im Haus?«

»Nein«, entgegnete sie schroff. »Nach dem Tod meines Vaters habe ich sämtliche Flaschen weggeworfen.«

»Wenn man mit einem Trunkenbold zusammenlebt, hat man wohl nicht viel für Schnaps übrig. Egal! Ich hab' welchen mitgebracht.«

Damit zog er einen silbernen Flakon aus der Tasche, beträufelte ein Schwämmchen mit Whiskey und legte es an den Rand des Schreibtischs. Caitlin sah ihm beklommen zu.

Das Aroma des Whiskeys stieg ihr in die Nase, doch das war es nicht, was ihr den Atem verschlug. Es war Jakes Blick, der sich in ihre Augen senkte.

Caitlin hatte sich geschworen, diesmal stark zu bleiben, jedem Verführungsversuch zu widerstehen. Doch nun war sie wie gelähmt, als Jake auf ihre Seite des Schreibtisches kam.

Wortlos schloß er das Kontobuch und schob es zur Seite, zusammen mit den anderen Papieren und Schreibutensilien.

Caitlin leckte sich die trockenen Lippen. »Jake ... es ist heller Nachmittag.«

Sein träges Lächeln war sehr sinnlich. »Die beste Zeit, um Liebe zu machen ist der Nachmittag ... oder der frühe Morgen ... oder die Abenddämmerung ... oder mitten in der Nacht. Mit dir ist es immer wunderschön, meine Wildkatze.«

Er legte einen Arm um ihre Mitte, zog sie an sich und küßte sie. Ein dreister, zärtlicher Überfall. Sie spürte sein Verlangen. Die Gewalt seines männlichen Hungers raubte ihr den Atem und brach ihren Widerstand.

Er drückte sie an sich, bewegte einen Schenkel zwischen ihren Knien ... die plötzlich weich wie Pudding waren. Überwältigt von seiner Hitze und Erotik, lehnte Caitlin sich schwankend an ihn. Jake brummte wohlig.

Er setzte sie auf den Schreibtisch. »Das ist fast so gut wie ein Bett.«

»Jake ...«

»Still, Cat. Den ganzen Tag konnte ich an nichts anderes denken. Ich wollte dir den Rock hochschieben ... so ...« Seine Hände fuhren unter ihre Röcke, seine Finger nestelten an ihrer Unterwäsche.

»Jake, nein!«

Caitlin griff nach seinen Schultern, wollte ihn von sich schieben, um wenigstens den Versuch zu unternehmen, sich zur Wehr zu setzen. Jakes Finger glitten zwischen ihre Schenkel und fanden den Schlitz ihres Höschens. Caitlin japste, als er das heiße, feuchte Fleisch ihrer Weiblichkeit berührte. Sie wollte protestieren, aber es fühlte sich so gut an.

Ein Schauer durchrieselte sie, während er sie sanft streichelte.

»Leg dich zurück, Cat«, murmelte er. »Ich mach es dir.«

Er hob ihre Beine an, zwang sie, sich auf den Schreibtisch zu legen, die Ellbogen aufgestützt, die Röcke bis zur Taille hochgeschoben. Dann öffnete er den Bund ihres Höschens und streifte es nach unten.

»Jake ... das ist ungehörig.«

»Gewiß. Und es gefällt dir. Entspann dich und überlaß dich mir. Es wird wunderschön, glaub mir.«

Caitlin erschauerte, als seine schwieligen Hände ihre Schenkel hinauftasteten. Sie hielt den Atem an, als Jake sich über sie beugte, als er den Duft ihrer Weiblichkeit einsog. Zu ihrer Enttäuschung hauchte er nur einen Kuß auf die Innenseite ihrer Schenkel. Dann nahm er das mit Whiskey vollgesaugte Schwämmchen zur Hand und führte es sorgsam ein.

Caitlin japste.

»Tut es weh?«

»Nein ... es brennt ein bißchen.«

»Das hört gleich auf.« Seine Finger, sein Daumen berührten vorsichtig die winzige Kuppe, die Quelle ihrer Lust.

Caitlin stöhnte, sie wollte mehr, wollte nicht nur von ihm gestreichelt werden. Doch Jake ließ sich Zeit, fuhr fort mit seinen langsam kreisenden Bewegungen auf ihrem zuckenden Fleisch.

»Jake, du quälst mich ...«

»Genau das ist meine Absicht, Wildkatze.«

Er streichelte sie unbeirrt und ergötzte sich an ihrer steigenden Erregung.

»Jake ... nicht ... bitte ... komm zu mir ...«

»Gleich. Zuerst möchte ich dich kosten. Ich muß wissen, wie weich und feucht du für mich bist.«

Wieder beugte er sich über sie. Seine Zunge fand ihre empfindsamste Stelle, er leckte und saugte daran.

Caitlin wand ihre Hüften, versuchte, sich der quälenden Liebkosung zu entziehen, doch Jake zwang sie, stillzuhalten. Seine Hände glitten unter ihre Gesäßbacken und kneteten sie sanft mit gespreizten Fingern.

Er hatte keine Eile. In seiner Vorstellung war er bereits in ihr und spürte ihre Zuckungen.

»Ich habe geträumt, das mit dir zu machen ... dich anzusehen ... dich zu kosten.«

Seine Wange kratzte an ihrem Schenkel, seine Lippen brannten heiß auf ihrer Haut, als er federleichte Küsse hauchte. »Jake ... bitte ... ich kann es nicht ertragen.«

Wieder sog er ihren süßen Duft ein, ließ seine Zunge in ihr spielen.

Caitlin bäumte sich wild auf.

»So gut hat Whiskey noch nie geschmeckt«, keuchte Jake, den Caitlins Wimmern rasend machte. Er lächelte zufrieden. »Das ist gut, Teufelskatze, aber nicht gut genug. Ich will, daß du immer wieder für mich kommst. Ich will, daß du keuchst und dich aufbäumst. Ich will, daß du den Verstand verlierst ...«

Er verlagerte sein Gewicht, spreizte ihre Beine und hob sie auf seine Schultern. Caitlin stöhnte laut, ihre Hüften kreisten unter der samtweichen Folter seiner Lippen und seiner Zunge.

»Ja, so ist es gut. Ich will dich hören, Baby. Laß mich hören, wie gut es für dich ist.«

Sie hörte den heiseren Triumph in seiner Stimme, und es kümmerte sie nicht. Nichts hatte mehr Bedeutung, nur das, was Jake mit ihr machte. Sie krallte ihre Finger in sein Haar. Seine Zunge versetzte sie in eine Verzückung, die kaum noch zu ertragen war. Sie war am Zerbersten, kurz vor dem Höhepunkt ...

Beinahe hätte sie laut aufgeschrien, als Jake plötzlich den Kopf hob.

»Willst du mich?« knurrte er.

Ihre Antwort war ein klägliches Wimmern.

»Sag es«, befahl er.

Sie sah das Glitzern in seinen Augen, sah die Nässe um seinen Mund. »Ja, ich will dich ... bitte ... hör nicht auf.«

Sein lüsternes Knurren setzte sie erneut in Flammen. Er beugte sich über sie, um zu beenden, was er begonnen hatte, trug sie in schwindelnde Höhen einer endlosen, jauchzenden Glückseligkeit. Er hielt ihren zuckenden, sich windenden Leib, sein Mund blieb an ihr festgesaugt, während sie zappelte und kratzte wie eine Wildkatze.

Wie wild und herrlich sie ist, dachte Jake beglückt und trug sie in noch schwindelerregendere Höhen.

Und als ihr Höhepunkt allmählich abflaute, wurde sein Mund ganz sanft und weich. Caitlin lag keuchend mit geschlossenen Augen da, fuhr sich mit der Zunge über die trockenen Lippen.

Ihre Beine waren um seine Schultern geschlungen. Als sie spürte, wie Jake sich löste, flatterten ihre Lider. Sie fürchtete, er würde von ihr lassen, doch er löste nur den Gürtel und knöpfte die Hose auf.

Sein Schaft reckte sich ihr entgegen. Die dünne Haut war gerötet und zum Bersten geschwollen. Caitlin betrachtete ihn mit bebender Erwartung. Jakes hageres, schönes Gesicht war gerötet, als er sich zwischen ihre Beine stellte.

»Öffne dich für mich, Cat«, flüsterte er heiser. »Ich will dich eng und heiß und zuckend um mich spüren. Ich kann nicht länger warten ...« Seine Stimme zitterte. »Ich bin so heiß, daß ich explodiere, wenn du mich nicht gleich in dich läßt.«

Er beugte sich über sie und drang mit einer einzigen langen Bewegung in sie ein. Jake schloß die Augen und stöhnte, als ihr heißes, nasses Fleisch ihn umschloß. »Du fühlst dich so gut an, so warm und feucht und eng ...«

Caitlin seufzte zufrieden, ihr Kopf fiel nach hinten. Sie genoß, wie er sich rhythmisch in ihr bewegte. Er quälte sie mit köstlich verzögerten Stößen, die sie beinahe um den Verstand brachten, doch dann genoß sie ihre Macht über ihn, als sein Körper sich anspannte, verharrte, als er vergeblich um Beherrschung rang. Er konnte nicht dagegen ankämpfen. Sein Gesicht war verzerrt, die Zähne aufeinandergebissen, die Sehnen am Hals traten hervor. Und sie genoß seine rasenden Stöße, den Druck seiner harten Schenkel, ihr Fleisch, das unter den Rammstößen seiner Hüften erbebte.

Seine Ekstase stand der ihren in nichts nach, er trieb sich mit einer Heftigkeit in sie, daß sie aufschrie und ihre Beine noch enger um ihn schlang. Und dann entrang sich seiner Brust ein tiefes, animalisches Stöhnen, während er in ihr zerbarst. Caitlin schmiegte sich an ihn, nahm die wilden Zuckungen seiner Entladung auf ... und lächelte beglückt.

Jake lag erschöpft auf ihr, sein Atem ging stoßweise, seine schwerer Körper drückte sie auf die harte Schreibtischplatte, die Fischbeinstäbchen ihres Korsetts bohrten sich in ihr weiches Fleisch. Doch Caitlin spürte nichts davon.

»Es ist alles gut«, flüsterte sie zärtlich, strich ihm durch das blonde Haar, wollte ihn trösten, ihn beruhigen nach dem Wahnsinn der Leidenschaft, wie er es früher so oft bei ihr getan hatte. Sie roch den Moschusduft seiner Erregung, spürte seine fiebernden Atemzüge an ihrer Schläfe. Und sie weidete sich an seiner Hilflosigkeit. Er war ebenso berauscht wie sie.

Doch dann bekam sie große Augen. Jakes Schaft begann wieder zu schwellen und zu pumpen. Er versteifte sich in ihr. Sie spürte, wie er sie wieder auszufüllen begann.

»Jake, nein, es ist genug«, wisperte sie.

»Ich bekomme nie genug von dir, Wildkatze.«

Seine Worte brachten sie zur Vernunft. Caitlin schloß die Augen, ein schmerzhafter Knoten schnürte ihr die Kehle zu. »Jake ... das muß aufhören.« Dabei wünschte sie, dem Verlangen, das er in ihr wachrief, nachgeben zu dürfen, die Erfüllung, die er ihr versprach, einfach genießen zu können.

In ihrer Stimme schwang Bedauern, ihre Ernsthaftigkeit beunruhigte Jake. So durfte es nicht enden. Er mußte Caitlin zu verstehen geben, daß sie sich irrte.

Er holte tief Atem, um Kraft zu schöpfen. Dann hob er sie hoch. Er wollte ihr beweisen, daß sie füreinander bestimmt waren. Sie gehörte ihm, war an ihn gebunden durch Gesetze, älter als die zivilisierte Menschheit.

Immer noch mit ihr verbunden, tief in ihr, steuerte er zur Tür. Caitlin protestierte. »Wohin bringst du mich?«

»Ins Bett, wohin sonst?«

»Jake ... hast du nicht gehört, was ich sage? Ich bin eine anständige Frau! Ich kann nicht am hellichten Tag mit dir ins Bett gehen ...«

»Du willst doch nicht, daß deine Arbeiter uns hier überraschen, oder?«

»Nein, aber ...«

Sein Mund legte sich über ihren, erstickte ihre Proteste, nahm ihr den Atem und lähmte ihren Widerstand.

11. KAPITEL

»Immer noch im Bett, Liebste?« scherzte eine tiefe Männerstimme.

Caitlin schlug erschrocken die Lider auf. Vor ihr stand der nackte Jake, nur um seine schmalen Hüften war ein Handtuch geschlungen. Er hatte sich gewaschen, Wassertropfen hingen ihm glitzernd im Haar und auf der gebräunten Haut.

Caitlin wandte errötend den Blick und sah die Unordnung im Zimmer. Überall lagen Kleidungsstücke verstreut; die zerknitterten Bettlaken sprachen Bände von den Ausschweifungen des Nachmittags. Sie war vor Erschöpfung eingeschlafen. Es war mittlerweile dunkel geworden.

»Komm, Schlafmütze, steh auf«, drängte Jakes belustigte Stimme. »Ich habe Hunger. Ich mache uns etwas zu Essen.«

Sie war im Begriff, ihn zu fragen, wer ihm erlaubt habe, sich so ungeniert in ihrem Haus zu bewegen, als ihr ein Schreckenslaut entfuhr. Jake hatte das Handtuch fallenlassen, stand schamlos und nackt vor ihr, zeigte ihr seinen flachen Bauch und seine schmalen Hüften. Dann drehte er sich um, hob seine Hosen vom Boden auf und gestattete ihr einen Blick auf seine Rückenpartie. Sein Gesäß war rund und fest, seine Schenkel bretthart.

Eine Hitzewelle durchflutete Caitlin in der Erinnerung an die vergangenen lustvollen Stunden. Statt nach den Ausschweifungen des Nachmittags erschöpft und ausgelaugt zu sein, erregte sie seine kraftvolle Männlichkeit schon wieder. Sie sehnte sich danach, ihn zu berühren und ihn zu streicheln, wie er es in den vergangenen Stunden bei ihr getan hatte. Sie wollte die Wärme seines sehnigen Körpers an ihrer Haut spüren, wollte fühlen, wie seine Muskeln sich unter ihren Liebkosungen spannten, wie er sich zwischen ihren Schenkeln bewegte ...

Jake, dem ihr Blick nicht entging, lächelte gefährlich. Ein Lächeln, das jeder Frau in einer Entfernung von fünfzig Schritten den Atem verschlagen würde.

Verlegen wandte Caitlin den Blick und barg ihr Gesicht im Kopfkissen, dem Jakes würziger Duft entströmte.

»Um die Schüchterne zu spielen, ist es wohl ein wenig spät.«

Viel zu spät, gestand Caitlin sich beschämt.

Bei jedem Liebesakt hatte Caitlin sich geschworen, es sei das letzte Mal, und jedes Mal schaffte er es, ihren Widerstand mit einer einzigen Liebkosung zu brechen. Er lenkte ihren Körper nach seinem Willen. Ihre Sinneslust verriet sie bei einem einzigen Kuß von ihm.

Jake hatte nicht die Absicht zu gehen. Er machte es sich behaglich, als gehöre er hierher, und sie wußte nicht, was sie dagegen tun sollte. Er hatte ihr Haus, ihren Körper, ihren Willen in Besitz genommen.

Das Rascheln von Stoff sagte ihr, daß er in die Hosen fuhr. Dann setzte er sich an den Bettrand und zog ihr die Bettdecke weg.

»Komm, mein Schatz, aufstehen.« Er tätschelte ihren Po. »Ich mache Abendessen, während du dich frisch machst.«

»Kannst du denn kochen?« fragte sie.

»Ich mußte mich so lange allein durchschlagen, daß ich sogar ein ziemlich guter Koch geworden bin.« Mit einem Finger unter ihrem Kinn drehte er ihr Gesicht zu sich und gab ihr einen Kuß. »Steh auf, oder ich schlüpfe wieder zu dir unter die Decke, und wir verhungern.« Er stand auf. An der Tür drehte er sich noch einmal um. »Cat? Nimm den Schwamm nicht raus. Wir brauchen ihn vielleicht später noch.«

Caitlin bedachte ihn mit einem finsteren Blick. Dann zwang sie sich aufzustehen, trat an den Waschtisch und schaute in den Spiegel. Ihre Lippen waren geschwollen, ihre Wangen rosig, das Haar zerzaust, die Augen glänzten. Man sah ihr nur zu deutlich an, daß sie sich in den letzten Stunden verbotenen lüsternen Spielen hingegeben hatte.

Das muß aufhören, dachte Caitlin mit wachsender Besorgnis. Jake mußte einsehen, daß seine schamlose Mißachtung von Sitte und Anstand ihren Ruf ruinieren würde. Sie mußte ihm klarmachen, daß es für sie beide keine gemeinsame Zukunft gab.

Kurze Zeit später betrat sie die Küche in ihrem hochgeschlossenen Morgenmantel. Jake trug kein Hemd und keine Schuhe, nur die engen Körperhosen. Die Narben auf seiner braungebrannten Brust leuchteten hell, bei deren Anblick sie jedesmal an das Grauen der Vergangenheit denken mußte.

Wenigstens hat er die Vorhänge zugezogen, stellte sie erleichtert fest und beeilte sich, die Tür zum Hof zu verriegeln. Jake hatte Kaffeewasser aufgesetzt und Speck geschnitten, der bereits in einer großen Eisenpfanne brutzelte. Caitlin machte sich daran, Brötchen vom Tag zuvor aufzubacken, war sich seiner Gegenwart beklemmend bewußt und suchte nach einem Gesprächstoff.

Jake setzte sich, streckte die langen Beine von sich, genoß die behagliche Vertrautheit und wünschte, sie wäre von Dauer. Während er Caitlin bei den Essensvorbereitungen zusah, legte sich ein süße Wehmut um sein Herz. Genau das hatte er sich immer gewünscht. Mit ihr zusammenzusein. Hätte er ihren Bruder nicht getötet, könnte er diesen häuslichen Frieden seit vielen Jahren genießen.

Aber es hatte keinen Sinn, über die Vergangenheit zu grübeln. Er konnte nur versuchen, etwas für die Zukunft zu ändern. Er würde nicht eher ruhen, bis Caitlin unter seinem Dach lebte und in seinem Bett schlief; bis sein Ring an ihrem Finger steckte und sie seinen Namen trug. Er wollte sich das Recht erkämpfen, sie zu lieben, er wollte nicht nachts in ihr Haus schleichen wie ein Verbrecher. Er wollte sich nicht mit heimlichen Verabredungen zufriedengeben.

Und er war überzeugt davon, daß Caitlin sich nach diesem beglückenden Nachmittag auch nicht damit zufriedengeben würde. Bald würde sie begreifen, daß sie ihn ebenso begehrte und brauchte wie er sie. Er war verrückt nach ihr.

Jake beobachtete, wie ihre schmalen Hüften sich unter dem Morgenmantel bewegten, und er dachte daran, wie sie sich unter ihm bewegt hatten. Dabei schoß eine Hitzewelle durch ihn, und seine Lenden zogen sich zusammen. Er mußte an sich halten, um nicht über sie herzufallen. Er hatte noch keinen endgültigen Sieg errungen. Er hatte es geschafft, Cats Körper zu besitzen, aber er wollte auch ihr Herz.

Er sah ihr zu, wie sie den Speck umdrehte. »Davon habe ich in New Mexico geträumt«, sagte er weich. »Von einer Ranch mit einem Blockhaus hier in den Bergen. Und du wartest mit dem Essen auf mich, wenn ich abends von der Weide nach Hause komme.«

Caitlin, im Begriff, die Teller aus dem Geschirrschrank zu nehmen, hielt mitten in der Bewegung inne.

»Solche Träume halfen mir, die Hoffnung nicht aufzugeben in all den Jahren. In all den einsamen Nächten, in denen ich an dich dachte.«

Ein Knoten schnürte ihr die Kehle zu. Sie wollte es nicht hören, Jake sollte keine schmerzlichen Erinnerungen aufwühlen.

»Ist dir klar, daß wir noch nie gemeinsam gegessen haben? Nur einmal haben wir uns mit Heidelbeeren die Bäuche vollgeschlagen. Erinnerst du dich, Cat?«

Sie nickte, ohne sich umzudrehen. »Ich habe soviel davon gegessen, daß mir hinterher schlecht wurde.«

»Das waren wunderschöne Zeiten.«

Ja, es waren wunderschöne Zeiten, bestätigte sie stumm, auch wenn sie sich heimlich treffen mußten. Damals hatte es ihnen genügt, wenn sie nur zusammen waren. Es hatte genügt, wenn sie stundenlang miteinander reden und träumen konnten.

Caitlin straffte die Schultern und trat mit Tellern und Besteck an den Tisch. Als Jake sich vorbeugte und seinen Arm um ihre Mitte legte, zuckte sie zurück.

»Jake ...«

Seine Hand glitt in den Ausschnitt ihres Morgenmantels und wölbte sich um ihre Brust. Caitlin stöhnte, weil ihre Brustspitzen so empfindlich waren.

»Tut's weh?« Er schaute ihr in die Augen.

»Ein bißchen.«

Sehr sanft streichelte er sie weiter. »Besser?« murmelte er.

»N ... nein«, antwortete sie beklommen. Sie durfte dieses Spiel nicht zulassen, sonst würden sie sich wieder lieben und alles würde von vorne anfangen. Sie entzog sich ihm und knotete den Gürtel ihres Mantels enger. Jake stand bedächtig auf und trat hinter sie.

»Jake ...« Caitlins Atem beschleunigte sich, als seine feuchten Lippen an ihrem Hals nagten. »Das muß aufhören. So können wir nicht weitermachen.«

»Ich weiß. Das sehe ich ein.«

Argwöhnisch warf sie einen Blick über die Schulter. »Wirklich?«

»Ich sagte dir doch, daß wir unsere Beziehung legalisieren müssen.«

Caitlin straffte die Schultern. »Und ich sagte dir, daß es nicht möglich ist.«

»Warum nicht?«

Nun drehte sie sich um und verschränkte abweisend die Arme. »Weil ich nicht glaube, daß du mich wirklich heiraten willst. Das bildest du dir nur ein, weil du gern mit mir schläfst. Man kann eine Ehe nicht auf Fleischeslust aufbauen.«

»Und warum nicht?«

»Es ist mir ernst, Jake.«

»Mir auch.« Sein Lächeln hatte etwas Durchtriebenes. »Für mich ist Sinnlichkeit eine wunderbare Grundlage für eine Ehe. Es ist jedenfalls mehr als die meisten Ehepaare haben.«

»Es ist aber nicht genug für mich.«

Plötzlich wurde Jakes Blick ernst und forschend. »Was wäre für dich denn genug, Cat?«

Wieder schnürte ihr der Knoten die Kehle zu. Sie sehnte sich nach einem liebevollen und zärtlichen Mann, nach einer Ehe, in der es Verständnis und gegenseitiges Geben und Nehmen gab; nach einer warmherzigen Familie, die füreinander da war — all das konnte Jake ihr nicht bieten. Früher vielleicht, doch beide hatten sich geändert seit damals, als sie ein junges Liebespaar waren.

Sie wich seinem Blick aus. Jake nahm ihre Hand und drückte sie an seine Lenden, wo sie seine Steifheit spüren konnte. »Zwischen uns ist mehr als das, Cat. Es ist mehr als sexuelles Verlangen, das weißt du.«

Hastig entzog sie ihm ihre Hand. »Vielleicht. Aber du willst mich nur, weil ich dir vertraut bin. Weil ich zu deiner Vergangenheit gehöre, bevor dein Leben aus den Fugen geriet.«

»Das stimmt nicht.«

»Dir hat nie wirklich etwas an mir gelegen.«

»Du irrst. Ich habe dich geliebt, Cat.« *Und ich liebe dich noch,* fügte er stumm hinzu.

Caitlin sah ihn schweigend an. »Das hast du mir nie gesagt«, flüsterte sie heiser.

»Es hat sich nie ergeben, bevor dein Bruder auf mich geschossen hat.« Jakes Mund verzog sich zu einem dünnen Lächeln. »Oder vielleicht hielt ich es damals nicht für nötig. Und plötzlich war es zu spät.«

»Warum ... hast du nicht versucht, mich zu finden ... mir wenigstens einen Brief zu schreiben? Ich habe nie wieder ein Wort von dir gehört. Ich mußte das Schlimmste befürchten.«

Er schüttelte bedächtig den Kopf. »Ich hätte damals nicht bei dir auftauchen dürfen, Cat. Auf meinen Kopf war eine Prämie ausgesetzt. Ich rannte um mein Leben und durfte dich nicht in mein Elend hineinziehen.«

Jake war offenbar entschlossen, ihre logischen Argumente beiseitezuschieben und versuchte, ihre Urteilsfähigkeit zu trüben. Das Teuflische daran war, daß sie begann, selbst an ihrem Urteil zu zweifeln. Es wäre so einfach, sich von seiner Überredungskunst einlullen zu lassen. Der Gedanke an die Möglichkeit einer gemeinsamen Zukunft war unendlich verlockend. Wenn sie an die langen öden Jahre der Einsamkeit dachte, die vor ihr lagen, wurde der Gedanke noch verlockender ...

»Wie dem auch sei«, murmelte Caitlin und zuckte die Achseln. »Es ist unwichtig. Es ist vorbei.«

»Nein, es ist nicht vorbei. Du hast mich geliebt, das weißt du so gut wie ich.«

»Das war ... ein Fehler.«

»Wirklich?« Jake nahm sie beim Arm und zwang sie, ihn anzusehen, sein Blick bohrte sich in ihre Augen.

Ja, schrie eine Stimme in ihr. Es war ein schrecklicher Fehler, diesem Mann ihr Herz zu schenken. Jake war der falsche Ehemann, auch wenn sie vor Jahren zu jung und zu dumm gewesen war, um das zu erkennen — und bis über beide Ohren verliebt. Er sprach das Wilde, Ungezähmte in ihr an. Aber sie brauchte einen zuverlässigen, stabilen Mann, der die Rastlosigkeit in ihr zähmte. Ihr stand nicht der Sinn nach zügellosen Abenteuern. Sie wollte Frieden und Geborgenheit für sich und ihren Sohn. Sie wollte keinen Mann so sehr lieben, daß sie bereit war, alles aufs Spiel zu setzen, sogar das Leben ihres Sohnes. Dieses Verlangen versetzte sie in Angst und Schrecken.

Caitlin öffnete das Backrohr, um nach den Brötchen zu sehen. »Es wäre auch damals ein Fehler gewesen, dich zu heiraten«, beharrte sie mit leiser Stimme. »Meine Mutter hat den falschen Mann geheiratet und hat es Zeit ihres Lebens bereut. Sie war sehr unglücklich ... Ich habe mir geschworen, nicht den gleichen Fehler zu begehen. Ich würde nie einen Mann wie meinen Vater heiraten.«

»Denkst du, ich sei wie dein Vater?«

Ihr Zögern war beredet genug. Doch dann gab sie eine ausweichende Antwort. »Ich denke, daß du über mein Leben bestimmen willst, genau wie mein Vater.«

»Ich versuche nur, dich zur Vernunft zu bringen.«

»*Deine* Vernunft. Die zufälligerweise nicht die meine ist. Ich habe Zeit meines Lebens unter der Fuchtel meines Vaters verbracht. Nun aber bin ich von seiner Tyrannei befreit, und so möchte ich leben.«

Jake deckte den Tisch. »Ich habe nicht die Absicht, dich zu unterdrücken.«

Skeptisch zog sie die Augenbrauen hoch. »Dafür würde ich meine Hand nicht ins Feuer legen. Aber wie dem auch sei, ich bin bestimmt nicht bereit, meine Pläne zu ändern und aus einer Laune heraus, mein Leben in deine Hand zu geben.«

»Es ist keine Laune, Cat.« Seine Augen senkten sich in ihre. »Du kannst nicht behaupten, daß du mir keine Gefühle entgegenbringst.«

»Ich ... ich weiß nicht, was ich fühle. Ich weiß nur, daß ich das frühere Leben nicht wieder haben möchte. Ich will nichts mit der Vergangenheit zu tun haben.«

Jake zwang sich zur Ruhe und setzte sich wieder. »Mir scheint, du läufst vor der Vergangenheit weg, Cat.«

»Na und? Ich laufe weg, weil die Vergangenheit zu qualvoll ist, um damit zu leben.« Sie gab sich einen Ruck. »Verstehst du denn nicht, Jake? Ich habe einen Neuanfang gemacht. Mein Leben verläuft in ruhigen, geordneten Bahnen, und so soll es bleiben.«

»Das klingt ziemlich langweilig. Früher hatte ich nicht den Eindruck, daß du feige bist.«

Unwillig schüttelte sie den Kopf. Sie schlug die Eier in die Pfanne und goß Kaffee in zwei Becher. »Es ist absurd, mit dir darüber zu reden. Wir haben nichts mehr gemeinsam. Wir stellen mit Sicherheit nicht die gleichen Erwartungen an das Leben.«

»Zum Beispiel?«

»Zum Beispiel ... wenn wir heiraten würden, wo würden wir leben?«

»Hier. Wo sonst?«

»In St. Louis, wo sonst? Ich habe die feste Absicht, meinen Sohn in einer sicheren Umgebung großzuziehen, fern von Gewalt und Streitereien um Grenzüberschreitungen.«

Jake schwieg einen Augenblick, bevor er leise sagte: »Ich bleibe in Colorado, Cat. Hier ist meine Heimat.«

Seine Entschiedenheit erstaunte Caitlin. Sie kannte Jakes Liebe zu den Bergen, seine Bindung an seine Familie, doch ausschlaggebend war das früher nicht für ihn gewesen. »Früher hattest du nie den Wunsch gehabt, dich hier niederzulassen«, stellte sie fest. »Ständig hast du davon gesprochen, in die Welt zu ziehen, das große Abenteuer zu erleben.«

Sein Mund verzog sich. »Ich war jung und übermütig. Und außerdem war ich damals nicht entwurzelt. Ich glaube, wir schätzen nicht, was wir besitzen, bevor es uns weggenommen wird. Man hat mich einmal gezwungen, fortzugehen. Ich werde nicht wieder gehen.«

Ein Schatten verdunkelte ihre Augen. Sie nickte traurig, wandte sich wieder dem Herd zu und drehte die Eier in der Pfanne um. »Das bestätigt meine Rede, Jake«, sagte sie leise. »Wir haben nichts mehr gemeinsam. Meine Zukunft ist bei meinem Sohn, und deine hier in Colorado.«

»Zum Teufel, Cat ... Ich lasse nicht zu, daß ein dreijähriges

Kind zwischen uns steht«, platzte er heraus und bedauerte seine unbedachten Worte, als sie ausgesprochen waren.

Caitlin straffte die Schultern und drehte sich bedächtig um. Ihre blauen Augen schossen Blitze. Nur weil er eifersüchtig auf Ryan war und den Gedanken nicht ertrug, daß ihr Sohn ihr wichtiger war als er, hatte er noch lange nicht das Recht, sie anzuschnauzen.

»Ich glaube kaum, daß dies in deiner Entscheidung liegt«, gab sie frostig zurück. »Und wo ich lebe, geht dich nun wahrhaftig nichts an.«

»O doch. Du bist meine Frau, Wildkatze, vergiß das nie. Du gehörst zu mir.«

»Ach wirklich?« Sie reckte das Kinn, ihre Stimme wurde überheblich. »Ich soll mein Leben aufgeben, weil du es mir befiehlst?«

»Eine Frau soll ihrem Manne folgen, nicht umgekehrt.«

»Vernon wäre bereit, mit mir nach St. Louis zu ziehen.«

Jake versteifte sich. Eine knisternde Spannung lastete im Raum.

»Den Teufel wird er tun«, preßte er zwischen den Zähnen hervor. »Wirst du deinen Lehrer endlich davon in Kenntnis setzen, daß die Verlobung gelöst ist?« fragte Jake eisig. »Oder soll ich es tun?«

»Ich sage es Vernon selbst«, antwortete sie. »Ich werde ihn nicht heiraten. Aber das heißt noch lange nicht, daß ich dich heirate.«

»Erwartest du etwa, daß ich mich damit zufriedengebe, mich wie ein Dieb gelegentlich für ein heimliches Schäferstündchen in dein Haus zu schleichen?«

»Ich erwarte nichts von dir, Jake, schon gar keine heimlichen Schäferstündchen! Ich lasse mich nicht zu deiner Hure machen.«

»Das verlange ich doch gar nicht, zum Teufel! Ich will, daß du meine *Frau* wirst!«

Jakes Gesicht hatte sich verfinstert, seine grünen Augen funkelten. »Ich habe vier Jahre auf dich gewartet, Cat. Das ist lange genug.«

Seine düstere Miene erinnerte Caitlin daran, mit wem sie es zu tun hatte, erinnerte sie an das Dasein, das er bisher geführt hatte. Jake war ein hartgesottener Bursche und wild entschlossen, sich das zu holen, was ihm genommen worden war. Er würde nicht so schnell aufgeben.

Verwirrt von seinem durchdringenden Blick, versuchte Caitlin es mit einer weniger aggressiven Taktik. »Jake, du verstehst nicht. Wenn es nur um mich ginge, würde ich vielleicht…« Sie biß sich auf die Lippe. »Aber mein Sohn bedeutete mir mehr als mein Leben. Ich muß an ihn denken.«

»Niemand verlangt von dir, daß du nicht an ihn denken sollst.«

»Du tust es doch ständig. Für Ryan ist das Leben hier zu gefährlich. Ich kann ihn nicht nach Colorado bringen.«

»Doch, das kannst du.«

»Zu welchem Preis?« Sie schüttelte den Kopf. »Dieses Risiko gehe ich nicht ein. Ich habe meinen Bruder in dem sinnlosen Grenzkrieg verloren. Und der Gedanke, ich könnte auch meinen Sohn verlieren, macht mich krank, körperlich krank.« Caitlin krallte ihre Finger um ihren Leib. »Du hast keine Ahnung, wie stark Muttergefühle sind.«

Nein, er hatte auch keine Ahnung, wie stark Vatergefühle waren, aber er besaß einen ausgeprägten Beschützerinstinkt. Caitlin wollte ihren Sohn vor dem brutalen Konflikt beschützen, der ihren Bruder getötet und ihren Vater verhärtet hatte, und das konnte er ihr nicht verdenken. Ihre Verwundbarkeit ging ihm ans Herz.

»Der Krieg wird aufhören, Cat«, versicherte er.

»Vielleicht . . . Kannst du mir versprechen, daß er nicht wieder aufflammt? Seit ein paar Tagen ist Ruhe, aber das ist noch lange keine Garantie, daß es immer so bleiben wird.« Als Jake schwieg, hob sie beschwörend die Hand. »Ich habe Angst um Ryan, begreifst du das nicht?«

Ihre Ängste waren nicht unbegründet, das wußte Jake. Er suchte ihre besorgten blauen Augen. Auch er hatte Angst. Nicht wegen der Fortsetzung der kriegerischen Auseinandersetzungen; damit würde er umgehen können.

Seine Angst ging tiefer als die Gefahr für Leib und Leben. Sie bestand aus der nagenden Ungewißheit, weil Caitlin einen anderen Mann geliebt hatte, weil ein anderer das genossen hatte, was *ihm* zustand. Ständig mußte er daran denken, daß sie in den Armen ihres Ehemanns lag, auch wenn der Kerl längst unter der Erde war. Er konnte nicht aufhören, daran zu denken, daß sie ein Kind von ihm zur Welt gebracht hatte. Ryan sollte als *sein* Kind, als *sein* Sohn aufwachsen.

Und wenn Ryan sein Kind wäre? Würde sie weniger besorgt sein, ihn nach Colorado zu bringen?

»Wenn ich die Gefahr für so groß halten würde«, antwortete Jake beschwichtigend, »wäre ich der erste, der dir raten würde, dein Kind von hier fernzuhalten. Doch der Krieg ist bald zu Ende, und ich werde dafür sorgen, daß er nicht wieder auflodert. Ich würde nie zulassen, daß Ryan ein Leid geschieht.«

»Wie könntest du ihn wohl beschützen?«

Jake zwang sich zu einer sachlichen Antwort. »Gefahren lauern überall, Cat. Findest du St. Louis wirklich so sicher für ein Kind? Er könnte von einer Kutsche überfahren werden. Er könnte von einer Epidemie befallen werden, die in Städten grassieren. Jedes Jahr sterben Tausende von Menschen an Cholera und Pocken.«

»Er wird jedenfalls nicht von einem rachsüchtigen Cowboy erschossen, der eine Rechnung in einem sinnlosen Grenzkrieg begleichen will.« Caitlin bückte sich, um die Brötchen aus dem Backrohr zu holen. Dann legte sie die knusprig braungeränderten Eier auf zwei Teller. »Und außerdem«, fügte sie weniger heftig hinzu, »geht es nicht nur um den Grenzkrieg. Sollte ich noch einmal heiraten ... Ryan braucht einen guten Vater.«

»Ich nehme an, der Kerl, mit dem du verheiratet warst, war ein wahrer Ausbund an Tugend«, meinte Jake sarkastisch.

Caitlin seufzte. »Er ... Martin hatte Eigenschaften, die ich früher einmal in dir vermutet hatte.«

Jakes Augen verengten sich. »Was macht dich so sicher, daß ich Ryan kein guter Vater wäre?«

Caitlin drehte sich um und sah ihn wehmütig an. Ein dumpfer Schmerz zog ihr das Herz zusammen, als sie in die grünen Augen blickte, die denen ihres Sohnes so sehr glichen. Er würde Ryan nie kennenlernen. Dieses Risiko durfte sie unter keinen Umständen eingehen. »Ich . . . ich weiß nicht. Ryan braucht ein Vorbild, einen Vater, der ihm beibringt, Gutes von Bösem zu unterscheiden. Du . . . warst nicht gerade ein aufrechter, gesetzestreuer Bürger in den letzten Jahren.«

»Und wessen Schuld war das, Cat? Irgendwie glaube ich mich zu erinnern, daß dein Vater etwas damit zu tun hatte, daß ich zum Gesetzlosen gestempelt wurde.«

Sie kämpfte gegen ihre aufsteigenden Tränen an. Jake hatte bitteres Unrecht erdulden müssen. Doch das durfte ihre Meinung nicht beeinflussen. »Du hast selbst gesagt, daß du mit der geladenen Waffe gelebt hast. Daß du ... Menschen für Geld getötet hast.«

»Ich bemühe mich nach bestem Wissen und Gewissen, das wieder gutzumachen. Ist dir das noch nicht aufgefallen?« Jakes Mundwinkel zogen sich spöttisch hoch. »Ich bin ein Musterbürger. Man hat mich sogar zum Hilfssheriff ernannt.«

»Die Vergangenheit ist nicht ausgelöscht, wenn du dir einen Blechstern ans Revers steckst.«

»Du könntest mir helfen, mich zu verändern.«

Es hieß, die richtige Frau brachte die guten Seiten in einem Mann zum Vorschein. Würde Jake seine Gewalttätigkeit ablegen, wenn sie ihn darum bat? Caitlin verschränkte die Hände und ermahnte sich, stark zu bleiben. Sie durfte niemals zulassen, daß er die Mauern einriß, in denen sie ihr Herz vier harte Jahre eingeschlossen hatte.

»Ich kann nicht ...« Die Stimme versagte ihr. »Es gibt kein Zurück, Jake. Was wir gemeinsam hatten ... das ist vorbei.«

Er schloß die Augen gegen den Schmerz und die Hilflosigkeit in seinem Innern.

»Laß uns essen«, bat sie mit belegter Stimme. »Es wird kalt.«

Sie stellte die Teller auf den Tisch. Jake griff nach ihrem Handgelenk. »Cat ...«

Mehr sagte er nicht, doch in dem leisen Wort lag eine ganze Gefühlswelt ... und eine tiefe Verzweiflung, die auch in ihr war. Er zog sie an sich, und Caitlin ließ ihn gewähren, von einer unsichtbaren Macht getrieben ... und von einer unerträglichen Trauer um einen unersetzlichen Verlust.

Seine Arme um ihre Hüften gelegt, beugte Jake sich vor und legte seine Stirn an ihren Leib. »Es ist nicht vorbei, Cat ... Ich lasse nicht zu, daß es vorbei ist ...«

Seine Stimme, dunkel und rauh, wühlte ihr Inneres auf. Ein stockendes Seufzen entrang sich ihrer Brust. Sie spürte seine Not, seine Qualen wie ihre eigenen – und eine unbändige Sehnsucht stieg in ihr hoch, die Zärtlichkeit wiederzufinden, die sie verloren hatten; die Magie, die sie einst verband. Ihre Hände gruben sich in sein Haar, versuchten ihn zu trösten, waren aber nur Ausdruck ihres Elends.

»Jake ...«

»Es ist nicht vorbei, Cat.«

Sie spürte, wie ihre Tränen überquollen. Ihr Herz war wund, ihre Abwehr gegen ihn geschwächt.

Ach, Jake.

Er hat recht, dachte Caitlin in schmerzlicher Ehrlichkeit. Auch wenn es nicht möglich war, die Vergangenheit wieder aufleben zu lassen, es war nicht aus zwischen ihnen. Das unsichtbare Band war immer noch nicht abgerissen.

12. KAPITEL

Sie verliebte sich wieder in ihn. Das war die nackte, erschrekkende Wahrheit. Wie sonst sollte sie die heftigen Empfindungen von Erwartung, Freude und Sehnsucht erklären, die sie beim bloßen Gedanken an Jake durchrieselten.

Am nächsten Morgen blickte Caitlin gedankenverloren aus dem Küchenfenster, das Frühstück stand unberührt vor ihr.

Fahr zur Hölle, Jake, schrie sie innerlich. *Ich war über dich hinweg. Ich hatte dich aus meinem Herzen verbannt.* Und nun kämpfte sie eine aussichtslose Schlacht.

Sie hatte nicht die Kraft, ihm zu widerstehen. Sie ärgerte sich über Jakes tyrannische Art, schäumte vor Wut wegen seiner Anmaßung, über ihr Leben bestimmen zu wollen, um sich mit ihr zu vergnügen. Doch mit jedem Kuß, jedem Streicheln, jeder Liebkosung wurde sie mehr und mehr zu seiner Frau. Mit jeder Sekunde wurde ihre Gegenwehr schwächer und schwächer. Sie verliebte sich wieder in ihn, ob sie es wollte oder nicht.

Vielleicht aber war sie nie wirklich völlig über ihn hinweggekommen.

Herrgottnochmal, sie wollte ihn nicht lieben. Sie hatte sich ein geruhsames Leben für sich und ihren Sohn in St. Louis aufgebaut. Danach sehnte sie sich. In einem Leben mit Jake würde sie keinen Frieden finden — aber ohne ihn fand sie auch keine Ruhe. Er hatte sich bereits in ihrem Herz eingenistet. Sie wollte ihn bei sich haben, wollte seine Arme um sich spüren, wollte eine Zukunft mit ihm aufbauen, wollte glauben, daß ihre Träume und Hoffnungen in Erfüllung gehen könnten. Sie wollte zu ihm gehören.

Doch da war Ryan. War sie wahrhaftig so selbstsüchtig, nur an sich und an ihre Bedürfnisse zu denken und nicht an die Bedürfnisse ihres Kindes?

Das Klappern von Hufschlägen riß sie aus ihren aufgewühlten Gedanken. Sie blickte aus dem Fenster und hoffte, Jake sei nicht auf die verwegene Idee verfallen, jetzt bei ihr aufzukreuzen.

Mehrere Reiter näherten sich im raschen Tempo. Erstaunt und ein wenig beunruhigt trat Caitlin auf die hintere Veranda. Niemals würde sie jenen Tag vergessen, an dem ihr Vater den Leichnam ihres Bruders nach Hause gebracht hatte. Ängstliche Überlegungen schwirrten ihr im Kopf herum beim Anblick der bewaffneten Männer, die in solcher Eile auf den Hof geritten kamen. Zumal zwei Männer auf einem Pferd saßen.

Ihr Vorarbeiter Hank Spurlock brachte seinen Gaul an den Stufen zur Veranda zum Halten, die anderen Männer zügelten ihre Pferde in einigem Abstand dahinter.

»Ist etwas nicht in Ordnung?« fragte Caitlin und musterte die Männer beklommen.

»Ich weiß nicht, Miz Hughes. Die Leute spürten diesen Kerl auf, der sich auf Kingsly Land rumgetrieben hat. Er hat auf sie geschossen.«

Vier der Männer arbeiteten auf ihrer Farm; zwei Cowboys auf der Nachbarranch. Der zweite Mann, der hinter Spurlock saß, war ihr fremd. Irgendwie erinnerte er sie an Shorty Davis, an den Mann, der gelogen hatte, als er ›bezeugte‹, Jake habe ihren Bruder ermordet. Ein drahtiger, zäher Kerl mit wettergegerbtem Gesicht und zahnlosem Grinsen, das sie abstoßend fand. Er hob die gefesselten Hände und begann, sich zu verteidigen. »Ich habe mich nicht rumgetrieben, Madam. Und ich hab' niemand was getan. Hab' gar nicht gewußt, daß es ihr Land iss. Ich hielt es für McCord Land.«

»Unsere Ländereien grenzen im Norden aneinander«, erklärte Caitlin kühl. »Selbst wenn Sie versehentlich auf unser Land geraten sind, hatten Sie kein Recht, auf unsere Wachtposten zu schießen.«

»Ich wußte ja nicht, wer die Kerle sind. Heutzutage kann man nicht vorsichtig genug sein, sonst hat man gleich eine Kugel im Bauch. Mein Gaul lahmte, und ich war praktisch wehrlos.

Caitlin bemerkte, daß er am linken Bein knapp unterm Knie einen schmutzigen, blutverkrusteten Verband trug. Seine Augen glänzten fiebrig, und unter der wettergegerbten Bräune schimmerte seine Haut aschfahl. »Hat man auf Sie geschossen?«

»Ja, vor ein paar Tagen, in Golden. Ein besoffener Cowboy, der in der Stadt rumballerte. Die Schmerzen sind schlimmer geworden, nachdem Ihre Leute mich gejagt haben.«

»Sollen wir ihn beim Marshal abliefern?« fragte Hank.

Der Fremde wurde sichtlich nervös. »Nicht nötig, Madam. Wenn Sie Deputy McCord holen, der bringt die Sache in Ordnung.«

»Sie kennen Jake McCord?« fragte Caitlin verwundert.

»Den kenn ich sogar gut. Ich habe den Burschen gesagt, sie sollen mich mit ihm reden lassen, aber die wollten nicht auf mich hören. Holen Sie McCord. Der bürgt für mich.«

Sie wandte sich an Hank. »Schicken Sie jemand zur McCord Ranch und bitten Jake rüberzukommen.«

»Ich reite, Madam«, bot einer der Cowboys sich an und wendete sein Pferd.

»Sag ihm nur, Lew will ihn sprechen«, rief ihm der Fremde nach. »Dann weiß er Bescheid.«

»Was machen wir so lang mit ihm, Miz Hughes?« fragte Hank, dem die Sache nicht geheuer zu sein schien.

»Er soll in der Schlafbaracke warten und sich hinlegen. Vielleicht kann einer sein verletztes Bein untersuchen.«

»Das Bein ist in Ordnung, Madam«, meinte Lew.

Caitlin hob eine Augenbraue. »Sieht aber nicht so aus. Sie haben Fieber, und es besteht die Gefahr, daß Sie Wundbrand bekommen. Wir haben Verbandszeug hier auf der Ranch, aber wenn Sie lieber einen Arzt wollen ...«

»Bloß keinen Quacksalber, der an mir herumdoktert. Wenn Sie mir nur was zu futtern geben. Hab' schon eine Weile nichts zwischen die Zähne bekommen.«

Caitlin preßte die Lippen aufeinander. Es war ungeschriebenes Gesetz im Westen, jedem Fremden Gastfreundschaft zu gewähren, auch einem Kerl wie diesem, der auf ihre Arbeiter und die Grenzpatrouillen geschossen hatte. Der Mensch war ihr ausgesprochen zuwider und unsympathisch.

Während Hank den Fremden in die Schlafbaracke brachte, machte Caitlin in der Küche ein Tablett mit Essen und eine Tasse Kaffee zurecht und brachte es in die Baracke. Lew lag halb sitzend auf einem Bett, die Hände immer noch gefesselt.

Er zeigte grinsend seine Zahnlücken und hob die gefesselten Hände. »Ob Sie mal so nett wären? Zusammengebunden wie ein Stier vor dem Einbrennen kann ich schlecht essen.«

Hank nahm dem Mann widerstrebend die Fesseln ab und blieb mit gezogener Pistole bei ihm stehen. Caitlin stellte das Tablett vor Lew hin, der sich nicht die Mühe machte, Messer und Gabel zur Hand zu nehmen. Gierig riß er das Fleisch in Fetzen und stopfte sich große Bissen in den Mund.

Caitlin wollte grade gehen, als er schmatzend anfing zu reden. »Wie ich höre, vertritt McCord jetzt das Gesetz in dieser Gegend. Der muß den Sheriff ganz schön beschwatzt haben, damit er ihm den Blechstern ansteckte, obwohl er doch ein gesuchter Desparado ist.«

Diese Überlegung unterschied sich in nichts von Caitlins persönlicher Meinung. Doch die Worte aus dem Mund dieses ... unappetitlichen Kerls zu hören, forderte Caitlins Widerspruch heraus. »Woher kennen Sie Jake?«

»Hab' ihm mal einen Gefallen getan. Ohne mich wäre er nicht mehr am Leben. Hab' einen Kopfgeldjäger daran gehindert, ihm eine Kugel in den Rücken zu jagen. Jake muß die Leute hier ganz schön hinters Licht geführt haben.«

»Vielleicht hat er einen Neuanfang gemacht.«

Lew grunzte. »Möglich. Aber Jake McCord ist kein Engel, das können Sie mir glauben.«

»Nennen Sie mir einen Grund, warum ich Ihnen glauben sollte?« entgegnete sie schneidend.

Der drahtige Kerl warf ihr einen finsteren Blick zu. »McCord wird immer behandelt, als sei er was Besonderes, aber der ist auch nicht besser als ich. Fragen Sie ihn doch nach dem jungen Burschen, den er abgeknallt hat, wenn Sie mir nicht glauben.«

»Was für ein ... junger Bursche?«

»Fragen Sie ihn. Ich hab' vielleicht auch ein paar Dinge getan, die nicht in Ordnung waren. Aber ein Kind hab' ich nicht umgebracht.«

»Ich glaube nicht, daß Jake einem Kind etwas antun könnte.«

Lews verächtliche Miene verursachte ihr Übelkeit. »Fragen Sie ihn einfach«, wiederholte er.

Caitlin fand es besser, dieses widerwärtige Gespräch nicht fortzusetzen. Sie wandte sich an ihren Vorarbeiter. »Ich bin im Haus«, sagte sie leise, überließ Hank die Bewachung des Gefangenen, kehrte in die Küche zurück und wartete ungeduldig auf Jake.

Als er eine halbe Stunde später in den Hof ritt, trat sie auf die Veranda. Sein Gesichtsausdruck war wachsam, undurchdringlich.

»Bei uns ist ein Mann aufgetaucht, der sich Lew nennt und behauptet, dich zu kennen.«

»Hab' davon gehört. Wo ist er?«

»In der Baracke. Hank bewacht ihn.«

Jake stieg vom Pferd. Als Caitlin ihm folgen wollte, meinte er abwehrend: »Ich kümmere mich um ihn.«

Sie achtete nicht auf seine Andeutung, sich nicht einzumischen. »Er hat auf meine Arbeiter geschossen.«

Jake klopfte, ehe er eintrat, streifte Hank und seine Pistole mit einem flüchtigen Blick und wandte sich an den verwahrlosten Mann auf dem Bett.

»Na, wenn das nicht Deputy McCord ist«, begann Lew grinsend und nahm seinen speckigen Hut ab.

»Lew. Was höre ich da, du hast auf unsere Jungs geschossen?«

»Nur ein Warnschuß, Jake. Hab' mir nichts dabei gedacht.«

Jake musterte den Mann scharf. »Was führt dich in diese Gegend?«

Lew warf einen bedeutungsvollen Seitenblick auf den Vorarbeiter.

»Lassen Sie uns ein paar Minuten allein, Hank?« fragte Jake.

Hank holte sich Zustimmung von Caitlin. Erst als sie nickte, verließ er die Baracke.

Als er die Tür hinter sich zugemacht hatte, erklärte Lew

mit ernster Miene: »Ich hatte Schwierigkeiten in Golden, Jake. Dachte, ich schau mal auf einen Sprung bei dir rein. Und dann fing der blöde Gaul an zu lahmen.«

»Bist du sicher, daß es in Golden war? Der Marshal erhielt gestern ein Telegramm, ein Mann, auf den deine Beschreibung paßt, habe in Silver City eine Bank überfallen.«

Lew feixte. »Und wieso zum Teufel denkst du, ich könnte das gewesen sein?«

Jake blieb ernst. »Bist du dort angeschossen worden?«

»Möglich. Du erwartest doch nicht, daß ich rede, wenn du einen Stern trägst?«

»Na schön. Was willst du von mir?«

»Nur ein bißchen Geld, damit ich mich einige Zeit über Wasser halten kann. Und einen Platz, wo ich unterkomme, bis sich die Aufregung gelegt hat.«

Als Jake nicht antwortete, verengte Lew die Augen. »Du bist mir was schuldig, McCord.«

»Ich leih dir ein Pferd«, antwortete Jake endlich. »Und hundert Dollar. Aber du reitest weiter.«

Er achtete nicht auf Caitlin, die tief Luft holte. Lew musterte sie abschätzend. »Du schickst mich weg? Willst wohl nicht, daß ich dir die Chancen bei der Lady vermassle, wie?«

In Jakes Augen glühte ein gefährlicher Funke.

»Okay, okay, ich reite weiter«, beeilte Lew sich einzulenken. »Aber hundert Dollar? Damit komm ich nicht weit.«

»Es ist mehr als genug für einen zerlumpten Kerl wie dich, Alderson. Nimm das Geld oder laß es bleiben.«

»Schon gut. Ich nehm es.«

Als Jake sich zum Gehen wandte, bemerkte Lew ganz nebenbei: »Willst du nicht wissen, was aus den Jungs geworden ist?«

»Nicht unbedingt.«

»Dolby lebt nicht mehr — in den Rücken geschossen von dem Marshal, der es auch auf dich abgesehen hatte. Petey und Buster wurden in Santa Fe aufgehängt. Wo Marve und Hooper abgeblieben sind, weiß ich nicht. Angeblich sollen sie auf einer Ranch in Texas arbeiten. Deek soll sich in Virginia rumtreiben. Und dann gibt es noch mich.« Er grinste und zeigte gelbe Zahnstummel zwischen den schwarzen Lücken. »Die alte Gang ist nicht mehr das, was sie mal war. Ich glaube, du hast es richtig gemacht, abzuhauen, bevor es mit dir ein schlimmes Ende genommen hätte wie mit den anderen.«

Caitlin blickte Jake aus großen Augen an, entsetzt über die Beschreibung der Verbrecherbande, deren Mitglied er offenbar einmal war.

»Leih mir ein Pferd«, sagte Jake zu ihr, ohne mit einem Wort auf Lews Aufzählung einzugehen. »Ich bring es zurück, sobald ich den Kerl weitergeschickt habe.«

Damit stapfte Jake aus der Barracke, Caitlin folgte ihm auf den Fersen, ohne auf Hank zu achten, der vor der Tür wartete und sich wieder auf seinen Posten begab.

»Du wirst diesen Kerl doch nicht weiterreiten lassen?« fragte sie.

Jake gab keine Antwort, duckte sich unter den Querbalken der Koppel hindurch, um eines der Pferde einzufangen.

»Du hast gehört, was er sagte, Jake. Er hat praktisch gestanden, daß er auf der Flucht ist.«

»Kann sein. Ich werde ihn jedenfalls nicht aufhalten.«

»Und was ist mit dem Eid, den du abgelegt hast, als man dir den Sheriffstern angesteckt hat?«

Er bedachte sie mit einem finsteren Blick. »Ich bin ihm etwas schuldig, Cat«, antwortete er leise.

»Ganovenehre, wie?«

Seine Kiefer spannten sich. »So ähnlich.«

Er führte einen braunen Wallach aus der Koppel zur Scheune, wo die Sättel hingen. Caitlin folgte ihm.

»Jake ... du kannst das Gesetz nicht einfach umgehen. Was ist mit den unschuldigen Menschen, die bei dem Banküberfall zu Schaden gekommen sind?«

»Wir haben keinen Beweis, daß er daran beteiligt war.«

»Aha. Und was hast du gestern abend gesagt? Daß du dich ändern willst?«

»Das hat nichts mit mir und nichts mit dir zu tun.«

»Und ob es etwas damit zu tun hat! Wie könnte ich auch nur in Erwägung ziehen, dich zu heiraten? Hast du gehört, was er über die Männer gesagt hat, die du alle kennst? Wie sie ums Leben gekommen sind? Wie könnte ich riskieren, meinen Sohn solchen Verbrechern auszusetzen?«

»Ich sagte dir, das ist Vergangenheit, Cat.«

»Von wegen Vergangenheit! Lew ist hier, oder etwa nicht? Und du bist im Begriff, gegen das Gesetz zu verstoßen, wenn du ihm zur Flucht verhilfst!«

Als Jake ihr die Antwort schuldig blieb, fragte Caitlin mit stockender Stimme: »Stimmt es, daß du ein Kind getötet hast?«

Jake, der den Sattelgurt festzurrte, hielt inne. Er antwortete, ohne sie anzusehen. »Nicht wirklich ein Kind, aber beinahe. Er war vierzehn.«

Caitlin taumelte zurück, wie vor den Kopf gestoßen. Jake hatte gestanden, erwachsene Männer getötet zu haben, aber nur aus Notwehr. Und nun gestand er freimütig, einen Jungen getötet zu haben ...

»W... was ... ist passiert?«

Jake zuckte mit den Achseln. »Was würde das noch für einen Unterschied machen? Es gibt keine Rechtfertigung dafür.«

»Es muß einen Grund gegeben haben. Du würdest doch nicht einen Jungen kaltblütig erschießen.«

Seine grünen Augen hefteten sich in ihre. »Glaubst du nun doch wieder, daß ich kein Mörder bin?« Seine Stimme klang bitter und sarkastisch.

Caitlin sah ihn flehend an. Jake schnaubte verächtlich. »Ich hatte den Auftrag von dem Rancher, für den ich arbeitete, einen Siedler zu vertreiben, der sich unrechtmäßig auf seinem Land niedergelassen hatte. Ich habe den Vater verwundet, und der Junge griff mich mit der Waffe an. Ich mußte auf ihn schießen.«

»Dann war es ... also Notwehr?« murmelte Caitlin mit belegter Stimme.

»Was denn sonst!« entgegnete er schroff. »Aber ich habe zu

hoch gezielt. Ich wünschte bei Gott, es wäre nicht so weit gekommen.«

Er senkte den Kopf. Caitlin konnte sein Gesicht nicht sehen, aber sie spürte seinen Schmerz. Sie hatte plötzlich das Bedürfnis, Jake in die Arme zu nehmen.

Oh Jake, dachte sie. Was ist aus dir geworden?

Ihre Kehle schmerzte, sie holte stockend Luft, nahm all ihren Mut zusammen. »Jake ... wenn du das tust, wenn du diesen Mann gehen läßt ... dann ist es aus zwischen uns. Ein für allemal.«

»Ich hab' keine andere Wahl, Cat«, antwortete er.

»Dann ... dann habe auch ich keine andere Wahl.«

Sein Kopf schnellte hoch. »Cat, hör mir zu ...«

»Nein! Ich höre nicht zu.« Ihre Stimme zitterte. »Ich habe lange genug zugehört. Du willst dich nicht ändern ... das hast du deutlich bewiesen.«

Jake biß die Zähne aufeinander. Er wollte Caitlin so lange schütteln, bis sie endlich begriff. Das mußte wohl in seinem Gesicht zu lesen gewesen sein, denn als er die Hand nach ihr ausstreckte, wich Caitlin schnell zurück. »Rühr mich nicht an.«

»Zum Teufel, Cat. Du brauchst doch keine Angst vor mir zu haben.«

»Ich ... habe keine Angst vor dir. Ich habe Angst vor der Gewalt in deinem Leben. Ich habe Angst, daß diese Gewalt mein Leben erfaßt und daß Ryan etwas geschieht.«

»Ich sagte dir, daß ich das nicht zulassen werde.«

»Wie denn? Wie könntest du das verhindern?« Caitlin schluckte schwer. Sie wollte Jake nicht weh tun. Sie konnte nicht glauben, daß er wirklich ein schlechter Mensch war. Doch vier Jahre hatten ihn verändert, hatten ihn verhärtet und gefährlich gemacht.

»Du könntest es nicht verhindern, Jake«, fuhr sie mit tränenerstickter Stimme fort. »Selbst wenn du es wolltest. Begreifst du nicht? Du könntest die Zielscheibe für irgendeinen Sheriff oder einen Kopfgeldjäger sein, der einen schnellen Dollar machen will. Oder ein schießwütiger Trunkenbold will sich mit dir messen. Irgendwann kann ein Mann aus deiner Vergangenheit aufkreuzen, so wie heute dieser Lew. Ich könnte nicht so leben, Jake! Nicht mit der Bedrohung von Tod und Verderben wie ein Damoklesschwert über meinem Kopf. Achtzehn Jahre lang mußte ich die Gewalttätigkeit meines Vaters aushalten. Ich mache das nicht noch einmal mit. Und ich werde meinem Sohn um keinen Preis ein solches Leben zumuten. Auch nicht für dich.«

»Ich bin nicht wie dein Vater, Cat.«

»Doch, das bist du ... du bist gewalttätig wie er.« Schmerz glühte in seinen Augen, als habe sie ihn geschlagen.

Caitlin wünschte, sie könnte ihre grausamen Worte zurücknehmen. Aber nur die ungeschminkte Wahrheit konnte ihm die Augen öffnen. Auch wenn sie Jake noch so sehr liebte, änderte es nichts an der Tatsache, daß er ein gewalttätiges Leben außerhalb des Gesetzes geführt hatte. Seine Seele hatte Schaden genommen. Er war nicht länger ihr verwegener, tollkühner Geliebter, dem einst ihr Herz gehörte.

Mit diesem Mann gab es keine Zukunft für sie. Das durfte sie nicht zulassen.

Ein trockenes Schluchzen entrang sich ihrer Brust, sie schüttelte unaufhaltsam den Kopf. »Ich will dich n ... nie ... mehr w ... wiedersehen«, stammelte sie, legte die Hand vor den Mund und rannte zum Haus.

Jake schaute ihr nach und ballte die Fäuste. Dann kniff er die Augen zusammen. Vergeblich. Denn immer noch sah er ihre traurigen Augen ... sie hatte ihn einst geliebt. Wenn es noch eine winzige Chance geben sollte, ihre Liebe wiederzugewinnen, mußte es ihm gelingen, sie davon zu überzeugen, daß er nicht der Gewaltverbrecher war, den sie in ihm sah, den sie fürchtete. Irgendwie mußte sie einsehen, daß er sich ändern konnte; daß er nicht von seiner Vergangenheit beherrscht wurde. Das mußte er erreichen.

Er würde sie nicht aufgeben, das schwor Jake sich, und er würde nicht aufhören, ihr zu beweisen, daß sie beide zusammengehörten.

Wieder starrte Caitlin aus dem Küchenfenster. In ihren Augen brannten Tränen, als sie Jake nachsah, der mit seinem Verbrecherkumpan aus früheren Tagen von der Ranch ritt.

Als er in einer Staubwolke in der Ferne verschwunden war, ließ sie hilflos und verzweifelt den Kopf hängen. Sie mußte sich Jakes Einfluß entziehen, ehe es zu spät war. Seinem Besitzdenken war nicht beizukommen. Er wollte sie haben und würde sein Ziel verbissen verfolgen, bis er erreichte, was er sich in den Kopf gesetzt hatte.

Es gab nur einen Weg, sich zu schützen. Sie mußte Colorado den Rücken kehren. Und zwar sofort. Noch bevor die Ranch verkauft war. Sie mußte für immer nach St. Louis zurückkehren. Das war die einzige Möglichkeit, um sich von Jake zu befreien.

Caitlin schrak hoch, als vor dem Küchenfenster ein Pferd wieherte. Vernon schwang sich aus dem Sattel. Sie stand zögernd auf und strich ihre Röcke glatt. Sie war nicht vorbereitet, dem Lehrer so kurz nach der erbitterten Auseinandersetzung mit Jake gegenüberzutreten.

Sie ging zur Tür, begrüßte ihn zerstreut und bat ihn herein. In der Küche bot sie ihm Kaffee an, den er dankend annahm. Als er sich jedoch auf dem Stuhl niederließ, in dem Jake am Abend zuvor gesessen hatte, verspürte sie einen Stich.

Ohne Vernon anzusehen, goß Caitlin einen Becher Kaffee ein, setzte sich ihm gegenüber und hoffte, daß er ihr nichts von ihren lüsternen Ausschweifungen anmerkte.

»Es hat wieder Zwischenfälle auf einer Weide gegeben«, begann er ernst. »Aber wir können ja nicht von Anfang an totalen Frieden erwarten. Die Frage ist nur, ob es uns gelingt, die Differenzen beizulegen ...«

Sie war beinahe erleichtert, daß Vernon über die Auseinandersetzungen zwischen Schafzüchtern und Cowboys berichtete. Allem Anschein hatte er noch nichts von Lew Alderson und seiner Beziehung zu Jake gehört.

Für den Abend war eine Zusammenkunft des neugegründeten Komitees geplant, berichtete Vernon weiter, um die

Einzelheiten zu besprechen, wie die Rancher ihre Zwistigkeiten beizulegen gedachten.

Als dieses Thema erörtert war, konnte Caitlin ihm ihre Entscheidung nicht länger vorenthalten.

»Vernon«, begann sie mit leiser Stimme, »ich habe in den letzten Tagen viel nachgedacht ... über Ihren Heiratsantrag.«

Seine warmen braunen Augen sahen sie unverwandt an. »Und?«

»Und ... Ich fühle mich sehr geschmeichelt, aber ...« Sie zauderte, suchte nach Worten.

»Sie wollen mich nicht heiraten.«

»Das stimmt nicht ganz ... Sie sind ein Mann, den jede Frau liebend gerne zum Ehemann haben würde ... Aber ich muß nein sagen. Es tut mir leid ...«

»Es ist wegen McCord, stimmt's?« unterbrach Vernon sie. »Sie weisen mich seinetwegen ab.«

»Nein, das ist nicht der Grund ...«

»Sie haben ein Verhältnis mit ihm«, beharrte Vernon. Sein Tonfall war eher traurig als vorwurfsvoll. Doch plötzlich wurden seine Augen schmal. »Guter Gott, Sie werden den Schurken doch nicht heiraten wollen, oder?«

Caitlin errötete. »Nein, natürlich nicht. Ich will nichts mit Jake zu tun haben.«

»Tun Sie es nicht, Caitlin. Er ist ein Schuft, ein Mörder.«

Ihre Augen weiteten sich erschrocken. In ihrem Beisein hatte Vernon noch nie Schimpfworte benutzt oder die Geduld verloren. Vielleicht war er wütend, daß sie seinen Antrag ablehnte, doch das war kein Grund, Jake dermaßen zu verdammen.

»Ich habe lange überlegt, ob ich Ihnen das zeigen soll.« Er zog ein gefaltetes, vergilbtes Papier aus seiner Jackentasche. »Sehen Sie sich das an.« Er entfaltete den Handzettel, legte ihn auf den Tisch und strich ihn glatt.

Von einem Fahndungsplakat aus dem New Mexico Territory starrte ihr Jakes Bild entgegen. Sie bewegte beim Lesen lautlos die Lippen: *GESUCHT: Jacob McCord, Mitglied der berüchtigten Dolby Bande, wird wegen des hinterhältigen Mordes an einem Schalterbeamten bei einem Banküberfall in der Stadt Los Marinos gesucht. Für sein Ergreifen ist eine Belohnung in Höhe von fünfhundert Dollar ausgesetzt, LEBENDIG oder TOT.*

Caitlin starrte fassungslos auf den Fahndungszettel. Also stimmten die Gerüchte doch. Jake hatte sich nicht nur einer Verbrecherbande angeschlossen, er war auch an einem Banküberfall und am Mord eines Bankangestellten beteiligt.

»Das muß ein Irrtum sein ...« hauchte sie tonlos.

»Es ist kein Irrtum. McCord ist ein vom Gesetz verfolgter Verbrecher.«

»Aber ... Jake würde keine Bank ausrauben.«

Vernons Blick durchbohrte sie. »Sind Sie sicher?«

Caitlin schüttelte den Kopf, ein böser Zweifel hatte sie beschlichen. Nein, sie war sich nicht sicher, nicht nach dem, was sie erst vor kurzem von diesem Lew erfahren hatte. Jake war tatsächlich Mitglied der Dolby Gang gewesen, was sie noch vor wenigen Stunden nicht für möglich gehalten hätte. Und es gab keinen Zweifel daran, daß er nach seinem Fortgehen aus Colorado ein Leben der Brutalität und Gewalt geführt hatte ...

Panik krallte sich um ihr Herz. Auf Jakes Kopf war immer noch eine Belohnung ausgesetzt! Er mußte fliehen, mußte sich verstecken. Caitlin zwang sich zur Ruhe. Vielleicht wußte niemand außer Vernon von der Fahndung.

»Woher haben Sie das?« fragte sie unsicher.

»Von einem Freund aus Denver — einem Bundesmarshal. Ich habe ihn angeschrieben, nachdem Jake hier auftauchte. Gestern kam das Fahndungsplakat mit der Postkutsche.«

»Ein Bundesmarshal?«

Vernon nickte. »Ihm fehlt die Zeit, sich persönlich auf die Jagd nach Jake zu machen und ihn in New Mexico abzuliefern, aber ...« Der Lehrer wählte seine Worte mit Bedacht. »Ich kenne einen Kopfgeldjäger, der ihm die Arbeit abnehmen könnte. An ihn werde ich mich wenden ...«

»Nein Vernon, das *dürfen* Sie nicht!«

»Wollen Sie etwa, daß McCord davonkommt, obwohl er einen Mord begangen hat?« Vernons Stimme war schneidend geworden. »Ausgerechnet Sie, Caitlin? Man müßte meinen, Sie wären froh, den Mann im Gefängnis zu sehen, der Ihren Bruder auf dem Gewissen hat.«

»Aber ein Kopfgeldjäger ...« Caitlin schüttelte den Kopf. *Tot oder lebendig.* Ein Kopfgeldjäger würde keine großen Umstände machen. Er würde Jake erschießen.

Sie konnte nicht zulassen, daß er einem kaltblütigen Killer zum Opfer fiel, was Jake auch verbrochen haben mochte. Der Gedanke, daß Jake gefangengenommen oder noch schlimmer, getötet werden sollte, war ihr unerträglich.

»Vernon, das dürfen Sie nicht tun. *Bitte.*«

Seine Mundwinkel zogen sich verächtlich nach unten. »Dem hiesigen Marshal kann man nicht trauen, daß er McCord festnimmt. Schließlich hat er ihn zu seinem Stellvertreter ernannt.«

»Vernon, bitte ...« Sie legte ihre Hand auf seine. »Was Jake auch getan haben mag ... Ich könnte nicht ertragen, daß er dafür an den Galgen kommt. Versprechen Sie mir, keinen Kopfgeldjäger auf ihn zu hetzen?«

Er hielt das Fahndungsplakat hoch. »Und was ist mit dem Mord, den er begangen hat?«

»Muß jemand dieses Plakat wirklich sehen?«

Vernon sah sie lange durchdringend an. »Ich denke nicht, daß jemand es sehen muß. Aber zum Teufel, Caitlin, Sie werden doch nicht in Erwägung ziehen, McCord zu heiraten?«

»Nein, natürlich nicht.« Sie atmete erleichtert auf. »Ich werde überhaupt nicht heiraten. Ich habe beschlossen, nach St. Louis zurückzukehren, sobald der Verkauf der Ranch in die Wege geleitet ist. Ich reise in wenigen Tagen ab, sobald ich einen Agenten gefunden habe, der den Verkauf für mich abwickelt. Ich könnte eine Bank damit beauftragen. Aber da es sich um Ryans Erbe handelt, würde ich diese wichtige Transaktion lieber nicht in die Hände von Fremden legen.«

»Ich übernehme die Verkaufsverhandlungen, Caitlin, das wissen Sie. Aber mir wäre weiß Gott lieber, Sie würden Ihren Entschluß noch einmal überdenken. Jetzt, da die Auseinandersetzungen beigelegt zu sein scheinen.«

Caitlin schüttelte traurig den Kopf. »Ich kann nicht hier bleiben. Dieser Ort ist mit zu vielen schmerzlichen Erinnerungen verbunden.«

Ihr Blick fiel erneut auf das Fahnungsplakat, von dem Jakes Augen sie durchdringend anstarrten.

Es war die richtige Entscheidung, Colorado den Rücken zu kehren. Es gab keine Zukunft zwischen einem Revolverheld mit krimineller Vergangenheit und einer schutzlosen Witwe mit der Verantwortung für das Wohl ihres kleinen Sohnes. Sie könnte niemals ein Leben mit einem gesuchten Kriminellen teilen. Sie durfte und wollte ihrem Sohn ein solches Leben niemals zumuten.

13. KAPITEL

Nachdem Caitlin mit ihrem Vorarbeiter gesprochen hatte, fuhr sie noch am selben Vormittag nach Greenbriar, um sich nach den Abfahrtszeiten des Kansas Pacific in Denver, der nächsten Bahnstation, zu erkundigen und telegrafisch eine Fahrkarte zu bestellen. Danach machte sie im Gemischtwarenladen Einkäufe für die Ranch.

Das Gesprächsthema Nummer eins im Laden war der Fremde. Die Schießerei zwischen den Grenzpatrouillen und diesem Lew Alderson, dem Vernehmen nach ein Bekannter von Jake McCord, hatte sich wie ein Lauffeuer in der Stadt verbreitet.

»War dieser Kerl wirklich ein Mitglied der Gang, mit der Jake früher zusammen war?« fragte Sarah Baxter.

Caitlin machte große unschuldige Augen. »Wie kommst du denn darauf?«

Sarah wies zu den alten Männern hinüber, die um das alte Gurkenfaß im Hintergrund des Ladens saßen. »Es heißt, er suche Unterschlupf, weil nach ihm gefahndet wird.«

»Vor kurzem soll er eine Bank überfallen haben«, rief einer der Alten herüber. »Und so einem verhilft Jake zur Flucht.«

Caitlin lachte hell. »Sie werden doch nicht glauben, Jake McCord würde einem Verbrecher zur Flucht verhelfen, da er doch erst kürzlich zum Deputy ernannt wurde. Nein, nein. Der Mann hat eine Pechsträhne. Jake und er haben vor Jahren auf einer Ranch als Viehtreiber zusammen gearbeitet. Ich glaube das war in Texas.«

Der Alte nickte bedächtig, und Caitlin wurde leichter ums Herz.

Es ärgerte sie zwar, Jake verteidigen zu müssen, da sie ihn nicht für völlig unschuldig hielt. Wenn Jake aber einen Gesetzlosen deckte, hatte er bei diesen alten Haudegen jedes Vertrauen verspielt. Um ihm nicht zu schaden, behielt sie ihr Wissen und Mißtrauen für sich.

Noch auf dem Heimweg schäumte sie innerlich und wünschte Jake zum Teufel. Mit seiner Handlungsweise hatte er endgültig bewiesen, daß er nicht bereit war, einen Schlußstrich unter seine verbrecherische Vergangenheit zu ziehen.

Beim Einfahren in den Hof der Ranch zog Caitlin die Zügel an und verlangsamte das Tempo der Kutsche. Schon von weitem erkannte sie seine hochgewachsene Gestalt, die mit verschränkten Armen gegen einen Verandapfosten lehnte. Zwei gesattelte Pferde standen in der Nähe.

Sie hielt neben ihm. »Ich habe dir doch gesagt, ich will dich nie wiedersehen«, fuhr sie ihn an.

»Ich habe nur das Pferd zurückgebracht.«

Forschend sah sie ihn an. »Du hast ihm zur Flucht verholfen«, stellte sie fest.

»Ja, ich habe Alderson fortgeschickt.«

»Dann habe ich dir nichts mehr zu sagen.«

»Aber ich habe dir etwas zu sagen.« Jake schob den Hut in den Nacken. »Wie ich höre, hast du vor, Colorado zu verlassen.«

»Woher weißt du das?«

Jake zuckte die Schultern. »Ich habe es eben gehört. Vergißt du da nicht etwas?«

»Und das wäre?«

»Mich«, sagte er leise und bedrohlich.

»Du weißt, daß ich immer vorhatte, nach St. Louis zurückzukehren«, entgegnete Caitlin trotzig.

Jake stieß sich vom Pfosten ab. Er hatte von Caitlins bevorstehender Abreise von einem seiner Arbeiter gehört, der es wiederum von einem ihrer Arbeiter wußte. Die Nachricht hatte ihn tief getroffen und hatte eine Wunde in seinem Herzen wieder aufgerissen.

Er hob die Hand, um ihr vom Kutschbock zu helfen. »Komm! Ich habe deine Sachen gepackt.«

»Wie bitte?«

Ihr Blick fiel auf die beiden Pferde, eines war der Kastanienbraune, den sie ihm geliehen hatte. An beiden Sätteln waren Deckenrollen festgeschnallt. Ihre Reisetasche hing am Sattelknauf. »Welche Sachen?«

Jakes Mund umspielte ein leichtes Lächeln. »Dein Nachthemd habe ich nicht eingepackt, das wirst du nicht brauchen. Aber deinen Mantel. Nachts ist es ziemlich kalt.«

»Wovon sprichst du eigentlich?« fragte Caitlin verständnislos.

Zu ihrem Entsetzen zog Jake den Colt und richtete ihn auf sie.

Ihr Herz machte einen Satz. »W . . .soll das?«

»Wonach sieht das wohl aus?«

»Nach einem Überfall«, schnappte sie.

»Wie kommst du denn darauf?«

»Ich habe dein Fahndungsplakat gesehen, Jake. Aus New Mexico. Du hast einen Bankangestellten ermordet.«

In seinen Augen funkelte eine dunkle Glut. Doch sein Blick wich nicht von ihr. »Wenn du denkst, ich habe den armen Teufel erschossen, dann weißt du, daß ich keine Bedenken habe, abzudrücken.«

»Willst du mich etwa erschießen?«

»Nicht, wenn es sich vermeiden läßt.«

Das belustigte Blitzen in seinen Augen erzürnte Caitlin. »Zum Teufel mit dir, Jake! Das ist nicht komisch.«

»Ich weiß. Es ist auch kein Überfall, Cat. Ich verhafte dich.«

»Wie bitte?« Sie sah ihn entgeistert an. »Weswegen denn?«

»Das weiß ich noch nicht genau, aber mir fällt noch was ein.«

»D... du weißt es noch nicht ...« stotterte sie.

»Nun steig schon runter. Du kommst mit mir.«

»Hast du den Verstand verloren? Ich gehe nirgendwo mit dir hin!«

»Doch, das tust du.« Mit einer knappen Bewegung des Pistolenlaufs wies er sie an, vom Kutschbock zu steigen.

Caitlin wurde wütend. »Willst du mich am hellichten Tage entführen?«

»Es ist keine wirkliche Entführung.«

»Ach nein?« fragte sie höhnisch. »Wie nennst du es dann, wenn du mich mit vorgehaltener Pistole zwingst, dich zu begleiten?«

»Wie gesagt, ich verhafte dich.« Er klopfte auf den Stern an seiner Brust. »Deputy zu sein, hat eben auch Vorteile.«

»Um das Gesetz für deine Machenschaften zu manipulieren?«

»Ja, so ähnlich.«

Ihre Augen loderten vor Zorn. Sie hätte ihm am liebsten sein unverfrorenes Grinsen aus dem Gesicht geschlagen. »Jake, wenn du nicht sofort zur Vernunft kommst ... dann ... sorge ich dafür, daß du an den Galgen kommst!«

»Na schön ...« Zu ihrem Erstaunen steckte er die Pistole weg und schwang sich neben sie auf den Kutschbock. »Dann eben so.«

Er legte einen Arm um ihre Mitte, beugte sich über sie und küßte sie auf den Mund.

Sie reagierte mit einem Wutschrei auf seinen dreisten Ansturm und versuchte, ihn wegzustoßen, aber Jake hielt sie nur fester. Wie konnte er es wagen, sie am hellichten Tage vor ihrem Haus zu küssen, wo ihre Arbeiter sie beobachten konnten. Und die Art, wie er sie küßte, war skandalös ...

eine Hand um ihre Mitte, die andere an ihrem Busen. Und seine Zunge stieß in ihre Mundhöhle in der anstößigsten Art und Weise.

Bei aller Dreistigkeit war sein Überfall aber auch sehr sinnlich. Caitlin wehrte sich noch, als Jake sie bereits losgelassen hatte.

»Hör auf, gegen mich zu kämpfen, Cat«, murmelte er heiser.

Statt zu gehorchen, schlug sie ihn. Mit aller Kraft. »Wie kannst du es wagen, mich so zu berühren?!«

Jake rieb sich die brennende Wange und grinste reumütig. »Wieso? Ich habe nichts anderes getan als das, was ich schon hundert Mal getan habe.«

»Aber nicht in der Öffentlichkeit!«

»Zieh deine Krallen wieder ein und hör mir zu, Teufelskatze.«

»Warum in aller Welt sollte ich das tun?«

»Weil du nicht willst, daß ich eine Szene mache.«

Kochend vor Wut schwieg Caitlin; ihr blieb keine Wahl. Jakes unterschwellige Drohung, ihre Beziehung auszuposaunen, war nur einer seiner abscheulichen Erpressungsversuche. Andererseits wagte sie nicht, ihn herauszufordern. Jake war gewöhnt, seinen Kopf durchzusetzen, und das schien ihm auch diesmal zu gelingen.

»Na schön«, murmelte sie. »Ich höre. Was willst du?«

»Ich will, daß du mit mir kommst.«

»Warum?«

»Damit du begreifst, was du versäumst, wenn du Colorado verläßt ... wenn du mich verläßt.«

Caitlin hielt den Atem an. »Wovon sprichst du?«

»Ich möchte dir zeigen, wie wir zusammen leben könnten. Als Mann und Frau.«

Panik stieg in ihr hoch. Sie wollte nicht wissen, wie es wäre, mit Jake zusammenzuleben. Sie hatte vier Jahre damit zugebracht, diesen Traum aus ihrem Herzen zu verbannen.

»Nein«, flüsterte sie gepreßt.

Seine grünen Augen leuchteten. »Ich mache dir einen Vorschlag, Caitlin. Bleib eine Woche bei mir. Wenn du dann immer noch darauf bestehst, fortzugehen, halte ich dich nicht mehr zurück. Ich bring dich sogar persönlich in Denver zur Bahn.«

Sie biß sich auf die Lippen.

»Cat ... wenn ich dich in einer Woche nicht davon überzeugen kann, daß ich der richtige Mann für dich bin, dann ... verschwinde ich aus deinem Leben ... für immer, ich schwöre es.«

»Ich kann mich unmöglich auf diesen Vorschlag einlassen.«

»Niemand braucht es zu wissen.«

»Trotzdem kann ich nicht.«

»Aber sicher kannst du. Nur für eine Woche.«

»Eine Woche?«

»Eine einzige Woche.«

»Und dann läßt du mich für immer in Ruhe?«

»Das schwöre ich.«

Sie erforschte sein kantiges, schönes Gesicht. Ihre Gedanken wirbelten durcheinander. Konnte sie Jake vertrauen? Würde er Wort halten? Konnte sie ihrem Herzen vertrauen? Sein Vorschlag war mit Sicherheit nur ein Vorwand, um sie an der Abreise zu hindern. Welch üblen Trick würde er sich als nächstes einfallen lassen?

Tu es nicht, ermahnte sie sich. *Verschwende nicht einmal einen Gedanken daran.*

Und eine zweite Stimme meldete sich. *Willst du dir diese Chance entgehen lassen?* Eine Woche im Paradies mit Jake. In St. Louis wartete ein freudloses Leben auf sie ... Jahre der Einsamkeit. Wenn sie ablehnte, würde sie den Rest ihres Lebens ohne ihn verbringen, würde nie das Glück kennenlernen, jede Nacht in seinen Armen einzuschlafen, jeden Morgen neben ihm aufzuwachen.

Und es wäre nur eine Woche. War das zu viel verlangt?

Du Närrin. Damit setzt du dich nur größeren Qualen aus. Nur ein lüsternes Weib der schlimmsten Sorte würde mit einem solchen Mann in Sünde leben — einem gesuchten Mörder.

Caitlin kniff die Augen zusammen und versuchte, diese

Stimme zum Schweigen zu bringen. Verdiente sie nicht einen Hauch von Glück? Vier Jahre hatte sie ein vorbildliches Leben geführt, hatte klaglos ihre Pflichten erfüllt. Sie wollte sich lieber das Herz aus dem Leib reißen lassen, als Jake jetzt zu verlassen.

Nein, sie mußte verrückt sein, seinen Vorschlag auch nur in Erwägung zu ziehen. Diese Träume waren ein für allemal ausgeträumt.

Wie Mann und Frau.

»Ich habe schon eine Fahrkarte im Zug reserviert«, sagte sie lahm.

»Es fährt jeden Tag ein Zug.«

Sie war so verwirrt, daß sie kaum bemerkte, wie er sich vorbeugte und sie zärtlich küßte. »Komm mit mir, Cat«, flüsterte er, nahm ihre feuchte Unterlippe zwischen die Zähne und knabberte zart daran.

Sie wich zurück. Sie durfte ihm nicht so nahe sein. Sie öffnete den Mund, um abzulehnen ... und erschrak über ihre Antwort. »Also gut. Eine Woche. Und danach reise ich nach St. Louis zurück.«

Jake lächelte verschmitzt und jungenhaft. »Ich dachte, daß du meiner Meinung bist.«

Damit wollte er vom Kutschbock springen. Doch sie hielt ihn am Ärmel fest. »Nicht so schnell. Es gibt Bedingungen.«

»Welche Bedingungen?« fragte er mißtrauisch.

»Erstens, du läßt die Finger von mir.«

»Dann leben wir nicht wie Mann und Frau.«

»Dann komme ich nicht mit.« Cailtin verschränkte eigensinnig die Arme vor der Brust.

»Abgemacht. Ich fasse dich nicht an.« Jake grinste. »Es sei denn, du willst es.«

»Jake, ich meine es ernst ...«

»Okay. Versprochen.«

»Und du versuchst nicht, mich zu provozieren und keine Tricks.«

»Einverstanden. Keine Tricks. Komm, laß uns gehen. Wir vergeuden nur unsere Zeit.«

»Ich muß verrückt sein«, murmelte Caitlin, als Jake ihr vom Kutschbock half. Auf dem Weg zu den Pferden blieb sie plötzlich stehen. »Moment! Ich kann nicht einfach losreiten. Ich muß Bescheid sagen ...«

»Ich habe deinem Vorarbeiter gesagt, daß du Freunde besuchst und nächste Woche wieder zurück bist.«

»Was hast du?« Die Eigenmächtigkeit dieses Mannes spottete jeder Beschreibung. »Du warst deiner Sache ja ziemlich sicher.«

Ohne auf ihren vernichtenden Blick zu achten, hob Jake sie in den Sattel. »Vielleicht solltest du selber mit deinem Vorarbeiter sprechen und ihm sagen, daß du aus freien Stücken mit mir kommst. Sonst schickt er möglicherweise einen Suchtrupp hinter uns her.«

»Wohin bringst du mich?«

»Das erfährst du früh genug.«

»Jake!«

»In die Berge. Es wird dir gefallen. Sloan weiß, wo er uns findet, wenn es sein muß.«

»Eins sag ich dir«, versetzte Caitlin. »Ich werde meine Meinung über meine Abreise nach St. Louis nicht ändern.«

Wir werden sehen, dachte Jake — und flehte zu Gott, daß sein Plan gelingen möge.

Sie ritten stundenlang nach Südwesten, in die den Rockies vorgelagerten Berge, folgten einem beschwerlichen, selten benutzten, stetig ansteigenden Pfad durch eine atemberaubend schöne Landschaft, bevor sie das eigentliche Gebirge erreichten. Felsgipfel, Bergmatten und tiefe Gebirgstäler öffneten sich ihnen in majestätischer, zeitloser Schönheit. Die Herrlichkeit der Natur zog Caitlin in ihren Bann.

»So etwas gibt es in St. Louis auf keinen Fall«, bemerkte Jake, als sie Rast machten, um die Aussicht zu genießen.

Caitlin schüttelte den Kopf.

Sie erklommen hohe Bergpässe. Der schmale Steig schlängelte sich an schroffen Felswänden und senkrecht abfallenden Schluchten entlang. Bald ließen sie den Mischwald hinter sich und ritten unter hohen Tannen und Fichten. Später waren die Hänge mit knorrigen Kiefern und weißstämmigen Espen bewachsen.

»Gottes gesegnetes Land«, murmelte Jake andächtig.

Je weiter sie die Zivilisation hinter sich ließen, desto stärker bemächtigte sich Caitlin eines Gefühls der Unwirklichkeit. Die reine, würzige Luft und der azurblaue Himmel verstärkten den Zauber. Der Himmel war ein unendliches blaues Gewölbe, die Sonnenstrahlen fielen in gleißenden schrägen Streifen durch die hohen Baumwipfel. Immer wieder überquerten sie versteckte Lichtungen, übersät mit märchenhafter Blütenpracht — rosafarbene Gebirgsnelken, blaue Glockenblumen, gelbe Butterblumen und grazile Akeleien auf dünnen Stengeln wiegten sich im Sommerwind.

Man hätte meinen können, an diesem verzauberten Sonntag gab es nur sie und ihn auf der ganzen Welt.

Auch Jake war von der Schönheit der Natur überwältigt. Und mit jeder Meile, die sie höher in die Berge ritten, wurde er seiner Sache sicherer. Er hatte Caitlin überredet, eine Woche mit ihm zu verbringen. In dieser Woche mußte er sie überzeugen, daß sie füreinander bestimmt waren. Wenn nicht ... Doch daran wollte er gar nicht denken. Wenn er versagte, mußte er sie für immer aufgeben. Er hatte ihr sein Wort gegeben.

Gegen Abend erreichten die beiden Reiter ihr Ziel, nachdem sie eine Weile an einem rauschenden Gebirgsbach entlanggeritten waren. Die Luft war mit der hereinbrechenden Dämmerung kühler geworden. Auf einer Lichtung zügelte Jake sein Pferd. Vor ihnen lag eine rohgezimmerte Blockhütte, die unter einer Gruppe hoher Tannen Schutz zu suchen schien.

Jake zog sein Gewehr aus der Lederlasche am Sattel und ritt langsam auf die Hütte zu. »Wolf?« rief er verhalten und horchte. Keine Antwort.

»Er scheint nicht da zu sein.«

»Wer?« fragte Caitlin leise.

»Ein Freund, dem das Blockhaus gehört. Aber in letzter

Zeit kommt er nicht mehr oft hierher. Ich denke nicht, daß er etwas dagegen hat, wenn wir uns hier häuslich niederlassen.«

Jake schwang sich aus dem Sattel, ohne Caitlin eine weitere Erklärung zu geben. Und das aus gutem Grund. In dieser Hütte hatte er sich von seinen Verletzungen nach dem Schußwechsel erholt, bei dem ihr Bruder ums Leben gekommen war. Dies war der Ort, an dem er gehofft hatte, über die plötzliche Trennung von ihr hinwegzukommen.

Caitlin hatte es weniger eilig, abzusteigen. Ihr taten alle Knochen weh nach dem langen, ungewohnten Ritt im Männersattel.

Jake nutzte ihr Zögern, hob sie aus dem Sattel und ließ sie eng an seinem Körper nach unten gleiten. Eine Erinnerung durchfuhr ihn wie ein Stich. So hatte er sie damals an ihrem Liebesversteck am Teich in jenem letzten, verzauberten Sommer stets begrüßt. Auch Caitlin versengte die Berührung wie eine Feuersbrunst.

»Jake ... du hast versprochen«, protestierte sie atemlos.

»Ich weiß.« Er stellte sie auf die Erde, hob beide Hände und trat einen Schritt zurück mit seinem jungenhaften Lächeln, das ihr das Herz zum Schmelzen brachte. »Ich rühre dich nicht an, es sei denn, du bittest mich darum.«

Damit stieg er die drei Holzstufen zur Tür der Blockhütte hinauf. Caitlin blickte ihm befangen nach. Genau das hatte sie befürchtet. Und sie war keineswegs sicher, ob ihre Willenskraft sie nicht verlassen würde.

14. KAPITEL

Jake hielt Wort, sie nicht anzufassen, wenigstens für den Rest dieses Abends. Erstaunlicherweise entstand keine peinliche Situation zwischen ihnen, auch keine Spannung. Sie gingen miteinander um wie ein verheiratetes Paar, das sich die Aufgaben beim Einzug in die Hütte teilte.

Im Raum befanden sich Gerätschaften zum Goldwaschen. Die dicke Staubschicht ließ darauf schließen, daß die Hütte längere Zeit nicht benutzt worden war. Caitlin machte erst einmal sauber, während Jake die Pferde versorgte und die mitgebrachten Vorräte verstaute. Beide bereiteten das Abendessen und wuschen das Geschirr. Erschöpft vom langen Ritt zog Caitlin sich bald nach dem Essen auf die schmale Pritsche zurück, und Jake machte es sich mit Decken auf dem Fußboden bequem.

Erst dann setzte die Spannung ein. Caitlin mußte daran denken, wie sie mit Jake das Bett geteilt hatte, an seine Wärme und seine Leidenschaft. Stundenlang lag sie wach, zur Wand gedreht, um nicht in seine Richtung zu blinzeln.

Als sie mit schmerzenden Gliedern erwachte, war er bereits aufgestanden. Ein knisterndes Feuer im Herd verbreitete eine behagliche Wärme. Dennoch zögerte sie, das warme Bett zu verlassen. Sie rollte sich zur Seite und stöhnte vor Schmerzen.

»Was ist los?« fragte Jake und trat an ihr Bett.

Ihre Beinmuskeln brannten wie Feuer. »Bin gestern wohl zu lange im Sattel gesessen.«

»Ich weiß ein Mittel dagegen.«

»Was?«

»Du brauchst eine tüchtige Abreibung.«

Damit zog er ihr die Bettdecke weg. Sie trug eines seiner Hemden, das ihre Beine kaum bedeckte. Jake räusperte sich. »Wenn ich es mir recht überlege ... ist es doch besser, wenn du aufstehst und dich bewegst.«

Caitlin biß die Zähne aufeinander. Sie hatte die Regeln aufgestellt, und Jake schien entschlossen, sie einzuhalten. Er würde sie nicht anfassen, bevor sie ihm nicht die Erlaubnis gab. Seine Zurückhaltung mochte sich als quälendere Folter erweisen als seine Leidenschaft.

Als sie gemeinsam Frühstück machten, war nichts mehr von der Harmonie des Vorabends zu spüren. Jakes Gegenwart machte Caitlin so nervös, daß sie sogar zusammenzuckte, als er ihr das Brot reichte.

Caitlin stand verkrampft vor ihm, ihre Blicke senkten sich ineinander. Ohne daß er sie berührte, empfand sie seine Nähe beinahe so erregend wie seine Berührung. Sein Blick wanderte zu ihrem Busen, und Caitlin spürte, wie sich ihre Brustspitzen aufrichteten. Jake drehte sich um. Ein Gefühl der Leere breitete sich in ihr aus.

Nach dem Essen entspannte sich die Atmosphäre wieder. Sie machten einen Streifzug durch den Wald und gelangten an einen kristallklaren Bergsee, der von einem Wildbach gespeist wurde.

Jake holte Angelruten aus der Hütte, und sie verbrachten den Vormittag mit Angeln.

Caitlin briet die beiden gefangenen Forellen. Nach dem Mittagessen hackte Jake Holz, während sie in zunehmender Ruhelosigkeit in der Hütte auf und ab wanderte.

So konnte es nicht lange weitergehen. Als Caitlin sich damit einverstanden erklärt hatte, mit ihm eine Woche in den Bergen zu verbringen, hatte sie gehofft, ihr körperliches Verlangen zu beherrschen, wenn Jake ihr nicht zu nahe kam. Doch ihre Beziehung konnte allem Anschein nicht entspannt und freundschaftlich sein. Die Vergangenheit war zu sehr mit körperlicher Nähe verknüpft.

Das wurde ihr endgültig klar, als Jake vom Holzhacken zurückkam. Er hatte das Hemd ausgezogen, und Caitlin stockte der Atem beim Anblick seines nackten, sehnigen Oberkörpers. Beim Einatmen seines würzigen Schweißgeruchs krampfte sich ihr Leib zusammen.

Jake bemerkte ihren Blick. Beide sahen einander lange schweigend an. Wieder machte sich diese spürbare Spannung zwischen ihnen breit.

»Ich gehe schwimmen, um mich abzukühlen«, murmelte er heiser.

Caitlin nickte. Sie wußte, daß sein Blut nicht nur von der anstrengenden Arbeit in der prallen Sonne erhitzt war ... ganz zu schweigen von ihrem Blut.

Nachdem Jake fort war, ging sie ruhelos auf und ab. Die Nerven zum Zerreißen gespannt, kämpfte sie gegen ihr Verlangen nach ihm. Sie zählte bis tausend. Sie räumte das Geschirr weg. Sie fegte den blitzsauberen Fußboden. Sie strich die faltenlose Decke auf der Pritsche glatt. Sie nahm Jakes Kopfkissen hoch, drückte die Nase hinein und sog seinen Duft ein.

In diesem Augenblick gab sie den Kampf auf. Sie verließ die Hütte und schlug den Weg zum See ein.

Gesäumt von hohen Tannen lag er wie ein Spiegel in der Sonne. Am Ufer stand der Mann, den sie liebte. Nackt und verführerisch männlich.

Caitlins Mund wurde trocken. Jake stand auf einem Felsvorsprung mit dem Rücken zu ihr, als wolle er ins Wasser springen. Sein nasser Körper glitzerte im Sonnenlicht.

Seine angespannte Haltung verriet ihr, daß er sich ihrer Gegenwart bewußt war.

Sie näherte sich ihm, von einer Kraft angezogen, der sie nicht widerstehen konnte.

Wassertropfen perlten seinen gebräunten Rücken hinunter, über seine prallen, goldbeflaumten Gesäßbacken.

Caitlin war sich kaum bewußt, was sie tat. Sie streckte die Hand aus, um seinen glatten, seidigen Rücken zu berühren.

»Cat ...« murmelte Jake heiser und drehte sich langsam nach ihr um. »Was zum Teufel tust du?«

Sie hatte den Kampf verloren. Sie konnte sich noch so oft einhämmern, daß es keine Zukunft mit diesem Mann gab, daß ihr Herz in tausend Stücke brechen würde, wenn sie ihn verlassen mußte, es nützte alles nichts. Ihr blieb nur eine kurze Zeitspanne mit Jake — eine unendlich kostbare Zeit — und sie wollte jede Minute auskosten.

Die Sonne auf seiner nassen, glänzenden Haut ließ die Regentropfen wie Diamanten glitzern. Caitlin sehnte sich danach, sich an diesen männlichen Körper zu schmiegen.

Wortlos hob sie ihm das Gesicht entgegen. Jake reagierte kühl auf den Druck ihrer Lippen. Er hielt sich zurück und wollte ihr widerstehen. Sein Kuß war von beinahe einstudierter Gleichgültigkeit.

Sie löste sich und blickte ihm fragend in die grünen Augen. »Stimmt etwas nicht?«

»Ich mußte dir schwören, dich nicht zu berühren.«

»Ich habe aber nichts dergleichen geschworen«, entgegnete sie schnippisch.

Sie ließ ihre Hand über seine behaarte Brust, den flachen Bauch zu seinen Lenden gleiten. Als ihre Finger sich um seinen anschwellenden Schaft schlossen, stieß er in ihre Hand. Jake erbebte, seine schmalen Hüften zuckten.

»Was ist los, Jake?« spottete sie leise. »Verlierst du die Beherrschung?«

»Zum Teufel, Cat, ich bin nicht aus Eisen.«

Sie lächelte sanft. »Gut. Ich wunderte mich schon.«

Seine Erektion schmiegte sich riesig, pochend und heiß in ihre Hand. Sie wollte ihn kosten, wollte Jake vor Lust rasend machen, wie er es mit ihr gemacht hatte.

Caitlin sank auf die Knie und küßte sein hartes, samtiges Glied. Jake stöhnte. Sie lächelte katzenhaft und leckte die pulsierende Länge seiner Männlichkeit.

»Cat«, stieß er heiser hervor, sein Gesicht vor Lust verzerrt. »Du bekommst mehr, als du haben wolltest.«

Als Antwort schloß sie ihre Lippen um ihn und lutschte an seiner Rundung.

Die heiße Nässe ihres Mundes trieb ihn fast zum Wahnsinn. Seine Gesäßmuskeln zogen sich zusammen, er biß die Zähne aufeinander. Die Süße ihrer bedächtig leckenden Zunge brachte ihn um den Rest seiner Beherrschung.

Er konnte nicht länger warten. Die Hände um ihre Schultern geklammert, sank er auf die Knie und zwang Caitlin, sich nach hinten zu legen. Hastig schob er ihre Röcke hoch, riß den Schlitz ihres Höschens auf und stieß mit einer Heftigkeit in sie, daß sie aufschrie.

Atemlos blickte sie ihm ins Gesicht. Seine brennenden Augen bohrten sich in die ihren; sein Gesicht war hart und kantig, und das war es, wonach sie sich sehnte ... Jake, der bebend nach ihr fieberte. Sie hob ihm die Hüften entgegen.

Mit der Gier eines Verdurstenden packte er zu und rammte sich in sie. Er ritt sie hart und heftig, stöhnte seine Wollust hinaus, achtete nicht darauf, ob sie Befriedigung in der rasenden Paarung fand. Caitlin aber wurde von seiner entfesselten Wollust mitgerissen. Sie wand sich unter seinen rasenden Stößen, schluchzte ihre Lust hinaus, krallte ihre Finger in seinen Rücken, bäumte sich zuckend auf und zerbarst im selben Augenblick, in dem Jake sich entlud. Ein heiserer Urlaut entrang sich seiner Kehle, als er seinen Samen in sie pumpte, in einer Wildheit, wie er sie noch nie gekannt hatte.

Beinahe erschrocken über die Gewalt seiner Entladung, erschauerte er am ganzen Körper im Nachbeben, bevor er keuchend über ihr zusammenbrach.

»Nein«, flüsterte Caitlin schwach, als sie endlich sprechen konnte, »ich glaube nicht, daß du aus Eisen bist.«

Er lachte leise, aber es dauerte noch eine Weile, bevor er die Kraft fand, den Kopf zu heben. Als er sie ansah, schlug sie die Lider auf. Sie lächelte träge.

Sein Herz zog sich zusammen. So würde er immer an Cat denken ... ihre blauen Augen zärtlich verschleiert ... ihr von Leidenschaft rosiges Gesicht, eingerahmt von ebenholzschimmerndem Haar ... Sollte er sie verlieren, würde dieses Bild für immer und ewig in ihm eingebrannt sein. Sollte er sie verlieren ...

Er weigerte sich, das Undenkbare in Betracht zu ziehen, wollte sich nur mit der Gegenwart befassen. Jake kostete ihre Lippen, küßte sie mit einer Innigkeit, die ebenso schwindelerregend war wie sein furioser Liebesakt. Seine Finger nestelten an den Knöpfen ihrer Bluse. Er sehnte sich danach, ihre nackte Wärme zu spüren und fing an, sie auszuziehen, wozu er im Ungestüm ihrer Attacke nicht gekommen war.

Caitlin hatte ihre Enthaltsamkeit aufgegeben, und das wollte er um jeden Preis nutzen. Er hungerte mit unersättlichem Verlangen nach ihr, mit einer Gier, die ein einziger Liebesakt nicht zu stillen vermochte. Sein Herz und sein Körper, all seine Sinne waren in heißer Sehnsucht entbrannt, die nur diese Frau zu stillen vermochte.

Die gemeinsame Woche war eingehüllt in bittersüßem Zauber. Die Liebenden spielten und arbeiteten, lachten und scherzten miteinander, liebten sich in berauschend hochschwebenden Sphären, mit jedem Tag inniger und heftiger. Sie waren wieder ein junges Liebespaar, erlebten die Momente der Wonne von neuem, eingesponnen in die köstliche Magie, die sie wiedergefunden hatten. Ihr Versteck in den Bergen wurde zu ihrer Märchenwelt, in der nur die Gegenwart zählte.

Sie verbrachten viele Stunden in leidenschaftlichen Umarmungen. Die Enge der kleinen Hütte schmiedete sie zusammen. Dennoch waren ihre Liebesspiele von einem Hauch Wehmut überschattet. In stillschweigendem Einvernehmen mieden sie das Thema ihrer Beziehung ebenso wie Caitlins bevorstehende Abreise. Beide waren sich der befristeten Dauer ihres Glücks stets bewußt.

Caitlin wünschte, es könnte immer so bleiben. Die Zeit verstrich, von unvergeßlichen Momenten markiert: dramatisch schöne Sonnenuntergänge, sanfte Morgendämmerungen, magische Nächte in funkelndem Sternenglanz.

Jake streichelte und liebkoste die Geliebte, wann immer ihn die Lust dazu überkam, und das war häufig. Er labte sich an ihr, ohne je satt zu werden. Mit jedem Liebesspiel schien sein Hunger zu wachsen. Seine Wildkatze gab und nahm zu gleichen Teilen. Am meisten freute er sich, wenn er sie zwang, mehr zu nehmen, wenn er ihre Zuckungen um seine Härte fühlte, während er ihr lüsterne Worte ins Ohr raunte, wenn er sie anspornte, höher und höher zu schweben, bis er ihre berstende Entladung spürte, mit der sie sich an ihm festsaugte.

Das zauberhafte Zwischenspiel machte Caitlin die Entscheidung um so schwerer. Sie wußte nicht, ob sie nach dieser traumhaften Woche die Kraft finden würde, wegzugehen. Wenn die Dinge nur anders wären ...

Nur einmal, nach einem besonders heftigen Liebesspiel sprachen sie über ihre Beziehung, während sie aneinandergeschmiegt auf der schmalen Pritsche lagen.

»Was machst du nur mit mir ...« keuchte Jake, und seine Lippen knabberten an ihrem fiebernden Gesicht. »Du machst mich verrückt, weißt du das?«

»Mmmm«, murmelte Caitlin matt. »Verrückt vor Lust.«

Jake wurde plötzlich ernst und stützte sich auf den Ellbogen. »Es ist viel mehr als bloße Lust, das weißt du.«

Ohne zu antworten, wich sie seinem Blick aus.

»Du weißt es, Cat.«

»Du begehrst mich, Jake. Aber du liebst mich nicht wirklich.«

»Zum Teufel, das stimmt nicht.« Seine Augen verengten sich. »Warum bin ich dir in den letzten Wochen nachgelaufen wie ein Trottel?«

Sie blickte ihn befangen an. Zum ersten Mal schien Jake bereit, sich zu öffnen. »Liebst du mich etwa?«

»Hab' ich das nicht gesagt?«

»Nein, das hast du nicht!« entgegnete sie spitz. »Mit keinem Wort. Das hast du noch nie gesagt.«

»Stimmt.« Jake lächelte in ihre strahlendblauen Augen. Er hatte gedacht, sie wisse, was er für sie empfand. Er hatte nicht vermutet, seine Gefühle in Worte fassen zu müssen, die sein Herz zum Überquellen füllten.

Er strich mit den Fingerkuppen über ihre Wange. »Sag bloß, du hast es nicht bemerkt.«

Caitlin schloß die Augen. Sie spürte die Liebe in seiner Berührung. »Vielleicht schon, aber ... eine Frau hört es gerne.«

Er küßte sie flüchtig auf den Mund. »Caitlin Kingsly, ich liebe dich ... ich liebe dich von ganzem Herzen. Und ich wünsche mir nichts sehnlicher, als daß du meine Frau wirst. Ist das gut genug?«

Als sie nicht antwortete, streichelte Jake ihren seidigen Arm. »Ich glaube, du liebst mich auch, Cat.«

Sie spürte, wie ihr die Tränen in die Augen stiegen.

»Was ist los? Hab' ich was Falsches gesagt?«

Sie schüttelte den Kopf. Seit Jahren sehnte sie sich danach, diese schlichten Worte von Jake zu hören. Jetzt aber verschlimmerten sie nur ihre Konflikte.

Ihr Herz krampfte sich zusammen, als sie sein kantiges, schönes Gesicht erforschte. Reichte die Liebe aus? Seine Liebe zu ihr konnte die nackte, kalte Wahrheit nicht verändern. Ein Mann mit seiner gesetzlosen Vergangenheit war als Vater für ihr Kind nicht geeignet.

Als er sich über sie beugte, um sie erneut zu küssen, entzog sie sich ihm. »Nicht ...«

»Du hast immer noch Angst vor mir«, sagte Jake gedehnt und zog sich zurück.

»Nein, ich habe keine Angst vor dir.«

Seine grünen Augen senkten sich in ihre. »Oh doch. Du hast Angst vor den Gefühlen, die ich in dir auslöse.«

Mit Mühe löste Caitlin ihren Blick. »Ich habe Angst vor deiner Vergangenheit. Vor der Gewalt.«

Jake spielte geistesabwesend mit einer ihrer schwarzschimmernden Locken. »Ich kann die Vergangenheit nicht ändern, Cat. Nur die Zukunft.« Er machte eine Pause. »Und du kannst mir dabei helfen. Ich brauche dich, Cat ... Hast du darüber nachgedacht? Ich brauche dich, um auf dem rechten Weg zu bleiben.«

»Du brauchst mich?« flüsterte sie.

»Mehr als alles andere auf der Welt«, antwortete er leise.

Caitlin schloß die Augen. Und sie brauchte ihn. Sie brauchte diesen Mann für immer.

»Ich will bei dir sein, Caitlin. Und ich denke, das willst du auch.«

»Wenn es nur so einfach wäre.«

»Es *ist* so einfach.«

Wirklich? dachte Caitlin in stummer Verzweiflung, ihre Augen suchten die richtige Antwort in seinen. Was wäre schlimmer? Ohne Jake zu leben? Oder mit ihm und ihren Sohn dadurch in Gefahr zu bringen?

Dieses Gespräch verfolgte sie in den letzten Tag in der Berghütte und ließ einen Hoffnungsschimmer in ihr keimen. An diesem bezaubernden Ort fiel es leicht zu glauben, ihre Ängste und Befürchtungen wären unbegründet, die Zukunft würde Lösungen für ihre Probleme bringen. Spätabends wurde das Thema wieder aufgegriffen. Sie waren zum See spaziert und hatten sich, in eine Decke gewickelt, ans Ufer gesetzt und bewunderten den Vollmond, der sich silbern in der glatten Wasserfläche spiegelte. Caitlin, in Jakes Arme geschmiegt, war von tiefem Frieden erfüllt.

»So sollte es immer sein«, murmelte Jake versonnen.

»Ja«, hauchte sie.

Schweigend nahm er ihre Hand und verschränkte seine Finger in den ihren.

»In New Mexico habe ich oft nachts im Freien gelegen ... und in den Mond gestarrt«, erzählte er leise. »Dann habe ich an mein Zuhause gedacht und an alles, wonach ich mich sehnte.«

Caitlins Kehle verengte sich. »Es tut mir so leid, Jake«, wisperte sie. »All das, was mein Vater dir angetan hat.«

Sie spürte sein Schulterzucken. »Am meisten habe ich bedauert, daß ich nicht da war, als mein Vater starb. Ich konnte mich nicht von ihm verabschieden. Ich habe erst Monate später von seinem Tod erfahren.«

Sie spürte seine Trauer. Ihr wurde plötzlich bewußt, daß Jake nie wirklich darüber gesprochen hatte, wie es ihm in all den Jahren ergangen war. Vielleicht mußte er reden ...

»Es muß schwer gewesen sein, zu niemandem Kontakt zu haben«, sagte sie leise.

»Das Schlimmste war, wie ein Hase gejagt zu werden.« Seine Stimme klang bitter. »Ich erinnere mich ... an einen Kopfgeldjäger, den ich nicht abschütteln konnte. Er war mir durch ganz New Mexico auf den Fersen. Und beinahe hätte er mir eine Kugel in den Rücken gejagt, als ... Alderson ihn daran hinderte.«

Sie begriff Jakes kurzes Zögern. Er wollte sie nicht an seinen kriminellen Freund erinnern, auch nicht an den Konflikt, den Aldersons plötzliches Auftauchen zwischen ihnen heraufbeschworen hatte. Es dauerte eine Weile, bevor Caitlin den Mut fand, ein Thema anzuschneiden, das sie brennend interessierte.

»Kann ich dir eine Frage stellen?«

»Wenn du willst.«

»Warum hast du dich dieser Verbrecherbande angeschlossen?«

Jake sah sie scharf an und überlegte, ob sie die Wahrheit wirklich wissen wollte. Gleichzeitig fragte er sich, ob er die Wahrheit überhaupt kannte. Ob er in der Lage war, die Wahrheit so auszudrücken, daß sie Caitlin begreifen konnte. Es fiel ihm schwer, die jahrelang geübte Zurückhaltung abzulegen.

Schließlich seufzte er. »Aus verschiedenen Gründen, denke ich. Hauptsächlich, weil ich ein verdammter Narr war.« Er lachte trocken. »Ich habe mich gegen mein Schicksal aufgelehnt. Man hatte mich bereits zum Mörder gestempelt; auf meinen Kopf war ein Preis ausgesetzt. Es war ohnehin egal, was ich machte. Und ich zählte auf den Schutz der Gruppe. Denn mittlerweile hatte ich es satt, wie ein wildes Tier gejagt zu werden. Ich fühlte mich sicherer, mit Männern zu reiten, die ebenfalls auf der Flucht waren.« Er zögerte, seine Stimme wurde zu einem Raunen. »Heute weiß ich, daß das der größte Fehler meines Lebens war.«

»Und warum hast du dich von ihnen getrennt?«

Jakes Blick verlor sich in der Ferne an einem Bergmassiv, dessen Gipfel in silbernes Mondlicht getaucht war. »Eines Tages wachte ich auf und mir wurde klar, welche Dummheit ich machte. Ich war kein Verbrecher, und ich wollte nicht wie einer leben. Und dann ... gab es dich.« Jake wandte sich wieder an Caitlin, seine Augen leuchteten dunkel und eindringlich. »Ich wußte, daß ich dir nie mehr unter die Augen treten durfte, wenn ich so weitermachte. Ich will mich nicht entschuldigen für das, was ich getan habe, Cat. Es war falsch. Doch dieser Abschnitt meines Lebens ist vorbei. Und ich schaue nicht zurück.«

In Caitlins Augen brannten Tränen. »Was ist mit dem Fahndungsplakat, das ich gesehen habe? Darauf steht, daß du einen Bankangestellten bei einem Überfall getötet hast.«

»Hältst du mich wieder für einen Mörder?« Die Frage war wie ein Messer, das in ihren Eingeweiden umgedreht wurde.

»N... nein ... aber vielleicht hast du auf ihn geschossen ... um zu entkommen ... wie damals, als du den Jungen töten mußtest.«

Jake biß die Zähne aufeinander und schwieg trotzig. Vielleicht war er ein Narr, aber glaubte, es nicht nötig zu haben, Cat seine Unschuld beweisen zu müssen. Ihre Liebe zu ihm müßte groß genug sein, um Vertrauen zu ihm zu haben.

Er drehte ihr Kinn zu sich und zwang sie, ihn anzusehen. »Ich bin kein Mörder, Cat.«

»Da ... das weiß ich.«

»Ich würde niemals etwas tun, was dich verletzen könnte. Oder deinen Sohn.«

Sie entzog sich ihm nicht und schwieg.

»Kannst du mir kein Vertrauen schenken?«

»Es ... es ist keine Frage des Vertrauens ...«

»Ach nein?« Jakes Tonfall klang gereizt.

»Bitte ... laß uns nicht streiten.«

Jake wandte den Blick. Caitlin hörte seine Atemzüge. Er kämpfte mit seiner Selbstbeherrschung. »Ich will nicht streiten«, murmelte er und zog sie an sich.

Sie seufzte, als er seinen Mund auf ihren Scheitel drückte. Sie vertraute ihm, das stand außer Frage. Wäre sie aber bereit, sich und ihren Sohn in Gefahr zu begeben, nur um mit ihm zusammensein zu können?

Vielleicht gab es eine andere Lösung ... »Jake ... was hältst du davon, wenn du mit mir nach St. Louis kämst?«

»Um mit dir dort zu leben?«

»Ja. Du könntest dir dort eine neue Existenz schaffen ...«

»Ich sagte bereits, Cat, ich laufe nicht mehr weg.«

»Du würdest nicht weglaufen.«

Seine Stimme wurde ernst. »Hältst du es für fair, mich noch einmal zu zwingen, meine Heimat zu verlassen?« Als sie nicht antwortete, fuhr er leise fort: »Ich will Beständigkeit nach so vielen Jahren auf der Flucht, Cat. Ich will an einem Ort sein, wo ich hingehöre.«

»Das verstehe ich«, sagte sie und versuchte ihre Enttäuschung zu verbergen. »Aber in St. Louis könntest du dir diesen Ort schaffen.«

»Es wäre nicht wie hier. Hier sind meine Wurzeln, genau wie deine, ob du es zugibst oder nicht. Außerdem bin ich nicht an ein Leben in der Großstadt gewöhnt. Ich könnte in St. Louis nicht für dich sorgen.«

»Ich habe meinen Beruf als Lehrerin. Ich verdiene nicht viel, aber wenn ich die Ranch verkaufe, könnten wir das Geld in ein Geschäft für dich investieren. Oder wir könnten eine Ranch irgendwo anders kaufen ...«

Jake versteifte sich. »Lieber schmore ich in der Hölle, als von Adam Kingslys Geld zu leben.«

»Tut mir leid. Es war eine dumme Idee. Aber vielleicht könntest du deinen Anteil an eurer Ranch verkaufen.«

»Damit würde ich Sloan möglicherweise ruinieren. Er könnte mich nicht ausbezahlen, ohne einen großen Teil der Herde verkaufen zu müssen.«

»Warum bist du so kompliziert? Bist du zu stur, um in Erwägung zu ziehen, mit mir in den Osten zu gehen?«

Jake seufzte. »Ich würde überall mit dir leben, wo du willst. Aber meine Vergangenheit könnte mich auch in St. Louis einholen. Hast du schon mal daran gedacht?«

Caitlin schwieg. Das Leben in einem anderen Staat würde ihre größte Befürchtung nicht aus der Welt schaffen. Jakes Vergangenheit würde immer eine Gefahr für ihren Sohn darstellen.

Am Ende der vereinbarten Woche wurde Caitlin immer noch von denselben quälenden Gedanken und Fragen heimgesucht.

Am letzten Morgen wachte sie in den Armen ihres Geliebten auf, und ein Stich fuhr ihr durchs Herz. Morgen würden sie wieder in der Zivilisation sein, und sie mußte sich zwischen Jake und ihrem Sohn entscheiden.

Caitlin fröstelte.

Jakes starke Arme schlangen sich fester um sie, und seine sehnigen Schenkel rieben sich an ihren.

»Kalt?« murmelte er rauh. »Komm, ich wärme dich.«

Seine Bartstoppeln kratzten ihre zarte Haut im Nacken. Ein Kribbeln durchrieselte sie, als seine samtige Morgenerektion sich an ihr Gesäß preßte.

»Jake ... nein.« Caitlin zwang sich das auszusprechen, was gesagt werden mußte. »Jake ... ich will, daß du mich zurückbringst.«

»Wohin zurück?«

»Zurück auf meine Ranch.«

Er schwieg. »Du gehst also nach St. Louis zurück«, sagte er endlich leise, tonlos.

»Ich ... weiß noch nicht. Ich habe mich noch nicht entschieden. Eine solche Entscheidung kann ich nicht so schnell treffen ... nicht hier. Ich kann nicht klar denken, wenn du bei mir bist.«

»Vielleicht keine schlechte Idee, wenn du nicht so viel denkst.«

»Nein, Jake. Ich muß fort. Ich brauche Zeit ... Zeit für mich allein. Meine Entscheidung betrifft nicht nur mich. Ich muß an meinen Sohn denken.«

Caitlin hielt den Atem an, wartete, ob Jake versuchen würde, sie davon zu überzeugen, daß es falsch sei, Ryans Bedürfnisse vor ihre eigenen zu stellen.

Sie spürte Jakes Hitze an ihrem Rücken. Seine schützenden Arme gaben ihr das Gefühl der Geborgenheit, ließen sie vergessen, wie gefährlich die Welt dort draußen war. Erst wenn er nicht mehr in ihrer Nähe sein wird, wird ihre Vernunft hoffentlich wieder einsetzen.

Beide hörten die schweren Schritte auf den Holzstufen vor der Hütte. Gedämpfte Geräusche, doch nach den Tagen der Stille klangen sie laut wie Gewehrschüsse.

Caitlin krallte ihre Finger um die Bettdecke und bedeckte ihre nackten Brüste.

Jake bückte sich blitzschnell nach dem Colt, der griffbereit neben dem Bett lag.

Er hob und entsicherte die Waffe, als die Tür sich knarzend öffnete.

Auf der Schwelle stand ein Mann in der gespannt wachsamen Haltung eines wilden Tieres.

»Wolf ...« Jake atmete erleichtert auf. »Herrgottnochmal, willst du, daß ich graue Haare kriege?«

Caitlin starrte mit klopfendem Herzen auf den Eindringling. Vorspringende Wangenknochen, hohe Stirn und eine scharf gebogene Adlernase ließen auf Indianerblut schließen. Auch das blauschwarze Haar und die rotbraune Hautfarbe wiesen auf indianische Abstammung hin. Er trug allerdings die Kleidung eines Weißen. Seine Augen, schwarz wie Kohle, waren von gefährlicher Eindringlichkeit, als er in den auf ihn gerichteten Revolverlauf starrte.

Jake senkte die Waffe und sicherte sie wieder.

Die Gesichtszüge des Fremden entspannten sich. Neugierig blickte er von Jake zu Caitlin. »Störe ich?«

Jake murmelte eine Erklärung. »Wolf ... ich weiß, es ist deine Hütte, aber würdest du netterweise nochmal verschwinden?«

Ein träges Grinsen umspielte die Mundwinkel des Fremden, und ein heiterer Funke blitzte in den schwarzen Augen. Caitlin wäre am liebsten unter die Bettdecke gekrochen. »Darüber ließe sich reden. Würdest du mich vorher der Dame vorstellen?«

15. KAPITEL

Wenige Stunden später packte Caitlin die wenigen Habseligkeiten, die sie mitgebracht hatte. Jake und sein Freund Wolf Logan waren gemeinsam losgezogen — wohin, wußte sie nicht.

Diesmal erschrak sie weniger heftig, als Wolf die Hütte betrat, da er klopfte und ihr ›Herein‹ abwartete, bevor er eintrat. Auch war sie anständig angezogen, doch mit einem Cheyenne Indianer allein auf so engem Raum zu sein, machte sie beklommen. Wolf sah wild aus mit seiner dunklen Hautfarbe, den schwarzen Augen und Haaren, obwohl er die Kleidung eines weißen Arbeiters trug — Lederweste, Baumwollhemd und blaue Köperhosen.

»Wo ist Jake?« fragte sie nervös, als Wolf seine Sachen auf den Tisch legte.

»Kümmert sich um die Pferde.« Als der Indianer ihre verstohlenen Seitenblicke bemerkte, zog er einen Mundwinkel hoch. »Sie brauchen keine Angst zu haben, daß ich mich auf Sie stürze und Sie skalpiere, Mrs. Hughes. Auch wenn Sie es mir vielleicht nicht ansehen, ich bin mit den Gepflogenheiten der Weißen vertraut, und meine Manieren sind mindestens so zivilisiert wie die von Jake.«

Caitlin errötete beschämt. »Tut mir leid. Ich kenne nicht viele ...«

»Indianer? Den meisten Weißen geht es nicht anders.«

Sie räusperte sich. »Ich möchte mich bedanken, daß Sie uns Ihre Hütte überlassen haben, Mr. Logan.«

»Nennen Sie mich Wolf. Jake ist ein guter Freund und gehört beinahe zur Familie. Sein Bruder war mit meiner Halbschwester verheiratet.«

»Sloan McCord?«

»Ja. Er lernte meine Schwester Sleeping Doe kennen, als sie mir den Haushalt führte. Ich habe sie in meine Hütte gebracht, um sie aus dem Dreck der Reservation rauszuholen, wo die Regierung die letzten Stammesbrüder der Cheyenne eingesperrt hält.« Wolfs Stimme war schneidend. »Ich hätte nie gedacht, daß sie durch die Hand eines Weißen sterben mußte.«

Er warf Caitlin einen durchdringenden Blick aus den schmalen Augen zu. Gerüchten zufolge hatte ihr eigener Vater Sloans indianische Frau getötet. Gab Wolf ihr eine Mitschuld am Tod seiner Schwester?

»Das tut mir furchtbar leid.«

Seine Kiefer spannten sich an. Er packte schweigend seine Sachen aus. Caitlin trat an das schmale Bett und schloß ihre Gobelintasche.

Plötzlich fiel ihr ein, daß Wolf sie mit ihrem neuen Familiennamen angesprochen hatte. »Hat Jake Ihnen etwas über mich erzählt?«

»Ja, das hat er. Vor vier Jahren. Er hat nicht aufgehört, von Ihnen zu reden. Aber damals hat er im Fieberwahn gefaselt.«

Caitlin wandte sich erstaunt um. »Dann sind Sie der Mann, der ihm das Leben gerettet hat?« Allmählich wurden ihr die Zusammenhänge klar.

»Ich habe Jake die Kugeln Ihres Bruders aus den Rippen geschnitten. Er wäre fast daran gestorben.« Wolf blickte sie durchdringend an. »Er sagte, Sie glaubten ihm nicht, daß Ihr Bruder zuerst geschossen hat.«

»Ich ... ich wußte nicht, was ich glauben sollte«, antwortete sie, die Wendung des Gesprächs war ihr ausgesprochen unangenehm. »Jake ging ohne ein Wort der Erklärung fort. Und es gab Zeugen ...«

Wolf gab einen höhnischen Laut von sich. Doch Caitlin spürte seine stumme Kritik ebenso deutlich, als hätte er sie eine Verräterin genannt. Und sie konnte es ihm nicht verdenken. Sie hätte dem Mann, den sie liebte, mehr Vertrauen entgegenbringen müssen.

»Und was glauben Sie heute?« fragte Wolf nach einer Weile.

Beim Gedanken an ihren Bruder wurde Caitlin traurig. »Ich glaube, daß Jake aus Notwehr geschossen hat. Er hatte keine andere Wahl.«

Wolfs harte Gesichtszüge entspannten sich, er nickte zustimmend. »Ihr Vater hat Jake übel mitgespielt«, bemerkte er nüchtern.

»Sie scheinen viel über Jake zu wissen.«

»Wir blieben in Kontakt.«

»Nachdem er von seiner Schußverletzung genesen war?«

»Ja, auch danach.«

»Ich dachte, Jake hatte sich hinterher nach New Mexico abgesetzt?«

»Ja, das ist richtig.«

»Hat er Ihnen erzählt, was er all die Jahre getrieben hat?«

Wolf zuckte die Achseln. »Jake spricht nicht viel über sich. Vermutlich will er diesen Abschnitt seines Lebens einfach vergessen.«

Wolf wußte offenbar weit mehr über Jake als sie, was zum Teil ihre eigene Schuld war. Sie hatte ihm nicht viele Fragen nach seiner Vergangenheit gestellt. Und wenn sie ehrlich war, hatte sie auch nichts über sein Leben als Verbrecher wissen wollen.

»Wissen Sie, wie es ihm hinterher ergangen ist?«

»Ziemlich schlecht.«

»Jake erzählte mir, daß er ein ... Scharfschütze wurde.«

»Richtig. Er lernte schnell mit dem Schießeisen umzugehen. Das mußte er, um die Kopfgeldjäger abzuwimmeln, die es auf ihn abgesehen hatten. Entweder er oder die anderen.«

Caitlin biß sich auf die Lippe. »Aber er war kein Unschuldsengel. Ich habe die Fahndungsplakate gesehen.«

Wolf nickte. »Er geriet in schlechte Gesellschaft und schloß sich einer Verbrecherbande an.«

»Niemand hat ihn dazu gezwungen. Das tat er freiwillig.«

»So war es wohl. Aber an Ihrer Stelle wäre ich nicht so schnell mit meinem Urteil. Sie wissen nicht, was es bedeutet, auf der Flucht zu sein. Von einem Tag auf den anderen zu leben.«

»Nein«, gestand sie.

»Außerdem ist es Jake hoch anzurechnen, daß er seinen Fehler eingesehen und bereut hat. Nach ein paar Monaten hat er sich von der Dolby Gang getrennt.«

Caitlins Blick verfinsterte sich, als sie daran dachte, wie er sich geweigert hatte, sich von seinem ehemaligen Kumpan loszusagen. »Woher wissen Sie, daß er bereut?«

»Nennen Sie es Instinkt. Ich vertraue jedenfalls dem, was ich sehe. Letztes Jahr habe ich Jake in New Mexico besucht. Ich wollte ihm sagen, daß sein Vater getötet worden war.« Wolf durchbohrte sie mit scharfen Blicken. »Wissen Sie, womit er sich beschäftigte, als ich ihn fand? Er studierte Gesetzesbücher.«

»Gesetzesbücher? Warum denn das?«

»Er suchte nach einer Möglichkeit, seine Unschuld am Tod Ihres Bruders zu beweisen. Würde ein Schuldiger sich mit der Rechtswissenschaft befassen?«

Caitlin schüttelte den Kopf. Schwer vorstellbar, daß Jake über Gesetzesbücher brütete. Dann erinnerte sie sich an die Bücher, die auf dem Schreibtisch in Sloans Arbeitszimmer aufgeschlagen lagen. Gehörten diese Werke Jake oder seinem Bruder? Was verschwieg Jake ihr noch über sich? Wie wenig hatte sie ihn gefragt?

»Jake versucht, seinem Leben eine Wendung zu geben, Mrs. Hughes.«

»Bitte nennen Sie mich Caitlin«, bat sie zerstreut.

»Gut, Caitlin. Ich möchte Ihnen nur noch eines sagen. Ich finde, Sie sollten ihm die Chance geben zu beweisen, daß er unschuldig ist.«

»Aber ... darum geht es nicht.«

»Wirklich nicht? Mir scheint, Sie kommen von seiner Vergangenheit nicht los.«

Damit hatte Wolf recht. »Vielleicht ... Aber ich bin auch nicht sicher, ob Jake es schafft. Er merkt allmählich, daß es nicht leicht ist, die Vergangenheit hinter sich zu lassen.«

»Er versucht es wenigstens.«

Caitlin schwieg und Wolf fuhr fort: »Wären Sie mit Jake in die Berge gegangen, wenn er ein schlechter Mensch wäre?«

Sie wich seinem bohrenden Blick aus. »Nein.« Jake war kein schlechter Mensch, das wußte sie. Er mochte ein paar schlechte Dinge getan haben, entweder weil er dazu getrieben worden war, oder auch aus freien Stücken, aber im Grunde hatte er ein gutes Herz. Sie mußte sogar gestehen, daß sie — aus Gründen des Selbstschutzes — seine Fehler aufgebauscht hatte. Sah sie auch die möglichen Gefahren übertrieben?

»Sie mögen ihn, stimmt's?«

Caitlin nickte. Die letzte Woche mit Jake hatte ihr gezeigt, wie hoffnungslos sie in ihn verliebt war. Und nun mußte sie eine Entscheidung treffen.

»Ich habe den Eindruck, daß auch er Sie mag«, überlegte Wolf. »Deshalb begreife ich nicht, wo das Problem liegt.«

»Es ist ... mein Sohn. Ich kann meinem Kind nicht einen ehemaligen Kriminellen als Vater zumuten.«

»Tja ...« meinte Wolf nachdenklich. »Wie ich Jake kenne, wird er nicht so leicht aufgeben. Er ist wie mein Namensvetter, der Wolf. Wölfe paaren sich das ganze Leben nur mit einer Gefährtin. Und Jake sieht in Ihnen seine Lebensgefährtin.«

Stiefelschritte auf den Holzstufen ersparten Caitlin eine Stellungnahme. Als Jake eintrat, beschäftigte sie sich wieder mit Packen. Die Stille schien ihm nicht geheuer zu sein. Er schaute von einem zum anderen und hob eine Augenbraue.

Zu Caitlins Erleichterung fragte Wolf, ob die Pferde gesattelt seien.

Etwas später, als Wolf Logan mit vor die Hütte trat, um sich zu verabschieden, beschlich Caitlin wieder diese Befangenheit. Der Indianer nahm ihre beiden Hände in seine knochigen, großen Pranken und sah sie aus funkelnden schwarzen Augen an.

»Die Cheyenne haben ein Sprichwort«, sagte er leise. »Nur wenn du dein Herz verstehst, findest du wahren Frieden.«

Caitlin sah ihn lange an, gefangen von seinem hypnotischen Blick. Dann lächelte sie zaghaft und bestieg das Pferd.

»Was hatte das zu bedeuten?« fragte Jake etwas später, als sie den schmalen Pfad zu Tal ritten.

»Ach nichts ...« murmelte Caitlin und hoffte, er würde nicht nachhaken.

Während des langen Rittes über unwegsames Gelände blieb Jake schweigsam und hing seinen Gedanken nach. Mit keinem Wort erwähnte er Caitlins Abreise, obwohl er an kaum etwas anderes denken konnte.

Diese letzte Woche hatte ihm noch einmal deutlich gemacht, was er seit langem wußte: daß er zu ihr gehörte und sie zu ihm. Sie war alles, was er wollte, was er brauchte — er, der nie einen Menschen gebraucht hatte, bevor er diese Frau kennengelernt hatte. Cat gab ihm wieder Träume und neue Hoffnung. Wenn er sie in seinen Armen hielt, konnte er die Leere vertreiben, die seine Seele beinahe erstickt hätte.

Aber es war Caitlins Entscheidung, ob sie bei ihm bleiben wollte oder nicht. Er wollte ihr deutlich machen, daß ihr Leben ohne ihn unvollständig war, da sein Leben ohne sie leer und trostlos war. Cat mußte bei ihm bleiben, weil es keine andere Möglichkeit gab. Weil ihr Herz ohne ihn verhärtete.

Erst als sie die Kingsly Ranch beinahe erreicht hatten, rang Jake sich die Frage ab, die ihm seit Tagen auf der Seele brannte.

»Wann wirst du endlich meine Qualen beenden, Teufelskatze, und mir sagen, für welchen Weg du dich entschieden hast?«

Sie runzelte die Stirn. »Ich habe mich noch nicht entschieden. Ich ... weiß nicht, ob ich dich heiraten kann, Jake. Aber ... ich werde Colorado ganz bestimmt nicht gleich verlassen.«

Ein Lächeln breitete sich über sein Gesicht, so strahlend, als würde die Sonne durch dunkle Wolken brechen. Er stieß einen jauchzenden Jubelschrei aus, so daß beide Pferde heftig erschraken. Dann beugte er sich vor, packte die Geliebte um die Mitte, schwang sie aus dem Sattel, setzte sie auf seinen Schoß und bedeckte ihren Mund mit einem leidenschaftlichen Kuß.

»Jake, laß das!« keuchte Caitlin atemlos, als sie endlich sprechen konnte. »Laß mich los!«

Immer noch glückstrahlend setzte er sie gehorsam wieder auf ihr eigenes Pferd. Dann grub er seinem Gaul die Sporen in die Flanken und jagte im wilden Galopp los, fuchtelte dabei mit dem Hut in der Luft herum und umrundete sie mit ausgelassenem Indianergeheul. Caitlin befahl ihm kopfschüttelnd, er solle sich gefälligst wie ein erwachsener Mann benehmen, sonst würde sie ihre Meinung doch noch ändern.

Sie hatte sich noch nicht von seinem leidenschaftlichen Kuß erholt, als die Wirklichkeit sie einholte.

Eine aus vier Mann bestehende Patrouille, zuständig für die Einhaltung des Waffenstillstandes, ritt ihnen entgegen. Jake wurde sofort ernst und wachsam. »Was ist los, Roy?« fragte er den Anführer der bis an die Zähne bewaffneten Männer.

»Ein halbes Dutzend von Lees Mastochsen sind letzte Nacht erschossen worden. Wir sind auf der Suche nach den Tätern. Die Spuren führen in diese Richtung. Ist euch oben in den Bergen jemand begegnet?«

»Leider nein.« Jakes Blick schweifte zu Lee Hodgekiss, der ihn feindselig beäugte. Augenscheinlich erinnerte er sich an den Vorfall bei der Feier des Unabhängigkeitstages, als er dumm genug war, den berüchtigten Meisterschützen Jake McCord herauszufordern.

Die Blicke des Cowboys wichen Jake unstet aus. »Das kommt davon«, knurrte Hodgekiss bissig, »wenn man sich mit stinkenden Schafhirten einläßt.«

Die beiden Schafzüchter in der Patrouille versteiften sich. »Wen nennst du stinkenden Schafhirten?« wollte einer von ihnen wissen.

Roy mischte sich ein, bevor die Gemüter sich zu sehr erhitzten. »Beruhigt euch, Leute. Lee ist wütend wegen seiner Ochsen, das kann ich verstehen. Aber es könnte genausogut ein Rinderzüchter gewesen sein, um den Streitigkeiten wieder Zunder zu geben. Wir müssen erst genaue Untersuchungen anstellen.« Er nickte Jake zu. »Wir könnten noch einen guten Schützen gebrauchen, wenn du Zeit hast.«

Jake streifte Caitlin mit einem Blick, die die Szene mit ernstem Gesicht und schmalen Lippen verfolgte, dann schüttelte er bedauernd den Kopf, entschuldigte sich, er habe momentan andere Verpflichtungen und wünschte den Männern Glück.

Er und Caitlin ritten weiter. Die Stimmung war auf den Nullpunkt gesunken, als sie den Hof der Kingsly Ranch erreichten. Der Zauber war verflogen. Die Welt der Gewalt und Zwistigkeiten hatte ihre Traumwelt zerstört.

Caitlin brachte ihr Pferd vor der hinteren Veranda zum

Stehen. Im selben Augenblick wurde die Küchentür aufgerissen und eine rundliche grauhaarige Frau erschien im Türrahmen.

»Wird aber auch Zeit, daß du nach Hause kommst«, sagte sie und wischte sich die Hände an der Schürze ab.

Völlig verdattert sah Caitlin die ältere Frau mit großen Augen an. »Tante Winnie, was in aller Welt machst du denn hier?«

»Ich bin gestern mit dem Zug angekommen. Und von Denver bis hierher mußte ich ganz alleine reisen. Wo warst du denn, junge Frau?«

Caitlin überhörte ihre Frage, Angst schnürte ihr das Herz ab. »Herr im Himmel, ist Ryan etwas zugestoßen?«

»Aber nein. Ihm geht es gut. Er ist im Haus und spielt.«

»Aber ... du solltest ihn doch nicht hierher bringen.« Caitlin stieg hastig vom Pferd, um nach ihrem Sohn zu sehen. »Hast du nicht mein Telegramm erhalten?«

»Er hatte Sehnsucht nach seiner Mutter. Und das hielt ich für wichtiger als irgendeinen unnötigen Grenzkrieg.«

»Aber Tante Winnie ...« Caitlin eilte auf die Verandastufen zu. »Ich habe dir doch gesagt, wie gefährlich es hier ist.«

»Na, das ist mir ja eine feine Begrüßung nach der langen Reise, nur um dich zu sehen.«

Caitlin schickte ein Stoßgebet zum Himmel. Ihre eigensinnige Tante hatte das Telegramm, in dem sie sie ausdrücklich darum gebeten hatte, Ryan *nicht* nach Colorado zu bringen, völlig mißachtet. Winnie unterschied sich von ihrem verstorbenen Bruder Adam wie die Sonne vom Mond, besaß allerdings den gleichen Dickschädel wie er.

»Tut mir leid«, entschuldigte Caitlin sich hastig. »Natürlich bist du mir willkommen. Es ist nur ...«

Während sie sprach, schoß ein kleiner schwarzhaariger Irrwisch aus dem Haus und sprang die Verandastufen hinunter.

»Mama, Mama!«

»Ryan, Vorsicht! Die Stufen!« Caitlin eilte dem Kind entgegen, hob es hoch und drückte es an sich. Ryan schlang seine

Ärmchen um ihren Hals und bedeckte ihr Gesicht mit schmatzenden Küssen. Caitlin ließ die Zärtlichkeiten lachend über sich ergehen.

»Wo warst du so lang, Mama? Du hast mir gefehlt.«

»Ach mein Liebling, du hast mir auch gefehlt. Ganz, ganz doll.«

»Das ist also der Kerl«, stellte die Tante sinnend fest. Erschrocken nahm Caitlin wahr, daß Tante Winnie Jake neugierig musterte.

Kalte Angst krallte sich um ihr Herz. Sie hatte Jake ganz vergessen. Vor so einer Situation hatte sie sich immer gefürchtet.

»Komm, mein Schatz«, flüsterte sie Ryan zu. »Laß uns ins Haus gehen.« Caitlin hatte den Fuß bereits auf der Verandastufe, als Jakes tiefe Stimme sie zurückhielt.

»Willst du uns nicht vorstellen, Cat?«

Einen Augenblick blieb sie wie gelähmt stehen, ihr Herz hämmerte gegen die Rippen. Zögernd wandte sie sich um. Angst stand ihr deutlich ins Gesicht geschrieben.

»Also ... das ... ist meine Tante Winifred Truscott. Tante Winnie ... Jake McCord.«

Jake tippte sich an die Hutkrempe und fixierte Caitlin mit gefurchter Stirn.

»Und dieser Knirps ist wohl dein Sohn«, sagte er leise.

Ryan zeigte mit dem Finger auf den Mann, der sich aus dem Sattel schwang. »Bist du ein Cowboy?«

Jake zwang sich zu einem Lächeln und trat auf ihn zu. »Na klar. Hallo, Kumpel.«

Er bückte sich, um dem kleinen Jungen die Hand zu geben. Und dann erstarrte er. Der Junge strahlte ihn mit Grübchen in den Pausbacken an. Aber es waren seine Augen, die Jake die Sprache verschlugen.

Er blickte in strahlende Kinderaugen, im gleichen Grün wie die seinen.

16. KAPITEL

Jake war zumute, als habe ihn ein Pferd in den Magen getreten. Und dann erinnerte er sich der Worte, die Caitlin über ihren Sohn gesagt hatte ... *Er hat meine Haare und die Augen seines Vaters ...*

In Jakes Kopf wirbelte es wild durcheinander, bis ein verschwommener Gedanke Form annahm. Benommen schaute er auf den Jungen mit den gleichen grünen Augen wie die seinen.

Die Augen seines Vaters.

Und Caitlin beobachtete ihn mit ängstlicher Miene — und das zu Recht, dachte Jake plötzlich wutentbrannt.

»Cat, ich muß mit dir reden. Und zwar sofort.« Seine Stimme duldete keinen Widerspruch.

Er weiß Bescheid, dachte Caitlin. Panik krampfte ihr Inneres zusammen. Sie war nicht darauf vorbereitet. »Kann das nicht warten? Ich habe Ryan und Winnie noch gar nicht richtig ...«

»Nein, es kann nicht warten.«

Zögernd übergab sie das Kind der Tante. Jake ließ die Augen nicht von ihm. Abgesehen von den Augen konnte er wenig Ähnlichkeit feststellen, dennoch hatte er keinen Zweifel, daß dieses Kind sein Sohn war. Er spürte es einfach. Und es überkam ihn maßloser Zorn.

Nervös sagte Caitlin ihrem Sohn, er dürfe nicht böse sein, sie sei gleich wieder zurück. Dann nahm Jake sie mit eisernem Griff am Arm. Ohne ein weiteres Wort hob er sie wieder auf ihr Pferd und schwang sich selbst in den Sattel. Um allein zu sein, ritt er mit ihr auf die Hügel zu, beide in schweigender Anspannung.

Caitlin warf ihm verstohlen Seitenblicke zu und erschrak über seine verhärteten Gesichtszüge. Ihr Magen zog sich zusammen. Schuldgefühle und Angst kämpften in ihr. Jake würde ihr nie vergeben. War es falsch gewesen, ihm zu verschweigen, daß sie ein gemeinsames Kind hatten?

Sie war froh, als er endlich anhielt und redete.

»Ryan ist mein Sohn, hab' ich recht?!« Das war keine Frage sondern eine Feststellung.

»Jake ... du mußt verstehen ...«

»Herrgottnochmal, Cat! Antworte mir!« Jake verengte die Augen. »Sag mir die Wahrheit. Du hast behauptet, dein Sohn sei fast drei, aber er ist älter, stimmt's?«

»Er ist groß für sein Alter, aber ...«

»Zum Teufel, du hast mich die ganze Zeit angelogen.«

Sie zuckte unter seinem Vorwurf zusammen. Jake sah aus, als würde er im nächsten Augenblick zuschlagen. Sein Gesicht war eine starre Maske, nur seine Kieferknochen mahlten. Und in seinen Augen brannte der Schmerz.

»Er ist mein Sohn, nicht wahr?« fragte er heiser.

»Ja«, gab sie endlich zu, so leise, daß ihre Stimme kaum zu hören war.

Aber Jake hörte sie. Er stieg vom Pferd. Er fühlte sich so schwach, als würde er bei der kleinsten Berührung zerbrechen.

Er stand lange mit dem Rücken zu ihr. »Und ich habe es nicht gewußt«, flüsterte er tonlos.

Er war der Vater von Caitlins Kind, er hatte einen Sohn, von dessen Existenz er nichts gewußt hatte. Einen Sohn, auf den er eifersüchtig war, weil ihm Cats Liebe und Fürsorge gehörte. Nur durch Zufall hatte er Ryan kennengelernt. Wenn ihre Tante nicht auf die Idee gekommen wäre, das Kind nach Colorado zu bringen, wäre er vielleicht nie hinter das Geheimnis gekommen.

Er kniff die Augen zusammen. Eine Welle aus Schmerz und Zorn schwappte über ihm zusammen. Cat hatte ihn die ganze Zeit belogen ... und betrogen.

Bestürzt, verletzt und wütend über ihren Verrat wandte Jake sich um. »Warum?« fragte er gequält. »Warum hast du es mir nicht gesagt? Warum hast du mir meinen Sohn verschwiegen?«

Seine Worte zerrissen ihr das Herz. Der Schmerz und die Anklage in seinen grünen Augen waren ihr unerträglich. Sie senkte den Blick. »Ich ... es tut mir leid, ich ...« Die Stimme versagte ihr. Sie schluckte gegen den Knoten an, der ihr die Kehle zuschnürte, und zwang sich zu sprechen. Sie mußte es ihm sagen. Sie mußte ihm ihre Gründe erklären.

»Es tut mir leid, Jake. Ich wollte dich nicht kränken, aber ich hatte keine andere Wahl ... Ich hatte solche Angst um Ryan. Ich wollte ihn beschützen ...«

»Vor mir?«

»J ... ja ...« Eine Träne rollte ihr übers Gesicht. »Kannst du nicht versuchen, mich zu verstehen?«

»Im Augenblick verstehe ich nur eines.« Seine Züge verfinsterten sich erneut. »Cat, du hattest kein Recht, mir mein Kind zu verheimlichen. Du hast mir die ersten drei Lebensjahre meines Sohnes gestohlen! Womit willst du das rechtfertigen?«

Ein trockenes Schluchzen brach aus ihr. »Du warst nicht da, Jake! Ich hielt dich für den Mörder meines Bruders.«

»Du weißt seit Wochen, daß mich keine Schuld trifft! Was zum Teufel hat dich daran gehindert, mir in dieser Zeit die Wahrheit zu sagen?«

»Der ... derselbe Grund, dich nicht heiraten zu können.« Sie ließ ihren Tränen freien Lauf. »Ich wagte es nicht, Jake. Ryan sollte keinen Verbrecher zum Vater haben. Da war deine Vergangenheit ... Ich hatte Angst, daß du wieder zur Gewalt greifst, auch wenn du es nicht willst.«

»Zum Teufel, Cat ... er ist mein Sohn. Mein Fleisch und Blut.«

Sein Vorwurf, seine Qual drohten ihr das Herz zu zerreißen. Sie konnte nachempfinden, was Jake fühlte. Hätte man ihr das Kind weggenommen, hätte sie wie eine Löwin um ihr Junges gekämpft. Jake warf ihr vor, ihm seinen Sohn verheimlicht zu haben und ihn betrogen zu haben, dabei wollte sie nur ihr Kind schützen. In seinen Augen brannte glühender Schmerz. Sie streckte eine zitternde Hand nach ihm aus ...

Doch er wollte ihren Trost nicht. Er wich zurück und wandte sich plötzlich ab. Trostlosigkeit erfaßte ihn, als ihm das ganze Ausmaß ihrer Lüge bewußt wurde.

»Mein Gott, wenn ich mir vorstelle, was mir entgangen ist«, stieß er heiser hervor. »Ich habe nicht das Heranwachsen meines Kindes erlebt ...«

Er wollte seinen Groll hinausschreien. Er hatte die vergangenen Jahre dunkler Einsamkeit für die Hölle gehalten ... sein entwurzeltes Dasein als Gesetzloser, in dem es nur Blutvergießen und Gewalt gegeben hatte. Doch er hatte sich geirrt. Das hier war eine schlimmere Hölle. Zu erfahren, daß er einen Sohn hatte, von dem er nichts wußte.

Jake schloß die Augen und holte stockend Luft, doch das Schluchzen konnte er nicht mehr zurückhalten.

Weinend glitt sie vom Pferd, trat zaudernd auf ihn zu, streckte die Hand aus, um ihn zu berühren. Er zuckte zusammen und wich zurück.

»Ich verfluche ihn«, preßte er zwischen den Zähnen hervor und ballte zitternd die Fäuste. »Dieser gottverdammte Schweinehund. Wenn er nicht schon im Grab liegen würde ...«

Caitlin schloß die Augen. Sie wußte, daß er von ihrem Vater sprach. Jake hatte allen Grund, Adam Kingsly für die Jahre zu hassen, die er ihm gestohlen hatte. Daß ihm sein Sohn vorenthalten worden war, verstärkte seine Bitterkeit gegen ihn nur noch.

Caitlin fand keine Worte, um Jakes Schmerz zu lindern. Sie wußte nicht einmal, ob er das überhaupt wollte. »Jake ... es tut mir so leid«, flüsterte sie nur tonlos.

Er drückte die Finger in die Augenhöhlen.

»Hat dein Vater es gewußt?« fragte er dann mit gefaßter Stimme.

Schnell wischte sie sich die Tränen von den Wangen und straffte die Schultern. »Daß ich schwanger war? Ja, das wußte er. Ich mußte es ihm sagen. Einen Monat, nachdem du verschwunden warst, wußte ich, daß ich ein Kind erwarte ... Mein Vater schäumte vor Wut.«

»Hat er dir etwas angetan?« fragte Jake und streifte sie mit einem Blick.

»Nein ... Er hat mich nicht geschlagen. Er hat mich enterbt

und mich nach St. Louis geschickt. Tante Winnie nahm mich auf ... ohne mich zu verurteilen oder zu verachten. Sie wußte um meinen Zustand. Allen anderen erzählte ich, ich sei verwitwet. Ich legte mir einen falschen Namen zu, um meinen Ruf und die Zukunft meines ungeborenen Kindes zu schützen. Mein Baby traf keine Schuld an der Sünde, die ich begangen hatte, es durfte nicht leiden. Es ... es fiel mir nicht schwer zu behaupten, mein Ehemann sei gestorben. Du warst für mich ja wie gestorben. Ich konnte nicht hoffen, dich je wiederzusehen.«

Jake wandte sich zu ihr um, seine Augen waren überschattet. »Warst du nie verheiratet?«

»Nein.«

»Du hast ... keinen anderen Mann geliebt?«

»Nein. Es gab keinen ... außer dir.«

Jakes Herzschlag stockte bei ihrem Geständnis. Er las in Caitlins Augen tiefe Traurigkeit und näherte sich ihr einen Schritt. Er hatte nicht bedacht, was sie alles durchgemacht hatte, wie einsam und verängstigt sie gewesen sein mußte. Er hatte nur seinen eigenen Schmerz empfunden. »Das Bild, das ich von Hughes gesehen habe auf der Kommode ...«

»Das habe ich in Denver gekauft. Ich kenne den Mann nicht. Ich habe eine Geschichte über ihn erfunden, noch bevor ich nach St. Louis ging. Ich wollte Ryan einen Namen geben. Ich wollte nicht, daß er als uneheliches Kind gebrandmarkt ist.«

Jakes Kiefer mahlten. Einen Augenblick später erhellte ein Licht seine harten Gesichtszüge.

»*Mein Sohn* ...«, murmelte er ehrfürchtig. Zu Caitlins Verwunderung streckte er die Hand aus und legte sie flach auf ihren Leib. »Wie war es, mein Kind zu bekommen?«

Caitlin lächelte unsicher, als sie an die Geburt dachte. »Es hat weh getan. Und es war wie ein Wunder. Ich konnte es nicht fassen, daß ich dieses winzige Geschöpf zur Welt gebracht habe. Und es war ... ein Teil von dir ...« Wieder füllten sich ihre Augen mit Tränen.

»Ich hätte an deiner Seite sein müssen«, flüsterte er und trocknete ihr mit sanften Fingerspitzen die Wangen.

»Es wäre schön gewesen, wenn du bei mir gewesen wärst.«

»Aber ... das ist vorbei. Wir werden heiraten, und zwar so schnell wie möglich.«

Caitlin schwieg. »Jake, ich ... sehe nicht, was das ändern soll.«

»Was redest du?«

»Deine Vergangenheit ... ist immer noch eine Bedrohung für das Leben unseres Sohns. Die Gewalt ...«

Ihm war, als hätte sie ihn geschlagen. »Du kannst mir Ryan nicht wieder wegnehmen.«

Sie wollte fliehen, nicht vor Jake, nein, vor dem Schmerz, den sie ihm bereiten mußte. »Aber ... es hat sich doch im Grunde nichts geändert ...«

»Was redest du? Ich weiß, daß ich einen Sohn habe.«

»Trotzdem. Ich muß das tun, was für ihn am besten ist, begreifst du das nicht? In St. Louis ist er in Sicherheit.«

Jakes Gesichtszüge verhärteten sich wieder. »Davon will ich nichts hören, Cat. Mein Sohn wird meinen Namen tragen. Ich bin sein Vater, und ich will keine Minute mehr von seinem Leben versäumen. Wir werden heiraten.«

Caitlin seufzte. Typisch für Jake, diesen herrschsüchtigen Ton anzuschlagen und zu glauben, er könne sie zwingen, ihn zu heiraten. Sie hatte Verständnis für seinen Schmerz. Sie litt mit ihm. Doch das bedeutete nicht, daß sie sich eine Entscheidung aufdrängen lassen würde, die Ryans Leben nachteilig beeinflussen würde. Sie liebte Jake von ganzem Herzen, was sie indes nicht berechtigte, seine und ihre Bedürfnisse vor die Interessen ihres Sohnes zu stellen.

Sie sah Jake flehend an. »Genau das ist es«, sagte sie beschwörend. »Genau davor hatte ich Angst, daß du mich zu etwas zwingst, ohne an die Konsequenzen zu denken. Deshalb habe ich nicht gewagt, dir die Wahrheit über Ryan zu sagen. Weil du dann darauf bestanden hättest, an seinem Leben teilzuhaben ...«

»Damit hast du verdammt recht, darauf bestehe ich! Ich will meinen Sohn bei mir haben, und niemand wird sich mir in den Weg stellen. Entweder du heiratest mich, oder ich nehme Ryan und verschwinde, das schwöre ich bei Gott, Cat. Und du siehst weder ihn noch mich je wieder.«

Alle Farbe wich aus ihrem Gesicht. Angst durchfuhr sie bei seiner Drohung wie ein Blitz. Angst und Schmerz — denn Jake meinte, was er sagte.

Caitlin wich erschrocken zurück und ballte die Fäuste. Ihre blauen Augen blitzten ihn kämpferisch an. Sie verwandelte sich in eine Löwin, die ihr Junges verteidigte. »Wenn du es wagst, ihm nur ein Haar zu krümmen«, erklärte sie tonlos, »dann ... dann erschieße ich dich eigenhändig, Jake.«

Er zuckte zusammen. »Ihm weh tun?« Jake schüttelte den Kopf. »Du wirst doch nicht annehmen, daß ich meinem Sohn etwas antun könnte.«

»Du hast gerade damit gedroht, ihn zu entführen! Ihn seiner Mutter wegzunehmen.«

Jake seufzte und schluckte eine wütende Entgegnung hinunter. »Cat, du weißt genau, daß ich das nicht so meine. Ich habe nur Angst, Ryan wieder zu verlieren.«

»Ich habe auch Angst. Angst um meinen Sohn. Sein Wohl kann dir nicht am Herzen liegen, sonst würdest du gar nicht auf die Idee kommen, ihn hier aufwachsen zu lassen, wo er in ständiger Gefahr wäre.«

Der Zorn wich aus Caitlins Stimme, nun flehte sie: »Ich weiß, daß du ihn haben willst, Jake. Ich weiß, daß es nicht fair war, ihn dir vorzuenthalten, nach allem, was du durchgemacht hast. Aber du warst nicht der einzige, der gelitten hat. Auch ich habe unendliches Leid durchgemacht. Ich habe den Mann verloren, der mein Ehemann werden sollte. Ich mußte ein Kind alleine erziehen ... Ich habe meinen Bruder verloren in einem sinnlosen Grenzkrieg, und ich habe meinen Vater verloren. Ich werde bis zum letzten Blutstropfen kämpfen, bevor ich zulasse, daß Ryan in die Fußstapfen dieser Männer tritt!« Damit machte sie auf dem Absatz kehrt und griff nach den Zügeln ihres Pferdes. Bevor Jake sie daran hindern konnte, hatte sie sich in den Sattel geschwungen.

»Cat ... warte! Ich denke nicht nur an mich. Ich denke auch an Ryan. Ein Junge braucht einen Vater ...«

»Ich *weiß*. Aber keinen, der das Leben seines Sohnes in Gefahr bringt.«

Jake mußte an sich halten, um seine Wut nicht hinauszuschreien. »Das mag sein«, stieß er grimmig zwischen den Zähnen hervor. »Aber ich garantiere dir, kein anderer Mann übernimmt die Vaterrolle für Ryan. Du wirst keinen anderen Mann heiraten.«

»Ich will keinen anderen heiraten!« Caitlin blickte Jake aus tränenblinden Augen an. »Ich gehe mit Ryan zurück nach St. Louis. Vielleicht können wir darüber reden, ob du uns begleitest ... Aber ich habe weder Zeit noch Lust, jetzt darüber zu diskutieren. Mein Sohn wartet auf mich, den ich seit Wochen nicht gesehen habe und der sich nach mir sehnt. Du kannst uns morgen besuchen — wenn du versprichst, Ryan kein Wort zu sagen, daß du sein Vater bist. Und laß deine Pistolen zu Hause! Mein Sohn darf nicht der Gewalt ausgesetzt werden, die mein Leben vergiftet hat. Du kannst ihn kennenlernen — als Freund, mehr nicht. Dann werden wir über die Zukunft sprechen.«

Sie riß die Zügel herum und galoppierte davon. Jake starrte ihr grimmig hinterher und war innerlich aufgewühlt. Wut war das stärkste Gefühl. Wut gegen Cat, die dieses schmerzliche Geheimnis vor ihm hatte. Wut auch, weil sie immer noch zu denken schien, sie könne ihm seinen Sohn wegnehmen. Und Wut gegen sich selbst, weil er Drohungen ausgesprochen hatte, die er niemals wahrmachen würde. Schmerz war die andere Empfindung, daß ihm sein Kind vorenthalten worden war. Dazu kamen Glücksgefühle und ein unfaßliches Staunen.

Jake schüttelte den Kopf, schloß die Augen und atmete immer noch benommen tief durch.

Er hatte einen Sohn. Einen Sohn, von dessen Existenz er bis zum heutigen Tag keine Ahnung gehabt hatte.

17. KAPITEL

»Nun«, meinte Winifred, »willst du mir nicht endlich von diesem Jake erzählen, Caitlin?« Ryan war gleich nach dem Abendessen zu Bett gebracht worden, und die beiden Frauen saßen am Küchentisch und tranken Kaffee.

»Willst du mir nicht lieber erzählen, was zu Hause alles los war?«

»Das kann warten, bis du dich ausgesprochen hast.«

Tante Winnie war zwar gutherzig, aber mit einem eisernen Willen ausgestattet; sie würde ihr solange zusetzen, bis ihre Neugier gestillt war. »Also gut«, seufzte Caitlin. »Was willst du wissen?«

Tante Winnies blaue Augen blitzten. »Erstens ... wirst du ihn heiraten?«

»Ich weiß nicht, ob das richtig wäre.«

»Warum nicht? Du liebst ihn doch, oder?«

»Ja, schon.«

»Liebt er dich?«

»Er sagt ... ja.«

»Dann dürfte doch alles klar sein.«

Caitlin schüttelte den Kopf. »Liebe allein reicht nicht aus, Tante Winnie.«

»Na ja, Leidenschaft ist auch nicht zu verachten«, bestätigte sie augenzwinkernd. »Aber dein Jake sieht aus wie ein Mann, dem es auch in dieser Hinsicht an nichts fehlt.«

Caitlin spürte, wie ihr die Hitze in die Wangen stieg. Unwillkürlich schoß ihr der Gedanke durch den Kopf, wie er sie hier in der Küche geliebt hatte. »Das meine ich nicht damit. Ich denke dabei an Ryan. Es ist meine Pflicht, das zu tun, was für Ryan am besten ist.«

»Selbstverständlich. Aber trägst du nicht auch Verantwortung für dich selbst?«

»Wie meinst du das?«

»Caitlin, du weißt, daß ich mich nicht gern in die Angelegenheiten anderer einmische, aber etwas muß ich dir sagen, sonst platze ich. Meiner Meinung nach machst du einen riesigen Fehler, wenn du deinen Jake nicht heiratest. Nein,« sie hob abwehrend die Hand — »laß mich ausreden. Nicht viele Menschen lernen die Liebe wirklich kennen. Ich hatte dieses Glück. Als Truss starb, ist mir das Herz gebrochen. Irgendwann aber begriff ich, daß ich dankbar sein mußte für die schöne Zeit, die wir zusammen verbracht hatten. Das Leben ist zu kurz, um nicht alle Chancen zu nutzen, die sich uns bieten. Du hast eine zweite Chance bekommen mit dem Mann, den du liebst. Laß sie dir nicht entgehen. Denk an all die Jahre, die du mit Jake glücklich gewesen sein könntest, wenn dein Vater ihn nicht beschuldigt hätte, deinen Bruder ermordet zu haben.«

»Ich weiß.« Caitlins Kehle zog sich zusammen. Sie stand auf und räumte die Teller weg, um sich abzulenken.

»Und du mußt auch an Jake denken. Er ist Ryans Vater. Glaubst du nicht, daß er ein Recht hat, seinen Sohn kennenzulernen?«

Caitlin schluckte schwer. »Ich will Jake nicht den Sohn wegnehmen und Ryan nicht den Vater vorenthalten. Aber ... ein Mann mit Jakes Vergangenheit ist kein gutes Vorbild.«

»Warum nicht?«

»Warum nicht?« wiederholte Caitlin aufbrausend. »Ich könnte dir ein Dutzend Gründe nennen.« Ihre Stimme wurde sehr leise. »Du weißt nicht, was Jake getan hat.«

»Was hat er denn getan?«

Caitlins Blick verdüsterte sich. »Er hat meinen Bruder getötet. Ich weiß, daß es Notwehr war. Aber danach kamen andere ... Jake hat sein Geld als *Scharfschütze* verdient, Tante Winnie. Er erschoß einen jungen Mann, ein halbes Kind noch, der sich ihm in den Weg stellte. Und er wird gesucht, weil er bei einem Raubüberfall einen Bankangestellten getötet hat. Er trieb sich mit einer Verbrecherbande herum ... Es gibt noch ein Dutzend anderer Gründe, von denen ich nichts weiß. Ist das der Mann, den mein Sohn zum Vater haben soll?«

Winnie schürzte nachdenklich die Lippen. »Normalerweise würde ich nein sagen. Aber wenn Jake so verwegen ist wie du sagst, könntest du etwas für ihn tun. Eine starke Frau kann einen Mann ändern, wenn es ihr ernst mit ihm ist. Mit Truss ist es mir so ergangen. Das war keine leichte Aufgabe, das kannst du mir glauben. Aber es ist mir gelungen, den weichen Kern unter seiner rauhen Schale hervorzuholen. Ich vermute, dein Jake hat ein paar gute Eigenschaften. Sonst hättest du dich nicht in ihn verliebt. Hab' ich recht?«

Caitlin brummte. Als sie ihren imaginären Ehemann erfunden hatte, hatte sie ihn nach Jakes Vorbild gestaltet. Der frühere Jake, der sanfte, starke und liebevolle, stets zu Scherzen aufgelegte Jake.

»Ich bin sicher, daß Jake sich ändert, weil er dich liebt«, beharrte Winnie.

Ihre Nichte wiegte skeptisch den Kopf. »Und wenn, wie kann ich sicher sein, daß die Vergangenheit ihn nicht einholt? Manche seiner Freunde sind echte *Verbrecher.* Einer tauchte vor kurzem hier auf und behauptete, Jake sei ihm einen Gefallen schuldig. Er wird verdächtigt, eine Bank überfallen zu haben. Jake weigerte sich, ihn dem Marshal auszuliefern.«

»Caitlin«, sagte Winnie streng, »reg dich nicht auf. Stell die Bratpfanne weg und setz dich zu mir. Wir können nicht ernsthaft miteinander reden, wenn du dabei Geschirr spülst.«

Caitlin lächelte müde, setzte sich aber folgsam wieder an den Tisch.

Winnie tätschelte die Hand ihrer Nichte. »Der Herr hat mir Kindersegen verwehrt, aber er gab mir dich und Ryan. Du bist wie eine Tochter für mich. Das Baby heranwachsen zu sehen, ist für mich ein Born der Freude. Ich will keinen von euch verlieren, aber ich kann nicht untätig zusehen, wie du dein Glück mit Füßen trittst. Mein Bruder, Gott sei seiner armen Seele gnädig, hat dein Leben beinahe ruiniert — und auch Jakes Leben. Das muß aber nicht für immer und ewig so bleiben.«

Caitlin schwieg und ihre Tante startete einen erneuten Versuch. »Und du solltest noch etwas bedenken. Du willst doch nicht, daß aus Ryan ein Muttersöhnchen wird, oder?«

»Nein, natürlich nicht.«

»Wenn du nicht aufpaßt, verweichlicht er. Ein Junge braucht einen Vater, der ihm beibringt, ein Mann zu sein. Hat Ryan nicht das Recht auf einen Vater?«

»Sicher«, antwortete Caitlin, hin und her gerissen zwischen ihrer Seelenpein und der Verantwortung für ihr Kind. »Aber ich glaube immer noch nicht, daß Jake der geeignete Vater ist. Vielleicht wäre es für Ryan das beste, wenn Jake sich damit zufrieden gäbe, ihn hin und wieder zu besuchen, sozusagen als Freund der Familie.«

»Glaubst du, das würde reichen? Ein Junge braucht einen Vater, der ihm Lebenserfahrung beibringt, noch dazu hier im Westen.«

»Schon möglich, aber Ryan wird nicht hier leben.«

»Und warum nicht?«

»Weil es zu gefährlich ist bei diesem schrecklichen Grenzkrieg. Ich lasse ihn nicht in Colorado aufwachsen.«

»Du willst mir doch nicht sagen, daß du ein Leben in St. Louis vorziehst.«

»Doch, das tue ich. Ich habe die Ranch immer gehaßt ...«

»Das kann nicht dein Ernst sein«, meinte Winnie leise. »Du haßt das Blutvergießen, was ich verstehen kann. Aber wie ich höre, wird dieser sinnlose Krieg bald zu Ende sein. Deine Wurzeln sind hier, genau wie die deines Sohnes. Das hier ist deine Heimat.«

Caitlin blickte wehmütig aus dem Fenster, wo die untergehende Sonne die zerklüfteten Berggipfel in der Ferne rötlich golden aufleuchten ließ, ein majestätisches Land, das ihr von Kindheit an vertraut war. Doch sie wagte nicht daran zu denken, daß es hier eine Zukunft für sie geben könnte.

Sie biß sich auf die Lippen. »Hier herrscht Gewalt. Ich will nicht, daß Ryan etwas zustößt«, murmelte sie, allerdings mit weniger Überzeugung als bisher. »Ich will so rasch wie möglich mit ihm zurück nach St. Louis, sobald ich hier alles erledigt habe.«

»Ich nehme an, dein Jake will in dieser Sache ein Wörtchen mitreden«, stellte Winnie trocken fest.

Caitlin lächelte. »Wie kommst du darauf?«

»Und da ist noch etwas.« Die Tante zog die Stirn in Falten. »In St. Louis erwarten dich möglicherweise andere Probleme.«

»Welche?«

»Ich konnte es dir noch nicht sagen, aber Heather hat in letzter Zeit ziemliche Sorgen. Es hat Schwierigkeiten an der Schule gegeben, seit du weg bist.«

»Welche Schwierigkeiten?«

»Heather wollte nicht so recht damit rausrücken. Du kennst sie ja. Sie ist zu stolz, um sich einzugestehen, Hilfe zu brauchen. Aber ich fürchte, es hat etwas mit den Schulden ihres Vaters zu tun und mit diesem Eisenbahnmillionär, der ihr das Leben schwer macht. Die Bank drohte, die Hypothek zu kündigen. Sie fürchtet, die Schule schließen zu müssen. Dann würdest du deine Stellung verlieren, Caitlin.«

Trauer und Angst spiegelten sich in Caitlins Zügen, nicht nur wegen der Möglichkeit, daß sie ihren Beruf als Lehrerin nicht mehr ausüben könnte, sondern auch aus Sorge um Heather Ashford, die ihre Arbeitgeberin und ihre beste Freundin ist. »Können wir nichts für sie tun?«

»Ich weiß nicht. Vielleicht. Ich will damit sagen, daß St. Louis nicht der geborgene Hafen ist, für den du die Stadt hältst.«

»Jedenfalls sicherer als Colorado.«

Winnie tätschelte die Hand ihrer Nichte. »Ich verstehe ja, daß du Ryan keiner Gefahr aussetzen willst. Aber meiner Meinung nach ist Jake geeigneter als manch anderer, seine Familie zu beschützen.«

Dem konnte Caitlin nicht widersprechen. Es gab niemanden, den sie in einer Gefahrensituation lieber an ihrer Seite wüßte als Jake.

»Und ich denke, er würde den Jungen mit seinem Leben beschützen. Ich habe sein Gesicht gesehen, als ihm klar wurde, daß Ryan sein Sohn ist. Ganz andächtig, Caitlin. Als habe er einen Blick in den Himmel getan. Jake ist Ryans Vater. Er liebt das Kind bereits, obwohl er es noch gar nicht kennt. Ihr drei gehört zusammen.«

Caitlin nickte ernsthaft. Seit Wochen hatte sie über nichts anderes nachgedacht. »Ich habe Jake noch keine endgültige Absage erteilt«, sagte sie leise. »Ich habe ihn sogar gebeten, mit uns nach St. Louis zu kommen. Doch das lehnt er rundheraus ab. Er will hier bleiben.«

»Weil hier seine Heimat ist. Genau wie deine. Aber jetzt habe ich genug geredet«, verkündete Winnie und stand auf. »Ich lasse mich noch ein paar Tage von dir verwöhnen. Und jetzt setze ich mich in den Salon, um noch ein wenig zu lesen, bis du das Geschirr gespült hast. Das Privileg des Alters. Wenn du fertig bist, leistest du mir noch ein wenig Gesellschaft.«

Caitlin stand auf und umarmte ihre Tante stürmisch. »Ich verwöhne dich, so lange du willst. Was immer geschieht, Tante Winnie ... Ich werde nie vergessen, wie gut du zu mir gewesen bist.«

»Es war das mindeste, was ich tun konnte, um das wiedergutzumachen, was mein Bruder dir angetan hat. Aber genug davon. Lassen wir die Vergangenheit ruhen. Du mußt dir nur darüber klar werden, was dir in deinem Leben am wichtigsten ist.«

Caitlin räumte noch kurz die Küche auf, in Gedanken bei Jake und Ryan. Danach ging sie ins Schlafzimmer und sah nach ihrem schlafenden Kind, das sich in ihr Bett gekuschelt hatte.

Sie zog ihm die Decke über die Schultern und strich ihm zärtlich eine Locke aus der Stirn. Ihr entzückendes, geliebtes Kind. Seine Bäckchen waren im Schlaf gerötet. Caitlin dachte an seine strahlenden, schelmischen grünen Augen, die denen seines Vater so sehr glichen. Sie liebte ihn mehr als ihr Leben.

Und genauso liebe ich Jake, dachte Caitlin wehmütig.

Die Frage, ob in Zukunft Platz für beide in ihrem Leben

sein würde, für Vater und Sohn, vermochte sie indes nicht zu beantworten.

Sehr früh am nächsten Morgen erwachte sie mit einem beklemmenden Gefühl, daß etwas nicht stimmte. Ryan lag nicht neben ihr. Er war auch nicht in seinem Zimmer. Vermutlich machte Tante Winnie Frühstück in der Küche. Caitlin stand auf und schlüpfte in den Morgenmantel.

Im Haus herrschte unheimliche Stille. Tante Winnie schlief noch tief und fest. In der Küche keine Spur von Ryan — auch nirgendwo sonst im Haus, obwohl Caitlin jeden Winkel nach ihm absuchte.

Sie kämpfte gegen eine Panik an, die sie beschlich, ging in die Küche zurück und öffnete die Tür zum Hof. Eine frische Morgenbrise strich ihr das lose Haar aus der Stirn, als sie zur Arbeiterbaracke eilte.

Die Männer waren schon auf den Weiden draußen. Ihre flüchtige Suche durch die Nebengebäude verlief ergebnislos. Keine Spur von Ryan.

Caitlin stand ratlos im Hof, überlegte fieberhaft, was zu tun war, als sie einen einzelnen Reiter in der Ferne entdeckte, der sich der Ranch näherte. Sie erkannte Jakes sehnige Gestalt, und ihr Herz machte einen Sprung. Selbst in ihrer Sorge fiel ihr etwas Ungewöhnliches an ihm auf. Jake trug keine Pistolen.

Er wunderte sich, Caitlin im Morgenmantel auf dem Hof stehen zu sehen. Ihr Gesichtsausdruck beunruhigte ihn. »Was ist los?«

»Ryan ... ich kann ihn nicht finden.« Ihre Stimme hatte einen schrillen Unterton.

»Ist er nicht im Haus?«

»Nein. Ich habe überall nach ihm gesucht.«

Jakes Augen verengten sich. »Hast du in der Scheune nachgesehen? Kleine Jungen spielen gern im Heu.«

»Ja ... in der Scheune, in den Ställen, im Lager ... überall. Jake ... er ist verschwunden!«

»Beruhige dich doch, Cat. Wir finden ihn.« Er hielt ihr die

Hand hin. »Steig auf. Wir suchen ihn schneller vom Pferd aus.«

Caitlin ließ sich von Jake aufs Pferd helfen, setzte sich hinter ihn und schlang die Arme um ihn. Erst als er auf die Hügel hinter dem Haus zuritt, fragte sie: »Wohin reiten wir?«

»Wenn ich ein Junge wäre und noch nie Berge gesehen hätte, würde ich sie mir näher anschauen wollen.«

Das klingt plausibel, dachte sie hoffnungsvoll.

»Keine Sorge, Cat. Wir finden ihn, das verspreche ich dir.«

Sein zuversichtlicher Tonfall beruhigte sie. Caitlin legte ihre Wange an Jakes muskulösen Rücken. Der Gedanke war tröstlich, ihre Sorgen mit ihm teilen zu können.

Kurz darauf entdeckten sie Ryan. Etwa zwanzig Meter vom Weg mitten in einer Schafweide hockte er schluchzend im Gras; drei Mutterschafe standen wiederkäuend um ihn herum. Caitlin wollte vom Pferd springen, doch Jake hielt sie zurück.

»Läßt du mich das bitte machen?« fragte er ruhig.

Cat konnte sich seinem beschwörenden Blick nicht entziehen und nickte.

Jake schwang das rechte Bein über den Sattel und rutschte vom Pferd. Caitlin blieb nichts anderes übrig, als sitzen zu bleiben, während er sich seinem weinenden Sohn näherte.

»He, Kumpel«, lächelte er und ging neben Ryan in die Hocke. »Was machst du denn da?«

Ryan klammerte sich an Jakes Bein.

Jake tätschelte ihm beruhigend den Rücken. »Was ist los, Junge? Ärgern dich die Schafe?«

Ryan steckte sein Fäustchen in den Mund und schluchzte noch herzzerreißender.

»Die tun dir nichts.«

Nach einer Weile schluckte der Kleine und zeigte auf eines der Schafe. »Es hat mich gebissen.«

»Wirklich? Ich wette, es hat nur ein bißchen an dir geknabbert, um zu probieren, wie du schmeckst. Doch dann hat es festgestellt, daß Gras doch besser schmeckt. Die tun dir nicht weh. Weißt du, Schafe sind nicht besonders klug. Du bist viel klüger als die.«

»Es hat mich erschreckt«, schmollte Ryan. Doch sein Schluchzen versiegte allmählich, und er spähte hinter Jakes Bein hervor auf das Schaf.

»Das kann ich gut verstehen«, nickte Jake und schaute das Tier streng an. »Die alte Dame ist so häßlich, vor der würde sogar ein Kojote vor Schreck davonlaufen. Aber ich zeig dir was, das gefällt dir bestimmt. Kommst du mit mir?«

Ryan nickte zögernd. Jake hob das Kind hoch und trug es über die Wiese zur großen Herde. Ryan klammerte sich ängstlich an Jakes Hals fest.

»Schau mal, der niedliche kleine Kerl, der paßt besser zu dir.«

Ein schwarzes Lamm hüpfte hinter einem Schmetterling her. Ryan schaute fasziniert zu.

»Vor dem hast du keine Angst, wie? Das sieht dir sogar ein bißchen ähnlich. Hat auch schwarze Locken wie du.« Jake zerwühlte Ryans schwarzen Wuschelkopf und erntete ein glucksendes Lachen. »Wir könnten es Schwarzlöckchen taufen. Gefällt dir der Name?«

Das Lamm blieb stehen, machte eine ruckartige Kehrtwendung und hoppelte auf den Mann mit dem Kind zu. Jake bückte sich, hob das Jungschaf hoch und hielt es in der Armbeuge. Die beiden Babies schauten einander mit argwöhnischer Neugier an.

»Ryan, darf ich vorstellen: das ist Schwarzlöckchen. Du kannst es ruhig streicheln. Ein Lamm beißt nicht. Es wundert sich genau so wie du dich. Du darfst es ruhig streicheln.«

Zaghaft streckte Ryan das Händchen aus und berührte das weiche, wollige Köpfchen, zuckte aber erschrocken zurück, als das Lamm blökte und strampelte. Jake setzte es wieder auf die Wiese, und es rannte in Bockssprüngen blökend zur Herde zurück. »Siehst du, Schwarzlöckchen will zu seiner Mama. Deine Mama wartet auch auf dich. Wollen wir zu ihr?«

Der Kleine nickte nicht sonderlich begeistert, immer noch fasziniert in den Anblick des Lammes versunken.

Jake setzte sich Ryan auf die Schulter und ging zu Caitlin zurück. »Wie bist du eigentlich hierhergekommen? Warst wohl neugierig?« fragte er unterwegs und spürte an Ryans Schaukelbewegung, daß er nickte. »Deine Mama hat sich Sorgen um dich gemacht, weil du ganz allein fortgelaufen bist, ohne ihr zu sagen, wohin du gehst. Aber ich wette, das tust du nicht wieder.«

Ryan schüttelte sein schwarzes Lockenköpfchen.

»Prima. Du könntest dir weh tun, wenn du so ganz allein durch die Gegend marschierst. Es ist besser, mit einem Freund spazierenzugehen. Wir könnten eine Abmachung treffen: Immer wenn dich die Abenteuerlust packt, sagst du mir Bescheid, und wir ziehen gemeinsam los. Findest du das gut?«

»Ja«, antwortete Ryan, und dann rief er aufgeregt: »Mama ich hab' ein Lamm gestreichelt!«

»Ich hab's gesehen, mein Schatz. Toll.«

Jake reichte Caitlin den Jungen, die nur mit Mühe ihre Muttergefühle bezwingen konnte. Am liebsten hätte sie ihn geherzt und geküßt und ihm gleichzeitig Vorhaltungen gemacht, weil er ihr Angst eingejagt hatte.

Im Grunde war Ryan nicht in Gefahr gewesen. Und Jake hatte sich richtig verhalten, hatte mit seinem Sohn von Mann zu Mann geredet und gleichzeitig Verständnis für seine kindlichen Ängste gezeigt. Caitlin war froh, daß Jake da war. Alleine hätte sie vor Sorge bestimmt hysterisch überreagiert.

Sie drückte einen Kuß auf Ryans seidige Locken und murmelte: »Danke, Jake.« Ihre Blicke trafen sich. Dann wendete Jake das Pferd und führte es zum Haus zurück. Ryans Entzücken über das Lamm verwandelte sich in helle Begeisterung, auf einem echten Pferd zu reiten.

Winifred bereitete Frühstück, als die drei zurückkamen. Ryan erzählte Tante Winnie sofort von seinem großen Abenteuer und vergaß völlig die Angst, die er noch vor wenigen

Minuten ausgestanden hatte. Er erzählte stolz, wie Jake ihm Schwarzlöckchen vorgestellt hatte.

Jake blieb zum Frühstück und man saß wie eine ganz normale Familie bei Tisch. Caitlin beobachtete Jake, der den Blick nicht von Ryan wenden konnte.

Und Ryan hing an Jakes Lippen, fing bereits an, ihn zu kopieren. Wenn Jake den Daumen in den Gürtel hakte, tat Ryan es auch. Wenn Jake sich zurücklehnte, lehnte Ryan sich gleichfalls zurück.

Als das Gespräch sich den Tieren auf der Farm zuwandte, wurde Caitlin unruhig.

»Wenn du Lämmer gern hast«, sagte Jake zu Ryan, »dann werde ich dir meine Ranch zeigen. Kälber sind viel schöner als stinkende und blökende Schafe. Du mußt beide kennen, damit du dich entscheiden kannst, ob du ein Rinderbaron oder ein Schafzüchter werden willst, wenn du mal groß bist.«

Caitlin runzelte mißbilligend die Stirn. Jake grinste spitzbübisch.

»Jake ...« sagte sie warnend. »Ryan ist noch zu klein, um über Farmarbeit zu sprechen.«

»Man kann nicht früh genug damit anfangen.« Jake blitzte sie mit seinem teuflischen Charme an. »Du wirst sehen. Ich mache einen tüchtigen Rinderbaron aus ihm.«

»Jake ...«

»Erst muß er lernen, auf einem Pony zu reiten. Was meinst du, Kumpel? Möchtest du, daß ich dir das Reiten beibringe?«

»Mama, kann ich?« Ryan hüpfte aufgeregt auf und ab. »Kann ich ein Pony reiten?«

»Darf ich«, verbesserte sie.

»Darf ich, bitte, darf ich?«

»Na gut«, willigte Caitlin seufzend ein. Bei Jakes Taktik konnte sie dem Kind die Bitte nicht abschlagen.

Die drei verbrachten den ganzen Tag zusammen. Caitlin befürchtete, Ryan schließe sich Jake zu sehr an, was die Trennung um so schwerer machen würde, wenn sie demnächst allein nach St. Louis zurückreisen würden. Aber Vater und Sohn waren begeistert voneinander. Und Ryan verehrte Jake bereits wie einen Helden.

Und das vor der ersten Reitstunde.

Jake nahm ihn mit in den Korral und suchte eine brave alte Stute für Ryan aus. Mit großen Augen und offenem Mund hörte der Junge aufmerksam zu und gehorchte aufs Wort — was bei Caitlin nicht immer der Fall war.

Möglicherweise hat Tante Winnie recht, überlegte Caitlin. Vielleicht brauchte Ryan einen Vater wie Jake. Vielleicht brauchten die beiden einander. Es entstand bereits eine Beziehung zwischen ihnen. Jakes Augen waren ... liebevoll, anders konnte sie es nicht nennen. Liebevoll und sanft. Eine Sanftheit, die im krassen Gegensatz zu seinem gefährlichen Ruf stand.

Bei all seiner kriminellen Vergangenheit würde Jake einen positiven Einfluß auf ihren Sohn haben. Er könnte Ryan viel beibringen. Wie man ein richtiger Mann wird, daß man sich vor den Prüfungen des Lebens nicht zu fürchten brauchte, Perspektiven, die sie ihrem Kind nicht zu vermitteln vermochte. Es sei denn, sie heiratete. Doch woher sollte sie wissen, ob ein anderer Mann nur halb so viel für Ryan empfinden würde wie Jake?

Tante Winnie trat neben sie auf die Veranda.

»Du machst dir zu viele Sorgen um den Kleinen«, beruhigte Winnie in ihrer üblichen Offenheit.

Caitlin seufzte. »Vielleicht hast du recht.«

»Ganz sicher hab' ich recht. Und es ist nicht gut für ihn, Caitlin. Du mußt begreifen, daß Ryan nicht immer an deinem Rockzipfel hängen wird. Es ist besser, frühzeitig ein bißchen loszulassen. Du mußt ihm etwas Freiheit geben zum Heranwachsen, damit er seine eigenen Fehler machen kann. Du kannst ihn nicht in Watte packen.«

»Ich ... Ich weiß. Aber er ist so ... *jung*. So schutzlos. Ich will ihn doch nur vor Unglück bewahren.«

»Man kann ein Kind auch mit Liebe ersticken.«

Caitlin nickte. Ihre Tante hatte recht, was ihre Ängste betraf. Sie wollte Ryan beschützen, weil sie ihren Bruder Neal damals nicht beschützen konnte.

Aber sie mußte ihre Ängste überwinden, mußte der Tatsache ins Auge sehen, daß sie mit Ryan nicht jede Minute zusammensein, ihn nicht wie eine Glucke unter ihre Fittiche nehmen konnte. Sie durfte ihn nicht in einen Kokon einspinnen, bis er ein erwachsener Mann war. Übertriebene Fürsorge würde ihm mehr schaden als guttun.

Sie warf ihrer Tante einen Seitenblick zu. »Ich denke, du mischst dich nie in die Angelegenheiten anderer Leute ein, Tante Winnie.«

»Na ja, es ist ein Unterschied, ob ich mich einmische, oder ob ich mich *einmische.* Und bei einem eigensinnigen Kingsly Dickschädel muß man sich gelegentlich einmischen.«

Die beiden Frauen tauschten ein verschmitztes Lächeln.

Das Abendessen verlief in ungezwungener Heiterkeit. Tante Winnie ging selbstverständlich davon aus, daß Jake blieb und legte ein Gedeck für ihn auf.

Nach dem Essen hüpfte Ryan begeistert auf Jakes Knie herum und tat so, als reite er ein Pferd. Jake erzählte spannende Geschichten vom Viehtrieb nach Denver.

Irgendwann wurde der Knirps von der Müdigkeit übermannt, die Augen fielen ihm zu, und Jake lächelte zärtlich. »Komm, Kumpel. Zeit zum Schlafengehen.«

Er setzte sich Ryan auf die Schultern, der schläfrig gluckste, und trug ihn aus der Küche. Caitlin folgte mit einer Lampe und sah zu, wie er den Kleinen in das Bett packte, in dem Jake sie vor wenigen Wochen so leidenschaftlich geliebt hatte.

Er setzte sich an den Bettrand und strich Ryan die schwarzen Locken aus der Stirn. »Gute Nacht, mein Sohn.«

»Gute Nacht, Jake«, lächelte der Kleine und machte die Augen zu.

An der Tür drehte Jake sich noch einmal zu dem schlafenden Kind um.

Caitlins Herz krampfte sich zusammen. Sie konnte die

beiden jetzt unmöglich trennen. Es mußte einen anderen Weg geben, ihr Kind vor Gefahren zu bewahren ...

»Nein, laß einen Spalt offen«, flüsterte sie, als Jake die Tür zumachen wollte. »Damit ich hören kann, wenn er ruft.«

»Ein prächtiger Junge«, murmelte Jake und folgte ihr den dunklen Flur entlang.

»Du kannst gut mit ihm umgehen«, gestand Caitlin.

»Überrascht dich das?«

»Ich dachte nicht, daß du so viel Verständnis für Kinder hast.«

»Ich auch nicht. Aber nach dem Tod meiner Mutter bin ich in einem Haus voller Männer aufgewachsen. Und ich erinnere mich noch gut an meine Kindheit. Du kannst auch gut mit ihm umgehen. Ryan hat Glück, dich zur Mutter zu haben.«

Sie fühlte sich geschmeichelt. »Ich glaube, ich mache mir zu große Sorgen um ihn.«

»Vielleicht. Aber jetzt verstehe ich, warum du so besorgt bist. Da ist etwas, was man nur beim eigenen Kind verspürt.« Er hob die Hand ans Herz.

Caitlin lächelte. Dann schaute sie Jake in die Augen. »Heißt das, du vergibst mir, daß ich dir Ryan verschwiegen habe?«

»So weit würde ich nicht gehen. Aber ich bemühe mich jedenfalls, Cat.«

»Das weiß ich«, bestätigte sie, froh über seinen heiteren Tonfall.

Als sie sich abwandte, nahm Jake ihren Arm und zwang sie, ihn anzusehen. »Ich will das Recht, mir Sorgen um ihn zu machen, Cat. Ich möchte sein gesetzlicher Vater sein. Ich möchte, daß du mich heiratest.«

»Jake ... bitte ... Ich kann eine so wichtige Entscheidung jetzt nicht treffen.«

»Na gut ...« Seine Kiefermuskeln zuckten. »Ich dränge dich nicht.« Er zog sie in seine Arme. Caitlin spürte den Funken zärtlichen Begehrens, der zwischen ihnen übersprang. Und in Jakes leuchtenden Augen bemerkte sie das gleiche Feuer. »Du hast mir gefehlt, Wildkatze«, murmelte er heiser.

Er hatte ihr ebenfalls gefehlt. Sehr sogar. Letzte Nacht war sie wachgelegen und hatte sich nach seiner Wärme, seiner Liebkosung gesehnt.

»Ich wünschte, ich müßte jetzt nicht gehen«, gestand er. »Ich möchte hier bleiben, dein Ehemann sein und das Bett mit dir teilen.«

»Jake ...« Als er ihr sein Gesicht zuneigte, um sie zu küssen, wandte sie sich ab und blickte über die Schulter zur offenen Tür ihres Schlafzimmers. »Wir sind nicht allein. Ryan ... und meine Tante.«

»Deine Tante ist keine zimperliche Person, Cat. Und es schadet Ryan nicht, wenn er in einer Familie aufwächst, in der körperliche Zärtlichkeit etwas Natürliches ist.«

Ihr Mund verzog sich zu einem schmerzlichen Lächeln. »Ich würde mir keine Sorgen machen, wenn ich wüßte, daß es bei einer zärtlichen Umarmung bliebe.«

Jake setzte sein spitzbübisches Lächeln auf, doch dann wurde er ernst. Sein Leben hing von ihrer Entscheidung ab.

»Cat ...« Er schloß die Augen.

Sie atmete stockend ein. »Jake ... ich brauche Zeit.«

»Okay. Laß dir Zeit. Aber Cat ... Ich schwöre dir, mein früheres Leben ist vorbei. Du mußt dich nicht zwischen uns zwei entscheiden. Wir werden alles irgendwie regeln.«

18. KAPITEL

Caitlin dachte, es bleibe ihr genügend Zeit, um die richtige Entscheidung zu treffen. Sie dachte, ein sorgfältiges Abwägen zwischen Gefahren und Vorteilen würde ihr helfen, den richtigen Weg zu finden. Sie wollte glauben, eine Heirat mit Jake sei auch für Ryan die beste Lösung.

Doch schon am nächsten Morgen war die Zeit abgelaufen, und ihre Hoffnungen waren zerstört.

Marshal Netherson kam kurz nach dem Frühstück auf die Ranch geritten und brachte alarmierende Neuigkeiten. Er stand am Hintereingang der Küche und tippte sich an die Hutkrempe. »Tut mir leid, Sie zu belästigen, Mrs. Hughes. Haben Sie Jake gesehen?«

»Nein, heute noch nicht. Sollte ich?«

Netherson hatte die Stirn in besorgte Falten gelegt. »Ich dachte, ich könnte ihn hier finden. Er soll in letzter Zeit häufiger bei Ihnen sein.«

Caitlin hatte große Mühe, ihre Verlegenheit zu verbergen. »Nein, ich habe ihn nicht gesehen. Stimmt etwas nicht, Marshal?«

»Ich weiß nicht. Vielleicht. Es ist etwas geschehen, das er wissen sollte. Gestern kam ein Fremder in die Stadt und fragte nach ihm. Ein gewisser Ethan Grimes. Anscheinend ein Kopfgeldjäger.«

Caitlin drohte das Blut in den Adern zu gefrieren. »Ein Kopfgeldjäger?«

»Ich habe schon von dem Kerl gehört. Er ist reich geworden, weil er die Belohnungen kassiert, die auf gesuchte Verbrecher ausgesetzt sind. Er liefert sie tot oder lebendig aus. Meistens tot. Er könnte Jake gefährlich werden.«

»Weiß Jake davon?«

»Noch nicht. Ich bin bei ihm vorbeigeritten, aber er war nicht zu Hause, auch Sloan nicht. Ich habe der Haushälterin eine Nachricht hinterlassen. Aber mir wäre wohler, wenn ich es Jake selber sagen könnte.«

Caitlin rieb sich die Stirn, versuchte verzweifelt, einen klaren Gedanken zu fassen und ihre aufsteigende Panik zu unterdrücken.

»Wie ich höre, ist Grimes gestern abend noch zu Verne geritten«, fügte der Marshal hinzu.

»Zu Vernon Whitfield?« Ihre Stimme überschlug sich beinahe. Ihre Gedanken rasten. Hatte Vernon nach dem Kopfgeldjäger geschickt? Sie hatte den Lehrer seit über einer Woche nicht gesehen — seit sie seinen Heiratsantrag abgelehnt hatte und mit Jake in die Berge geritten war. Aber er hatte ihr versprochen, nichts zu unternehmen wegen des Fahndungsplakats, auf dem Jake abgebildet war.

»Danke, daß Sie gekommen sind, Marshal«, murmelte Caitlin tonlos. »Wenn Jake vorbeikommt, sage ich ihm wegen Grimes Bescheid.«

Sobald Netherson weg war, bat Caitlin Tante Winnie, auf Ryan aufzupassen. Dann sattelte sie ihr Pferd und ritt zu Vernon hinüber.

Sie war erstaunt, ihn zu Hause anzutreffen, und erleichtert, keine Spur von einem Kopfgeldjäger namens Grimes bei ihm zu finden. Vernon begrüßte sie allerdings mit einem seltsam lauernden Gesichtsausdruck, woraus Caitlin schloß, daß er den Grund ihres Besuches ahnte.

»Vernon«, fragte sie, nachdem sie abgelehnt hatte, ins Haus zu kommen, »haben Sie sich an Ihr Versprechen gehalten?«

»Welches Versprechen?«

»Sie haben mir versprochen, keinen Kopfgeldjäger auf Jakes Fährte zu hetzen. Aber Marshal Netherson behauptet, es sei ein Mann in der Stadt, der Jake sucht.«

»Ich habe Ihnen nie ein solches Versprechen gegeben, Caitlin, aber ...«

»Vernon, wie *konnten* Sie?« Ihr Blick war voller Vorwurf.

»Moment, verstehen Sie mich nicht falsch. Ich habe keinen Kopfgeldjäger informiert. Ich habe sogar dem Bundesmarshal in meinem Telegramm geschrieben, ich hätte mich geirrt in der Annahme, McCord treibe sich in unserer Gegend rum.«

»Ist das wahr?« Ihr Blick forschte in Vernons Gesicht. Sein Ärger über ihre Beschuldigung wirkte echt, und sie nahm an, daß er die Wahrheit sagte.

»Ich habe niemanden kommen lassen«, wiederholte Vernon. »Dann muß Grimes wohl selbst auf die Idee gekommen sein.«

»Aber er hat Sie besucht.«

»Ja, gestern abend.«

»Haben Sie ihm gesagt, wo er Jake findet?«

»Nein, zum Donnerwetter. Ich sagte, meiner Meinung nach sei McCord weitergeritten. Aber ich bin mir nicht sicher, ob Grimes das geschluckt hat. Er hat es auf die Belohnung abgesehen. Fünfhundert Dollar sind für ihn drin, wenn er McCord schnappt und ihn nach New Mexico schafft.«

Tot oder lebendig. Kalte Angst krallte sich um Caitlins Herz. Grimes hatte nicht das geringste Interesse, Jake lebendig abzuliefern. »Herr im Himmel, er wird umgebracht ...«

Vernons Gesicht verhärtete sich. »McCord hat nichts anderes verdient. Er ist ein Verbrecher ...«

»Nein.« Ihre Stimme klang tonlos. »Das ist nicht wahr.«

»Er wird wegen Mordes gesucht, Caitlin.«

»Jake hat niemanden umgebracht!«

»Was macht Sie so sicher?«

»Ich kenne ihn.« Sie kannte Jake genausogut wie sich selbst; er war ein Teil von ihr. Selbst wenn man ihr stichhaltige Beweise vorgelegt hätte, hätte sie nicht geglaubt, daß Jake absichtlich einen Menschen getötet hatte. Vielleicht aus Notwehr ...

»Jedenfalls wird er gesucht«, beharrte Vernon. »Er ist immer noch auf der Flucht vor dem Gesetz.« Als sie nichts sagte, nahm Vernon sanft ihre behandschuhten Finger in die seinen. »Caitlin, ich weiß, daß Sie in ihn verliebt sind. Aber Sie machen einen furchtbaren Fehler. Werfen Sie Ihr Leben nicht weg für einen Gesetzlosen.«

»Nennen Sie ihn nicht so.« Sie entzog ihm ihre zitternde Hand. »Sagen Sie mir lieber, wo ich Grimes finde.«

»Warum?«

»Weil ich ihn aufhalten muß.«

»Caitlin ... Selbst wenn Ihnen das diesmal gelingen sollte, wie sieht es beim nächsten Mal aus? Wie wollen Sie andere Kopfgeldjäger aufhalten?« Seine Stimme klang scharf und ungeduldig. »McCord wird seine Vergangenheit nie hinter sich lassen. Dem Kerl wird immer jemand nach dem Leben trachten.«

Sie sah Vernon mit großen Augen an. »Ich habe keine Zeit,

mir um die Zukunft Gedanken zu machen. Ich muß jetzt handeln. Ich kann nicht zulassen, daß dieser Kopfgeldjäger ihn findet. Er wird Jake umbringen.«

»Nun ja ... dann sollten Sie ihn überreden, sich Marshal Netherson freiwillig zu stellen.«

Caitlin schüttelte den Kopf. Wenn Jake verurteilt würde, würde man ihn hängen. Sie vergeudete kostbare Zeit. Sie konnte nicht hier herumstehen und reden, während Jakes Leben in Gefahr war. Sie gab sich einen Ruck. »Vernon, Sie müssen mir helfen.«

»Ihnen helfen? Sie meinen, McCord helfen?« entgegnete er abweisend.

»Na schön, dann helfen Sie eben Jake.«

»Ich will ihm nicht helfen, Caitlin! Er ist mein Rivale.«

»Vernon, bitte ... wohin ist Grimes geritten?«

Vernon ließ sich mit einer Antwort Zeit. »Ich glaube, er wollte zurück in die Stadt. Er sagte, er habe sich im Saloon ein Zimmer genommen ...«

Caitlin machte auf dem Absatz kehrt.

»Was haben Sie vor?« fragte Vernon, als Caitlin die Verandastufen hinunterrannte.

»Ich reite in die Stadt. Ich muß Grimes finden.«

»Sind Sie wahnsinnig? Der Mann ist gefährlich!«

»Ich weiß. Deshalb muß ich ihn ja finden.«

»Warten Sie, Caitlin. Ich begleite Sie. Ich muß nur mein Pferd satteln.«

»Ich kann nicht länger warten.«

Sie hörte, wie Vernon leise fluchte, bestieg unbeirrt ihr Pferd, riß die Zügel herum, drückte ihm die Absätze in die Flanken und preschte im gestreckten Galopp davon.

Es war ihr gleichgültig, ob Vernon ihr folgen würde oder nicht.

Auf dem Höllenritt in die Stadt versuchte sie, einen Plan zu fassen. Aber sie konnte nur an eines denken: Ich muß Jake retten. Grimes interessierte es nicht, ob Jake unschuldig war oder nicht.

Sie mußte versuchen, Grimes auf eine falsche Fährte zu

locken. Jakes Leben war in Gefahr, sie mußte Zeit für ihn gewinnen.

Als sie Greenbriars Hauptstraße entlang galoppierte, war ihr Pferd erschöpft und schweißnaß. Sie band es vor dem Saloon fest, den sie noch nie betreten hatte. Eine Dame suchte diese Etablissements für gewöhnlich nicht auf, und auch dieser Besuch würde ihrem Ruf schaden. Doch mit solchen Lappalien konnte sie sich jetzt nicht befassen. Jakes Leben stand auf dem Spiel.

Eine schwarzgelockte Frau hinter der Bar wischte die Theke ab. Ihre haselnußbraunen Augen weiteten sich, als sie Caitlin gewahr wurde, die sich zaghaft im leeren Lokal umsah.

»Kann ich Ihnen helfen?« fragte die Barfrau.

»Ich suche einen Mann ... einen Fremden namens Grimes. Haben Sie ihn gesehen?«

»Ich habe schon viele Männer in meinem Leben gesehen, Süße.«

Caitlin vermutete, die Frau wollte mit ihrer ausweichenden Antwort ihre Kunden schützen. »Man sagte mir, Grimes habe sich hier ein Zimmer gemietet.«

»Hängt davon ab, was Sie von ihm wollen.«

»Es ist ... eine persönliche Angelegenheit.«

»Hat er Sie sitzengelassen?«

»Nein, nein ... das nicht.«

Die Frau musterte sie aus dunklen Augen. »Sind Sie nicht Adam Kingslys Tochter?«

»Ja«, antwortete sie ungeduldig. »Ich bin Caitlin King ... äh ... Hughes, aber ... ich bin etwas in Eile.«

»Dann sind Sie es also.«

»Wie bitte?«

»Jake sagte, es gebe ein Mädchen, das ihn abgewiesen habe. Sie sind also die Frau, die ihm den Kopf verdreht hat und ihn verrückt macht.«

Caitlin sah die Bardame völlig verblüfft an. »Sie kennen Jake?«

Die Frau lächelte traurig und zeigte einen abgebrochenen

Vorderzahn. »Jeder in der Stadt kennt Jake, Süße. Ich heiße Della. Della Perkins.«

Caitlin spürte den Stachel der Eifersucht und gleichzeitig hatte sie das Gefühl, Della ergehe es ähnlich. Gereizt schalt sie sich ihrer Dummheit. Sie hatte nie erwartet, daß Jake wie ein Mönch lebte. Sie hatte immer gewußt, daß auch andere Frauen ihn charmant und attraktiv fanden. Dennoch schmerzte sie der Gedanke, daß er mit dieser verblichenen Schönheit schlief.

»Komisch«, lachte Della trocken. »Sie sehen gar nicht so dumm aus.«

Caitlin runzelte die Stirn, wußte nicht, wie sie auf die Beleidigung reagieren sollte. »Wie bitte?«

»Nur eine Närrin gäbe Jake einen Korb.«

Caitlin hob das Kinn. Sie hatte keine Veranlassung, ihre Entscheidungen zu rechtfertigen, schon gar nicht einer fremden Person gegenüber. Andererseits hatte sie das Bedürfnis, ihr zu erklären, warum sie Jake abgewiesen hatte, warum sie Bedenken hatte, ihn zu heiraten. Daß sie nie sicher sein konnte, wann seine gewalttätige Vergangenheit ihn einholte. Wie jetzt zum Beispiel. Ein Kopfgeldjäger, der es auf ihn abgesehen hatte, zwang Jake wieder einmal zur Flucht.

Grimes Auftauchen in der Stadt führte ihr die nackte Realität vor Augen. Sie durfte Jakes beschwichtigende Worte nicht glauben, daß sich alles zum Guten wenden werde.

Della musterte sie immer noch. »Schätzchen, wenn Jake mich fragen würde, ob ich ihn heirate, ginge ich mit ihm zu Fuß bis nach China.«

Caitlin hatte nun wahrhaftig keine Zeit, über eine mögliche Heirat zu reden. »Wenn Sie ... mit Jake befreundet sind, dann wollen Sie sicher wissen, warum Grimes in der Stadt ist. Er ist ein Kopfgeldjäger.«

Della erschrak. »Du meine Güte ... hat er es etwa auf Jake abgesehen?«

»Marshal Netherson meint ja. Und wenn der Kerl nicht aufgehalten wird, ist Jake ein toter Mann. Ich muß mit Grimes sprechen. Ist er hier oder nicht?«

»Kommen Sie, ich bringe Sie nach oben.«

In diesem Augenblick stieß Vernon die Schwingtüren auf. Zur Verblüffung beider Frauen trug er einen sechsschüssigen Colt in einem Halfter am rechten Oberschenkel.

»Caitlin, Sie können nicht dort hinauf«, sagte er ohne Begrüßung.

»Ich will nur mit Grimes reden«, beharrte sie.

»Es wird nichts nützen.«

»Das mag sein, aber ich muß versuchen, ihn aufzuhalten.«

»Dann lassen Sie mich wenigstens mitkommen.«

Sie nickte. In Vernons Begleitung würde sie sich sicherer fühlen. Als sie die Treppe hinaufsteigen wollte, hielt er sie am Arm fest.

»Moment. Was wollen Sie ihm sagen?«

»Ich biete ihm Geld an, damit er die Stadt verläßt.«

»Sie wollen ihn bestechen?«

»Ja. Ich gebe Grimes die Belohnung, die auf Jakes Kopf ausgesetzt ist, wenn er verspricht, ihn in Ruhe zu lassen. Er soll die Stadt verlassen und vergessen, daß er je von Jake gehört hat.«

Della furchte die Stirn. »Ich weiß nicht, ob das klappen wird, Schätzchen.«

Caitlin war sich ihrer Sache ebensowenig sicher. Grimes zu bezahlen, war ihre einzige Möglichkeit, um Jake zu beschützen und ein Unglück zu vermeiden.

»Es wird nicht gelingen, Caitlin«, meinte Vernon mutlos. »Dieser Grimes wird nicht Wort halten. Er nimmt Ihr Geld und bleibt Jake trotzdem auf den Fersen.«

»Das Geld ist mir einerlei, wenn ich nur Grimes dazu veranlassen kann, die Stadt zu verlassen, damit ich Jake warnen kann.«

»Sie sollten ihm lieber eine zusätzliche Belohnung versprechen und ihm einschärfen, Jake festzunehmen und nicht zu erschießen. Das wird er Ihnen eher glauben.«

»Jake festnehmen?«

»Sie müssen ihm klarmachen, daß Sie daran interessiert

sind, daß er Jake findet, weil Sie Vergeltung für den Mord an Ihrem Bruder wollen. Dann können wir Grimes auf eine falsche Fährte setzen. Ich werde behaupten, ich hätte gehört, McCord sei in Denver gesehen worden.«

»Aber ... Jake wurde freigesprochen. Es war kein Mord, es war Notwehr.«

»Das weiß aber Grimes nicht.«

Caitlin zauderte, bis Della sie beim Ellbogen nahm und zur Treppe schob. »Hören Sie auf Verne, Schätzchen. Er kennt die Männer besser als Sie. Kerle wie Grimes trauen ihrem eigenen Schatten nicht. Und ich rate Ihnen, spielen Sie Ihre Rolle gut, wenn Sie wollen, daß er Ihnen glaubt. Machen Sie kein so ängstliches Gesicht. Sie müssen wütend aussehen und rachsüchtig, als sähen Sie Jake am liebsten am Galgen baumeln.«

»Und um Himmels willen«, fügte Vernon bei, »bieten Sie Grimes nicht die gesamte Summe an, sonst riecht er den Braten. Sagen Sie ihm, daß Sie ihm hundert Doller jetzt geben und den Rest, wenn er Jake lebend nach Greenbriar bringt.«

Caitlin holte tief Luft, nickte eifrig und betete im stillen zu Gott, er möge ihr Kraft geben, damit sie der Aufgabe gewachsen sei.

Vernon begleitete die beiden Frauen die Treppe hinauf und den schmalen Flur entlang. Vor der Nummer sieben blieb Della stehen und klopfte.

»Mister, hier ist Della!« rief sie. »Besuch für Sie. Eine Dame will Sie sprechen.«

Nach einer Weile war das Geräusch eines sich drehenden Schlüssels zu hören. Die Tür wurde halb geöffnet, und ein bulliger, ungepflegter Mann mit dunklem Stoppelbart und finsterem Gesicht tauchte auf. Er hielt einen Revolver in der Hand.

Caitlin trat innerlich bebend einen Schritt vor. »Mr. Grimes?«

»Wer sind Sie?«

»Ich bin Mrs. Hughes. Kann ich Sie kurz sprechen? Ich

möchte Ihnen ein Geschäft vorschlagen, wenn Sie einen Augenblick Zeit haben.«

Er sah sie finster an, und Caitlin wagte kaum zu atmen.

Grimes argwöhnischer Blick wanderte zu Vernon. »Haben Sie die Frau hergebracht?«

»Nein, umgekehrt. Sie sollten sich Mrs. Hughes anhören.«

Auf Grimes ungewaschenem Gesicht breitete sich ein Grinsen aus, seine Zähne blitzten. »Einer schönen Frau kann ich keinen Wunsch abschlagen.«

Er steckte die Pistole in den Gürtel und bat sie mit einer ausladenden Handbewegung, einzutreten. Vernon folgte ihr, während Della im Flur wartete, bis die Tür geschlossen wurde.

Das Zimmer war genauso ungepflegt wie Grimes. Er nahm seinen Hut von dem einzigen Stuhl und bot ihr an, sich zu setzen. Caitlin zog es aber vor, stehenzubleiben.

»Mr. Grimes«, begann sie mit fester Stimme, »wie ich höre, sind Sie Kopfgeldjäger.«

»Da liegen Sie richtig.«

Sie zwang sich zu einem Lächeln. »Ich nehme an, Sie sind auf der Suche nach Jake McCord.«

»Schon möglich.«

»Wenn das so ist ... dann haben wir etwas gemeinsam. Auch ich bin daran interessiert, daß der Schuft endlich gefaßt wird. Und ich bin bereit, Ihnen die Suche nach ihm schmackhaft zu machen.«

»Woran denken Sie?«

»Auf seinen Kopf sind fünfhundert Dollar ausgesetzt für einen Mord, den er in New Mexico bei einem Bankraub begangen hat. Ich bezahle Ihnen tausend Dollar, wenn Sie McCord finden und ihn lebend nach Greenbriar bringen, damit er von einem ordentlichen Gericht verurteilt wird.«

»Habe ich recht verstanden, Madam?« fragte Grimes erstaunt.

»Ja.«

»Warum sind Sie an McCord interessiert?«

»Er hat meinen Bruder erschossen, und ich möchte ihn vor Gericht bringen.« Der Kopfgeldjäger musterte sie skeptisch. Caitlin redete tapfer weiter. »McCord floh gestern, als er hörte, daß Sie in der Stadt sind. Aber er wurde auf der Straße nach Denver gesehen. Wenn Sie sich beeilen, können Sie ihn noch einholen.«

»Es wäre einfacher, ihm eine Kugel durch den Schädel zu jagen, als ihn lebend nach Greenbriar zu schleppen.«

Caitlin schluckte schwer und zwang sich zu einem schneidenden Ton. »Etwas anderes hat er nicht verdient. Aber ich will nicht, daß er stirbt, Mr. Grimes, das wäre zu gnädig. Ich will, daß er rechtmäßig verurteilt wird. Ich will, daß er für sein Verbrechen am Galgen endet.«

»Warum hat es so lange gedauert, daß Sie ihn vor Gericht sehen wollen, wenn McCord sich in der Gegend aufgehalten hat?«

Sie kreuzte Vernons warnenden Blick und war dankbar, daß er an ihrer Stelle antwortete. »Ich sagte Ihnen schon, daß McCord bei den Rinderzüchtern hier sehr beliebt ist. Mrs. Hughes konnte den Marshal nicht bewegen, ihn zu verhaften. Aber wenn Sie ihn in Handschellen zurückbringen, hat Netherson keine andere Wahl.«

»Ich bin bereit, Ihnen hundert Dollar sofort zu bezahlen«, fügte Caitlin hinzu. »Den Rest bekommen Sie, wenn Sie ihn hier im Gefängnis abliefern. Lebend, Mr. Grimes.«

»Verzeihen Sie meine Frage, Madam. Haben Sie überhaupt tausend Dollar?«

»Ja. Aus den diesjährigen Wollverkäufen. Das Geld liegt auf der Bank. Und ich kann die Anzahlung von hundert Dollar noch heute morgen leisten. Sie reiten sofort los und machen sich auf die Suche nach ihm.«

Grimes feixte wieder und ließ seine weißen Zähne blitzen. »Zweihundert, und wir sind im Geschäft, Madam.«

Beinahe leichten Herzens machte Caitlin sich auf den Heimweg. Grimes hatte ihr die Geschichte abgenommen. Gemeinsam mit Vernon hatte sie dem Kopfgeldjäger nachgeblickt, als er aus der Stadt ritt und die Straße nach Denver einschlug. Jake war deshalb längst nicht außer Gefahr. Er durfte sich nicht länger hier aufhalten. Zu viele Menschen wußten, wo er zu finden war, und konnten den nächsten Verfolger auf ihn hetzen.

Grimes würde wieder aufkreuzen, daran hatte Caitlin keinen Zweifel, und er ließe sich nicht so schnell abwimmeln, wenn er mit leeren Händen aus Denver zurückkäme. Und sollte er herausfinden, daß Jake längst von der Mordanklage an ihrem Bruder freigesprochen war ... Auch wenn sie dem Kopfgeldjäger die versprochene Summe ausbezahlen würde, würde er den Trick durchschauen. In seiner Wut über das falsche Spiel, das sie mit ihm getrieben hatte, würde er Jake weiter verfolgen und ihn möglicherweise töten.

Jake mußte die Stadt sofort verlassen. Caitlin wußte aber auch, daß er nur schwer zur Flucht zu überreden wäre, jetzt, nachdem ihm die Existenz seines Sohnes bekannt war.

Sie und Vernon machten sich getrennt auf die Suche. Vernon ritt zur McCord Ranch, während sie nach Hause ritt. Della blieb in der Stadt, falls Jake im Saloon auftauchen sollte.

Erleichtert sah Caitlin beim Einreiten in den Hof, daß Jake seinem Sohn wieder eine Reitstunde gab.

»Wo warst du?« fragte er beiläufig, als sie ihr Pferd zügelte.

»Ich muß mit dir reden«, antwortete sie, während Jake ihr aus dem Sattel half. Er hatte offenbar keine Ahnung, in welcher Gefahr er schwebte. »Ryan, Zeit für dein Mittagessen. Geh zu Tante Winnie in die Küche. Sie macht dir ein schönes Sandwich. Es ist noch Schinken da von gestern abend.«

»Ich hab' keinen Hunger, Mama«, widersprach der Kleine. »Ich will mit Jake reiten.«

»Ryan«, wies Caitlin ihn schärfer als beabsichtigt zurecht. »Ich möchte, daß du zu Tante Winnie ins Haus gehst.« Jake bedachte sie mit einem vorwurfsvollen Blick. Caitlin atmete tief durch. »Bitte, Liebling. Ich muß mit Jake alleine sprechen. Du darfst später wieder reiten.«

»Na komm schon, Kumpel«, sagte Jake und streckte die

Arme nach ihm aus. »Ein Gentleman tut, was seine Mama sagt.«

»Ach, Jake ...«

Jake hob das schmollende Kind vom Pferd und fuhr ihm durch die Wuschellocken. »Lauf jetzt. Und widersprich deiner Mama nicht.«

Ryan gehorchte sofort und stapfte über den Hof zur Veranda.

»Was ist denn so wichtig, daß du ihm den Spaß verderben mußt?« fragte Jake, nachdem die Hintertür ins Schloß gefallen war.

»Dein Leben ist mir so wichtig«, entgegnete Caitlin unwirsch.

»Wovon redest du?«

»Ein Kopfgeldjäger ist dir auf den Fersen.«

Er zuckte gleichgültig die Achseln und führte die Stute zum Korral. »Sonst noch Neuigkeiten?«

»Ich wußte, daß du so etwas sagen wirst.«

»Was sollte ich sonst sagen?«

»Jake ...« rief Caitlin entnervt. »Bist du verrückt? Oder nur begriffsstutzig? Du mußt fort!«

»Warum?«

»Weil ich nicht will, daß du umgebracht wirst!«

Jake lächelte, als er ihrem Pferd den Sattel abnahm. »Freut mich zu hören, Cat. Noch vor ein paar Wochen hätte ich darauf gewettet, daß dir mein Wohlergehen keinen Pfifferling wert ist.«

»Schluß damit!« Caitlin spürte erschrocken, wie ihr die Tränen in die Augen stiegen. Und Jake reagierte besorgt.

»He ... Wildkatze, was ist los?« Er ließ das Pferd los und nahm sie in die Arme. »Du mußt dir um mich keine Sorgen machen.«

Caitlin blinzelte ihre Tränen zurück und lehnte die Stirn an Jakes Brust. »Und ob ich mir Sorgen machen muß. Ich ... ich könnte es nicht ertragen, wenn du stirbst.«

»Ich sterbe nicht. Mir geschieht nichts.«

»Diesmal vielleicht nicht. Aber nur, weil ich Grimes die

doppelte Summe der Belohnung angeboten habe, wenn er in Denver nach dir sucht.«

»Welche Belohnung? Wer zum Teufel ist Grimes?«

»Der Kopfgeldjäger, der hinter dir her ist.«

»Ethan Grimes?«

»Ja.«

»Ich habe von ihm gehört. Welche Belohnung?«

»Die Belohnung, die auf dem Fahndungsplakat für deine Festnahme ausgesetzt ist. Weil du einen Bankangestellten ermordet hast.«

Es dauerte eine Weile, bis er begriff. Dann verdunkelte sich Jakes Miene wie der Himmel vor einem Gewittersturm. »Was hast du getan?«

»Ich habe ihm tausend Dollar versprochen, wenn er ...«

»Verdammt nochmal, Cat!« Jake packte sie an den Armen, sein Gesicht war zornig angespannt. »Ist dir denn nie in den Sinn gekommen, daß ich diesen Mord gar nicht begangen habe?«

Sie sah ihn angsterfüllt an. »Das schon. Aber auf dem Plakat steht ...«

»Zur Hölle mit dem Plakat! Ich habe niemanden umgebracht. Und du solltest mehr Vertrauen zu mir haben!«

Caitlin schüttelte verzweifelt den Kopf. »Das ist doch jetzt unwichtig. Du bist ein gesuchter Mann, Jake! Grimes hält dich für schuldig, und das tut jeder, der dieses Plakat sieht. Du mußt fort, wenn du dein Leben retten willst.«

Jake biß die Zähne aufeinander. »Ich lasse meinen Sohn nicht im Stich.«

Sie hatte gewußt, daß er so etwas sagen würde. Sie holte Luft und spielte ihre letzte Trumpfkarte aus. »Ich fürchte, diese Entscheidung liegt nicht bei dir. Ich bin zu einem Entschluß gekommen, Jake. Ich kann dich nicht heiraten.«

Sein Gesicht wurde grau, sogar aus seinen Lippen wich die Farbe. Nur in seinen grünen Augen flackerte ein eisiges Licht. »Warum zum Teufel nicht?«

»Weil es für Ryan nicht gut wäre.«

»Herrgottnochmal, Cat ...!«

»Nein, es ist mir ernst. Genau vor so einer Situation habe ich mich gefürchtet ... daß deine gewalttätige Vergangenheit dich einholt. Schon deine Gegenwart bringt Ryan in Gefahr, begreifst du das nicht?«

Jakes Wut kochte über. »Wenn du nur eine Sekunde glaubst«, preßte er zwischen den Zähnen hervor, »daß ich Ryan aufgebe ...«

Die Kugel kam aus dem Nichts. Der Knall erschreckte beide fast zu Tode. Caitlin erstarrte. Jake reagierte blitzschnell. Das Pferd stieg hoch und floh in den Stall. Jake warf Caitlin grob zu Boden, daß ihr die Luft wegblieb, und deckte sie mit seinem Körper. Gleichzeitig griff er nach seinem Revolver — der nicht an seinem Platz war.

Jake fluchte in sich hinein. Die Pferde im Korral scheuten und wieherten. Jake suchte mit zusammengekniffenen Augen die Umzäunung ab, wo der Schütze sich verstecken könnte. Vermutlich hinter einer der Pappeln an der Auffahrt. Da bemerkte er ein metallisches Glitzern im Sonnenlicht — ein Gewehrlauf. Eine Männerstimme rief herüber.

»McCord, das war nur ein Warnschuß! Das nächste Mal treffe ich.«

»Wer zum Teufel sind Sie?« schrie Jake zurück. »Was wollen Sie?«

»Grimes ...« keuchte Caitlin. »Der Kopfgeldjäger ...«

»Ich bin gekommen, um Sie festzunehmen!« rief Grimes wieder.

»Der Mistkerl, er hat es versprochen«, zischte Caitlin. »Ich habe ihm zweihundert Dollar bezahlt. Er sollte auf dem Weg nach Denver sein.«

Jake bedachte sie mit einem vernichtenden Blick. »Allem Anschein nach ist er nicht auf deinen Trick reingefallen. Er hat ein falsches Spiel mit dir getrieben.«

Nicht nur das, begriff Caitlin verzweifelt. Er war ihr nachgeritten, und sie hatte ihn direkt zu Jake gelockt.

»Er hat ein Gewehr«, murmelte Jake, während Caitlin sich verwünschte, einem solchen Kerl geglaubt zu haben. »Cat, du verschwindest. Geh ins Haus und schließ die Türen ...

lauf gebückt und bewege dich nur zwischen dem Korral und ihm.«

»Was hast du vor?«

Jakes Mund verzog sich zu einem grimmigen Lächeln. »Ich zieh den Kopf ein und bete.«

19. KAPITEL

»Cat, tu, was ich dir sage«, forderte Jake eindringlich. »Geh ins Haus.«

Sie sah ihn an, als habe er den Verstand verloren. »Denkst du, ich lasse dich hier draußen allein?«

»Mir geschieht nichts. Ich muß nur ein Pferd erwischen. Geh jetzt, bitte.«

»Was hast du vor? Vielleicht kann ich dir helfen.«

»Ich brauche deine Hilfe nicht. Ich will dich in Sicherheit wissen.«

»Und ich will dich auch in Sicherheit wissen.«

»Verdammt, Cat ...«

»Was hast du vor?« wiederholte sie hartnäckig.

»Ich reite los und hoffe, daß Grimes mir folgt. Ich muß ihn ablenken. Du hast recht. Ryan und du, ihr seid in Gefahr, solange ich in eurer Nähe bin.«

Caitlins blaue Augen weiteten sich vor Entsetzen. »Du willst, daß er dir folgt? Jake, er erschießt dich!«

»Mir passiert schon nichts ...«

»Er erschießt dich!«

»Verdammt, Cat, verschwinde endlich!« knurrte er.

»Nein!« zischte sie.

»McCord!« rief Grimes von der Pappelgruppe herüber. »Werfen Sie Ihr Schießeisen weg und kommen Sie mit erhobenen Händen heraus!«

»Wenigstens hat er keine Ahnung, daß ich nicht bewaffnet bin«, murmelte Jake.

Caitlin war verzweifelt. Sie hatte darauf bestanden, daß

Jake seine Pistolen zu Hause ließ, wenn er Ryan besuchen wollte. Das konnte ihm jetzt zum Verhängnis werden.

In der Arbeiterbaracke müßte ein geladenes Gewehr sein, dachte sie fieberhaft. Dort hing immer eine Flinte für den Notfall. Sie warf einen Blick über die Schulter, um die Entfernung zur Baracke abzuschätzen. Es war zu weit. Sie legte die Hand auf Jakes Arm. »Bitte ... warum ergibst du dich nicht? Wenn du dich freiwillig stellst, wird Grimes dir nichts tun.«

»Woher willst du das wissen?«

Sie biß sich auf die Lippe. Diesem skrupellosen Grimes war nicht zu trauen.

»Ich liefere mich diesem Kerl nicht aus, Cat. Selbst wenn er nicht der Meinung wäre, ein toter Mann mache weniger Scherereien als ein lebender, brächte er mich trotzdem nach New Mexico. Dort müßte ich sitzen, bis meine Unschuld bewiesen wäre. Ich bin unschuldig, und ich werde nicht noch mehr Zeit vergeuden, um das zu beweisen. Nun verschwinde endlich. Der Kerl wartet nicht mehr lange.«

Caitlin hätte vor Zorn und Angst schreien mögen.

»McCord! Kommen Sie freiwillig? Oder muß ich Sie holen?«

Jake versuchte an den Korral heranzurobben, doch Caitlin hielt ihn am Arm fest. »Jake, bitte ...« flehte sie tränenerstickt. »Du wirst sterben.«

Jake warf ihr einen düsteren Blick über die Schulter zu. »Wenn ich dich und Ryan nicht haben kann, aus welchem Grund sollte ich wohl weiterleben?«

Seine Bitterkeit erschreckte sie und spornte sie zugleich zum Handeln an. Sie rollte sich herum und kroch auf die Baracke zu.

Jake fluchte, als sie sich in die falsche Richtung entfernte, konnte sie aber nicht zurückhalten, ohne sie in noch größere Gefahr zu bringen.

Er robbte unter der Korralumzäunung hindurch, packte das erste Pferd an der Mähne, schwang sich auf seinen Rücken und duckte sich seitlich an den Hals. Im gleichen Augenblick pfiff ihm eine Kugel um die Ohren. Er lenkte den braunen Wallach zum Verschlag, beugte sich noch tiefer und griff nach dem Riegel.

Ehe er ihn beiseiteschieben konnte, krachte ein Gewehrschuß von der Baracke her, dem ein Aufschrei folgte.

Jake richtete sich auf. Grimes taumelte aus seiner Deckung hinter einer Pappel hervor und sackte zu Boden. Dabei hielt er sich die rechte Schulter. Jake riß den Kopf in die andere Richtung. Mitten auf dem Hof stand Caitlin breitbeinig, den rauchenden Gewehrlauf auf den verwundeten Mann gerichtet. Ihr Gesicht war wild entschlossen, ihre Augen loderten. Bei ihrem Anblick zog Jakes Herz sich zusammen, und ein Sturm der Gefühle fegte durch ihn hindurch: Erleichterung, Angst, Bewunderung ... Stolz auf ihre Courage und ihre Verwegenheit.

»Anscheinend hast du ihn erwischt«, erklärte Tante Winnie zufrieden und kam, auch sie mit einem Gewehr im Anschlag, die Verandastufen herunter.

Caitlin blinzelte, als erwache sie aus einem Traum.

Die alte Dame stapfte über den Hof auf ihre Nichte zu, den Gewehrlauf auf den Mann gerichtet, der sich auf der anderen Seite der Einzäunung im Staub krümmte. »Guter Treffer, Caitlin. Wenn du nicht geschossen hättest, hätte ich ihn erledigt — obwohl ich nicht mehr so gut sehe wie früher.«

Caitlin staunte. »Was ... machst du denn mit einem Gewehr?«

Winnies blaue Augen blitzten. »Denkst du etwa, St. Louis war immer eine Bastion der Zivilisation? Früher ist es dort genauso rauh und wild zugegangen wie im Westen. Ich konnte einem Büffel auf hundert Schritt den Nackenpelz versengen.«

Jake lachte leise, glitt vom Pferd und duckte sich unter der Umzäunung hindurch.

»Zugegeben«, setzte Winnie hinzu, »auf mich hatten es keine hinterhältigen Stinktiere abgesehen. Sie sollten sich Ihre Freunde mit etwas mehr Sorgfalt aussuchen, Jake.«

Er küßte die zerknitterte Wange der alten Dame. »Danke,

Winnie. Ich werde Ihren Rat beherzigen.« Tante Winnie errötete geschmeichelt.

Jake wandte sich an Caitlin, nahm ihr das Gewehr aus der Hand und zog sie in seine Arme. Sie lehnte sich zitternd an ihn.

»Du hast mir das Leben gerettet, Wildkatze«, sagte Jake leise.

Caitlin, noch unter Schock, schüttelte mechanisch den Kopf. Bis vor wenigen Augenblicken hätte sie nicht geglaubt, auf einen Menschen schießen zu können — in der kaltblütigen Absicht, ihn zu töten.

Tante Winnie tätschelte ihr wohlwollend den Arm. »Du hast getan, was du tun mußtest, Caitlin. Manchmal müssen wir zur Gewalt greifen, um die Menschen, die wir lieben, zu schützen.«

Caitlin nickte bedächtig. »Wo ist Ryan?« fragte sie matt.

»Im Haus«, antwortete Tante Winnie. »Ich habe ihm eingeschärft, in seinem Zimmer zu bleiben, wenn er je wieder auf einem Pferd sitzen möchte. Und Sie sollten sich um den schießwütigen Kerl kümmern, Jake.«

Er nickte und ging mit Caitlins Gewehr über den Hof auf Grimes zu, der ächzend auf der Erde lag. Der Kopfgeldjäger war an der Schulter getroffen. Jake kauerte sich neben ihn, knöpfte ihm das Hemd auf, nahm ihm das Halstuch ab und drückte es an die blutende Wunde.

Donnernde Hufschläge näherten sich. Jake hob den Kopf und sah eine Reitergruppe im gestreckten Galopp die Straße zur Ranch herankommen. Er erkannte seinen Bruder Sloan an der Spitze, dahinter Marshal Netherson und Della Perkins, alle drei waren bewaffnet.

Die Reiter hielten ihre erschöpften Pferde neben Jake und dem verwundeten Grimes an.

»Bist du verletzt?« wollte Sloan wissen.

»Nein. Mir geht's gut.«

»Was ist passiert?« fragte Netherson.

»Der Kerl hatte einen kleinen Unfall.«

Sloans Mundwinkel zogen sich hoch. »Ich dachte, du

brauchst Hilfe, kleiner Bruder, aber ich hätte wissen müssen, daß du mit so einem allein fertig wirst.«

»Ohne Hilfe wäre ich nicht mit ihm fertig geworden«, antwortete Jake, und wies mit einer Kopfbewegung zu Caitlin und Winnie, die herangetreten waren. »Kennst du Caitlins Tante, Mrs. Winifred Truscott?«

»Ich hatte noch nicht das Vergnügen.« Sloan tippte sich an die Hutkrempe und schenkte der Tante das berühmte McCord Lächeln. »Freut mich sehr, Sie kennenzulernen, Madam.«

Winnie musterte ihn von oben bis unten, und er fand ganz offensichtlich ihre Zustimmung. »Ganz meinerseits, junger Mann. Jetzt begreife ich, was meine Nichte durchmachen mußte. Kein Wunder, daß die Frauen in dieser Gegend außer Rand und Band geraten bei zwei solchen Prachtexemplaren.«

Caitlin unterbrach sie errötend und übernahm die Vorstellung, die Jake begonnen hatte. Winifred begrüßte Luther Netherson und Della Perkins, deren grelle Schminke ihren Beruf nicht verhehlte, mit derselben Freundlichkeit.

»Warum habt ihr gedacht, ich brauche Hilfe?« fragte Jake.

»Ein Cowboy kam in den Saloon«, erklärte Della, »und behauptete, er habe Grimes unterwegs zur Kingsly Ranch gesehen. Ich ritt los, um dich zu warnen, und traf Sloan und den Marshal unterwegs.«

»Wir sollten den Kerl zum Arzt bringen«, sagte Netherson und deutete auf Grimes, der schwitzend, mit zusammengebissenen Zähnen auf der Erde kauerte.

Nach einem Blick zu Caitlin übernahm Winnie das Kommando. »Bringt ihn in die Baracke. Dort verbinde ich ihn notdürftig, damit ihr ihn in die Kutsche verfrachten könnt.«

»Einen Augenblick noch«, meinte Jake. Er griff in Grimes Taschen, fand ein Bündel Dollarnoten und händigte sie Caitlin aus. »Zweihundert Dollar. Ich glaube, das Geld gehört dir.«

»Ja«, sagte sie knapp mit einem vernichtenden Blick auf Grimes.

Netherson und Sloan stiegen von den Pferden und wollten den Verwundeten hochheben.

»Halt!« wehrte Grimes heiser ab. »Marshal, Sie werden McCord doch nicht laufen lassen? Es ist Ihre Pflicht, ihn festzunehmen.«

»Ich wüßte nicht, wieso«, entgegnete Netherson.

»Er hat einen Bankraub begangen und einen Mann in New Mexico getötet.« Fahrig nestelte Grimes in seine Westentasche, zog ein zerknittertes Papier hervor und gab es dem Marshal, der den Fahndungszettel entfaltete und eingehend studierte. Der Zettel zeigte Jakes Bild.

Netherson blickte besorgt zu Jake. »Anscheinend hat er recht, Jake. Als Vertreter des Gesetzes muß ich dich festnehmen.«

»Nein, das dürfen Sie nicht!« rief Caitlin verzweifelt, und Sloan trat einen Schritt vor.

»Aber ich habe noch eine Menge zu tun«, fuhr der Marshal bedächtig fort, »ich muß mich um die Wunden dieses Kerls kümmern. Es dauert eine Weile, bevor ich meinen Pflichten als Gesetzeshüter nachkommen kann.«

Alle Anwesenden begriffen, daß er Jake damit die Chance zur Flucht geben wollte. Grimes stieß wilde Verwünschungen aus.

»Ich rate Ihnen, den Mund zu halten, Mister«, warnte ihn der Marshal. »Hüten Sie Ihre Zunge in Gegenwart von Damen.«

»Sie brauchen mich nicht festzunehmen, Luther«, antwortete Jake gelassen. »Wenn der Mann versorgt ist, reite ich mit Ihnen in die Stadt.«

Caitlin zog den Atem scharf ein. Sloan sah sie kopfschüttelnd an. »Mrs. Truscott, zeigen Sie uns bitte den Weg?«

Die beiden Männer hoben den verwundeten Grimes hoch und folgten Winifred in die Arbeiterbaracke.

Dellas Blick wanderte von Caitlin zu Jake, der Caitlin scharf ansah.

Della räusperte sich. »Dann zieh ich mal wieder ab. Ich wollte nur wissen, ob du in Ordnung bist, Jake.«

Er löste seinen Blick von Caitlin und lächelte Della an. »Danke, daß du mir helfen wolltest, Della. Schön zu wissen, daß man Freunde hat.«

Caitlin straffte die Schultern und trat an Dellas Pferd. »Ich danke Ihnen, daß Sie gekommen sind. Es tut wirklich gut zu wissen, daß jemand seine Haut retten will, auch wenn er selber kein Interesse daran zu haben scheint.«

»Ich hoffe, Sie schaffen es, ihn zur Vernunft zu bringen«, sagte Della und wandte ihr Pferd. »Ich glaube, ich habe mich geirrt, Miz Hughes. Ich begreife, warum Jake in Sie vernarrt ist, aber vielleicht war es gar nicht so dumm von Ihnen, ihn abzuweisen. Lassen Sie sich nicht rumkriegen, Schätzchen. Manche Männer wollen einfach nicht erwachsen werden.«

Mit einem verschwörerischen Augenzwinkern drückte Della ihrem Pferd die Absätze in die Flanken und ritt los.

Jake kauerte immer noch auf dem Boden. Eisiges Schweigen lag zwischen Caitlin und ihm.

Die Angst der vergangenen Stunden hatte an Caitlins Nerven gezerrt. Der Gedanke, daß Jake im Gefängnis landen, verurteilt und gehängt werden könnte, war ihr unerträglich.

Gleichzeitig war sie wütend auf ihn. Sie ballte die Fäuste. »Hast du den Verstand verloren, Netherson zu sagen, daß du mit ihm gehst?«

Jake funkelte sie zornig an.

»Jake! Es ist der helle Wahnsinn, dich freiwillig zu stellen! Tu es nicht! Er sperrt dich ins Gefängnis!«

»Das hoffe ich.«

»Jake ...« Sie seufzte, sie war am Ende ihrer Geduld. »Du mußt fliehen, siehst du das nicht ein?«

»Willst du, daß ich mich wieder verstecke?«

»Ja!«

Sein Gesicht verhärtete sich. »Tut mir leid, Cat. Ich fliehe nicht.«

»Jake, bitte, hier bist du nicht sicher. Ich will weder, daß du im Gefängnis sitzt noch mit einer Kugel im Bauch unter der Erde liegst.«

»Ich will auch nicht im Gefängnis sitzen. Aber ich laufe nicht mehr weg, Cat.«

Sie sah ihn hilflos an. Jake begegnete ihrem Blick grimmig. »Du hast mir nie geglaubt.«

»Das ... das ist nicht wahr.«

»Aber sicher. Du hast deinem Vater geglaubt, als er behauptete, ich hätte deinen Bruder ermordet. Und jetzt glaubst du, ich habe diesen Bankangestellten umgebracht.«

»Nein, das ...«

»Du warst bereit, Grimes tausend Dollar zu bezahlen, um ihn von meiner Fährte abzubringen.«

»Jake ... du verstehst nicht ...«

»Dann erkläre es mir.«

Er war voll Zorn und Bitterkeit. Caitlin hatte kein Vertrauen zu ihm. Sie hatte Grimes bestechen wollen, weil sie das Schlimmste annahm und Jake verurteilte ... Die unverzeihlichste ihrer Verfehlungen aber war, daß sie ihm seinen Sohn verheimlicht hatte.

Jake schloß die Augen.

»Jake ...«, flehte sie leise. »Ich weiß, daß du kein Mörder bist. Ich hatte nur Angst um dein Leben! Ich durfte doch nicht zulassen, daß er dir etwas antut, ob du schuldig bist oder nicht. Du wirst gesucht, tot oder lebendig ... und ich hatte wahnsinnige Angst, daß er dich tot abliefert.«

Ein Muskel zuckte in seinem kantigen Gesicht. Er hätte ihre Ängste sofort zerstreuen können, weigerte sich aber störrisch.

Soll sie ruhig zappeln, dachte Jake. Er war es leid, sich zu verteidigen, sich zu entschuldigen. Wenn Cat ihm nicht glauben wollte — er würde nicht zu Kreuze kriechen.

»Ich habe es nicht nötig, mich vor dir zu rechtfertigen«, entgegnete er tonlos.

»Du mußt dich nicht rechtfertigen, Jake.«

»Du lügst. Ich mußte mich vor dir rechtfertigen, seit ich nach Colorado zurückgekommen bin. Ich mußte mir jeden Schritt bei dir erkämpfen. Du hältst mich immer noch für ungeeignet, Ryans Vater zu sein ...«

»Nein ... Ich weiß, daß du ein guter und liebevoller Vater sein wirst.«

»Du wolltest mir Ryan wegnehmen. Das hast du mir noch vor einer halben Stunde gesagt.«

»Das habe ich nicht so gemeint, Jake. Ich war verrückt vor Angst, als ich das sagte. Ich wollte nur, daß du fliehst ...«

»Ich fliehe nicht.«

»Aber du mußt ...«

Caitlin sah ihn flehend an. Wenn sie nur wüßte, wie sie ihm begreiflich machen könnte, in welcher Gefahr er schwebte. Als Grimes auf ihn schoß, hatte sie das nackte Grauen gepackt.

Sie hätte kaltblütig einen Menschen getötet, wäre lieber selbst gestorben, um Jakes Leben zu retten. Welche Ironie, daß ausgerechnet sie dem Rausch der Gewalt verfiel, sie, die so vehement gegen Gewalt und Blutvergießen im Grenzkrieg eintrat. Für bestimmte Dinge lohnte es sich zu kämpfen, lohnte es sich zu sterben. Für die Familie und für Menschen, die man liebte. Für Jake.

Caitlin schloß die Augen. Endlich hatte sie Klarheit über ihre Gefühle gewonnen. Wochenlang hatte sie sich belogen. Anfangs hatte sie sich eingeredet, Jake bedeute ihr nichts mehr. Dann hatte sie gedacht, mit alten Gefühlen spielen, sie neu entfachen zu können, ohne die Folgen tragen zu müssen. Doch ihre Liebe zu Jake war mächtiger, tiefer als körperliche Leidenschaft. Wenn es sein mußte, würde sie ihr Leben für ihn lassen. Sie konnte den Gedanken nicht ertragen, ihn wieder zu verlieren.

Tränen schnürten ihr die Kehle zu. Sie sank neben Jake auf die Knie. Es kostete sie unendliche Kraft, nicht die Arme um ihn zu schlingen und ihn schluchzend anzuflehen. Mit mühsam beherrschter Stimme bat sie: »Jake, du mußt fort. Du mußt gehen. Wenn du verurteilst wirst, wird man dich hängen.«

Ihr Flehen rührte ihn. Er wischte ihr eine Träne vom Gesicht. »Ich laß dich nicht allein, Wildkatze. Nie wieder. Ich mußte vier Jahre ohne dich sein, und das war die Hölle.«

»Du mußt mich nicht verlassen, Jake. Du mußt nicht allein fortgehen. Ryan und ich kommen mit dir.«

Ein seltsames Flackern glühte in seinen grünen Augen auf. »Das würdest du tun? Mit mir das Leben einer Ausgestoßenen führen?«

»Ja … wenn ich dadurch verhindern kann, daß du getötet wirst. Ich heirate dich, Jake — noch heute, wenn du willst. Ich bleibe bei dir, wo immer du hingehst.«

Er lächelte wehmütig. Caitlins Bereitwilligkeit, sich für ihn zu opfern, zerriß ihm beinahe das Herz.

»Ich denke, du siehst in mir einen Desperado.«

»Nein …« Ihre Stimme bebte. »Du bist ein guter Mensch, Jake.«

»Ich habe getötet, um am Leben zu bleiben, Cat.«

»Das interessiert mich nicht. Ich liebe dich. Und ich kann nicht ohne dich leben.«

Auf diese schlichten Worte hatte er vier lange Jahre gewartet. Ihm war, als brechen dicke Eisenringe entzwei, die ihm die Brust zugeschnürt hatten. »Was ist mit Ryan? Machst du dir keine Sorgen, daß ihm etwas zustoßen könnte?«

»Ja, ich mache mir große Sorgen, aber … ich muß es riskieren. Wenn jemand unser Kind beschützen kann, dann bist du es.«

Jake schüttelte bedächtig den Kopf. Ihr Angebot, mit ihm ein Leben außerhalb der Gesellschaft zu führen, machte ihr Einlenken nach so vielen Wochen um so kostbarer, aber er konnte ihr Angebot nicht annehmen. »Nein Cat, ich bin nicht bereit, dieses Risiko einzugehen. Ich möchte weder dir noch unserem Sohn ein Leben auf der Flucht zumuten, genausowenig wie ich selbst je wieder auf der Flucht sein möchte. Ich lasse mich nicht wieder jagen wie ein wildes Tier.«

Sie machte einen erneuten verzweifelten Versuch. »Wir könnten in den Osten gehen, Jake«, schlug sie vor. »Es muß nicht St. Louis sein. Irgendwo, wo uns niemand kennt, niemand etwas von deiner Vergangenheit weiß. An einen Ort, wo Ryan ein normales Leben führen kann.«

Er schüttelte den Kopf. »Darüber haben wir oft genug gesprochen. Irgendwann würde mich die Vergangenheit einholen.«

Caitlin ballte die Fäuste, um nicht loszuschreien. »Jake ...«

»Nein, Cat. Ich laufe nicht mehr weg wie ein Feigling, und ich erziehe meinen Sohn nicht zum Feigling. Ich lasse mich hier nieder. Außerdem«, fügte er sanfter hinzu, »ist es besser, bei der Familie zu bleiben. Denk daran, wie deine Tante dir geholfen hat. Und mein Bruder mir. Hier ist meine Heimat, hier sind meine Wurzeln. Ich laufe nicht fort.«

Ihre Augen schwammen in Tränen, die sie wütend zurückblinzelte. Es war, als redete sie gegen eine Wand, er wollte einfach nicht hören. »Herrgott, Jake ... Ich habe nie einen starrsinnigeren Dummkopf erlebt wie dich.«

»Mit einer Ausnahme«, lächelte Jake. »Du schlägst mich bei weitem.«

Verärgert über seinen unangebrachten Scherz, stand sie auf. Jake hielt sie fest. »Cat, ich möchte, daß du ein einziges Mal Vertrauen zu mir hast.«

Sie sah ihn an und schwieg.

Er drückte einen flüchtigen Kuß auf ihre bebenden Lippen. »Ich bin es leid, ein Leben auf der falschen Seite des Gesetzes zu führen. Ich stelle mich dem Marshal, Cat. Ich gehe ins Gefängnis und verlasse es erst, wenn ich an den Galgen komme — oder meine Unschuld bewiesen habe.

20. KAPITEL

Die Gefängniszelle war grade lang genug für die schmale Holzpritsche, die freilich zu kurz für Jakes Beine war.

Die Glieder schmerzten ihn von der schlaflosen Nacht, in der er sich auf dem harten Lager herumgewälzt hatte. Jake verschränkte die Arme hinter dem Kopf und zählte die Eisenstäbe. Netherson hatte die Zellentür zwar offen gelassen, und durch das Gitter des winzigen Fensters strömten einige gleißende Sonnenstrahlen, dennoch hatte Jake das

Gefühl, die Wände stürzten jeden Augenblick über ihm zusammen.

Er hatte sich geschworen, nie wieder eine Gefängniszelle von innen zu sehen, nachdem er letztes Jahr zwei Monate in einem drückendheißen, stinkenden Loch in New Mexico geschmachtet und den Beginn seines Prozesses abgewartet hatte. Und er wollte um keinen Preis, daß Caitlin ihn in dieser trostlosen Umgebung sah. Doch er hatte keine andere Wahl, wenn er seinen Namen reinwaschen, seine Unschuld beweisen und endlich die Demütigungen und Gefahren aus der Welt schaffen wollte, von einem schießwütigen Kopfgeldjäger aufs Korn genommen zu werden. Aus diesem Grunde hatte er darauf bestanden, sich dem Marshal zu stellen.

Netherson hatte ihm berichtet, Grimes sei vom Arzt in Greenbriar zusammengeflickt und in einem Zimmer im ersten Stock des Saloons zu Bett gebracht worden, wo Della ihn pflegte. Marshal Netherson hatte ein Telegramm an den Territorialrichter in New Mexico geschickt und nachgefragt, welche Bewandtnis es mit dem Fahndungsplakat und dem Mord hatte, den Jake bei besagtem Banküberfall begangen haben sollte.

Jake konnte nur abwarten, nachdenken und seine Seele erforschen.

War es ein Fehler, Caitlin zur Frau haben zu wollen? War es falsch, seinen Sohn bei sich haben zu wollen? In einem Punkt hatte Cat recht. Bereits seine Gegenwart brachte sie und Ryan in Gefahr.

War er eigensüchtig, Mutter und Sohn so sehr zu lieben, daß er mit ihnen leben wollte, damit aber ihre Sicherheit und ihr Leben aufs Spiel zu setzen? Vielleicht war es wirklich am besten zu gehen, für immer aus ihrem Leben zu verschwinden. Genausogut könnte er sich zwar das Herz aus der Brust reißen, doch schlimmer wäre es, wenn den beiden liebsten Menschen in seinem Leben etwas zustoßen würde. Andererseits . . . Ryan brauchte einen Vater. Ein Junge brauchte ein männliches Vorbild. Er brauchte einen Vater, der ihn liebte, der sich um ihn kümmerte, der ihm Lebenserfahrung vermitteln konnte.

Und auch Cat brauchte ihn. Sie war dazu geschaffen, einen Mann zu lieben. Sie war seine Frau. Seine Seelengefährtin. Nachdem es ihm endlich gelungen war, sie zur Einsicht zu bringen, war Jake seiner Sache wiederum nicht mehr sicher.

Sie liebte ihn, das wußte er. Als sie auf Grimes geschossen und ihr Leben riskiert hatte, um ihn zu beschützen, war jeder Zweifel von ihm gewichen. Er bewunderte ihre Tapferkeit.

Sie war eine Frau, die ihm treu zur Seite stehen würde, eine Frau, die die Zukunft mit all ihren Gefahren und Komplikationen mit ihm meistern würde. Und dennoch war er nicht sicher, ob er eine Frau wie Caitlin überhaupt verdiente, ob er das Recht hatte, sie an sich zu binden.

Er mußte eingedöst sein, denn als er die Augen aufschlug, beugte Caitlin sich über ihn.

Sein Herz krampfte sich zusammen beim Anblick ihres besorgten Gesichtes. »Ich hab' dir gesagt«, murmelte er, »du sollst nicht kommen. Du gehörst nicht in ein solches Rattenloch.«

Caitlin setzte sich neben ihn auf die schmale Pritsche. Seine Wangen waren von Bartstoppeln bedeckt. Die blonden, wirren Locken gaben ihm ein jungenhaftes Aussehen, er sah beinahe aus wie der kleine Ryan nach seinem Mittagsschlaf. Eine Fülle von Empfindungen stiegen in ihr auf: Zärtlichkeit, wehmütige Liebe und der innige Wunsch, diesen Mann vor Leid zu bewahren, ihn bis an ihr Lebensende zu lieben und ihn zu umsorgen.

In den schlaflosen Stunden der letzten Nacht hatte sie ihre Seele gründlich erforscht. Zunächst war sie verwirrt und wütend auf Jake, da er sich geweigert hatte zu fliehen und sein Leben zu retten. Doch allmählich war sie zur Einsicht gekommen, daß er nicht sein ganzes Leben auf der Flucht verbringen konnte. Er mußte zur Ruhe kommen, mußte sich irgendwo niederlassen. Und diesmal wollte sie an seiner

Seite bleiben, obwohl es sie Überwindung kostete, ihn im Gefängnis zu besuchen.

Es war ihr unerträglich, Jake hinter Gittern zu wissen. Sie spürte auch seine Scham, daß sie ihn in dieser schmachvollen Lage sehen mußte. Doch ihre Sorge um ihn war stärker. Was würde passieren, wenn er seine Unschuld am Tod des Bankangestellten nicht beweisen konnte?

»Du gehörst auch nicht hierher«, sagte Caitlin sanft.

Jake richtete sich auf und lehnte sich gegen die schmutzige Zellenwand. Er war bereit für ein weiteres Streitgespräch. »Wie oft soll ich es dir noch sagen, Cat? Ich laufe nicht mehr davon. Ich bleibe hier und warte ab, bis mein Name reingewaschen ist.«

»Ich weiß. Und du hast recht. Ich will auch nicht, daß du fortläufst.«

Jake machte ein skeptisches Gesicht. Caitlin wies auf die angelehnte Eisentür. »Der Marshal scheint nicht sonderlich in Sorge zu sein, daß du die Flucht ergreifst. Ich habe noch nie von einem Gefangenen in einem unverschlossenen Gefängnis gehört.«

Er verzog den Mund zu einem schiefen Lächeln. »Ich werde das Gefühl nicht los, Luther hätte es ganz gern, wenn ich fliehe. Damit bliebe ihm viel Arbeit erspart.«

»Und sein Gewissen wäre erleichtert. Es gefällt ihm nicht, einen Freund ein ... zusperren.« Die Stimme versagte ihr, sie schluckte. »Ich hab' dir etwas zu Essen mitgebracht.« Eine hilflose Geste und ein schwacher Trost, ihm die Situation erträglicher zu machen. Sie reichte ihm einen mit einem Tuch bedeckten Teller. »Tante Winnie hat Erdbeermuffins gebacken. Ryans Leibgericht. Er will, daß du auch welche bekommst.«

»Hast du ihm etwa gesagt, daß ich im Gefängnis sitze?« fragte Jake scharf.

»Nein, natürlich nicht«, beruhigte sie ihn und verbarg ihre zitternden Hände. »Aber er hat nach dir gefragt.«

»Bring ihn bloß nicht her.«

Caitlin senkte mutlos den Kopf, wagte nicht, die Frage

auszusprechen, die ihr auf der Seele brannte: *Was ist, wenn du deine Unschuld nicht beweisen kannst?*

»Jake«, begann sie bang. »Ich habe nachgedacht ...«

»Ich habe auch nachgedacht.«

»Ich möchte, daß wir sofort heiraten.«

Er sah sie unverwandt an. »Warum?«

»Weil du eine Familie brauchst, wenn ... wenn dir etwas zustoßen sollte.«

»Wenn man mich verurteilt, meinst du.«

»J ... ja.«

Sein Gesicht verhärtete sich. »Ich habe dich gebeten, mir zu vertrauen, Cat.«

»Das tu ich doch. Ich ... ich glaube, daß du unschuldig bist. Aber ich fürchte, die Richter glauben dir nicht.«

Es dauerte eine Weile, bis Jake antwortete. »Ich finde, du sollst mit Ryan nach St. Louis zurückkehren.«

Verwirrt zog Caitlin die Brauen hoch. »Du willst, daß wir dich im Stich lassen?«

»Nein, das nicht. Aber dort seid ihr in Sicherheit.«

»Wirst du später nachkommen?«

»Nein.«

Sie sprang auf die Füße. »Was hast du vor, wenn wir gehen?«

»Ich weiß nicht. Ich werde bald aus dem Gefängnis ...«

»Wirklich?« fiel Caitlin ihm ins Wort, die Hoffnungslosigkeit erstickte sie fast. »Wie kannst du da nur so sicher sein?«

»Weil ich unschuldig bin. Aber ich werde dich auf keinen Fall heiraten, nur weil du denkst, es wäre mir ein Trost, eine Familie zu haben, wenn mein letztes Stündlein schlägt.«

Sie hob kämpferisch das Kinn. »Das ist nicht der Grund, und das weißt du genau. Ich will dich zum Ehemann, Jake. Wenn ... wenn du aus dem Gefängnis kommst, möchte ich, daß wir eine Familie sind.«

»Willst du mich als Ryans Vater?« fragte er skeptisch.

Caitlin wanderte erregt in der engen Zelle auf und ab. Ihr blauer Baumwollrock fegte den schmutzigen Boden. Jake beobachtete sie scharf, während sie ihre Gedanken, die ihr letzte Nacht in den Sinn kamen, in Worte faßte.

»Du hattest recht, Jake, genau wie meine Tante. Ryan braucht einen Vater. Er braucht *dich*. Ein Junge braucht einen Mann zum Heranwachsen, der ihn beschützt und der ihm hilft, sich auf das Leben vorzubereiten.«

»Er wird nicht lange überleben, wenn er in eine Schießerei gerät wie gestern«, warf Jake bitter ein. »Die Gefahr ist nicht vorüber. Und sie verschwindet nicht, nur weil du es dir wünschst, Cat.«

»Das weiß ich, aber damit werden wir bestimmt fertig. Du hattest recht. Gefahren gibt es für Ryan überall. Und wir sind zu zweit, um auf ihn aufzupassen. Mutter und Vater, die ihr Kind lieben und umsorgen, das zählt mehr als die Gefahren, die ihm aus deiner Vergangenheit drohen könnten.«

»Wenn ein anderer Mann die Vaterrolle für ihn übernimmt, bleibt ihm die Gefahr erspart, daß eines Tages ein Kopfgeldjäger vor der Tür steht.«

Caitlin schüttelte den Kopf. »Mit Kopfgeldjägern befassen wir uns, wenn sie da sind.«

»Noch vor kurzem hast du gesagt, du willst keinen Mann mit meiner Vergangenheit in der Nähe deines Sohnes wissen. Du willst keinen Mann, der von Gewalt geprägt ist wie dein Vater.«

»Ich habe mich geirrt. Du bist nicht wie mein Vater. Du hast dein Leben nicht Haß und Gewalt verschrieben wie er.« Ihre Augen verschleierten sich. »Wenn dein Herz sich in den vier Jahren als Geächteter nicht verhärtet hat, dann geschieht das auch nicht mehr. Ich habe keine Bedenken, du könntest meinen Sohn aufhetzen und zur Gewalt anleiten, wie mein Vater es mit meinem Bruder getan hat. Ich habe gesehen, wie du mit Ryan umgehst. Du bist gut zu ihm, und du bist gut *für* ihn.«

Jake schüttelte den Kopf. »Ich bin nicht sicher, ob das wichtig ist.«

»Nur das zählt. Ryan liebt dich. Und du liebst ihn.«

»Ja, das stimmt. Ich liebe ihn zu sehr, um sein Leben in Gefahr zu bringen.«

Caitlin sah ihm in die Augen und ihr Groll wuchs. »Versuchst du etwa, dich vor der Heirat mit mir zu drücken, Jake?«

Ihre Frage barg einen gekränkten Unterton.

Jake zwang sich, ihrem Blick standzuhalten. »Nein, zum Teufel. Aber ich gebe dir eine letzte Chance, einen Rückzieher zu machen.«

Sie hielt seinem Blick stand. »Ich will aber keinen Rückzieher machen. Ich habe vier Jahre auf dich gewartet, und das war lange genug. Ich will dich zu meinem Ehemann und zum Vater unseres Kindes ... unserer Kinder. Ich will mit dir zusammensein, was immer die Zukunft uns bringen mag. Wenn es Schwierigkeiten gibt, werden wir sie gemeinsam meistern ... als Familie.«

Eine Zentnerlast schien von Jakes Brust genommen zu werden. Jetzt erst wurde ihm klar, wie sehr er sich danach gesehnt hatte, diese Worte aus ihrem Mund zu hören. Wenn Cat bereit war, die Zukunft mit ihm zu teilen, dann würde er alles auf sich nehmen, was das Leben für ihn bereithalten sollte. Er würde sogar sein Leben opfern, um sie und Ryan zu schützen, aber er würde auch alles daran setzen, damit es nie dazu kommen würde ...

Draußen wurde die Gefängnistür geöffnet, und Marshal Netherson betrat sein Büro. »Gute Nachricht, Jake ...«, rief er munter, hielt inne, als er Caitlin bemerkte. »Oh, guten Tag, Miz Hughes. Ich habe soeben das Telegramm von Richter Roper bekommen. Es bestätigt Jakes Freispruch wegen erwiesener Unschuld. Jake: Sie sind ein freier Mann.«

Caitlin sah Jake erstaunt an. »Welcher Freispruch? Wer ist Richter Roper?«

»Der Richter, der den Vorsitz bei meinem Mordprozeß führte.« Jake sah sie scharf an. »Er war es, der meinen Hals aus der Schlinge zog. Einer der wenigen Menschen, den ich meinen Freund nennen kann. Er war es auch, der mir riet, Jura zu studieren ...«

»Welcher Freispruch?« wiederholte Caitlin ungeduldig.

»Ich wurde wegen Mordes an diesem Bankangestellten angeklagt und freigesprochen.«

»Du standest schon vor Gericht?« Caitlin sah ihn verdattert an.

»Und ich wurde freigesprochen. Ich habe nie an diesem Banküberfall teilgenommen, Cat. Damals hatte ich mich bereits von der Dolby Gang getrennt. Aber Dolby streute das Gerücht aus, ich hätte den Mann erschossen. Zum Glück hatte ich Zeugen, die unter Eid aussagten, daß ich mich zu diesem Zeitpunkt nicht einmal in der Gegend aufhielt. Ich habe damals viel nachgedacht. Da ich nicht den Rest meines Lebens auf der Flucht verbringen wollte, stellte ich mich selbst. Ich verbrachte zwei Monate im Gefängnis und wartete auf den Beginn des Prozesses. Nachdem ich freigesprochen war, wurde ich in Colorado immer noch gesucht, weil ich deinen Bruder getötet hatte. Damals fing ich an, mich mit der Rechtswissenschaft zu befassen, um vor Gericht meine eigene Verteidigung übernehmen zu können.«

»Dann ... ist das Fahndungsplakat, das Grimes uns zeigte ...«

»Seit fast einem Jahr überholt und ungültig.«

»Seit einem Jahr?« Sie schaute Jake mit großen Augen an. »Und du hast gewußt, daß es längst überholt ist?« Eine schwelende Wut stieg in Caitlin auf. »Du hast es die ganze Zeit gewußt? Du bist längst von dieser Mordanklage freigesprochen und hast es mir nicht gesagt? Jake, wie konntest du das tun?«

»Worüber regst du dich auf?«

Sie stemmte die Fäuste in die Hüften. »Du läßt mich die ganze Zeit in der Angst, man könnte dich hängen! Du hast mir nie gesagt, daß du freigesprochen worden bist.«

Er hielt ihrem Blick stand. »Ich fand, du müßtest selber wissen, daß ich kein Mörder bin, ohne daß ich es dir beweisen muß.«

»Ich habe dich nie für einen Mörder gehalten! Ich dachte, du hast den Mann versehentlich erschossen! Wieso hast du mir nicht gesagt, daß du nichts mit diesem Überfall zu tun hattest?«

»Du hast nie danach gefragt.«

»Hab' ich doch!«

Jake tat ihr wenigstens den Gefallen, ein zerknirschtes Gesicht zu machen. Caitlin hatte tatsächlich Fragen über den Banküberfall gestellt, aber sein dummer Stolz hatte ihm verboten, ihr die Fakten zu nennen. Er beharrte auf dem Standpunkt, sie müsse ihn gut genug kennen, um zu wissen, daß er unschuldig war.

Allem Anschein nach hatte sie die Sache anders gesehen. Sie bebte vor Zorn und fauchte wütend: »Du ... du ... überheblicher Narr! Wie kann man sich so kindisch und anmaßend aufführen?! Grimes hätte nie auf dich geschossen, wenn er gewußt hätte, daß er keine Belohnung kassieren kann! Und ich hätte nie versucht, ihn zu bestechen, damit er die Stadt verläßt!«

»Ist das etwa schlimmer als die Wahrheit, die du mir vorenthalten hast?«

Caitlin zuckte zusammen, und Jake wurde sich plötzlich bewußt, daß sie einen Zuhörer hatten. Er warf dem Marshal einen verlegenen Blick zu. »Luther, ich vertreibe Sie ungern aus Ihrem Büro. Aber würde es Ihnen etwas ausmachen, uns ein paar Minuten allein zu lassen?«

»Einverstanden, ein paar Minuten. Und dann wäre ich dankbar, wenn Sie mein Gefängnis räumen. Ich komme mir ja vor wie ein Schuft, meinen eigenen Deputy einzusperren.«

Netherson schloß die Tür hinter sich und ließ Jake und Caitlin allein.

»Nun beruhige dich, Cat«, wollte Jake sie beschwichtigen — unnötig, wie er feststellte, denn sie schien sich wieder gefaßt zu haben. Sie hatte die Hand an die Stirn gelegt und schien angestrengt nachzudenken.

»Niemand weiß, daß du unschuldig bist, Jake. Das ist das Problem. Deshalb hat Grimes dich verfolgt. Aber wenn wir deinen Freispruch bekannt machen ...«

»Komm zu mir, Cat.«

Sie redete weiter, als habe sie ihn nicht gehört. »Ich weiß, was wir tun. Wir veröffentlichen deinen Freispruch in allen Zeitungen Colorados. Wenn es mal schwarz auf weiß in der Zeitung steht ...«

»Cat, komm zu mir.«

»Jake, verstehst du denn nicht?! Die Leute müssen wissen, daß du unschuldig bist. Dann brauchst du keine Angst mehr vor Kopfgeldjägern zu haben ...«

»Im Augenblick ist mir das völlig einerlei. Wir haben wichtigere Dinge zu besprechen.«

Sie blickte ihn verständnislos an. »Was könnte wohl wichtiger sein?«

»Unsere Zukunft. Wirst du mich heiraten, Frau, oder muß ich drastischere Maßnahmen ergreifen? Dich beispielsweise verhaften, weil du das Gesetz mißachtet hast? Ich bin immer noch Deputy.«

Seine funkelnden Augen reizten Caitlin. Sie blitzte ihn rebellisch an. »Nenne mir einen Grund, warum ich dich heiraten sollte!«

»Weil du mich wahnsinnig liebst.«

Um ihre Lippen zuckte ein Lächeln, das sie nicht zulassen wollte. »Ja, du machst mich wahnsinnig. Man müßte dir eine gehörige Tracht Prügel verabreichen für das, was du mir angetan hast.«

»Aber du liebst mich trotzdem.«

Sie musterte Jake von oben bis unten — wie einen Schafbock auf dem Viehmarkt. »Wirklich? Du bist ein Halunke, Jake McCord. Kein passender Ehemann für eine rechtschaffene Witwe.«

»Das mag sein. Aber dagegen kannst du etwas tun.«

»Was denn?«

Da sie keine Anstalten machte, zu ihm zu kommen, stand Jake auf und trat entschlossen auf sie zu. »Wenn du mich nicht auf den rechten Weg bringst, wer dann?«

Seine grünen Augen funkelten verwegen, und Caitlin machte einen abwehrenden Schritt nach hinten, bis die Gitterstäbe in ihrem Rücken eine weitere Flucht vereitelten.

»Woher weiß ich, daß du mich nicht mit einer weiteren Untat aus deiner dunklen Vergangenheit überraschen wirst?«

»Ich habe keine anderen Verbrechen begangen, Cat. Nicht, daß ich wüßte.« Zärtlich zog er sie in die Arme und flüsterte liebevoll: »Ich wünschte, ich könnte diese Jahre auslöschen. Ich kann dir nicht versprechen, daß nicht eines Tages wieder ein habgieriger Kopfgeldjäger hinter mir her ist ...« Er wurde ernst. »Ich liebe dich, Cat und ich möchte dir ein guter Ehemann und Ryan ein guter Vater sein. Ich möchte mit dir leben, wenn nicht hier, dann irgendwo anders. Ich gehe sogar nach St. Louis mit dir, wenn du willst.«

»Nein ... in St. Louis erwartet mich nicht mehr viel. Möglicherweise nicht einmal mehr mein Posten als Lehrerin. Hier ist auch meine Heimat, Jake.«

Er sah sie zärtlich an. »Ich werde für dich da sein, so lange ich lebe, wenn du mich haben willst, das schwöre ich dir.«

Caitlins Herz weitete sich. Sie vertraute ihm. Sie glaubte an ihn und liebte ihn von ganzem Herzen. Aber sie wollte es ihm auch nicht allzu leichtmachen — nach all dem, was er ihr angetan hatte. »Und wenn ich nein sage?«

Ein Lächeln huschte über seinen schönen Mund. Er beugte sich vor und gab ihr einen zarten Kuß. »Es würde mir großes Vergnügen bereiten, deine Meinung zu ändern.«

Sie wandte ihr Gesicht ab und legte die flachen Hände auf seine Brust. »Wo würden wir wohnen, wenn wir hier bleiben würden? Soll ich die Ranch verkaufen?«

»Das bleibt dir überlassen. Wenn du sie für Ryan behalten willst, ist es in Ordnung. Aber ich werde uns ein neues Haus bauen, so wie wir es vor Jahren geplant haben.«

»Eine Rinderranch?«

Jake schüttelte den Kopf. »Mit Rinderzucht ist nicht mehr viel Geld zu verdienen. Die Preise sinken ständig. Das klügste wäre, Schafe zu züchten, um dem Preisverfall entgegenzuwirken.«

Caitlin mußte lachen. »Heißt das, du würdest dich tatsächlich mit stinkenden Wollknäueln abgeben?«

Jake rüttelte sie an den Schultern. »Treib es nicht wieder auf die Spitze, Julia!«

Caitlin schlang die Arme um seinen Hals, doch Jake hinderte sie daran, ihn zu küssen.

»Cat, da ist noch etwas, was ich dir nicht gesagt habe ... Was hältst du davon, die Ehefrau eines Richters zu sein?«

»Eines Richters?«

»Ich spiele mit dem Gedanken, mich als Kandidat für die Wahl des Bezirksrichters aufstellen zu lassen. Walt Sanders will in ein paar Monaten zurücktreten.«

Caitlin war sprachlos.

»Was ist? Gefällt dir die Idee nicht? Ich glaube, ich würde gar keinen schlechten Richter abgeben, nachdem ich beide Seiten des Gesetzes kenne.«

»Nein ... ich bin nur verblüfft. Das halte ich für eine wunderbare Idee. Ich wußte nur nicht, daß dir an einer Karriere als Richter gelegen ist.«

»Es gibt noch viel, was du nicht über mich weißt, Wildkatze.« Sein Blick verdunkelte sich. »Du solltest anfangen, es herauszufinden. Wir haben schon zu viele Jahre vergeudet.«

Ja, dachte Caitlin wehmütig. Wenn sie von Anfang an auf ihr Herz gehört und an Jakes Unschuld geglaubt hätte, wäre ihr viel Herzeleid erspart geblieben. Jake hätte es nicht für nötig befunden, ihre Glaubensstärke auf die Probe zu stellen, hätte ihr seinen Prozeß und seinen Freispruch nicht verschwiegen, und sie hätte nicht um sein Leben bangen müssen.

Er wollte sie küssen, doch Caitlin ließ es nicht zu. »Jake ... wenn du Richter bist, würde dir kein Kopfgeldjäger mehr etwas anhaben wollen.«

»Bist du endlich still, Cat? Ich will dich küssen.«

Diesmal setzte Caitlin ihm keinen Widerstand entgegen. Sie überließ sich seiner Umarmung und öffnete ihre Lippen seiner drängenden Zunge. Augenblicklich loderte das Verlangen zwischen ihnen auf. Caitlin stöhnte leise. Dieser Kuß war weit mehr als körperliche Leidenschaft. Er war Verheißung, Verpflichtung und Gelöbnis für die Zukunft.

»O Cat,« raunte Jake an ihrem Ohr, »das ist kaum der geeignete Ort, um einen Heiratsantrag zu machen.«

»Mir ist das gleichgültig«, flüsterte sie.

Er wollte sie wieder küssen, doch beide wurden durch ein Räuspern erschreckt. Sloan hatte unbemerkt das Büro betreten, lehnte lässig am Schreibtisch des Marshals und schmunzelte. »Gehe ich recht in der Annahme, daß Glückwünsche angebracht sind, kleiner Bruder?«

»Ja, endlich«, bestätigte Jake grinsend. »Weißt du eigentlich nicht, wann du unerwünscht bist, großer Bruder?«

Sloan verschränkte die Arme vor der Brust, setzte sich halb auf den Schreibtisch, um zu demonstrieren, daß er die Absicht hatte, länger zu bleiben. »Ich finde, ich sollte den Anstandswauwau spielen, bis ich einen Priester für euch auftreibe.«

»Nicht nötig. Ich lasse Cat nicht mehr aus den Augen. Und ich mache mich gleich selbst auf die Suche nach einem Priester. Aber vorher muß ich noch etwas ganz anderes tun.«

»Und das wäre?«

»Ich muß mit meinem Sohn sprechen.« Er lächelte Caitlin stolz an. »Sloan weiß über Ryan Bescheid. Denkst du, ich hätte ihm so etwas Wichtiges vorenthalten können?«

Ehe sie antworten konnte, ergriff Sloan das Wort. »Ihr könnt es auch vor niemandem sonst geheimhalten«, stellte er fest. »Der Junge ist seinem Vater wie aus dem Gesicht geschnitten. Ich habe darüber nachgedacht«, fügte er hinzu und lächelte bei Caitlins Erröten. »Ich würde es für das beste halten, wenn ihr sagt, ihr seid bereits verheiratet. Wir behaupten einfach, ihr habt vor vier Jahren heimlich geheiratet; eure Väter sollten nichts davon erfahren.«

»Aber man hält mich doch für eine Witwe«, gab Caitlin zu bedenken. »Damit würde ich mich ja zur Bigamistin machen.«

»Du hast deinen Namen geändert, um deine Beziehung zu Jake geheimzuhalten. Jake, du warst damit einverstanden, weil du Caitlin schützen wolltest. Da auf deinen Kopf eine Belohnung ausgesetzt war, wolltest du verhindern, daß sie als Ehefrau eines Geächteten zu leiden hätte. Ihr verbreitet die Geschichte, und ich bestätige sie.«

»Ob uns das jemand glaubt?« fragte Caitlin zweifelnd.

»Ist es so wichtig, was die Leute glauben?«

»Nein ... mir geht es nur darum, Ryan vor Klatsch zu bewahren.«

Jake sah Caitlin belustigt an. »Es ist gar keine Lüge. In meinem Herzen habe ich dich vor Jahren geheiratet, auch wenn wir die Trauungsformel nicht gesprochen haben.«

Ihre blauen Augen leuchteten. »Mir geht es ebenso«, antwortete sie.

Jake durchströmte eine Flut der Zärtlichkeit. »Diesmal will ich es richtig machen, Teufelskatze«, raunte er und lehnte seine Stirn gegen die ihre. »Ich werde in aller Form um deine Hand anhalten.«

Caitlin zog fragend die Brauen hoch. »Du? In aller Form?«

»Ja, in aller Form. Den Klatschmäulern eins auszuwischen, ist etwas anderes. Ich aber will mich vergewissern, ob unser Sohn mich auch wirklich als Vater akzeptiert.«

Keine drei Stunden später ritt Jake auf einem feurigen Rotschimmel zur Kingsly Ranch. Er hatte sich für den Anlaß herausgeputzt und trug einen schwarzen Anzug mit Schnürsenkelkrawatte. Er hatte sich sogar rasiert, wie Caitlin feststellte, als sie ihn auf der Veranda empfing. Auch duftete er nach seinem herben Eau de Cologne. Er sah unwiderstehlich aus, und Caitlin verspürte ein vertrautes Flattern in der Magengrube.

Er drückte ihr einen flüchtigen Kuß auf die Wange und fragte ungeduldig: »Wo ist Ryan?«

»Im Salon ...«

Noch bevor sie die Worte ausgesprochen hatte, stürmte Ryan in die Diele. »Jake, wo warst du solange? Ich habe dich vermißt.«

»Hallo, Kumpel!« Jake schwang den jauchzenden Jungen in die Luft. »Hast du fleißig Reiten geübt, als ich fort war?«

Auch Winifred trat in die Diele. »Na, da bin ich aber froh, Sie endlich zu sehen. Der Kleine hat mir ein Loch in den Bauch gefragt, wann Sie ihn endlich wieder besuchen kommen.«

Lachend drückte Jake Tante Winnie einen Schmatz auf die Wange. »Genau darüber wollte ich mit Ryan sprechen. Habt ihr beiden Hübschen was dagegen, wenn wir Männer uns unter vier Augen unterhalten?«

Caitlin und Winnie tauschten vielsagende Blicke und zogen sich in die Küche zurück.

Jake ging vor seinem Sohn in die Hocke und senkte die Stimme, als wolle er ihm ein Geheimnis verraten. »Ich muß dich etwas Wichtiges fragen, Kumpel. Und ich will eine ehrliche Antwort von dir.«

Das Kind bekam große Augen. »Was denn?«

»Also, es ist so ... Ich habe deine Mama sehr gern und möchte sie heiraten. Aber nicht ohne dein Einverständnis. Wenn ich deine Mama heirate, dann wohnen wir drei in einem Haus zusammen.«

»Du willst bei mir wohnen?«

»Und auch bei deiner Mama, Ryan. Und ich bin dann dein Papa. Was hältst du denn davon? Würde dir das gefallen?«

»Ich habe keinen Papa.«

»Wenn ich deine Mama heirate, dann bin ich dein Papa, Ryan.«

»Ist das wahr?«

In der Küche spitzte Caitlin die Ohren, um Ryans Antwort zu hören. Der Kleine konnte die Zusammenhänge noch nicht wirklich begreifen. Aber er schien Jake gern zu haben, und das würde hoffentlich ausreichen.

Sie mußte nicht lange warten. Mit einem markerschütternden Indianergeheul stürmte Ryan in die Küche. »Mama, Mama! Jake wohnt bei uns und wird mein Papa!«

Caitlin lachte erleichtert, hob ihn in die Arme und drückte ihm einen dicken Kuß auf die Wange.

Jake tauchte hinter seinem Sohn auf. Caitlins letzte Befürchtungen waren nun zerstreut. Sie liebte und brauchte Jake. Ihr Sohn liebte und brauchte ihn. Alles andere zählte nicht.

21. KAPITEL

Wassertropfen perlten Jakes gebräunten Körper entlang, als er aus dem felsigen Teich stieg. Caitlin saß auf dem sonnigen Felsvorsprung und beobachtete ihren frischgebackenen Ehemann. Jake in seiner Nacktheit, seiner prachtvollen Männlichkeit. Die Tropfen auf seiner Haut glitzerten wie Diamanten im hellen Sonnenschein. Hitze stieg an der Innenseite ihrer Schenkel auf, ihr Herz weitete sich.

Vor wenigen Stunden waren sie im engsten Familienkreis getraut worden. Und sobald es die Höflichkeit gestattete, waren sie geflohen und in die Berge zu ihrem Liebesversteck geritten, um ihre Ehe zu besiegeln.

Caitlin hatte sich ein wenig davor gescheut, an diesen verzauberten Ort zurückzukehren — so kurz nach der Trauung an den Tod ihres Bruders erinnert zu werden. Doch dieser Ort vermittelte ihr auch etwas von einer tröstlichen Heimkehr. Es war, als sei das letzte Kapitel einer furchtbaren Tragödie abgeschlossen. Als habe sie endlich ihren Bruder zur letzten Ruhe gebettet.

In dankbarem Staunen hatte sie entdeckt, daß Jake am Rand der Lichtung ein Denkmal aus aufgehäuften Steinen für Neal errichtet hatte, eine rührende Geste, die ihr die Tränen in die Augen trieb.

Sie wünschte von ganzem Herzen, daß Neal noch am Leben wäre. Sie hatte sich aber indes mit seinem Tod abgefunden. Ihr Bruder hatte einen schrecklichen Fehler begangen, nicht nur weil er aus dem Hinterhalt auf Jake geschossen hatte, sondern weil er blindlings in die Fußstapfen seines rachsüchtigen Vaters getreten war. Und dafür hatte er mit seinem Leben bezahlen müssen.

Die Vergangenheit war nicht zu ändern. Caitlin würde Neal nie vergessen, die Zeit der Tränen aber war vorbei. Mehr denn je galt es, in die Zukunft zu blicken. Eine Zukunft mit einem entzückenden Kind und einem wunderbaren Ehemann.

Eine Zukunft mit Jake.

Ihre traurigen Gedanken schwanden, und ihr Blick weidete sich an der Schönheit ihres Mannes. Hier an diesem magischen Liebesversteck gab es keine Vergangenheit. Hier zählte nur die Gegenwart. Hier gab es nur die Liebenden.

Ein Schauer durchrieselte Caitlin, als sie an die bevorstehende Vereinigung dachte. In wenigen Momenten würde sie sich dem Mann hingeben, der ihr Herz seit langem besaß. Jake würde sie mit hungrigem Verlangen nehmen. Ihre Paarung würde heiß und zärtlich und wild sein wie immer. Und wieder durchrieselten sie Schauer.

Jake spürte offenbar ihre Gedanken, ein breites Lächeln entblößte seine weißen Zähne, ein sehr männliches, sehr lüsternes Lächeln. »Wenn du mich länger so ansiehst, Teufelskatze, dann weiß ich nicht mehr, was ich tue.«

»Das Risiko nehme ich auf mich«, entgegnete sie.

»Ziemlich keß in letzter Zeit, wie?« Er stemmte die Hände in die schmalen Hüften und grinste herausfordernd.

Er war bereits stark eregiert, sein strammer Schaft reckte sich fast bis zum Nabel.

Gebannt sah Caitlin zu, wie Jake das felsige Ufer zu ihr heraufstieg, beobachtete die geschmeidigen, katzenhaften Bewegungen seines muskulösen Körpers. Seine animalische Sinnlichkeit raubte ihr den Atem.

Dann stand er auf dem flachen Felsvorsprung, auf dem sie mit angezogenen Beinen saß. Sein sengender Blick brannte heißer als die Sommersonne. In seinen Augen flackerte eine gefährlich lüsterne Glut.

Und in ihr schwoll ein machtvolles Verlangen. Eine unbändige Sehnsucht jagte kribbelnd durch ihre Adern.

In seinem Blick lag eine Zärtlichkeit, die ihr das Gefühl gab, unendlich schön und begehrenswert zu sein. Ihr Puls schlug bebend. Ihr Körper spannte sich in beseligender Erwartung der Wonnen, die seine starken Hände, sein warmer Mund auf ihrer Haut auslösen würden. Sie vergaß zu atmen, als Jake sich neben ihr niederließ.

Er berührte sie nicht. Noch nicht. Sein glühender Blick wanderte über ihren hellen, nackten Körper, verweilte an ihren Brüsten ... glitt über die Rundungen ihrer Hüften ... die schlanken Schenkel, an deren Zusammenschluß sich ihr weibliches Geheimnis unter dem kraushaarigen Dreieck verbarg.

Jakes Puls überschlug sich beim Anblick ihrer makellosen Nacktheit. Doch als er sie berührte, tastete er nur mit sanften Fingerkuppen über ihre Wange und ihren Hals. Er beugte sich näher zu ihr und grub die Hände in die seidige Fülle ihres schwarzblau schimmernden Haares.

»Frau«, flüsterte er. »Meine Frau, das gefällt mir sehr gut.«

»Mir auch«, hauchte sie.

Jake hatte Mühe, seine Lust zu bezwingen. Er war bereits bis zum Platzen erregt und angespannt. Das Blut rauschte in den Schläfen — eine wilde Gier, den Bund zu besiegeln erfüllte ihn. Andererseits wollte er warten, wollte den Zauber dieses Augenblicks bis zur Neige auskosten.

Obwohl sie den Liebesakt bereits unzählige Male vollzogen hatten, war dieses Mal etwas Besonderes, nie Dagewesenes, Einzigartiges. Jake fühlte sich von einem Strom der Liebe und Zärtlichkeit getragen, unermeßlich schön und kostbar, mit nichts aufzuwiegen, in einem Rausch der Gefühle, der sein Blut erhitzte. Seine Liebe zu seiner Wildkatze.

Er zügelte seine Gier, sich auf sie zu stürzen, in sie zu dringen. Er zwang sich, bedächtig zu sein, obwohl sein Verlangen wie ein Fieber in ihm loderte. Sie war schöner denn je. Ihre blauen Augen leuchteten wie verträumte Bergseen. Und bald würden ihre Augen sich vor Wollust verdunkeln.

Ihre Brüste reckten sich ihm entgegen ... ihre Knospen richteten sich bei seiner zarten Berührung auf.

Seine erste Liebkosung durchfuhr Caitlin wie ein Blitz.

Als seine Hände sich um ihre Brüste wölbten, seine Daumen federleicht über ihre Spitzen strichen, schwanden ihr beinahe die Sinne.

Ihre Haut reagierte überempfindlich, ihre Brustspitzen waren fiebrig heiß. Sie stöhnte leise, als sich seine Lippen über die pulsierende Ader an ihrem Hals legten, seine Zunge ihre Haut leckte.

»Du schmeckst köstlich«, raunte er.

Caitlin nahm sein Gesicht in beide Hände, sehnte sich nach seinem Kuß. Und endlich fanden seine Lippen die ihren, doch Jake schien es darauf abgesehen zu haben, sie auf die Folter zu spannen. Er wollte ihre Erregung lange und bedächtig anschwellen lassen. Er küßte sie behutsam, zögernd, ließ sich unendlich viel Zeit. Als sie sich an ihn schmiegte, löste er sich und drückte sie sanft auf den Rükken.

»Wie willst du es haben, mein Kätzchen?« fragte Jake gedehnt, beinahe amüsiert. »Hart und schnell? Entfesselt und sündig?« Seine Hände umfingen ihre Brüste, kneteten sie sanft, versunken in ihren Anblick. »Oder langsam und bedächtig?«

»Jake ...« wimmerte sie, hilflos seiner Folter ausgeliefert.

»Wie soll ich dich lieben, Cat, wild und leidenschaftlich oder behutsam und zärtlich?«

Sie schüttelte unablässig den Kopf. Sie wollte alles. Sie wollte den Liebesakt wild und rasend, sanft und zärtlich. Sie wollte gegenseitiges Geben und Nehmen, Eroberung und Unterwerfung. Und Jake würde ihr geben, wonach sie verlangte, er würde sie in himmlische Sphären tragen ... irgendwann. »Ich will alles ... einerlei ... wie. Nur liebe mich.«

»Alles zu seiner Zeit«, antwortete Jake. »Ich habe zu lange auf diesen Augenblick gewartet, und ich will ihn ohne Hast auskosten.«

»Jake, verdammt nochmal ... bitte ... liebe mich.«

Er lachte leise. »Spricht man so zu seinem geliebten Ehemann?«

»Ich schwöre dir ... Ich erwürge dich, wenn du nicht weitermachst.«

Er beugte sich über sie und küßte eine schwellende Brustknospe, seine Zungenspitze flatterte über den prallen Hügel. »Ist es so recht?« murmelte er. Dann saugte er sich an ihr fest. Caitlin bäumte sich auf.

»Ja ... Jake ... bitte ...«

»Ruhig Blut, mein Kätzchen«, gurrte er. »Immer mit der Ruhe. Ich werde jede köstliche Sekunde genießen.«

»Jake, du bringst mich um den Verstand ...«

»Genau das ist meine Absicht, Cat.«

Er ließ seine Hand langsam über ihren nackten Bauch gleiten, streichelte die zarten Löckchen ihres behaarten Dreiecks, suchte ihre feuchte Hitze. Er teilte ihre Falten, die er so gerne berührte, und begann eine tastende, gründliche Erkundung ... Bedachtsam streichelte er die köstlichsten Stellen ihrer Wonnen, fand den winzigen Hügel, die Mitte ihrer Ekstase mit kunstfertigem Geschick, und Caitlin erschauerte.

Als er einen Finger in ihre feuchte Enge tauchte, bäumte Caitlin sich auf und stieß einen leisen gurrenden Laut aus. Sein Finger bewegte sich in ihr, zog sich zurück und streichelte ihr zuckendes Fleisch erneut ... glitt tiefer in sie ... die Erregung in ihr schwoll.

»Jake ... bitte ...«

Endlich beugte er sich über sie und spreizte ihre Schenkel. Sein Mund saugte sich an ihrer Weiblichkeit fest, seine Zunge leckte sie, sanft und unnachgiebig, kostete die Mitte ihrer Wollust. Caitlin glaubte, vor Wonne zu vergehen.

Jake murmelte lüsterne Worte und spornte sie an ... Und dann zog er sich zurück. Sie erbebte. Jake ließ kurz vor dem Höhepunkt von ihr ab.

Er genoß ihre Zuckungen, legte seine erhitzte Wange an ihren Leib. »Diesmal brauchen wir kein Schwämmchen«, murmelte er mit belegter Stimme. »Ich will noch einen Sohn. Und ich will eine Tochter, so schön wie ihre bezaubernde Mutter.«

Ihre Blicke verschmolzen ineinander, Caitlins Augen verschleiert und weich, seine loderten wie grünes Feuer. Als Caitlin sich an ihn klammerte, ihn zu sich herabzog, gab Jake nach, und seine Lippen vereinigten sich mit den ihren. Er wühlte seine Hände in ihr Haar und küßte sie ungestüm. Ein Kuß, mit dem er sie zu seiner Frau machte. Caitlin schmeckte ihre eigenen Säfte auf seinen Lippen und gab sich der besitzergreifenden Wildheit seines hungrigen Mundes hin. Er küßte sie, bis sie kaum noch atmete, bis sie vor Gier nach ihm zerfloß. Ihr Fleisch war glühend heiß und weich und unendlich empfindsam für seine Berührung ...

Immer noch hielt Jake sich zurück, löste sich mit einem Atemzug von ihr und legte sich neben sie. Dann zog er Caitlin in seine Arme; sie schmiegte sich an seine sehnige Nacktheit.

»Ist es das, was du willst, Cat?« murmelte er und hielt sie an seine Brust geschmiegt. Caitlin spürte seine Schenkel, das Feuer seiner Lenden. Sie spürte die pulsierende Schwellung seiner Männlichkeit an ihrem Leib, das Spiel seiner Muskeln, wenn er sich bewegte. Seine Hüften stießen in kleinen rhythmischen Bewegungen vor, drückten sein Geschlecht an sie, deuteten an, was er zu tun gedachte, wenn er sich endlich entschließen würde, sie zu nehmen.

»Ja«, keuchte sie. »Ja, Jake ... bitte.« Das war es, was sie wollte. Sie wollte Jake, brauchte ihn ... begehrte ihn. Benommen barg Caitlin ihr Gesicht an seinem Hals, rieb sich an ihm, kreiste die Hüften. Sie war so erregt, daß sie glaubte, in Flammen aufzugehen, wenn er in sie drang.

Aber er zögerte noch. Er hielt sie in seinen Armen gefangen, bis sie glaubte, es nicht länger auszuhalten. Ihr Verlangen war zur entfesselten Glut geworden, zum unstillbaren Heißhunger.

Sein absichtliches Hinauszögern war eine unerträgliche Folter, machte Caitlin tollkühn. Plötzlich übernahm sie die Führung. Auf einen Ellbogen gestützt, zwang sie Jake, sich auf den Rücken zu legen, rollte sich auf ihn und hielt ihn gefangen.

»Es reicht!« wisperte sie. »Jetzt bin ich dran, dich zu foltern.«

Seine grünen Augen schossen Blitze. »Zeit, um Rache zu nehmen?«

»Ja, Rache ...«

Entschlossen, ihm seine Marter heimzuzahlen, beugte sie sich über ihn, küßte seine Schulter, ihre Lippen und Zähne nagten an der seidigen Haut, sie leckte seine Muskeln, küßte seine Narben. Bedächtig liebkoste sie ihn, hauchte federleichte Küsse auf seine Brust, ließ ihre Zunge über die winzigen Knospen flattern, die sich verhärteten.

Jake spürte ihre hauchzarten Liebkosungen bis in die feinsten Nervenenden und überließ sich ihrer sinnlichen Folter mit lüsternem Gurren.

Er genoß die heiße Sonne auf seiner nackten Haut, genoß ihre Brüste, die über seinen Brustkorb strichen, die Weichheit ihrer Schenkel, die sich an seine Hüften schmiegten. Was könnte es Schöneres auf Erden geben, als sich von Cat verwöhnen zu lassen ...

Ihre Hand strich seinen flachen Bauch nach unten und umfing seinen harten Schaft. Ein siedendheißer Blitz durchzuckte Jake. Er spannte sämtliche Muskeln gleichzeitig an.

Sie ließ nicht von ihm ab. Ihre Finger liebkosten und streichelten ihn.

»Hexe«, preßte Jake zwischen den Zähnen hervor.

Caitlin lächelte zufrieden. Sein heißes Pulsieren in ihrer Hand zu spüren, erregte sie, und die Empfindungen, die sich in seinem Gesicht spiegelten, faszinierten sie. Ihr wunderbarer, kunstfertiger, erfahrener Liebhaber war nicht so gelassen, wie er sich gab. Sie machte ihn mit ihren Liebkosungen rasend. Sie beugte sich vor und schloß ihren Mund über die Wölbung seiner Männlichkeit.

Jake zog den Atem scharf ein und kämpfte um seine Beherrschung.

Caitlin reagierte mit einem kribbelnden Zucken in der Mitte ihres Leibes. Beflügelt von ihrer weiblichen Macht lächelte sie triumphierend und schickte sich an, Jakes Willenskraft endgültig zu brechen. Als sie ihn wieder in den Mund nahm, entrang sich ihm ein Stöhnen. Sie kostete ihn mit Bedacht, ließ ihre Zunge entlanggleiten ... streichelte ihn, leckte und saugte an ihm ...

Als Jake seine Hüften hochbog und sich in ihren Mund stieß, schwappte eine Welle der Sehnsucht in ihr hoch. Jake setzte diesem Spiel ein Ende, packte sie an den Schultern und zog sie hoch.

Er hob den Kopf, seine Augen glänzten. Sein Gesicht war hart und angespannt. »Genug!« Seine Stimme war heiser. »Cat ... wenn ich nicht sofort in dich darf, sterbe ich auf der Stelle.«

»Wirklich?« spottete sie verrucht. »Ich glaube, du hast ein Problem, mein Schatz.«

»Cat, verdammt ...«

»Ich finde, du solltest mich darum bitten, Jake.«

Mit zitternden Fingern hielt er sie am Nacken und zog ihr Gesicht zu sich herab. »Na schön, ich bitte dich. Cat, bitte ... laß mich zu dir ...« raunte er stockend.

In quälender Trägheit hob sie sich hoch, stieg mit einem Bein über ihn, bis sie auf seinen Hüften ritt. Sie brachte seine geschwollene Rundung in Position und pfählte sich mit seinem glänzenden Schaft, nahm ihn tief in sich auf. Ihre Scheide saugte sich an ihm fest, hielt ihn in sich, umfing ihn eng wie einen Handschuh. Und Jake glaubte, bei der geringsten Bewegung zu explodieren. Er biß die Zähne aufeinander, als sie langsam begann, ihn zu reiten.

Jake keuchte, ihre heiße Nässe verbrannte ihn. Er lag auf dem Rücken und ließ sich von ihr reiten, und bei jedem Stoß durchrieselten ihn Wonneschauer. Lust durchströmte ihn mit unvorstellbarer Macht, ein wildes Glücksgefühl erfüllte ihn.

Caitlin aber war ihm zu beherrscht, zu ruhig. Er wünschte sie sich verzückt und entfesselt in ihrer Gier. Er wollte, daß sie sich wie eine Ertrinkende an ihn klammerte. Er nahm eine ihrer Gesäßbacken in jede Hand und hob sich ihr entgegen, bis er noch tiefer in ihr versank ...

Ihr Lustschrei erfüllte ihn mit Genugtuung. Ihre Hüften zuckten, sein Griff festigte sich.

»Langsam ... nach unten«, dirigierte Jake und bestimmte den Rhythmus. Er hielt sie fest und trieb sich mit langsamen, kraftvollen Stößen in sie, flüsterte ihr sündige Zärtlichkeiten ins Ohr. Beide gerieten in einen fiebrigen Taumel, in einen entfesselten Gewittersturm der Verzückung, erfüllt von Liebe, in zügelloser Lust.

Aus ihm brach ein tiefer, abgehackter, anhaltender Schrei, und im selben Moment schrie auch sie ihre Entladung hinaus. Ihre Leiber ineinander verschlungen, zuckend und lichterloh brennend wie ein Buschfeuer. Caitlin klammerte sich an ihn und hielt ihn tief in sich. Jake umfing ihre kreisenden Hüften und rammte sich mit einer Wildheit in sie wie nie zuvor. Und Caitlin verschmolz mit ihrem Geliebten in grenzenloser Verzückung.

Als die letzten Zuckungen verebbt waren, brach Caitlin über ihm zusammen und schmiegte ihr Gesicht an seine Brust.

»Mein Gott, wie ich dich liebe, Mrs. McCord«, seufzte er.

»Mmmmm«, gurrte sie und räkelte sich. In benommener Trägheit barg sie ihr Gesicht an seiner starken Schulter. Eine unbändige Glückseligkeit durchströmte sie beim Gedanken, daß dieser prachtvolle Mann ihr gehörte.

Ihre Vereinigung war diesmal anders. Die wunderbare Ekstase hatte eine zusätzliche, wundersame Dimension erhalten. Eine verloren geglaubte Kostbarkeit war wiedergefunden. Caitlin empfand sich als erfülltes ganzes Wesen, wie sie es nie für möglich gehalten hätte.

Jake strich ihr eine feuchte Haarsträhne aus dem Gesicht. »Ich liebe dich, Cat«, flüsterte er. »Ich werde dich immer lieben. Ich werde für den Rest meines Leben für dich da sein.«

»Für immer?«

»Für immer und ewig.«

»Ich liebe dich, Jake ...« murmelte sie traumverloren.

»Ist das wahr?« Er hob ihr Kinn mit einem Finger, um ihr

in die Augen sehen zu können. Sie lächelte, ihre blauen Augen strahlten in tiefer Wärme.

Sein Kuß war ein inniges Versprechen. Seine Hände gruben sich in ihre schimmernde Haarfülle.

»Cat«, flüsterte er, als er von ihr abließ, um Atem zu schöpfen. »Willst du mir nicht zeigen, daß du mich liebst?«

Sie japste beinahe erschrocken, als Jake die Hüften in einer sinnlichen Bewegung vorschob. Er schwoll wieder in ihr an, stellte Caitlin entzückt fest. Sie hob den Kopf.

Ein Lächeln umspielte seine Mundwinkel, dieses unwiderstehliche Lächeln, das sie bis in die Tiefen ihrer Seele rührte.

Und wieder kribbelte das Verlangen in ihr. Das Herz wollte überfließen. Er konnte so anmaßend sein und gleichzeitig so jungenhaft spitzbübisch, so unendlich zärtlich sein. Und er gehörte ihr, ihr bezaubernder, geächteter Geliebter.

»Zeig mir, wie sehr du mich liebst«, stachelte Jake sie in seiner aufreizenden, verführerischen Art an. Dabei blitzten seine grünen Augen.

»Zeig es mir, Teufelskatze ...« murmelte er heiser und zog ihr Gesicht zu sich, um sie zu küssen.

HEYNE BÜCHER

Nicole Jordan

Hinreißend erzählte
Liebesromane voller
gefährlicher Abenteuer
und Leidenschaft.

04/252

Der schwarze Drache
04/190

Der Sohn des Scheichs
04/204

Glühender Stern
04/222

Der Geächtete
04/233

Der Herzensbrecher
04/252

HEYNE-TASCHENBÜCHER

HEYNE BÜCHER

Patricia Ryan

»Überwältigend ... der neue Star des historischen Liebesromans!« *Affaire de Coeur*

04/272

Der Zauber des Falken
04/229

Flammender Himmel
04/256

Ein sündiges Angebot
04/272

HEYNE-TASCHENBÜCHER

HEYNE
BÜCHER

Lisa Kleypas

Leidenschaftliche Romane,
die von verzehrender Liebe
erzählen.

04/275

Das Geheimnis der Rose
04/275

Du gehörst zu mir
04/320

HEYNE-TASCHENBÜCHER